Jij, ik e

Dit boek is opgedragen aan mijn lieve vriendin Carol Faithful,
die veel te vroeg van ons is heengegaan.
Carol, ik wilde dat je mijn boek had kunnen lezen.

Sandy Taylor

Jij, ik en de zee

Roman

KOK

Nederlandse vertaling © Uitgeverij Kok – Utrecht, 2017
Postbus 13288, 3507 LG Utrecht
www.kok.nl
www.puurvandaag.nl

Oorspronkelijk verschenen onder de titel *The Girls from See Saw Lane* bij Bookouture, een imprint van StoryFire Ltd., Verenigd Koninkrijk, 2015.

Vertaling Patricia Pos
Omslagontwerp Wil Immink
Opmaak binnenwerk Stampwerk, Nijkerk
ISBN 9789043528726
ISBN e-book 9789043528733
NUR 342

Proloog

Brighton
1964

Met je blik op je voeten gericht loop je door de gang van het ziekenhuis. Je hakken maken een klikkend geluid op de harde vloer. Achter je, buiten de zware klapdeuren, is het een zonnige julidag in het levendige Brighton. Toeristen en andere mensen genieten volop van de zon en het lichte briesje dat over de boulevard waait. De kinderen spelen op het strand terwijl de volwassenen in hun ligstoelen de krant lezen, een ijsje eten en samen lachen. Verkopers van papieren windmolens, plastic emmertjes en schepjes, suikerspinnen en gebakken vis doen goede zaken. Uit de platenwinkels en cafés op de boulevard klinkt muziek en de zoete geur van suikerspinnen vermengt zich met het zout van de zeelucht en de vettige geur van frituurvet. Bij de gedachte alleen al loopt het water je in de mond.

In het ziekenhuis verandert nooit iets; het is er altijd donkerbruin. Het ruikt er naar ontsmettingsmiddel, verlepte bloemen en tranen. Bij elk nieuw bezoek zakt de moed je iets dieper in de schoenen.

Je hoeft niet meer op de bordjes te kijken om de weg te vinden; je bent hier al zo vaak geweest dat je als vanzelf op de juiste afdeling terechtkomt. De zusters houden zich normaal gesproken streng aan de bezoekuren, maar de afgelopen dagen zeiden ze er niks van als je iets te vroeg binnenkwam.

De slanke zuster met het suikerspinkapsel legt haar breiwerk neer en glimlacht naar je als je binnenkomt. Je noemt haar altijd Audrey Hepburn.

'U bent haar vriendin, is het niet?'

Je knikt.

'Wacht hier maar even.'

Je blijft staan en slaat je ogen neer. Als je opkijkt, zul je de mensen in de bedden onder ogen moeten komen en weet je je geen houding te geven. Het voelt verkeerd om naar ze te glimlachen, maar wat kun je anders doen? En dus kijk je naar de rozen in je handen. Ze zijn geel en de buitenste blaadjes hebben een lichtroze rand.

Je tilt de bloemen een stukje omhoog zodat je hun geur kunt ruiken. Die is zoet en warm en doet je denken aan thuis, aan je vader en moeder. Met de rozen tegen je borst blijf je staan tot de zuster terugkomt.

Ze legt een hand op je arm.

'Ze heeft niet zo'n goede dag vandaag,' zegt de zuster voorzichtig. 'Ze is erg moe. Begrijpt u wat ik bedoel?'

Je knikt.

De zuster glimlacht naar je. Ze leunt een stukje naar voren en strijkt een pluk haar uit je gezicht.

'U bent erg dapper,' zegt ze. 'Ze heeft ontzettend veel geluk met zo'n goede vriendin.'

Maar de zuster weet niet wat je gedaan hebt; dat je haar verraden hebt. Ze kent de waarheid niet.

Dit boek is van Mary Pickles
46 See Saw Lane
Brighton
De wereld.

Dit is mijn geheime dagboek. Niemand mag er ooit in kijken, anders doe ik ze iets vreselijks aan.

Lief dagboek,
Ik zal elke dag in je schrijven
of misschien maar af en toe.
Ik woonde eerst in Londen,
maar nu woon ik op See Saw Lane.
Ik vind het fijn op See Saw Lane.

Door Mary Pickles

Acht jaar en twee weken oud.

1

Brighton
1963

Mary Pickles en ik liepen arm in arm over straat en bekeken de etalages van de winkels. De zon weerkaatste op de motorkappen van de auto's van de toeristen en zoals elke zomer was het een drukte van jewelste in Brighton. We liepen met snelle pas naast elkaar en mijn hart bruiste van energie door de mogelijkheden van deze nieuwe dag. Af en toe keek Mary me aan en lachten we naar elkaar. Ik denk dat we allebei hetzelfde dachten; dat we samen onoverwinnelijk waren en dat we voor altijd beste vriendinnen zouden zijn.

Het was zaterdag en Mary Pickles en ik hadden allebei een dag vrij weten te regelen van ons werk. Dat was haast een wonder te noemen, aangezien normaal gesproken tenminste een van ons op de eerste dag van het weekend in de winkel stond. Onze leidinggevende Sally was echter in een goede bui geweest, omdat een talentscout haar in Marks & Spencer had gevraagd mee te doen aan de Miss Brightonverkiezing. Door deze gebeurtenis, maar ook doordat Sally ons graag mocht, zei ze dat we zaterdag allebei vrij mochten nemen.

En dus liepen we die ochtend door Brighton met als enige plan er een mooie dag van te maken, de etalages van de winkels te bewonderen en te kijken of er nog leuke jongens in de stad waren. Mary keek af en toe in de weerspiegeling van het raam en glimlachte tevreden. Ze had een geel lint om haar lange donkere haar gebonden, waardoor ze er als een echte dame uitzag. Voor Woolworths bleven we even staan. De winkel waar we allebei werkten had de grootste etalage van de hele winkelstraat.

Meestal stond ik op de cosmetica-afdeling en stond Mary bij het snoep, omdat Sally vond dat Mary te klein was om cosmetica te verkopen. Dat vond Mary erg jammer, maar ik begreep wel wat Sally bedoelde. Mary was zo klein dat ze achter de balie of tussen de make-uprekken amper op zou vallen. Dat zei ik nooit tegen Mary omdat ik wist dat ze erg onzeker was over haar lengte. Ze was nog onzekerder over haar lengte dan ik over mijn gewicht, en dat wilde iets zeggen.

Op deze zomerse zaterdag stond Woollies bomvol winkelaars, veelal vrouwen met grote boodschappentassen en kleine kinderen aan hun hand en mannen die verf of kranten kochten. Mary trok een gek gezicht naar meneer Rankworthy, de leidinggevende van de doe-het-zelfafdeling. Toen hij fronsend naar het raam toe liep, zwaaide ze lachend naar hem en zag je hem meteen smelten.

Dat effect had Mary nu eenmaal op mensen.

Meneer Rankworthy kwam naar buiten en stak een sigaret op.

'Wat doe jij hier op je vrije dag?' vroeg hij terwijl hij Mary eens goed bekeek. Ze droeg een strak topje met korte mouwen waarin ze er prachtig uitzag. 'Heb je soms niks beters te doen op een zaterdag? Geen vriendje om op te zoeken?'

Hij praatte met Mary alsof ik niet eens bestond. Dat effect had *ik* nu eenmaal op mensen.

Mary lachte. 'Waarom wil je weten of ik een vriendje heb, Jeffrey?' vroeg ze. Ze likte over haar lippen en zette grote ogen op. Meneer Rankworthy trok even aan de kraag van zijn overall.

'Kom,' zei ik terwijl ik zachtjes aan haar arm trok. Ik mocht meneer Rankworthy totaal niet. Hij werd altijd zo rood en zweterig als hij met Mary praatte. Bovendien zou het toch ronduit dom zijn om onze enige vrije dag van de week op ons werk door te brengen!

Niet dat ik ondankbaar wilde zijn.

Het was algemeen bekend dat Woolworths een van de fijnste plekken was in Brighton om te werken. Bij de vele speelhallen, snoepwinkels en strandkiosken was vaak wel zomerwerk te vinden, maar in de wintermaanden gingen de meeste strandtenten dicht. Woolworths was een van de weinige winkels waar het hele jaar meer dan genoeg te doen was en waar je goed betaald kreeg. Bovendien was het uniform niet al te lelijk en werkten er veel gezellige, jonge mensen. Veel van de klanten waren ook jong en kwamen regelmatig langs om gezellig bij te kletsen. Mary en ik werkten al sinds de middelbare school bij Woolworths en hoewel we vaak klaagden over de lange uren die we er maakten, hielden we ontzettend van ons werk. Het was net alsof we betaald kregen om elke dag met onze vrienden af te spreken.

Daar waar ik het fantastisch vond om in een winkel te werken, was Woolworths voor Mary nooit genoeg geweest. Haar hart lag in Parijs.

Toen we die dag van Woolworths wegliepen, zuchtte Mary dramatisch.

'Ach ja,' zei ze. 'Gelukkig ben ik binnenkort voorgoed van meneer Rankworthy af.'

'Hoe bedoel je?' vroeg ik. 'Gaat hij soms weg?'

'Welnee,' lachte Mary, 'hij zal waarschijnlijk tot aan zijn dood in de winkel blijven werken. Ik ben degene die weggaat, om aan het Institut de l'art te studeren.'

Ze keek me stralend aan, alsof dit het beste nieuws in tijden was. 'O ja,' zei ik.

Mary zette haar handen op haar heupen. 'O Dottie,' zei ze, 'kun je niet op zijn minst proberen om blij voor me te zijn?'

'Ik zal het proberen,' zei ik, maar ik wist nu al dat het me niet zou lukken, omdat Mary's vertrek me allesbehalve blij maakte.

Mary had een plan dat al sinds de middelbare school niet was veranderd. Ze wilde kunstenares worden en al schilderend over de hele wereld reizen. De eerste stap van haar plan was dat ze in Parijs naar de kunstacademie zou gaan. Het Institut national d'histoire de l'art was een bijzondere school waar alleen de beste kunstenaars werden aangenomen die hun werk uiterst serieus namen. Mary wilde drie jaar in Parijs wonen en aan het Institut studeren. Ik snapte niet waarom ze überhaupt weg wilde uit Brighton. Hier waren ook meer dan genoeg dingen die ze kon schilderen en er was zelfs een kunstacademie die erg goed aangeschreven stond. Mary's hart lag echter in Parijs.

We sloegen een van de zijweggetjes naar de boulevard in. Er klonk muziek uit de speelhallen en overal liepen lachende mensen in zomerkleren.

'Waarom ga je niet met me mee?' vroeg Mary. 'Dat zou toch fantastisch zijn! Stel je voor; samen langs de Seine lopen of de Eiffeltoren beklimmen. Stel je voor dat we in Parijs zouden wonen, Dottie, die prachtige stad! De wereld zou aan onze voeten liggen.'

'Dan struikel ik er vast over!'

'Heel grappig.'

'Trouwens,' zei ik, 'mensen zoals wij gaan toch nooit naar dat soort plekken.'

'Hoe bedoel je, *mensen zoals wij*?'

'Nou ja,' zei ik, 'mensen die in een sociale huurwoning wonen. Mensen die bij Woolworths werken.'

Mary rolde met haar ogen. 'Soms zeg je zulke rare dingen.'

'Hoe bedoel je?'

'Waar je *woont* en waar je *werkt* hebben toch niks te maken met wie je *bent*? Paul McCartney woonde ooit ook in een sociale huurwoning, en kijk hoe ver hij het geschopt heeft! Ik ben Mary Pickles en jij bent Dottie Perks en wij zijn net zo veel waard als ieder ander. En als wij de Eiffeltoren willen beklimmen, vinden we echt wel een manier om dat te doen.'

Ik twijfelde er geen moment aan dat Mary ooit de Eiffeltoren zou beklimmen. Of ik daar bij zou zijn, viel echter te betwisten. Ik wilde niet weg uit Brighton, want ik vond het hier heerlijk. Ik wilde net als mijn moeder ooit trouwen en kinderen krijgen. Eigenlijk wilde ik niets liever.

Mary kon mijn gedachten blijkbaar lezen. 'De wereld is groter dan Brighton, weet je.'

'Dat weet ik wel, maar ik wil hier helemaal niet weg. Misschien ga ik wel op reis als ik iets ouder ben. Als ik getrouwd ben en mijn kinderen volwassen zijn.'

Mary snoof. 'Tegen die tijd ben je te oud om er nog van te genieten. Ik wacht met trouwen tot ik minstens dertig ben en wil voor geen goud kinderen.'

'Wil je *nooit* kinderen?'

'Nooit!'

'Sjonge,' zei ik.

'En jij mag ze ook nog niet.'

'O nee?'

'Voorlopig in ieder geval niet. Ik kan immers moeilijk in mijn eentje een fantastisch leven leiden. Daar heb ik jou bij nodig.'

'Oké,' zei ik.

'Goed zo,' zei Mary. Ze kneep even in mijn arm. 'Op een dag ben ik een wereldberoemde kunstenares en sta ik samen met mijn geliefde bovenop de Eiffeltoren.'

'Dan zul je die geliefde eerst moeten vinden.'

'O, maar dat lukt me wel,' zei ze met een brede glimlach op haar gezicht.

2

Toen we de winkelstraat eenmaal een paar keer op en neer gelopen waren, gingen Mary en ik op de reling aan zee zitten. We keken naar de golven die over het strand spoelden en de kiezels het zand op rolden. Achter ons reden bussen voorbij. We praatten over onze collega's bij Woolworths. We waren er allebei erg van onder de indruk dat Sally aan de missverkiezing meedeed, aangezien dat altijd een van de grootste evenementen van het jaar was. Zelfs als ze niet zou winnen, zou haar foto in de *Argus* staan en zou ze Ken Dodd ontmoeten, die elk jaar in de jury zat. Meisjes die tijdens de Miss Brightonverkiezing hoog eindigden, waren de superhelden van de stad.

'Ken Dodd! Dat is toch niet te geloven?' zei Mary. Ze trok haar rokje over haar knieën, maar de wind blies de stof keer op keer terug omhoog. Ik droeg een lichtroze fietsbroekje, maar had daar nu spijt van omdat het elastiek erg strak zat en mijn bovenbenen daardoor nog groter leken dan gewoonlijk.

'Als ze wint, mag ze meedoen aan de Miss Sussexverkiezing,' zei ik terwijl ik aan mijn broekje sjorde. 'En dan aan Miss England, dan aan Miss United Kingdom, dan Miss Europe en dan Miss World. Stel je voor! Dan kennen we iemand die beroemd is.'

'Sst...' siste Mary terwijl ze met opgetrokken wenkbrauwen richting mijn schouder knikte. 'Achter je.'

Ik keek Mary over het randje van mijn zonnebril aan.

'Jongens!' fluisterde ze.

Ik keek achterom en zag inderdaad een groepje jongens over de boulevard lopen. Ze maakten zich zo breed mogelijk, rookten sigaretten en praatten op luidruchtige toon met elkaar.

Mary en ik sloegen meteen onze benen over elkaar en keken quasi-verveeld om ons heen. Ik kauwde met open mond op mijn kauwgom en zij bestudeerde haar nagels. We voelden de blikken van de jongens in onze ruggen branden terwijl ze langsliepen.

'Goeiemorgen, schatje!' zei een van de jongens tegen Mary.

'Ik ben je schat niet,' zei Mary.

'Je weet niet wat je mist, schatje,' zei de jongen.

'Laat hem toch,' zei ik, maar ik had net zo goed mijn mond kunnen houden.

'O ja? Wat mis ik dan precies?' vroeg Mary op zoete toon. 'Je diepzinnige opmerkingen soms? Of het vuil achter je oren?'

'Laat haar maar,' zei een van de jongens, 'ze ziet er toch niet ouder uit dan een jaar of tien.' Het groepje begon te lachen.

Mary sprong van de reling af.

Ik probeerde zo elegant mogelijk mijn voeten op de grond te zetten, wat natuurlijk niet lukte, en pakte Mary toen bij haar elleboog vast.

'Kom Mary, die jochies verdienen onze aandacht niet,' zei ik hooghartig. 'Zullen we naar de platenzaak gaan?'

'Goed idee. Misschien weten we daar wel *echte* mannen te vinden.'

We haakten onze armen in elkaar en liepen naar de In-A-Spin in het centrum. Daar gingen we altijd heen als we samen vrij waren. Ik ging er liever niet alleen naartoe omdat het met Mary altijd veel leuker was. De mensen kwamen er eerder om naar elkaar te kijken dan om naar platen te luisteren. Er stond een ontzettend hippe jongen achter de balie. Hij droeg stoere leren laarsjes en grote truien en leunde altijd tegen de muur achter hem. Meestal zag hij er nogal verveeld uit, maar hij kwam altijd helemaal tot leven als hij met andere jongens over de laatste muziektrends praatte. Hij wist alles over de nieuwste bands, had altijd een brandende sigaret binnen handbereik en dronk de hele dag koffie uit een kartonnen beker.

De muren van de winkel waren behangen met posters en de platen stonden in rekken die de hele zaak vulden. De singles uit de top twintig stonden voorin de winkel en de elpees waren op naam van de artiest gesorteerd. We hadden nooit genoeg geld om een elpee te kopen, maar af en toe namen we wel een single mee naar huis.

Mary en ik waren groot fan van een band uit Liverpool die The Beatles heette en ik was dolverliefd op Paul McCartney, terwijl Mary gek was op John Lennon. Mijn zus Rita had me een poster van The Beatles gegeven, die ik meteen boven mijn bed had gehangen. Rita hield zelf meer van The Dave Clark Five.

Mary haalde een single uit het rek die *From Me to You* heette. Ze kwam heupwiegend naar me toe en liet me zien wat ze gevonden had.

'Ik denk dat ik deze ga luisteren!' zei ze. 'En jij?'

Ik grijnsde. '*Please Please Me*', antwoordde ik.

'Oké,' zei Mary. 'Als we allebei klaar zijn met luisteren, kunnen we ruilen.'

We vertelden de jongen achter de balie naar welke platen we wilden luisteren en zochten toen twee cabines naast elkaar uit. De cabines waren van glas en dus konden we elkaar nog altijd zien.

We zetten onze koptelefoons op en ik was al snel totaal in de ban van Paul. Hoewel er nog drie andere jongens in de band zaten, kon ik Pauls stem er altijd moeiteloos uitpikken. Hij had de mooiste stem ter wereld en als ik mijn ogen dichtdeed, stelde ik me voor dat hij alleen voor mij zong. Ik was zo ontzettend gek op hem. Ik zou werkelijk alles voor Paul McCartney over hebben.

Toen ik mijn ogen weer opendeed, stond Mary wild te dansen in haar cabine. Ze zwaaide met haar armen door de lucht, sprong vrolijk op en neer en had rode wangen van inspanning. De plaat die ze had uitgekozen moest wel fantastisch zijn. Ik zwaaide even naar haar en concentreerde me toen weer op Paul. Even later begon Mary echter op het glas te kloppen en wenkte ze me dringend.

'Wat?' mimede ik. Ze mimede iets terug, maar ik begreep niet wat ze bedoelde en dus zette ik mijn koptelefoon af en stak mijn hoofd om de hoek van haar cabine.

'Wat is er?'

'Kijk, daar! In de winkel!' piepte ze terwijl ze opgewonden op en neer stuiterde.

Ik keek in de richting waarin ze wees en zag een magere jongen bij de balie staan. Hij leek een stuk langer te zijn dan de laatste keer dat we hem hadden gezien. Hij was best knap, als je tenminste van jongens met een lange nek en een strakke broek houdt. Om de paar seconden gooide hij zijn haar achterover en liet hij zijn ietwat arrogante blik door de zaak glijden. Er was geen twijfel over mogelijk dat het Elton Briggs was, de jongen op wie Mary op de middelbare school altijd al verliefd was geweest. Ralph Bennett stond naast hem, waardoor mijn hart een klein sprongetje maakte en mijn wangen begonnen te gloeien. Mary stapte de cabine uit, streek haar rok glad en gooide haar lange paardenstaart over haar schouder. Ik pakte mijn tas en liep achter haar aan. Ze hield mijn arm vast en fluisterde: 'Ziet hij er niet geweldig uit?'

Maar ik keek geen seconde naar Elton. Ik had alleen maar oog voor Ralph.

'Ga maar naar ze toe,' zei Mary, terwijl ze me een voorzichtig duwtje in de rug gaf.

'Ga *jij* maar naar ze toe,' zei ik.

'Doe niet zo gemeen,' zei Mary. 'Je weet toch hoe belangrijk Elton voor me is!'

'*Was*,' zei ik. 'De laatste keer dat je hem zag, stond hij Beverly Johnson af te lebberen.'

'Toen was het gewoon niet het goede moment voor ons, Dottie, maar nu wel. Dat weet ik zeker.'

Ik dacht weleens dat Mary een fantastische actrice zou zijn. Ze klonk zo wanhopig en tragisch dat ze me aan een filmster deed denken.

'Alsjeblieft, Dottie,' smeekte ze, terwijl ze me met trieste ogen aankeek en dus deed ik wat ik altijd deed als Mary verdrietig was: ik gaf haar haar zin.

'Goed dan,' zei ik. 'Maar wedden dat ze niet eens meer weten wie we zijn?'

'O, dank je wel,' zei Mary, die in één klap weer vrolijk was en een klein spiegeltje uit haar tas haalde om te kijken hoe ze eruitzag.

Ik liep naar de balie en ging naast Elton staan. Ik keek naar de lange haren in zijn nek en kuchte even. Hij negeerde me compleet.

'Hebben jullie *Telstar* van The Tornados?' vroeg hij de jongen achter de balie.

De hippe jongen nam een slok van zijn koffie en keek hem bewonderend aan. 'Wat een geweldige keuze. Wist je dat ze die track in het kantoor van hun vertegenwoordiger hebben opgenomen?' Elton maakte zich iets breder en voelde zich duidelijk gevleid door het compliment, alsof hij *Telstar* zelf op zijn slaapkamer had gemaakt.

'Hallo,' zei ik.

Elton draaide zich langzaam om en keek me aan alsof ik zojuist onder een steen vandaan was gekropen. Ik glimlachte hoopvol naar hem. Zijn aftershave rook naar leer en olie, wat me aan auto's deed denken. Hij liet zijn ogen langzaam over mijn lichaam glijden, maar zei geen woord.

'Hallo Dottie,' zei Ralph, die naast Elton stond en naar me glimlachte.

Ik lachte dankbaar naar Ralph. Hij grijnsde naar me terug. Ik lachte iets breder. Elton trok zijn wenkbrauw op en opeens herinnerde ik me weer wat ik hier kwam doen.

'Ik ben hier met Mary,' zei ik. 'Mary Pickles.' Ik keek over mijn schouder. Mary verstopte zich achter een van de platenrekken en stond net buiten het zicht van Elton. Ze hield haar vingers gekruist en lachte me bemoedigend toe.

'Jullie waren op school ook altijd samen,' zei Ralph. Zijn stem klonk zacht en diep, mannelijker dan de jongen die ik me herinnerde.

'Jullie ook,' zei ik.

'In die goede oude tijd,' zei Ralph lachend.

'Ja,' zei ik terwijl ik teruglachte. We bleven maar naar elkaar grijnzen.

Elton rolde met zijn ogen, draaide zich om en begon door de stapel platen op de balie te bladeren. Hij leek geen enkele interesse in het gesprek te hebben. Ralph was misschien veranderd, maar Elton was nog precies dezelfde jongen als vroeger; een arrogante bal.

Mary was het wachten blijkbaar zat geworden, want ze liep naar ons toe en perste zich tussen mij en Elton in. Ze keek hem dolverliefd aan. Hij merkte haar niet eens op en hield zijn blik nog altijd op de platen gericht.

Ik wist niet meer wat ik moest zeggen en begon me nogal ongemakkelijk te voelen.

'Wilde je geen plaat uitzoeken?' vroeg Elton aan Ralph.

'Dat kan straks ook nog,' antwoordde Ralph. Zijn hals werd langzaam maar zeker steeds roder en ook zijn wangen kregen een gezonde dieproze kleur. Opeens zei hij: 'Gaan jullie mee een kop koffie drinken?'

'Tegenover de Palace Pier zit een leuk cafeetje,' zei Mary. De woorden rolden razendsnel over haar lippen en haar stem klonk hoger dan gewoonlijk. Haar glimlach was zo breed dat hij haar halve gezicht innam. 'Het heet *Dells*. Ze hebben er een jukebox en een voetbaltafel.'

'En de koffie is ook ontzettend lekker,' zei ik. Ik had vreselijke dorst. Mijn mond voelde gortdroog aan.

'Klinkt goed,' zei Ralph. Hij keek naar Elton, die ons nog altijd negeerde. 'Zullen we daar anders over twintig minuten afspreken? Als jij dat tenminste ook oké vindt, Elton?'

Elton keek naar Mary en mij alsof hij ons nu pas opmerkte. 'Ja hoor,' zei hij op verveelde toon.

Ik merkte dat Mary naast me bijna ontplofte van opwinding.

'Dat is dan afgesproken,' zei Ralph. 'Tot over twintig minuten.'

Mary en ik rekenden onze platen af en de hippe jongen gaf ze in papieren zakjes aan ons terug. Ik voelde dat Ralph naar me keek en verbaasde me erover hoe nerveus ik daarvan werd. Het ging hier immers om Ralph Bennett en niet om een of andere beroemdheid. Ik kende hem al jaren, maar toch was het op de een of andere manier alsof ik hem vandaag pas voor het eerst had ontmoet. Ik was dan ook erg opgelucht toen Mary en ik de winkel uitliepen en alvast naar het café gingen.

Lief dagboek,

Dottie en ik hadden vandaag niet naar de platenzaak hoeven gaan, maar dat deden we wel. Het was voorbestemd en heeft overduidelijk zo moeten zijn. Mijn hele leven heb ik op dit moment gewacht.

O Elton, Elton, Elton.

Mary Pickles
is verliefd op
Elton Briggs

Dolverliefd!

Liefs, Mary Pickles

Zeventien jaar

3

Mary en ik hadden Elton en Ralph al sinds de middelbare school niet meer gezien en nu stonden ze opeens in onze vaste platenzaak.

'Straks val ik nog flauw,' zei Mary dramatisch.

'Pas dan maar op dat je niet bovenop me valt,' antwoordde ik.

'Zag je hoe hij naar me keek?'

'Dat zag ik, ja. Hij keek namelijk precies zoals hij naar mij keek; alsof je zojuist onder een steen vandaan gekropen was.'

'Zo kijkt Elton altijd. Hij is gewoon ontzettend cool.'

'Hij zou zo van de Noordpool kunnen komen,' zei ik.

'Dottie, dit is echt ontzettend belangrijk voor me. Dit zou zomaar eens de belangrijkste dag van mijn leven kunnen zijn.'

Ik lachte. 'Ja, dat zou zomaar kunnen.'

'Ik wil rennen.'

'Wat?'

'Ik wil rennen, keihard rennen.'

'Kunnen we niet gewoon iets sneller lopen?'

'O, Dottie Perks.'

'O, Mary Pickles.'

'Ik ben Elton nooit vergeten, weet je dat?'

'Dat merk ik inderdaad, maar eigenlijk had ik gehoopt dat je hem wel vergeten was. Je hebt het al sinds de middelbare school niet meer over hem gehad.'

'Ik heb het alleen niet meer over hem gehad omdat ik wist dat jij een hekel aan hem had.'

'Ik *ken* hem niet eens. Het enige wat ik over hem weet, is dat hij je vroeger behoorlijk veel pijn gedaan heeft.'

'Dat hoort nu eenmaal bij de liefde, Dottie. De mensen van wie je houdt, doen je het meest pijn.'

'Is dat zo?'

'Volgens Clarence 'Frogman' Henry wel.'

'Wie is Clarence 'Frogman' Henry in vredesnaam?'

'Die kerel van dat liedje.'

'Nou, ik geloof niet dat je de mensen van wie je houdt per se pijn hoeft te doen. Volgens mij kun je beter gewoon aardig voor ze zijn.'

'Zo te horen moet jij nog behoorlijk wat leren over de liefde,' zei ze terwijl ze mijn hand vastpakte en begon te rennen.

'Ik denk dat ik me liever van de domme houd,' schreeuwde ik terwijl ik haar uit alle macht probeerde bij te houden.

We renden een stukje, maar al snel liet ik haar hand los en ging ik tegen een muurtje staan.

Mary rende naar me toe.

Ik haalde mijn pufje uit mijn zak, nam mijn medicijnen en hield toen mijn adem in.

'Ik was het vergeten,' zei Mary.

'Dat weet ik.'

'Ik vergeet het altijd.'

'Dat weet ik.'

'De rest van de weg doen we het heel rustig aan,' zei ze. 'Sterker nog, vanaf nu kruipen we verder naar het café. En als iemand er iets van zegt, sturen we ze gewoon de zee in.'

'Je bent gek.'

'Maar wel op een charmante manier, toch?'

'Zo zou je het kunnen omschrijven.'

'Voel je je al beter?'

'Veel beter.'

We liepen langzaam over West Street en toen over de boulevard in de richting van het café. Het was druk bij het aquarium en in de kleine winkeltjes vol plastic windmolens en zuurstokken. We waren inmiddels wel gewend aan de toeristen die in de zomer met hun parasols, hun matjes en hun schreeuwende kinderen naar

Christine riep Angie, die met een flesje cola in haar hand naar ons toe kwam.

'Ik vertel Mary en Dottie net dat ze wel gek moeten zijn om bij Woollies te blijven werken. Ze verdienen maar drie pond en vijf shilling per week en moeten ook nog eens op zaterdag werken.'

'Mij zul je op zaterdag niet zien werken,' zei Angie.

'Zo erg vind ik het niet,' zei ik. 'Vandaag zijn we allebei vrij.'

'Mij zul je *nooit* op zaterdag zien werken.'

Dat heb je al gezegd, dacht ik.

'Misschien kunnen jullie ook in de fabriek komen werken,' zei Angie. 'Het is er best lachen.'

'Vind je de geur die er hangt niet vervelend?' vroeg Mary met onschuldige ogen. Mary was nooit expres onbeleefd, maar soms wel per ongeluk.

'Welke geur?' vroeg Christine. Ze zag er oprecht verward uit en rook fronsend aan haar arm.

'Die visachtige geur,' zei Mary.

'Wil je nou beweren dat wij naar vis ruiken?' vroeg Christine.

'Nee,' zei ik snel. '*Jullie* ruiken niet naar vis, maar als je langs de fabriek loopt ruikt het soms wel visachtig.'

'Dat is me nog nooit opgevallen,' zei ze. 'Is jou dat weleens opgevallen, Angie?'

'Wat is me opgevallen?'

'Dat de fabriek naar vis ruikt.'

'Nee, volgens mij niet.'

'Hoe dan ook,' zei Christine, 'ze zouden Mary waarschijnlijk toch niet aannemen omdat ze te klein is om zakken op elkaar te stapelen. Je moet minimaal een bepaalde lengte hebben.'

'Dat wist ik helemaal niet,' zei Angie fronsend.

'Nou, dan weet je het nu,' zei Christine terwijl ze Angie met opgetrokken wenkbrauwen aankeek.

'Maar Brenda Cooper dan?' vroeg ik. 'Zij is helemaal niet zo veel langer dan Mary en zij...'

'Zin in een potje tafelvoetbal?' vroeg Christine opeens aan Angie.

'Ja hoor,' antwoordde ze.

Christine fluisterde iets in Angies oor en ze liepen giechelend weg.

'Allemensen,' zei Mary. Ze trok een stoel naar zich toe en ging aan een van de weinige vrije tafeltjes zitten. Ik plofte naast haar neer. Het zonlicht reflecteerde op het tafelblad. Mary maakte een pakje suikerklontjes open, stopte er twee in haar mond en begon hard te kauwen.

'Maak je er toch niet zo druk over,' zei ik.

'Dat doe ik ook niet,' antwoordde ze.

Maar ik wist dat ze dat wel deed. Mary schaamde zich altijd enorm als mensen over haar lengte begonnen. Ik haalde mijn nieuwe plaat uit mijn tas om hem nog eens te bewonderen. Steeds als ik een nieuwe plaat kocht, voelde ik me als een klein kind dat net een nieuw boek ontdekt had. Het woord 'Parlophone' stond op de hoes van de plaat. Ik liet mijn vinger eroverheen glijden en hoopte dat de jongens op zouden schieten.

Precies op dat moment kwamen Elton en Ralph de koffietent binnen. We zaten vlak bij de deur en dus zagen ze ons meteen. Mary ging iets rechter op zitten. Ze probeerde de suiker in haar mond door te slikken en er zo elegant mogelijk uit te zien. Elton knipoogde naar haar, kamde met zijn vingers door zijn haren en liep haar toen straal voorbij. Mary wierp een korte blik op mij om te kijken of ik de knipoog gezien had, maar ik kon me maar moeilijk op haar concentreren omdat Ralph voor me stond en ik nu pas opmerkte hoe lang hij was, hoe breed zijn schouders waren en hoe volwassen hij eruitzag.

'Daar zijn we weer,' zei Ralph glimlachend. Het voelde alsof hij alleen naar mij lachte. Ik schoof een stukje op in mijn stoel en probeerde mijn broek weer iets verder over mijn benen te trekken.

'Hallo,' zei ik terwijl ik wanhopig probeerde te verbergen hoe blij ik was dat hij zich aan onze afspraak gehouden had. Toen wist ik niet meer wat ik moest zeggen. Mijn geheugen was als een strand op een schooldag; een lege vlakte waar de wind moeiteloos doorheen jaagde.

Toen ik al minstens anderhalve minuut niks gezegd had, kuchte Ralph even. 'Zal ik voor iedereen een cappuccino bestellen?' vroeg hij.

'Heel graag,' zei ik dankbaar.

'Ja, dank je,' zei Mary.

Ralph liep naar de bar en bestelde onze drankjes terwijl ik Mary's blik volgde en naar Elton keek. Hij stond bij de voetbaltafel met Christine te praten. Hij hield dus ofwel ontzettend van vis, of er was iets goed mis met zijn reukvermogen. Christine droeg een geruite jurk met knopen en bijpassende sandalen. Ze zag er erg mooi uit en had duidelijk moeite gedaan om goed voor de dag te komen.

'Is Elton niet ontzettend knap?' zei Mary.

'Best wel,' zei ik. Blijkbaar klonk ik niet al te enthousiast, want Mary reageerde meteen.

'Hoe bedoel je, *best wel*?'

Ik keek naar Elton. Met zijn puntlaarzen, strakke broek en hippe kapsel zag hij er weliswaar goed uit, maar ik begreep niet wat Mary verder in hem zag. Ik had zelf misschien niet veel ervaring op liefdesgebied, maar bij Woolworths kwamen wel vaker jongens zoals hij. Ze waren altijd wel met iemand aan het flirten, lachten verleidelijk en zeiden lieve dingen om je het idee te geven dat je speciaal voor ze was, maar zodra er een ander knap meisje langskwam, zetten ze je aan de kant. Mijn tante Brenda zei altijd dat zulke jongens je alleen maar tussen de lakens proberen te krijgen.

Mary keek me nog altijd aan en wachtte tot ik antwoord zou geven.

'Elton is mijn type gewoon niet,' mompelde ik. 'We kunnen toch niet allemaal op dezelfde jongens vallen?'

'Maar Dottie, hij lijkt als twee druppels water op Mick Jagger!'

'Mick Jagger is mijn type ook niet!'

Ze keek me aan alsof ik niet goed snik was.

'Wie is je type dan wel? Ralph Bennett?'

Ze bedoelde het duidelijk als grap.

'Waarom niet?' vroeg ik.

'Ralph Bennett!' zei Mary terwijl ze haar neus optrok alsof ze iets vies geroken had. Ik keek naar Ralph. Hij was aan het afrekenen en stond tot mijn grote opluchting met zijn rug naar ons toe.

'Ik vind hem wel aardig,' zei ik. 'Hij praat tenminste met ons! Hij toont tenminste interesse!'

'Hij praat met *jou*,' corrigeerde Mary me. 'En hij heeft vuurrood haar!'

'Die jongen uit Wagon Train heeft ook rood haar en je bent jarenlang lid van zijn fanclub geweest! Bovendien is er helemaal niks mis met rood haar.'

'Dat weet ik heus wel,' zei Mary. 'Maar Ralph Bennett!'

'Nou, ik vind hem toevallig heel aardig. Sst,' zei ik, 'daar komt hij weer.'

'Hier zijn de cappuccino's,' zei Ralph glimlachend terwijl hij een dienblad met vier koppen koffie voor ons op tafel zette.

Elton zag dat hij terug was en zei nog iets tegen Christine dat haar in een irritant gelach deed uitbarsten. Toen slofte hij naar ons tafeltje toe en ging hij wijdbeens op zijn stoel zitten, waardoor hij belachelijk veel ruimte innam. Hij wilde waarschijnlijk laten zien hoe lang zijn benen wel niet waren en hoe strak zijn broek zat. Op mij maakte hij geen enkele indruk, maar ik zag dat Mary hem wel uitgebreid bekeek. Elton leek inderdaad een beetje op Mick Jagger en had iets opstandigs, wat Mary blijkbaar erg aansprak. Hij haalde een sigarettendoosje uit zijn zak en tikte er even mee tegen de tafel voordat hij er een sigaret uit haalde. Hij bood hem aan Mary en mij aan, maar allebei schudden we ons hoofd. Daarop stopte hij de sigaret in zijn mondhoek en stak hij hem met een lucifer aan. Mary probeerde niet al te opvallend naar hem te kijken, maar hij wist haar ogen toch te vangen en wisselde een intense blik met haar uit. Hoewel hij niet eens naar mij keek, kreeg ik het er warm van. Mary begon te blozen en wendde haar blik af. Ze speelde met een pluk van haar lange haar.

'Dus...' zei Ralph, 'wat zijn jullie na de middelbare school eigenlijk gaan doen?'

Ik roerde geconcentreerd in mijn koffie.

'We werken bij Woollies,' zei ik. 'En jullie?'

'Ik heb een tijdje op het spoor gewerkt, maar nu ben ik loodgieter in opleiding,' zei Ralph trots. 'Zolang ik nog in opleiding ben verdient het niet veel, maar als ik mijn certificaat eenmaal gehaald heb wordt dat als het goed is stukken beter. Dan wil ik een bestelbusje kopen en mijn eigen bedrijfje opzetten.'

'Dus als er ooit iets lekt, kun je Ralph bellen,' zei Elton.

Mary begon te giechelen en Elton keek haar grijnzend aan. 'Mij zul je nooit van mijn leven met mijn hoofd in een keukenkastje vinden!' zei hij.

Dat komt waarschijnlijk omdat je hoofd te groot is om überhaupt in een keukenkastje te passen, dacht ik. Ik nam een slokje van mijn koffie, die heerlijk zoet was.

'Wat doe *jij* tegenwoordig eigenlijk, Elton?' vroeg Mary terwijl ze haar handen om haar beker liet glijden en hem doordringend aankeek. Op haar bovenlip zat een dun melksnorretje.

'Ik werk op kantoor in de taartfabriek, maar dat is maar tijdelijk.'

'Onze Elton wordt een echte rockster,' zei Ralph.

'Een rockster!' riep Mary met grote ogen uit. De koffie klotste over de rand van haar beker, maar ze zag het niet eens.

Elton negeerde haar. Hij probeerde er zo cool mogelijk uit te zien, maar genoot duidelijk van de aandacht.

'Ik zit in een band,' zei hij. 'We heten Brainless.'

Wat toepasselijk, dacht ik.

‘Ik weet nog zo goed dat je die talentenjacht in de Dom won,’ zei Mary.

‘Hij werd derde,’ zei ik.

‘Nou ja, je had moeten winnen,’ zei Mary, ‘je was overduidelijk het grootste talent van de avond.’

Soms zei Mary dingen die me kwetsten. Ik wist dat ze dat niet met opzet deed en dus probeerde ik me er niet te veel aan te ergeren, maar dat was lang niet altijd makkelijk. Ze leek te zijn vergeten dat ik die dag ook aan de talentenjacht had meegedaan, maar dat ik me alleen had ingeschreven omdat Mary Elton beter wilde leren kennen. Zijn optreden was best goed geweest, maar hij was verslagen door een dansgezelschap en een dik meisje dat *Jesus Wants Me for a Sunbeam* zong. Persoonlijk dacht ik dat ze in plaats van een zonnestraal beter een carrière als planeet kon nastreven. Ik had die avond veel complimenten gekregen voor mijn a capella versie van *The Merry Merry Pipes of Pan*.

‘Je hebt helemaal gelijk,’ zei Elton. ‘Ik had moeten winnen. Ik heb altijd al gedacht dat de uitslag doorgestoken kaart was.’

‘Je was fantastisch!’ zei Mary.

‘Dank je,’ zei Elton. Hij raakte steeds meer op zijn gemak nu Mary hem continu vertelde hoe geweldig hij was. Ze probeerde nog altijd wanhopig te verbergen hoe blij ze was om hem te zien en gluurde af en toe even naar mij om te kijken of ik zag dat hij naar haar keek.

‘De band speelt vrijdag in de Whisky A Go Go,’ zei Ralph. ‘Willen jullie misschien komen kijken?’

‘Natuurlijk willen we dat,’ zei Mary. ‘Ja toch, Dottie?’

Ik wilde Ralph dolgraag nog een keer zien, maar wist zeker dat mijn moeder me voor geen goud naar een nachtclub zou laten gaan – en al helemaal niet naar de Whisky A Go Go. Die had namelijk nogal een reputatie in de stad. Sommige dingen die daar gebeurden haalden zelfs de krant. Vorig jaar had de eigenaar van de club zijn vrouw nog vermoord. Natuurlijk hoefde ik mijn moeder niet per se te vertellen waar ik precies heenging, maar mijn moeder en ik hadden een goede band en ik deed liever geen dingen achter haar rug om.

Ralph merkte dat ik twijfelde.

'Je mag er best even over nadenken, Dottie,' zei hij. 'Je hoeft niet meteen ja of nee te zeggen.'

'Ze hoeft er niet over na te denken,' zei Mary. 'We zullen er zijn.'

Ik keek haar fronsend aan. Ze wierp me een strenge blik toe.

'Zijn jullie *mods* of *rockers*?' vroeg Elton terwijl hij achterover leunde en zijn stoel op twee poten balanceerde.

'Geen van beide,' zei Mary.

'Je moet toch het een of het ander zijn,' zei Elton.

'Waarom dan?' vroeg Mary.

Elton zette de stoel weer op alle vier zijn poten, waarbij de leuning met een harde klap tegen de tafel terechtkwam en onze koffie bijna weer over tafel klotste.

Elton wist duidelijk niet wat hij moest zeggen. 'Omdat iedereen het een of het ander is,' mompelde hij.

'Dat is nou juist het probleem,' zei Mary. 'Wij willen helemaal niet zijn zoals iedereen. Dottie en ik zijn individualisten.'

Dat hoorde ik weliswaar voor het eerst, maar ik vond het eigenlijk wel een goed idee om een individualist te zijn en dus bracht ik er niks tegenin. Bovendien was ik erg trots dat Mary voor zichzelf opkwam en eindelijk eens geen indruk op Elton probeerde te maken.

'Wat ben *jij* dan?' vroeg Mary.

'Een rocker natuurlijk. Ik wil nog niet dood gevonden worden in die suffe mod-kleren of op hun flutmotoren.'

Ik keek naar Ralph. 'En jij?'

'O, ik kan me geen van beide veroorloven.'

'Diep in zijn hart is hij een echte rocker,' zei Elton terwijl hij zijn arm om Ralphs schouder legde.

‘Ik kan de outfit die bij de titel hoort alleen niet betalen,’ zei Ralph terwijl hij quasiverdrietig pruilde. We begonnen allemaal te lachen, zelfs Elton, die er daardoor meteen een stuk aardiger uitzag. ‘Naar welke clubs gaan jullie eigenlijk?’ vroeg hij.

‘Wij gaan eigenlijk nooit naar clubs,’ zei ik, ‘meestal gaan we naar het café.’

‘Jullie zijn dus niet zo thuis in het echte uitgaansleven.’

‘We kunnen er prima zonder,’ zei Mary.

‘Maar zaterdag komen jullie wel naar de Whisky?’

‘Waarom niet?’ zei Mary.

‘En jij, Dottie?’ vroeg Ralph. ‘Heb jij ook zin om een keer iets nieuws te proberen?’

‘Natuurlijk heeft ze dat,’ zei Mary. ‘Als iemand dringend toe is aan iets nieuws, is het Dottie wel.’

‘Goed zo,’ zei Ralph terwijl hij me lachend aankeek.

Ik lachte terug en mijn hart maakte een sprongetje. Ik voelde dat mijn wangen weer begonnen te gloeien en keek verlegen naar mijn koffie, maar van binnen was ik dolgelukkig.

‘Ruiken jullie die vislucht ook?’ vroeg Elton.

Lief dagboek,

Vandaag heb ik een meisje leren kennen dat Dottie heet. Ze heeft een rond gezicht en een bril met ronde glazen. Ze deelde haar snoepjes met me.

Ze zal voor altijd en eeuwig mijn beste vriendin zijn, tot op de dag dat ik doodga. Maar ik ga nog lang niet dood en misschien word ik wel honderd.

Doei doei dagboek.

Mary Pickles

Acht en een half jaar

4

Mary en ik zijn al van kinds af aan beste vriendinnen. De mensen lachten ons vroeger vaak uit omdat we nogal een opvallend duo waren; ik was een dik kind met een bril en Mary een klein onschuldig meisje. Tegen mij werd altijd gezegd dat ik 'niet de knapste' was, terwijl Mary juist altijd om haar schoonheid bewonderd werd. Toen we nog klein waren, kwamen mensen continu naar haar toe om in haar wangen te knijpen. 'Klein engeltje!' riepen ze dan.

Onze verschillen hebben Mary en mij nooit dwarsgezeten. We dachten er eigenlijk nooit over na. Vanaf onze eerste ontmoeting accepteerden we elkaar al precies zoals we waren.

De zomervakantie was net begonnen en mijn vader had me met een handjevol munten naar de winkel gestuurd om een pakje sigaretten voor hem te kopen. Hij had gezegd dat ik van het wisselgeld wat snoep en een stripboek mocht uitzoeken. De munten rinkelden in mijn broekzak terwijl ik huppelend op weg ging en bedacht wat ik wilde hebben. Aan het einde van het steegje dat achter onze straat langs liep, bleef ik even staan en zag ik opeens een meisje ondersteboven aan het klimrek hangen. Ik kon haar gezicht niet zien doordat haar jurk eroverheen gevallen was; ik zag alleen twee dunne benen en een lichtblauwe onderbroek.

'Kun je het zien?' vroeg ze. Ik keek over mijn schouder om te zien tegen wie ze het had, maar ik was alleen.

'Heb je het tegen mij?' vroeg ik.

'Nou, ik zie maar één paar schoenen. Tenzij er nog een lading andere kinderen op je rug zit, heb ik het dus tegen jou.'

'Er zijn geen andere kinderen,' zei ik.

Opeens zwaaide ze haar benen naar beneden en toen ze eenmaal rechtop stond, keek ik in de blauwste ogen die ik ooit had gezien. Ik woonde mijn hele leven al op See Saw Lane, maar wist zeker dat ik haar hier nog nooit was tegengekomen. Het meisje wreef met haar vinger over haar neus en zei toen: 'Ik ben Mary Pickles, wie ben jij?'

'Dorothy Perks,' zei ik. 'Mijn moeder heeft me vernoemd naar Dorothy uit *The Wizard of Oz*, maar iedereen noemt me Dottie.'

Het meisje bekeek me eens goed en zei toen: 'Wil je mijn beste vriendin zijn?'

Ik had in mijn hele leven nog nooit een beste vriendin gehad. Meestal was ik het vijfde wiel aan de wagen en hing ik er maar een beetje bij, hopend dat iemand me uit spelen zou vragen, maar dat gebeurde meestal niet. Ik bad al jaren elke avond om een beste vriendin. En om een hobbelpaard, maar dat doet er nu even niet toe. Ik had inmiddels geaccepteerd dat ik waarschijnlijk nooit een hobbelpaard zou krijgen, maar dit prachtige meisje wilde wel beste vriendinnen met me zijn.

'Ja, graag,' zei ik.

'Op welke school zit je?'

'Whitehawk,' zei ik.

'Daar ga ik over een paar weken ook heen,' zei ze. 'Dan zullen we wel in dezelfde klas zitten.'

'Hoe oud ben je dan?' vroeg ik.

'Acht en een half,' zei ze terwijl ze twee lolly's uit haar zak haalde en me er een aangaf. 'Ik heb er nog maar een paar keer aan gelikt, dus ik denk dat er nog meer dan genoeg voor jou over is.'

'Dank je wel,' zei ik en stopte de lolly in mijn mond. Ik zoog er even aan en zei toen: 'Volgens mij heb ik jou hier nog nooit gezien.'

'We zijn hier ook nog maar pas naartoe verhuisd.'

'O.'

'Hoe is het hier?'

'Hier in de buurt, bedoel je?'

'Nee, op school.'

Ik wist niet zo goed wat ik haar moest vertellen. Ik bedoel, Whitehawk was een doodgewone school en of je nu wilde of niet, je moest er nu eenmaal elke dag naartoe.

'Nou?'

'Het is er best leuk,' zei ik aarzelend.

'Verschrikkelijk, dus?'

'Ik word nog weleens gepest.'

'Waarom?'

'Omdat ik dik ben.'

'Nou, vanaf nu zal niemand je meer pesten, Dottie Perks,' zei ze grijnzend.

'O nee?'

'Niet als ik er iets over te zeggen heb.'

We lachten naar elkaar en het was alsof we op dat moment allebei wisten dat er zojuist iets heel bijzonders gebeurd was.

'Ik kan maar beter de sigaretten van mijn vader gaan halen,' zei ik.

'Oké,' zei ze. 'Tot straks.'

Ik rende naar de winkel om sigaretten voor mijn vader te kopen en snoep voor mezelf uit te zoeken. Ik had een heel driepencestuk over. Daar kon je behoorlijk wat lekkers voor kopen en dus duurde het even voordat ik wist wat ik wilde hebben. Zwart-witte toffees maakten je tong helemaal plakkerig en zwart, maar lolly's gingen dagenlang mee. De mensen achter me in de rij begonnen ongeduldig te worden, maar meneer Orme zei: 'Dit meisje is een klant zoals ieder ander en heeft alle recht om goed over haar koop na te denken.'

Ik grijnsde naar hem en besloot een paar toffees en een paar lolly's te nemen.

'Kunt u ze over twee zakjes verdelen, alstublieft?' vroeg ik.

'Natuurlijk, mevrouw,' zei meneer Orme terwijl hij naar me knipoogde.

Ik stopte de sigaretten van mijn vader in mijn zak en liep toen terug naar het einde van het steegje, waar Mary nog altijd aan het klimrek hing.

'Ik heb wat snoep voor je meegenomen,' zei ik verlegen. Mary ging op het rek zitten.

'Dank je wel,' zei ze. Ze haalde een toffee uit het zakje en haalde het papiertje eraf. Nadat ze een tijdje geconcentreerd op het snoepje gekauwd had, zei ze: 'Wil je misschien samen ondersteboven aan het klimrek hangen? Als ik een stukje opschuif, pas je best naast me.'

Ik keek naar het klimrek en probeerde me voor te stellen hoe het zou voelen om ondersteboven te hangen. 'Nee, dank je wel,' zei ik.

'Waarom niet?'

'Mijn benen zijn te dik, ik zou meteen vallen.'

'Je kunt het toch op zijn minst proberen?'

'Waarom dan?'

'Omdat het dan lijkt alsof de hele wereld op zijn kop staat.'

'Ik vind de wereld rechtop ook prima,' zei ik.

'Je weet niet wat je mist.'

Ik hinkelde een tijdje over de stoep om haar af te leiden.

'Ik kan maar beter gaan,' zei ik. 'Mijn vader heeft zijn sigaretten nodig.'

'Ik kan straks wel even naar je roepen, als je wilt. Op welk nummer woon je?'

'See Saw Lane vijftien.'

'Ik woon op nummer zesenveertig.'

'Tot later,' zei ik en rende het steegje weer in. Ik grijnsde van opwinding omdat de wereld er opeens een stuk vrolijker uitzag. Halverwege het steegje hoorde ik Mary mijn naam roepen.

'Dottie!'

'Mary!' riep ik terug en we bleven elkaar roepen tot ik aan de andere kant van het steegje was.

'Dottie!'

'Mary!'
'Dottie!'
'Mary!'
'Dottie!'
We bleven elkaar de rest van ons leven toeroepen.

Lief dagboek,

Als ik later groot ben, word ik een wereldberoemde kunstenares.
Ik kan heel goed tekenen.

Ik vond mijn oude school veel leuker dan mijn nieuwe.
Het enige wat wel leuk is aan mijn nieuwe school, is dat ik naast mijn beste vriendin Dottie Perks kan zitten.

De lerares handvaardigheid is knettergek
en de aardrijkskundelerares ook.

Doei doei dagboek

Liefs van

Mary Pickles

Ongeveer acht en een half jaar.

5

Mary Pickles vond het maar niks om naar school te gaan. Zelf ging ik eigenlijk ook niet graag. Als ik erover nadacht, kende ik niemand die het daadwerkelijk leuk vond op school, behalve misschien Betty Baxter, die het lievelingetje van de lerares was en weigerde de korsten van haar boterhammen op te eten. Mary kon ontzettend goed tekenen, maar kon het totaal niet vinden met de handvaardigheidslerares. Mevrouw Philips nam meestal een of andere lelijke kan van huis mee, stopte er wat onkruid in en liet hem ons dan natekenen. Vervolgens leunde ze zelf achterover in haar stoel, begon ze een tijdschrift te lezen en at ze het snoep op dat in haar la lag. In november maakten we altijd een schilderij van het jaarlijkse kampvuur.

Op een regenachtige middag zat ik vrolijk te schilderen en probeerde ik met alle kleuren van de regenboog iets op het doek te toveren dat op een kampvuur leek. Ik moest me concentreren om precies de goede kleuren te kiezen voor de vlammen die de donkere avondlucht inschoten.

Toen ik klaar was, vond ik dat mijn schilderij lang niet slecht geworden was. Mijn vuur was misschien net iets te rood geworden, maar Mary had de oranje verf opgemaakt en dus had ik weinig keus gehad.

'Wat vind je?' vroeg ik terwijl ik mijn meesterwerk over het bureau naar haar toe schoof.

'Hoe vaak heb je dit schilderij nu al gemaakt?' vroeg Mary.

'Hoe bedoel je?'

'Dit schilderij. Hoe vaak heb je het al gemaakt?'

'Dat weet ik niet.'

'Nou, ik weet het wel,' zei ze. 'Je hebt het al vier jaar achter elkaar gemaakt, na elk jaarlijks kampvuur.'

'Dat zou zomaar kunnen,' zei ik giechelend. 'Wat heb jij dan geschilderd?'

Ze schoof haar papier naar me toe.

Ik keek even naar het schilderij en fronste toen naar Mary. 'Het is een stuk toast met witte bonen in tomatensaus,' zei ik.

'Dat was mijn avondeten op de dag van het kampvuur.'

Dat verklaarde meteen hoe de oranje verf zo snel was opgeraakt. 'Ze maakt je af.'

'Volgens mij bekijkt ze ons werk niet eens. Zodra we het lokaal uit zijn, gooit ze al onze schilderijen regelrecht in de vuilnisbak.'

'Het werk van Betty Baxter hangt ze wel altijd op.'

'Betty Baxter kan helemaal niet schilderen.'

Dat kwam als een totale verrassing voor me, aangezien de complete achterwand van het lokaal behangen was met Betty Baxters kunstwerken.

Door mijn met verfspetters besmeurde brillenglazen keek ik Mary aan. 'Jij bent een heel raar meisje, weet je dat?'

'O, dat mag ik toch hopen,' zei ze grijnzend.

Na handvaardigheid was aardrijkskunde Mary's favoriete vak.

Op een dag zaten Mary en ik na een ontzettend saaie les op onze favoriete plek onder de grote boom op het speelveld. Mary had een slecht humeur.

'Ik wil dingen leren over andere landen,' zei ze. 'Niet over stenen.'

'Waar heb je het nu weer over?'

'Ik heb het over stenen, want dat is het enige waar we bij aardrijkskunde ooit iets over leren. Kleine stenen, grote stenen, zwarte stenen, bla bla bla. Ooit reis ik de hele wereld over, Dottie, en dan wil ik meer over landen weten dan welke stenen er voorkomen.'

Ik had eigenlijk nooit zo over de lessen op school nagedacht. Ik ging er gewoon naartoe, deed wat er van me verwacht werd en vergat alles vervolgens weer. Ik dacht nooit: O, hadden ze me dat maar geleerd. Ik had nog nooit iemand zoals Mary ontmoet. Ze vervolgde haar klaagzang.

'Ik bedoel, als ik nou stenoloog wilde worden, zat ik hier precies op mijn plek. Als ik dan mijn eerste boek over stenen zou schrijven, kon ik de naam van de lerares in het dankwoord zetten en zeggen dat ik zonder haar nooit zo ver was gekomen.'

Mary draaide een stuk van haar paardenstaart om haar vinger.

'Als je zo aan je haar blijft trekken, raakt het straks helemaal in de knoop,' zei ik.

'Maar ik wil geen stenoloog worden, of wel soms?'

'Wat wil je dan wel worden?'

'Een reizende kunstenares.'

'Wat is dat?'

Mary keek me aan alsof ik iets ontzettend doms had gezegd. 'Denk daar maar eens over na, Dottie.'

Op een dag stak Mary haar hand op en zei ze: 'Mevrouw? In welk jaar is de Italiaanse burgeroorlog begonnen?'

'Dat leer je bij geschiedenis, Mary, niet bij aardrijkskunde,' zei mevrouw Flowers. 'Ga maar gauw verder met het natekenen van je stenen.'

Mary leunde naar me toe en fluisterde in mijn oor: 'Als ik haar zou vragen hoeveel stenen er tijdens de gevechten gegooid waren, zou ze dat waarschijnlijk precies weten.'

Mary wist zo veel omdat ze elke zaterdagochtend naar de bibliotheek ging. Na een tijdje begon ik met haar mee te gaan. Ik vond het er heerlijk. Het was weliswaar een kleine bibliotheek, maar hij was heel mooi. Het rook er wat stoffig en er stonden een paar oude banken op de kinderafdeling waarop je kon gaan zitten lezen. Ik las altijd boeken uit de De Vijf-serie. *De Vijf en het gestrande goudschip* en *De Vijf in de knel* vond ik fantastisch, net als de Pitty-reeks over een meisje dat op een kostschool zit. Ik kon me niet voorstellen om op school te moeten slapen in plaats van naar huis te gaan.

Mary zei dat ze te oud was geworden voor de kinderafdeling en vroeg de mevrouw achter de balie of ze misschien ook boeken voor volwassenen mocht lenen. De mevrouw zei dat dat absoluut niet mocht en wuifde haar weg alsof ze een of andere vervelende mug was.

'Sommige mensen!' zei Mary.

'Ja, sommige mensen,' zei ik giechelend.

'Sst!' siste de mevrouw achter de balie.

Mary kon ontzettend hard rennen en werd al snel aanvoerder van het sportteam. Ze was ook middenvelder in het netbalteam. Door mijn ademhalingsproblemen kon ik niet sporten en dus werd ik ingezet om na de gymles alle ballen en hoepels op te ruimen. Daar werd ik regelmatig mee gepest, net als met het feit dat ik door mijn medicijnen nogal mollig geworden was. Zodra Mary aanvoerder van het sportteam werd, was het echter gedaan met de pesterijen, omdat mijn klasgenoten wisten dat Mary ze niet voor het team zou selecteren als ze mij lastigvielen.

Vanaf onze eerste ontmoeting waren Mary en ik onafscheidelijk. Zij was bij mij thuis, of ik was bij haar. Bij Mary thuis hadden we niet zo veel speelruimte omdat ze zes broers had, maar anders dan ik had zij haar eigen kamer. Die was misschien niet groot, maar hij was wel helemaal van haar. Mary zei dat haar broers altijd jaloers op haar waren omdat zij met zijn allen twee slaapkamers moesten delen. Ze had een bordje op haar deur geplakt waar 'Privé, ALLEEN MEISJES' op stond, wat hun ergernis alleen maar groter maakte.

Mary's moeder deed het huishouden en zorgde voor de kinderen terwijl haar vader als vuilnisman werkte. Ik geloof dat ze haar een beetje verwenden omdat ze het enige meisje was, wat Mary natuurlijk prima vond.

Haar broers waren allemaal ouder dan Mary. Ze heetten Winston, Warren, Wesley, Wayne, William en Wallace. William en Wallace waren een tweeling. Ik raakte al snel gewend aan de drukte bij Mary thuis en binnen de kortste keren was het alsof ik onderdeel van het gezin was.

Toen ik op een middag op haar kamer zat en Mary op haar buik op de vloer lag om te kijken of het Ladderspel onder haar bed lag, vroeg ik: 'Waarom beginnen de namen van je broers allemaal met een W?'

'Omdat mijn vader West Ham-supporter is,' zei ze.

'Waarom is hij niet voor Brighton & Hove Albion?'

'Omdat hij in Londen is opgegroeid en zijn hele familie voor West Ham is. Dat spel moet hier toch ergens liggen?'

'Waarom begint jouw naam dan niet met een W?' vroeg ik.

'Bingo,' zei ze terwijl ze onder het bed uit kroop. 'Wat zei je?'

'Waarom begint jouw naam niet met een W?'

'Omdat mijn vader mijn moeder altijd beloofd heeft dat mijn moeder de naam voor een meisje mocht uitkiezen. Dat was ook wel zo eerlijk, aangezien ze eerst zes jongens gekregen had.' Ze haalde het bord uit de doos en vouwde het op het bed uit. Ze gaf mij een rode pion en pakte zelf de gele. Geel was haar lievelingskleur.

'Mary is wel een mooie naam,' zei ik, 'veel mooier dan Dorothy.'

'Ik ben vernoemd naar de maagd.'

'Welke maagd?'

'De maagd Maria.' Ze schudde de dubbelstenen en gooide zes. 'Ik begin!' riep ze.

'Waarom?'

'Omdat ik zes gegooid heb.'

'Nee, ik bedoel waarom ben je naar de maagd Maria vernoemd? Jullie zijn toch niet katholiek?'

'Nee, maar steeds als mama zwanger was, bad ze tot een heilige om een meisje. Na zes jongens had ze alle heiligen gehad en dus besloot ze het anders aan te pakken en direct tot de Heilige Maagd te bidden. Zij was zelf immers ook een moeder die nooit een meisje had gekregen en dus zou ze haar waarschijnlijk beter kunnen begrijpen dan andere heiligen. Het werkte en dus heeft mijn moeder mij als een soort bedankje Mary genoemd.'

Ik glimlachte naar haar. 'Wat een mooi verhaal.'

Ik gooide vijf, waardoor ik op een ladder uitkwam en meteen bovenaan het bord belandde.

Als Mary en ik niet bij een van ons thuis speelden, gingen we naar het strand van Brighton. De zomer van onze eerste ontmoeting leek wel eeuwig te duren. Zes weken lang was de lucht strakblauw en scheen de zon elke dag. We brachten elke dag op het kiezelstrand door, waar we keien over het water probeerden te laten stuiteren of in het ijzige water zwommen. Mary had altijd een tekenblok bij zich. Ze vond het heerlijk om de zee te tekenen, vooral als er donkere wolken boven het water hingen en de golven wild tegen het strand sloegen. De keien rolden en ketsten tegen elkaar en het witte zeeschuim werd over de boulevard geblazen. Dan gingen we naar de speelhal op Palace Pier en zochten we onder de gokautomaten naar verloren muntjes om snoep te kopen, waar we dan uren van konden eten. Als het eenmaal weer eb geworden was, gingen we op zoek naar wormen die we vervolgens aan meneer Parish gaven, die ze gebruikte om te gaan vissen. Van het geld dat hij ons voor de wormen gaf, kochten we vis en patat die we een stukje verderop op een stenen muurtje opaten. Onze vette vingers spoelden we af met het zeewater dat tussen de rotsen lag. Aan het einde van de dag waren we doodmoe en liepen we nat van het zweet naar huis. Mary was prachtig bruin geworden en ik zat onder de sproeten.

Op een dag klom Mary op de krib en begon ze eroverheen te lopen.

'Niet doen,' riep ik, 'straks val je nog.'

Ze keek me grijnzend aan. 'Dat zou zomaar kunnen,' zei ze.

'Waarom doe je het dan?'

'Omdat ik ook *niet* zou kunnen vallen. Ik val bijna nooit.' Ze bood me haar hand aan. 'Probeer het maar eens.'

'Maar het is hartstikke glad op de stenen,' zei ik. 'Stel nou dat ik val?'

'Het zou best kunnen dat je valt,' zei ze, 'maar stel je eens voor hoe fantastisch je je voelt als dat niet gebeurt.'

'Ik weet zeker dat ik val.'

'Dat weet je helemaal niet zeker, dat is er juist zo spannend aan. Waarom zou je alleen dingen doen waarvan je de uitkomst zeker weet?'

Haar haren werden over haar gezicht geblazen terwijl ze me grijnzend aankeek. Ze zag er zo dapper en sterk uit dat ik zelf ook dapper wilde zijn. Ik wilde precies zo zijn als mijn vriendin Mary Pickles.

Ik twijfelde nog een beetje, maar ging toch op de rand zitten om mijn sandalen uit te trekken. Ik zette ze netjes naast elkaar. Mary bood me haar hand aan en hielp me op de krib. De houten reling was oud en dik. Hij voelde stevig aan onder mijn voeten. Langzaam ging ik rechtop staan en probeerde ik mijn evenwicht te vinden. Ik stak mijn hand naar Mary uit en ze schoot me meteen te hulp om overeind te blijven. Ze glimlachte naar me en kneep zachtjes in mijn vingers.

'Kom maar,' zei ze. Langzaam begonnen we over het houten

bouwwerk te lopen. Ik keek naar mijn voeten, die ik voorzichtig verplaatste. Een paar keer dacht ik dat ik zou vallen, maar dat gebeurde niet. We liepen naar het einde van de krib en sprongen toen op het kiezelstrand.

'Het is je gelukt,' zei ze terwijl ze met me in het rond draaide. 'Het is haar gelukt!' riep Mary tegen de wind in.

'Ja, goed hè?' zei ik grijnzend.

'Wil je het nog een keer doen?' vroeg ze.

'Ammenooitniet,' antwoordde ik, terwijl ik lachend over het strand naar de boulevard begon te lopen.

Mary haalde me in en trok me tegen de stenen, waar we naast elkaar gingen liggen en naar de eindeloze blauwe lucht keken. De golven duwden de keien over het strand, die vervolgens met een zacht ratelend geluid terug in de richting van de zee rolden.

Mary en ik waren onafscheidelijk. Het was alsof we samen één leven leidden. Als ik me zorgen maakte of verdrietig was, dacht ik aan iets wat we samen hadden meegemaakt en toverde die herinnering als vanzelf weer een glimlach op mijn gezicht.

Ik dacht aan de zaterdagochtend waarop mijn vader ons schuurtje had afgebrand. Mary Pickles en ik waren toen een jaar of negen.

Mijn zus Rita, die volop aan het puberen was, had de hele ochtend gehuild omdat ze in een tijdschrift had gelezen dat je minstens een meter achtenzeventig moest zijn om model te kunnen worden en zij amper een meter vijfenzestig was.

Ze had zichzelf op haar slaapkamer opgesloten en niemand kon haar naar buiten krijgen. Dat had me op zich niet zo veel uitgemaakt, als haar slaapkamer niet ook die van mij was geweest. Ik had mijn pyjama nog aan en Mary en ik zouden naar de zaterdagochtendfilm gaan, die altijd om elf uur begon. De laatste aflevering van *Flash Gordon* was geëindigd met Ming, de meedogenloze leider van planeet Mongo, die Flash in een vat kokende olie dreigde te laten zakken. Er overkwam Flash elke week iets verschrikkelijks, maar hij werd steeds net op tijd gered. Het zou volgens Mary echter zomaar kunnen dat dat deze week niet het geval was en dus moesten we op tijd bij de bioscoop zijn. Meneer Barclay van de ticketbalie zou ons nooit binnenlaten als we te laat kwamen. Niet omdat we de andere bezoekers dan zouden storen, dachten we, maar omdat hij een hekel had aan kinderen. In ieder geval kon ik me vanmorgen dus niet omkleden en stond ik hulpeloos voor mijn slaapkamerdeur. Mijn moeder stond naast me en probeerde Rita zover te krijgen om de deur open te doen.

'Je bent misschien geen een meter achtenzeventig,' zei ze door het sleutelgat, 'maar je was wél de mooiste baby van Brighton tijdens de verkiezingen van 1948,' zei ze. 'De baby van de Baxters had flaporen – de enige reden waarom hij uiteindelijk won, was dat zijn vader in de jury zat. Dat gerucht ging tenminste wel, want een van de juryleden had enorme oren en bleef net iets te lang bij mevrouw Baxter staan.'

Rita gaf nog steeds geen kik. Toen kwam mijn vader naar boven.

'Wat is hier aan de hand?' vroeg hij. Mijn moeder vertelde hem wat het probleem was en hij brulde door het sleutelgat dat modellenwerk voor domkoppen was en dat ze beter iets nuttigs met haar leven kon doen. Ze kon bijvoorbeeld zuster worden? Nu reageerde Rita wel en begon ze woest met spullen te smijten. Ik besloot me maar niet in de situatie te mengen.

Mijn vader zei dat hij naar de schuur ging en liep naar beneden. Halverwege de trap mompelde hij iets over hysterische vrouwen.

In de slaapkamer was het inmiddels weer stil geworden en dus ging mijn moeder op haar buik op de grond liggen om onder de deur door te kijken wat Rita aan het doen was. 'Ik kan haar niet zien,' zei ze. 'Zou alles wel goed met haar zijn?'

'Net klonk ze nog prima,' zei ik.

Van alle heisa was Clark wakker geworden. Hij kwam zijn slaapkamer uit, stapte over mijn moeder heen en ging naar beneden.

'Clark, loop even naar tante Brenda toe en zeg dat ze langs moet komen,' zei mijn moeder. 'Zij weet vast precies hoe we dit kunnen oplossen. Dottie, blijf jij maar hier om te luisteren wat ze doet.'

Toen ik al een tijdje niks gehoord had, liep ik Clarks kamer in. Volgens zijn Dennis the Menace-klok was het kwart over negen. Mary zou me vermoorden als ik te laat kwam.

Mijn moeder kwam weer naar boven. 'Maak je maar geen zorgen,' zei ze. 'Tante Brenda komt er meteen aan.'

'Dat hoop ik dan maar,' zei ik. 'Mary komt zo en ik moet me nog aankleden.'

'Wat gaan jullie doen?' vroeg mijn moeder.

'We gaan naar de zaterdagochtendfilm.'

'Wat leuk.'

Clark kwam met rode wangen terug en stelde voor om de deur in te trappen. Dat leek mij best een goed idee, maar mijn moeder zei dat als Clark de deur ook maar met een vinger aanraakte, hij de rest van de maand niet meer zou kunnen zitten.

Op dat moment kwam tante Brenda naar boven gerend.

'Wat ben ik blij dat je er bent, Brenda!' zei mijn moeder. 'Misschien weet jij tot haar door te dringen.'

'Ik zal mijn uiterste best doen,' zei tante Brenda terwijl ze haar oor tegen de deur drukte.

'Dottie, haal eens een kop thee voor je tante Brenda.'

Ik liep naar beneden, zette de ketel op het vuur en ging toen aan de keukentafel zitten. Clark werkte in een razend tempo een bak cornflakes naar binnen en zag eruit alsof hij al jaren niet gegeten had.

Toen de thee klaar was, ging ik terug naar boven. Tante Brenda was net halverwege het verhaal over de flaporen van de Baxterbaby toen Rita begon te schreeuwen dat haar carrière naar de Filistijnen was en dat mama beter met een lange man had kunnen trouwen. Mijn moeder zei dat papa op hun trouwdag lang was geweest, maar dat hij door de jaren heen steeds meer gekrompen was.

Rita zei dat ze nooit meer naar buiten zou komen, dat ze langzaam weg zou kwijnen en dat we daar allemaal vreselijke last van zouden hebben. Waarschijnlijk zou ik echter nog het meest last van haar hebben, aangezien ik een kamer met Rita deelde en lijken behoorlijk schijnen te stinken.

Mijn moeder en tante Brenda wilden net de deur intrappen toen mijn vader het schuurtje in onze achtertuin in brand stak.

Ieder jaar deed mijn vader in januari een verwoede poging om te stoppen met roken. Het was dag twee van poging honderd en waarschijnlijk was hij naar de schuur gegaan om stiekem toch een sigaret op te steken. Hij was echter in slaap gevallen en had zijn sigaret op een stapel kranten laten vallen, die ik bewaard had voor het geval ik ooit een hamster zou krijgen.

Mijn vader rende het huis in en riep: 'Maureen! Bel de brandweer! De schuur staat in brand!'

Tante Brenda riep: 'Vrouwen en kinderen eerst naar buiten!' Dat was driekwart van de familie en Clark rende zijn kamer in om zijn camera te zoeken. Hij maakt altijd graag actiefoto's en dit was de ideale gelegenheid om wat unieke plaatjes te schieten.

Mijn moeder rende naar de buren om de brandweer te bellen, aangezien zij de enige mensen in de hele straat waren die een telefoon hadden. Tante Brenda riep naar Rita dat de schuur in brand stond. 'Leuk geprobeerd,' was Rita's antwoord en dus maakte tante Brenda zich op om de deur in te trappen. Net toen ze met een aanloopje op de deur af stormde, besloot Rita naar buiten te komen. Brenda en Rita vlogen door de kamer en Rita kwam met haar hoofd tegen de rand van de tafel terecht, waardoor ze meteen buiten westen was. Clark maakte een foto.

'Snel, Dottie! Ga je moeder halen!' riep tante Brenda.

Ik rende naar beneden. Mijn vader en moeder renden met bakken water heen en weer tussen de keuken en de schuur.

'Tante Brenda heeft Rita buiten westen geslagen,' zei ik terwijl ik tussen mijn ouders in ging staan.

'Wat heeft ze gedaan?' vroeg mijn moeder.

'Ze wilde de deur intrappen, maar toen deed Rita net de deur open en kwam ze met haar hoofd tegen de tafel terecht.'

Mijn vader keek al net zo verbaasd als mijn moeder. Zijn gezicht was zwart van de rook, waardoor het wit van zijn ogen extra opviel. Hij had bijna iets weg van een pandabeer.

Mijn moeder liet haar bak water vallen en rende terug naar binnen.

De brandende schuur zag er erg indrukwekkend uit en deed me meteen denken aan het jaarlijkse kampvuur in de stad, maar dan beter. De foto's van Clark zouden vast geweldig worden. Hij was in de appelboom geklommen om de brand van bovenaf te kunnen fotograferen.

Ik rende terug naar boven. Rita zat inmiddels rechtop tegen haar bureau aan en zag wat bleekjes. Mijn moeder depte met een natte doek haar voorhoofd.

'Lieve help, Dottie,' zei mijn moeder. 'Wordt het niet eens tijd om je aan te kleden?' Haar vraag was zo onrechtvaardig dat ik er niet meteen een antwoord op had.

'Maureen!' riep mijn vader onderaan de trap. 'Weet je zeker dat je de brandweer gebeld hebt? De appelboom staat nu ook in de hens!'

'Wat zonde,' zei tante Brenda. 'Die boom gaf altijd heerlijke appels.'

'Clark zit in de appelboom,' zei ik terwijl ik een schone onderbroek uit mijn kast haalde.

'Echte Worcester-appels,' zei mijn moeder tegen tante Brenda. 'Wáár zit Clark?' riep ze toen uit.

'In de appelboom,' zei ik. 'Om foto's te maken.'

'Mijn jongen!' gilde mijn moeder terwijl ze Rita's hoofd tegen de grond liet vallen.

Ze rende naar beneden, maar botste onderweg bijna tegen Clark op.

'Waarom zit jij niet in de appelboom!' schreeuwde mijn moeder terwijl ze hem door elkaar schudde.

'Maar die staat in brand!' zei Clark, die haar met grote ogen aankeek.

Mijn moeder ging op de trap zitten en barstte in tranen uit. Tante Brenda sloeg een arm om haar heen. 'Wat wij nodig hebben, is een lekker kopje thee,' zei ze terwijl ze mijn moeder meenam naar de keuken. 'Dottie, wees lief voor je zus.'

Ik had helemaal geen zin om lief te zijn voor mijn zus. Lief zijn voor mijn zus was zo ongeveer het laatste dat ik wilde doen. Ik wilde me alleen maar aankleden. Was dat nou echt zo veel gevraagd?

Ik liep de slaapkamer in. Het was één grote zwijnenstal. Rita zat op haar bed en zag er doodongelukkig uit. Misschien kon ik toch beter aardig voor haar zijn.

'Misschien kun je wel in een land gaan wonen waar ze ook kortere modellen hebben,' zei ik.

'Welk land dan?'

'Ik weet het niet, Japan of zoiets.'

'Jij hebt echt geen idee waar je het over hebt, hè? Stom kind!'

Dat krijg je er dus van als je lief bent voor je zus. Had ik mijn mond maar gehouden.

'Heb jij mijn nieuwe sjaal misschien?' vroeg ik.

'Waarom zou ik jouw lelijke sjaal willen hebben?' zei ze terwijl ze haar spiegelbeeld bekeek. Ze hield haar haren omhoog en bekeek zichzelf toen van de zijkant. 'Zie ik eruit als Audrey Hepburn?'

'Nee, je ziet eruit als Rita Perks.'

'Maar met mijn haar opgestoken lijk ik toch best op Audrey Hepburn?'

'Nee,' zei ik terwijl ik onder mijn bed naar mijn sjaal zocht.

'Je snapt gewoon niet wat ik bedoel,' zei ze. 'Waarom vraag ik jou eigenlijk wat?' Zonder mijn antwoord af te wachten, liep ze naar de badkamer.

In Rita's ogen kon niemand die ochtend iets goed doen. Ik vond mijn sjaal naast een pakje knettersnoep waarvan ik dacht dat Clark het gepikt had. Op dat moment kwam Mary de slaapkamer binnen.

'De brandweer is er,' zei ze. 'Ze hoefden maar twee keer te spuiten om de brand in het schuurtje uit te krijgen. Ben je klaar om te gaan?'

'Bijna.'

De schuur en de appelboom zagen er vreselijk uit, maar mijn moeder was al een stuk vrolijker. Samen met tante Brenda stond ze buiten thee aan de brandweermannen uit te delen. Mijn vader zag er gehavend en ietwat terneergeslagen uit. Dat was ook niet zo gek, aangezien hij de brand met zijn stiekeme sigaretje had aangestoken.

'Misschien lukt het hem nu *wel* om te stoppen met roken,' zei Mary.

'Ik hoop het,' zei ik, al twijfelde ik of het hem echt zou lukken.

We zeiden gedag tegen mijn moeder en tante Brenda. Clark stond de brandweermannen te interviewen en Rita zat nog altijd mopperend op haar bed.

Mary en ik kregen ieder een shilling per week zakgeld, zes pence voor de film en zes pence voor snoep. Elke week gingen we voordat we naar de bioscoop gingen naar dezelfde snoepwinkel. De eigenaresse was een beetje raar en hield het hele jaar haar jas aan, zelfs als het zomer was. Ze haalde ook nog eens erg vaak haar neus op. Mary en ik vonden haar winkel echter fantastisch. Hij stond altijd bomvol kinderen die snoep aan het uitzoeken waren. De vrouw achter de balie maakte regelmatig geïrriteerde opmerkingen tegen de kinderen. 'Er staan nog meer mensen te wachten hoor,' zei ze bijvoorbeeld. 'Je bent niet de enige die iets lekkers komt kopen.' Dan probeerde ze de kinderen op te jagen zodat ze hun snoep sneller uit zouden kiezen, maar daar slaagde ze zelden in. Als je maar weinig geld hebt om snoep te kopen, wil je immers goed over je keuze nadenken. Op de planken achter haar stonden enorme potten perensnoepjes, chocoladetoffees, cakejes en tientallen andere soorten zoetigheden. Als de buit eenmaal binnen was, gingen we naar de Regentbioscoop en schreeuwden we met zijn allen tegen de meedogenloze Ming. We tuurden gebiologeerd naar het scherm terwijl we met onze handen in onze snoepzakjes graaiden.

Toen ik die dag thuiskwam, zat mijn moeder met een kop thee aan de keukentafel.

'Papa en zijn sigaretten,' zei ze hoofdschuddend.

'Waar is Rita?'

'Die is even op de bank gaan liggen,' zei ze zachtjes.

'Gaat het al iets beter met haar?'

'Jawel,' zei mama. 'Ze heeft besloten dat ze toch maar actrice wil worden.'

'Misschien is dat ook maar beter. Ze heeft in ieder geval meer dan genoeg gevoel voor drama,' zei ik grijnzend.

Lief dagboek,

Ik ben verliefd op een jongen die Elton Briggs heet.
Hij is de knapste jongen van de hele school.
Als ik later groot ben, wil ik met hem trouwen.
Nu moet ik alleen nog zorgen dat hij ook verliefd op mij wordt.

Misschien kan ik mijn broer Wesley om advies vragen.
Mama zegt altijd dat hij heel goed is met de meisjes.
Dottie en ik hebben hem weleens met Susan Alcorn zien zoenen in het park.

Ik heb mijn eindejaarstoets heel goed gemaakt. Natuurlijk wist ik allang dat ik die goed zou maken omdat ik ontzettend slim ben. Ik weet precies hoelang vijf mannen erover doen om een bad te vullen als het twee mannen twintig minuten kost. Niet dat het me iets uitmaakt hoelang ze erover doen om een bad te vullen.

Dottie maakt zich zorgen dat we straks geen beste vriendinnen meer zullen zijn. Maar dat gaat nooit gebeuren!

Doei doei

Mary Pickles (genie)

11 jaar.

6

'Er zal heus niks veranderen,' zei Mary.

'Echt wel,' zei ik. 'Als we niet meer op dezelfde school zitten, moet ik straks naast iemand zitten die ik helemaal niet ken en heb ik binnen de kortste keren geen beste vriendin meer.'

'Wij zullen altijd beste vriendinnen zijn, oen.'

De tranen sprongen me in de ogen en ik wilde niet huilen, want ik was heel trots dat Mary haar toets zo goed gemaakt had en wilde haar geen schuldgevoel aanpraten omdat ze nu naar het gymnasium mocht. 'Alles wordt anders,' fluisterde ik.

'Er wordt helemaal niks anders,' zei Mary, 'want ik ga niet.'

'Wat?'

'Ik ga niet.'

'Maar je moet gaan, je hebt je toets zo goed gemaakt.'

'Ik moét helemaal niks. Het staat heus niet in de wet of zo, dat je verplicht naar het gymnasium moet als je de eindejaarstoets goed gemaakt hebt. Als je niet naar het gymnasium gaat, staat daar echt niet een of andere lijfstraf op.'

Ik begon te giechelen. 'Ga je echt niet?'

'Ik ga echt niet.'

'Maar waarom dan niet?'

'Omdat ik het niet wil. Het past helemaal niet in mijn levensplan om honderd jaar naar school te gaan, waar ik me strikt aan alle regeltjes moet houden. Ik wil kunstenares worden en daar gaat het gymnasium me echt niet bij helpen. Sterker nog, waarschijnlijk zou het op het gymnasium alleen maar moeilijker worden om te schilderen, omdat je daar veel meer huiswerk krijgt.'

Het duurde even voordat ik al deze informatie in me had opgenomen.

'Ik wist helemaal niet dat jij een levensplan had,' zei ik.

'Dat zou iedereen moeten hebben! Zonder plan ben je gedoemd om je leven lang allerlei fouten te maken.'

'Heb ik dan ook een levensplan nodig?'

'Nee, want jij bent onderdeel van mijn levensplan. Ik zorg wel dat je goed terechtkomt.'

'Vinden je vader en moeder het niet erg dat je niet naar het gymnasium gaat?'

'Niet echt. Ze weten dat ik kunstenares wil worden en als ik me eenmaal iets in mijn hoofd haal, krijg je dat er niet zo snel meer uit.'

Mary bleef maar indruk op me maken. Ik kon me niet voorstellen dat ik tegen mijn moeder zou zeggen: 'O ja, ik heb de eindejaarstoets heel goed gemaakt, maar heb toch maar besloten om niet naar het gymnasium te gaan. Dat vind je toch wel goed, mam?'

'Ik geloof dat mijn moeder het wel een *beetje* jammer vond,' zei Mary, 'want volgens mij had ze maar al te graag over me opgeschept tegen mevrouw Muck.'

'Mevrouw Muck?'

'Ja, je weet wel, die vrouw die een stukje verderop in onze straat woont. Ze heeft een nephouten deur.'

'Die met die rare man?'

'Precies, die. Volgens haar is haar dochter Penelope het meest fantastische dat de wereld ooit is overkomen. Ze heeft het eindeloos over hoe slim ze is, hoe knap ze is, bla bla bla. Maar zij heeft de toets lang niet zo goed gemaakt als ik en dus zou mijn moeder haar maar al te graag vertellen dat haar dochter eigenlijk slimmer is.'

'Ze kan toch nog steeds over je opscheppen? Je hebt ontzettend hoge punten gehaald, dus waarom zou dat niet kunnen?'

'Mevrouw Muck zou haar waarschijnlijk pas geloven als ik in mijn nieuwe uniform door de straat zou paraderen.'

Ik grinnikte. 'Je bent hilarisch, Mary Pickles.'
'Bedankt voor het compliment, Dottie Perks.'

Ik weet nog precies wanneer Mary me vertelde dat ze voor het eerst verliefd op iemand was. Het was op mijn elfde verjaardag. Mijn tante Brenda had een verzamelbundel van de *Bunty* voor me gekocht. Ik had een abonnement op *Bunty* en dus werd het striptijdschrift elke dinsdag bij me thuisbezorgd. Zodra ik het blad op de deurmat hoorde vallen, rende ik naar beneden om het als eerste te kunnen lezen. 'Alsof iemand anders hier in huis ooit interesse in dat blaadje zou hebben,' zei Rita dan.

Bij de bushalte liet ik het tijdschrift aan Mary zien, die meteen in lachen uitbarstte.

'Wat is er?' vroeg ik terwijl ik haar verbaasd aankeek.

'Niet te geloven dat je dat soort blaadjes nog leest.'

'Hoe bedoel je?'

'De *Bunty* is voor kinderen, Dottie,' zei ze terwijl ze haar neus optrok alsof ze zojuist iets vies geroken had.

'Maar ik vind het leuk.'

'Nou, dan wordt het hoog tijd dat je het *niet* meer leuk vindt.'

'Waarom dan?'

'Ik ben volwassen geworden, Dottie.'

'Binnen twee weken?'

'Waar heb je het nu weer over?'

'Twee weken geleden wilde je de *Bunty* nog van me lenen.'

Ze besloot mijn opmerking te negeren en probeerde weer over mij te beginnen.

'Wat vind je er dan zo leuk aan?'

'*De Vier Mary's* vind ik leuk, en...'

'*De Vier Mary's*?' riep ze uit.

'En *Het Dansleven van Moira Kent*.'

'*Het Dansleven van Moira Kent*!'

Ik was inmiddels behoorlijk in de war. 'Waarom herhaal je alles wat ik zeg?'

'Omdat ik mijn oren bijna niet kan geloven.'

'Nou, als je vindt dat ik *Bunty* niet meer moet lezen, wat moet ik dan wel lezen?'

'Romantische verhalen,' zei Mary grijnzend.

'Romantische verhalen!' riep ik uit. 'Waarom zou ik die in vredesnaam willen lezen?' Mijn zus Rita was vijftien en las zo veel romantische verhalen dat ik er waarschijnlijk makkelijk een paar zou kunnen lenen.

'Omdat ik verliefd ben.'

Ik knipperde even met mijn ogen en liet haar woorden eens goed tot me doordringen. 'Dus omdat *jij* verliefd bent, mag *ik* de *Bunty* niet meer lezen?'

'Het wordt hoog tijd dat je volwassen wordt. Ik ben volwassen geworden en dat zou jij ook moeten doen.'

'Maar *ik* ben niet verliefd geworden, Mary, en dat *wil* ik ook nog helemaal niet. In ieder geval niet voordat ik mijn verzamelbundel van de *Bunty* uit heb.'

'Goed dan,' zei Mary. 'Je mag je bundel uitlezen.'

'Dank je,' zei ik grijnzend.

Toen kwam de bus aanrijden en gingen Mary en ik op de voorste twee stoelen zitten.

'Op wie ben je eigenlijk verliefd?' vroeg ik terwijl ik mijn tijdschrift in mijn tas stopte. Straks zou Mary nog voorstellen dat ik het uit het raam zou gooien.

'Op Elton Briggs,' zei ze. 'Op wie zou ik anders verliefd zijn?'

'Elton is toch niet de enige jongen in onze klas?' zei ik.

'Maar wel de knapste jongen,' zei ze, 'en de populairste.'

Tot dat moment wist ik helemaal niet dat Mary het belangrijk vond om knap en populair te zijn en had ik haar juist bewonderd omdat het haar niet uitmaakte wat mensen van haar vonden. Maar nu was ze verliefd op Elton Briggs, die ondanks zijn populariteit helemaal niet aardig was.

Elton was inderdaad best knap en de andere jongens leken erg tegen hem op te kijken. Hij was langer dan zijn klasgenoten en was bovendien erg sportief. Er hing altijd een groepje jongens om hem heen, zoals er ook altijd een groepje meisjes om Mary heen hing.

Ik had ooit medelijden met Elton gehad omdat zijn vader overleden was toen hij pas negen was. Hij werd uit de klas gehaald en kwam toen een tijdje niet naar school. Er gingen allerlei geruchten over hem rond. Veel mensen vroegen Ralph wat er met hem aan de hand was, maar die haalde dan zwijgend zijn schouders op. Een paar dagen later vertelde onze lerares wat er gebeurd was en vroeg ze ons om aardig te zijn voor Elton en hem niet met vragen te bestoken. Louise Morgan, die altijd wel ergens overstuur om was, begon hysterisch te huilen en werd naar de zuster gestuurd.

Toen Elton terugkwam, waren we allemaal extra aardig voor hem. Alleen Dominic Roberts leek niet helemaal te hebben begrepen wat er van hem werd verwacht. Zelf deed Elton alsof er niks aan de hand was. Ik geloofde er niks van dat de dood van zijn vader hem niks had gedaan, en Mary ook niet. Soms zat hij tijdens een schrijfopdracht eindeloos uit het raam te staren, maar mevrouw Roberts zei er nooit iets van. Misschien was het zijn kwetsbare kant die Mary aansprak en niet de stoere houding die hij zichzelf had aangemeten.

'Ik ben echt dolverliefd op hem, Dottie,' zei Mary die dag in de bus. 'Ooit ga ik met hem trouwen. En dan reizen we met zijn tweeën de wereld rond en leiden we samen een geweldig leven.'

Ik wist niet zo veel over de liefde, maar het leek me logisch dat je verliefd werd op iemand die aardig tegen je was en zijn snoep met je deelde, of zoiets. Elton was helemaal niet aardig voor Mary. Tegen mij was hij ook niet aardig, maar ik was ook niet verliefd op hem, dus dat deed er niet toe.

Alles veranderde toen Mary verliefd werd op Elton. We speelden in de pauzes geen spelletjes meer op het schoolplein, maar liepen alleen nog maar achter Elton en Ralph aan. Soms gaf Elton Mary wat aandacht en hielden ze bijvoorbeeld elkaars hand vast of rende hij achter haar aan over het grasveld. Soms gingen Ralph Bennett en ik ook wel eens met elkaar om, wat in het begin nogal gênant was, maar later iets minder ongemakkelijk werd. Meestal gingen we samen langs het grasveld zitten praten. Hij vertelde me dat hij Elton al zijn hele leven kende. Ze waren in hetzelfde ziekenhuis een paar dagen na elkaar geboren en hun moeders hadden contact gehouden, waardoor ze min of meer samen waren opgegroeid. Ze hadden allebei geen broertjes of zusjes. Ralph was een lange, ietwat verlegen jongen die er de hele dag uitzag alsof hij net zijn bed uitkwam.

'Denk je dat Elton verliefd is op Mary?' vroeg ik hem op een dag.

'Ik weet het niet,' zei hij.

'Praat hij weleens over Mary?'

'Elton praat eigenlijk alleen maar over voetbal en muziek. Als Mary een nummer op haar rug zou plakken, zou hij misschien wel meer aandacht voor haar hebben.'

Ik glimlachte. 'Soms ben je best grappig, Ralph Bennett.'

Ralph begon te blozen.

'Maar het is dus geen ware liefde?' vroeg ik.

Ralph lachte. 'Daar zijn ze een beetje jong voor, denk je niet?'

Dat leek mij ook, maar Mary was met geen mogelijkheid van haar roze wolk af te krijgen.

Soms negeerde Elton Mary compleet en liep hij hand in hand met Valerie Colahan over het veld of lachte hij hardop om de grappen van Beverly Johnson. Het was overduidelijk maar een toneelstukje, want Beverly Johnson had in haar hele leven nog nooit iets grappigs gezegd. Elton was er puur en alleen op uit om Mary jaloers te maken.

Als Elton zijn pauze met andere meisjes doorbracht, kwam Mary doodongelukkig bij Ralph en mij zitten. Ralph werd daar erg stil en ongemakkelijk van en ik wist ook niet hoe ik de situatie iets draaglijker voor ze kon maken. Op een dag zaten we met zijn drieën op het veld en zei Mary opeens: 'Weet je wat je je moeder misschien voor kerst zou kunnen vragen, Ralph Bennett?'

'Nou?' vroeg Ralph verschrikt.

'Een tong,' zei Mary.

Ik vond dat ontzettend gemeen van Mary, maar wist dat ze het niet zo bedoelde. Ze voelde zich gewoon gekwetst. Opeens gooide iemand een bal tegen Ralphs achterhoofd en begon een groepje kinderen hem uit te lachen. 'Ahhh, heb je je kleine rode koppie pijn gedaan?' riep de jongen die de bal gegooid had.

Vanuit het niets stormde Elton het veld over. Hij rende op de jongen af en duwde hem tegen de grond. 'Wat zei je?' vroeg hij uitdagend.

De jongen zag er doodsbang uit. 'Niks, Elton,' zei hij.

De andere jongens uit het groepje maakten dat ze wegkwamen.

'Ik wil weten wat je tegen hem zei.' Hij keek de angstige jongen fel aan.

'Ik vroeg gewoon of alles goed met hem was.'

Elton keek naar ons. 'Wat zei hij?'

'Iets over zijn rode koppie,' zei Mary.

'Laat hem maar,' zei Ralph. 'Het geeft niet.'

Elton trok de jongen van de grond. 'Waag het nooit meer om zo tegen mijn vriend te praten, hoor je me?'

'Ik zal hem met rust laten, Elton,' zei de jongen.

'Nu wegwezen.'

De jongen verroerde zich niet.

'Wat is er?' vroeg Elton.

'Mag ik mijn bal terug?'

'Wat denk je zelf?' zei Elton met een arrogant lachje.

'Maar ik heb hem pasgeleden voor mijn verjaardag gekregen.

Mijn vader vermoordt me als ik hem vanavond niet bij me heb.' De jongen leek nu elk moment in huilen te kunnen uitbarsten.

Elton trapte de bal hard over het veld.

'Bedankt, Elton,' zei de jongen opgelucht en hij begon achter de bal aan te rennen.

'Gaat het?' vroeg Elton terwijl hij naast Ralph kwam zitten.

Ralph wreef even over zijn hoofd. 'Ik geloof dat ik het wel overleef,' zei hij.

'Ik heb al zo vaak ruzie om jouw haar gehad dat ik de tel bijna kwijtraak,' zei Elton en we begonnen allemaal te lachen.

Dat jaar legde iemand een valentijnskaart op mijn bureau. Er stond een groot hart op de voorkant, waar kleine Cupido's met bossen bloemen in hun hand omheen vlogen. In de kaart had de anonieme afzender een lief gedichtje geschreven. Onderaan het bericht stond: 'Van je geheime liefde'. Alle meisjes waren diep onder de indruk toen ik ze de kaart liet zien. Eerst dacht ik dat iemand me voor de gek wilde houden en Mary, die dat jaar geen kaarten of bloemen had gekregen, zei dat iemand waarschijnlijk een slechte grap probeerde uit te halen. Ik was nu eenmaal niet het soort meisje dat veel valentijnskaarten kreeg en dus deed ik alsof het cadeau me niet zo veel kon schelen. Ik stopte de kaart in mijn tas en liet hem nooit meer aan iemand zien. Zodra ik thuis was, stopte ik hem in mijn speciale herinneringenkistje onder mijn bed. Stiekem heb ik altijd gehoopt dat de kaart van Ralph was.

Misschien werd ik die dag ook wel voor het eerst verliefd, al was het maar een heel klein beetje.

7

Het was de dag nadat Mary en ik Ralph en Elton in de platenzaak waren tegengekomen. Ik werd met vlinders in mijn buik wakker. Het duurde even voordat ik wist waarom en toen ik dat eenmaal besefte, rolde ik van vreugde met mijn kussen in mijn armen over mijn bed. Ralph Bennett had me mee uit gevraagd. Hij had *mij* mee uit gevraagd. *Mij. Dottie Perks*! Ik wist zeker dat dit het begin van iets heel moois was. Ik was nog nooit zo enthousiast geweest en mijn leven had nog nooit zoveel potentie gehad.

Ralph en ik waren al sinds de middelbare school bevriend. In het begin gingen we alleen met elkaar om omdat hij Eltons beste vriend was en ik Mary's beste vriendin. Al snel was onze vriendschap echter ook ergens anders op gebaseerd en gingen we met elkaar om omdat we dat zelf wilden. Ralph was geen luidruchtige macho, maar een stiller type en iedereen vond hem aardig, zelfs de leraren. Hij zat altijd achterin de klas en zei meestal niet zo veel, maar hij was wel altijd vriendelijk. Sinds de middelbare school had ik hem een paar keer gezien, maar meestal als mijn moeder erbij was of als we allebei met iemand anders waren en dus hadden we elkaar alleen kort gedag gezegd. Elton en hij woonden aan de andere kant van de stad en dus kwamen we elkaar niet zo vaak tegen.

Mary en ik waren de afgelopen jaren af en toe met andere jongens uitgegaan. Of nou ja, Mary was af en toe met andere jongens uitgegaan en ik zat dan met hun vrienden opgescheept. Als ik aan hun vettige gezichten, slechte adem en zweterige handen dacht, begon ik spontaan weer te beven. Het probleem was niet dat ik niet in jongens geïnteresseerd was, maar dat Ralph de enige jongen was bij wie ik me daadwerkelijk op mijn gemak voelde. Nu hij weer in mijn leven was, zag alles er opeens een stuk rooskleuriger uit.

Terwijl ik van mijn verliefde gevoel lag te genieten, landde er opeens iets kouds en nats in mijn gezicht.

'O!'

Ik ging rechtop zitten en trok het voorwerp van mijn gezicht. Het was een nat washandje. Rita stond met een handdoek om zich heengeslagen aan haar kant van de kamer en lachte maar me.

'Waarom ben jij zo vrolijk?' vroeg ze. 'Je ziet eruit alsof je de loterij gewonnen hebt!'

'O, zomaar,' zei ik. Ik gooide het washandje naar haar terug en draaide me toen om.

'Echt niet!' riep Rita uit terwijl ze aan mijn deken begon te trekken. 'Je lag vannacht zo te zuchten, en je drukte je kussen de hele tijd tegen je aan! Je hebt een jongen ontmoet, of niet? Je vindt iemand leuk! Wat is er mis met hem? Is hij wanhopig? Is hij blind?'

'Ach, ga toch weg!' zei ik. 'Ga weg en blijf weg, Rita.'

'Maak je maar geen zorgen, binnenkort ben ik voorgoed vertrokken,' zei Rita grijnzend. 'Zodra ik getrouwd ben! En nu we het er toch over hebben, vergeet je niet dat tante Brenda vandaag langskomt om de jurken van de bruidsmeisjes uit te kiezen?'

Ik was het wel vergeten. Ik kreunde en trok mijn deken over mijn hoofd.

Die zomer was Rita's bruiloft bij ons thuis het gesprek van de dag. Het was een spannende gebeurtenis en hoewel ik niet jaloers was, vond ik het soms wel moeilijk om Rita's jongere, minder knappe zusje te zijn. Ik had het bovendien ook best gezellig gevonden om nog eens met Rita te gaan winkelen, naar de bioscoop te gaan of gewoon een ijsje te halen op de boulevard. Dat deden we vroeger altijd samen. Ik heb nooit met Rita gepraat zoals ik dat met Mary doe, maar ze was er wel altijd voor me geweest en nu voelde het opeens alsof ik binnenkort geen zus meer zou hebben.

Rita en ik waren vroeger altijd goed bevriend, maar aan die

vriendschap kwam een einde toen ze in de puberteit kwam. Van de ene op de andere dag was ze van 'gewoon Rita' veranderd in 'Rita de schoonheid'. Iedereen zei altijd dat ze met gemak filmster had kunnen worden en Rita genoot enorm van alle complimenten. Zelf zag ik eigenlijk niet zo goed wat de mensen bedoelden. Voor mij zag Rita er nog hetzelfde uit als altijd. We deelden al sinds ik twee was een slaapkamer en dus wist ik als geen ander dat ze er 's morgens vroeg verschrikkelijk uitzag. 's Avonds laat liep ze er bovendien ook niet al te florissant meer bij. Ze was vernoemd naar Rita Hayworth en de laatste jaren gedroeg ze zich ook alsof ze daadwerkelijk een filmster was.

Rita kon er niks aan doen dat ze mooi was, maar vergeleken bij haar zag ik eruit als een monster. Het vervelendste was nog dat zij alles kon eten en toch dun bleef, terwijl ik al aankwam als ik ook maar naar een donut keek. Toen ik elf was, hoorde ik tante Brenda tegen mijn moeder zeggen dat ze me te veel meelproducten te eten gaf en dat ik behoorlijk mollig werd. Mijn moeder zei toen: 'Wat een onzin, dat is gewoon babyvet. Geef haar een paar jaar en dan valt het er vanzelf af.' Toen ik Mary vertelde wat ik gehoord had, barstte ze in lachen uit en vroeg ze zich hardop af wanneer mijn vet er dan precies af zou vallen. Zou het tijdens de wiskundeles gebeuren, of misschien tijdens de lunch? Of zou er op willekeurige momenten af en toe een beetje afvallen? Mary wist altijd de humor van elke situatie in te zien, waardoor ook ik het leven positiever ging bekijken. Uiteindelijk rolden we over de vloer van het lachen terwijl we alle plekken op een rijtje zetten waar mijn vet eraf zou kunnen vallen.

Inmiddels was Rita verloofd met een jongen die Nigel heette en bij een verzekeringsmaatschappij werkte. Mijn moeder was dolblij, want volgens haar zou een man met zo'n baan Rita alles kunnen geven wat haar hartje begeerde. Nigel had lange armen. Zijn overhemden waren altijd een stukje te kort en hij had hele benige polsen. Hij probeerde mijn vader een keer een levensverzekering te verkopen, maar die zei dat hij geen interesse had, omdat hij zelf niks aan het verzekeringsgeld zou hebben. Nigel zei dat zijn familie hem van het bedrag een mooie begrafenis zou kunnen geven, waarop mijn vader antwoordde dat hij het prima vond om deze aarde in een kartonnen doos te verlaten. Dat zou waarschijnlijk minder kosten dan de verzekering, die hij pure oplichterij vond. De enigen die volgens mijn vader daadwerkelijk iets aan verzekeringen hadden, waren de mensen die ze verkochten. Ik was het eigenlijk wel met hem eens, maar had tegelijkertijd medelijden met Nigel, die nerveus naar zijn voeten keek en achter zijn oor krabde. Mijn moeder kneep even in zijn arm en zei tegen mijn vader dat hij niet zo belachelijk moest doen en zijn excuses moest aanbieden. Mijn vader antwoordde dat hij in zijn eigen huis mocht zeggen wat hij wilde. Mijn moeder zei dat ze hem na zijn dood niet in een kartonnen doos zou stoppen, maar hem simpelweg naar de vuilstort zou brengen. Mijn vader snoof en Nigels oren werden steeds roder terwijl hij ieder oogcontact ontweek.

Arme Nigel. Hij was ons gezin waarschijnlijk nu al zat, en dat terwijl hij nog niet eens officieel deel uitmaakte van de familie. Ik wist precies hoe hij zich voelde. Ik was ons gezin al jaren beu en sinds mijn moeder en Rita het alleen nog maar over De Bruiloft konden hebben, was dat alleen maar erger geworden. Het was alsof ze alleen nog maar aan die ene dag konden denken en De Bruiloft de belangrijkste gebeurtenis was die ooit zou plaatsvinden. Met dat laatste was Rita het in ieder geval roerend eens. Ze zei dat een bruiloft voor meisjes het hoogtepunt van hun leven was. Ze zei dat ze al jaren over haar bruiloft droomde en dat ze er alles aan zou doen om er een perfecte dag van te maken. Elk detail moest volkomen volmaakt zijn.

Ik had haar erop kunnen wijzen dat ze met een verzekeringsverkoper trouwde en niet met een prins, maar ik wilde haar geluk niet verpesten.

Het ergste was dat het nog *maanden* zou duren tot de bruiloft daadwerkelijk plaats zou vinden. Rita wilde namelijk een winterbruiloft en het was nu hartje zomer. Toch nam de trouwerij langzaam maar zeker ons hele leven over. Steeds als ik samen met Mary iets leuks wilde gaan doen, liep het erop uit dat we uiteindelijk in de woonkamer bleven hangen om Rita over De Bruiloft te horen praten. Ik vond het zo'n dodelijk saai onderwerp dat ik besloot dat ik zelf in het geheim zou trouwen. Ik zou samen met mijn geliefde de bus naar Gretna Green nemen en na de bruiloft zouden we een uitgebreid Engels ontbijt met eieren, spek en bonen bestellen. We zouden het met zijn tweeën op een romantische manier vieren, ik en... wie dan ook. Het belangrijkste was immers dat twee mensen samen hun liefde voor elkaar vierden.

Rita's bruiloft zou op 23 november plaatsvinden. Ze wilde eigenlijk een kerstbruiloft, maar de predikant was in december al helemaal volgeboekt. Hij zei dat december altijd zijn drukste maand van het jaar was omdat kerstkaarsjes en -liedjes aardig wat extra publiek naar de kerk trokken. Rita zei dat winterbruiloften veel chiquer waren dan zomerbruiloften. Ze had haar jurk uit een catalogus besteld. De zogenaamde 'Monroe' was lang, wit en had een cape met een capuchon en een nepbonten kraag. Ons nichtje Carol en ik zouden Rita's bruidsmeisjes zijn. Carol was de dochter van tante Brenda, die getrouwd was met oom Ernie, hoewel die haar allesbehalve gelukkig maakte. Mijn moeder zei altijd dat Ernie een echte pummel was, wat dat ook mocht betekenen. Om de zoveel tijd maakten mijn moeder en tante Brenda een fles kersenjenever open en zaten ze urenlang in de keuken om 'eens flink hun hart te luchten'. De volgende dag had mijn moeder altijd hoofdpijn. Vroeger had ik gedacht dat dat kwam doordat tante Brenda altijd erg emotioneel werd, maar inmiddels wist ik wel beter.

Mijn vader had zijn eigen schilderbedrijfje en zat soms maandenlang zonder werk. Mijn moeder werkte in de kantine van een basisschool, wat ook al niet veel opleverde. Rita werkte op het gemeentehuis en ik bij Woollies en hoewel onze lonen het gezin wel vooruit hielpen, hielden we nooit veel over. Mijn broertje Clark zat nog op school en bracht dus nog niks in het laatje. Daardoor hadden we niet zo veel geld voor de jurken van de bruidsmeisjes, mede doordat Rita's droombruiloft ook nog andere kosten met zich meebracht. Uiteindelijk besloot mijn moeder dat tante Brenda de jurken van Carol en mij zelf zou maken. Hoewel ik degene was die de jurk zou moeten dragen, werd aan mijn mening niet al te zwaar getild. Mijn moeder en tante Brenda hielden urenlang verschillende soorten stof bij mijn gezicht, waarna Rita haar mening gaf en Mary de situatie van een afstandje in haar schetsboek vereeuwigde. Af en toe trok ze stiekem een gek gezicht om me wat op te vrolijken.

'Wat denk jij, Bren?' vroeg mijn moeder terwijl ze weer eens iets voor mijn gezicht hield.

'Je kunt haar toch geen geel aantrekken, Maureen,' zei tante Brenda hoofdschuddend. 'Dan is ze net een enorme klont boter.'

Mary zoog achter haar schetsboek haar wangen naar binnen.

'Ik heb natuurlijk wel geluk met Carol,' zei tante Brenda. 'Met haar prachtige huid ziet ze er in elke jurk fantastisch uit.'

Mary deed alsof ze twee vingers in haar keel stak. Ik deed mijn uiterste best om niet in lachen uit te barsten.

'Wat vind je hiervan?' vroeg mijn moeder terwijl ze het gezelschap een lichtgroene stof liet zien. Nu was het Rita die een raar gezicht trok.

'Volgens mij kun je citruskleuren op een bruiloft beter vermijden,' zei tante Brenda.

Mary knikte wijselijk. 'Dat denk ik ook,' zei ze. Tante Brenda glimlachte naar haar.

De stoffenselectie leek wel uren te duren en uiteindelijk zei Rita dat ze de jurken van de bruidsmeisjes lichtroze wilde maken. Dat was zo ongeveer de enige kleur die we nog niet uitgeprobeerd hadden.

Mijn vader zei dat ik er als een gigantische suikerspin uitzag en kwam niet meer bij van het lachen. Pas toen Rita zei dat hij op de grote dag een hoge hoed en een kostuumjasje zou dragen, stopte hij met zijn gebulder. Mijn vader zei dat hij daarin nog niet dood gevonden zou willen worden, waarop mijn moeder antwoordde dat de bruiloft van zijn oudste dochter dan waarschijnlijk meteen zijn begrafenis zou zijn.

Rita bekeek me van top tot teen en sloeg haar benen over elkaar. Haar slipper bungelde losjes aan haar voet. Mary zat tegenover haar en deed haar in elke beweging na. Het kostte me al mijn zelfbeheersing om niet in een hysterisch gegiechel uit te barsten.

'Ga eens rechtop staan, Dottie,' zei Rita.

'Ik sta toch rechtop?'

'Je staat erbij als een slungel. Mam, staat ze er niet bij als een slungel?'

Ik snoof en begon toen opeens onbedaarlijk te lachen. Mary lachte met me mee. Ze sloeg haar hand voor haar mond. Uit angst om nog harder te schateren, probeerde ik elk oogcontact met haar te vermijden.

'Voor de bruiloft zal ze toch echt een paar kilo moeten afvallen,' zei Rita. 'Anders verpest ze alle foto's.'

Ze had het duidelijk over mij.

'Dottie is helemaal niet dik,' zei Mary, nog altijd lachend. 'Ze is prachtig!'

'Natuurlijk vind jij dat,' zei Rita. 'Zij zegt zeker ook altijd dat jij niet klein bent?'

'Je bent helemaal niet klein,' zei ik meteen en we begonnen weer te lachen.

'Ik denk dat Dottie de afgelopen tijd al behoorlijk wat afgevallen is,' zei mijn moeder terwijl ze in mijn arm kneep. 'Vroeger was ze altijd dik, maar nu is ze alleen nog mollig.'

Op dat moment kwam Clark via de achterdeur de kamer binnen.

'Hebben jullie het al gehoord?' vroeg hij.

'Hebben we *wat* gehoord?' vroeg Rita op sarcastische toon.

'Er is een enorme overval gebeurd,' zei Clark. Hij had rode wangen en zweette helemaal van opwinding. Clark wilde later journalist worden en dus luisterde hij vaak naar het nieuws.

'Waar, hier?' vroeg Mary.

'Nee,' zei Clark, 'ergens bij Buckinghamshire. Iemand heeft de posttrein overvallen en heeft bijna drie miljoen pond gestolen. Ze denken dat er een Londense bende achter zit.'

'Nou, dat zou zomaar kunnen,' zei tante Brenda, 'in Londen wonen immers wel meer criminelen.'

'Mijn vader woonde vroeger in Londen,' zei Mary.

'Wat heeft dat er nou weer mee te maken?' vroeg Rita.

'Niks, ik moest er gewoon aan denken.'

Ik keek even naar Mary, die scheel naar me terugkeek. Ik moest mijn blik afwenden om niet weer in lachen uit te barsten.

'Ze hebben de hoofdconducteur neergeslagen, dus die ligt nu in het ziekenhuis,' zei Clark.

'Dat vind ik nog het ergste,' zei mijn moeder. 'Geld stelen is één ding, hoewel ik dat natuurlijk ook niet goedkeur, maar een onschuldig man neerslaan? Dat kan echt niet.'

Rita begon hard te kuchen om de aandacht weer op zichzelf te vestigen. 'Sorry dat ik stoor, maar waren we niet bezig om mijn bruiloft te plannen?'

'Maar die arme man, Rita, zijn familie zal wel doodongerust zijn,' zei mijn moeder.

'Precies, *zijn* familie, niet die van ons, dus kunnen we ons nu weer concentreren op wat voor *ons* belangrijk is?'

'Voor jou, bedoel je,' zei Clark.

'Waarom zou ik me daar niet op mogen concentreren?' vroeg Rita. 'Het is toevallig wel mijn speciale dag.'

'Dat weten we zo langzamerhand wel,' zei ik.

'Hou jij eens gauw je mond,' zei Rita terwijl ze me fel aankeek.

'Nou, nou,' zei tante Brenda. 'Laten we dan maar verder gaan met de jurken. Waar waren we gebleven?'

'Mam was Dottie net aan het vertellen hoe mollig ze wel niet is,' zei Rita.

'Zo zei ze het volgens mij niet, Rita,' zei tante Brenda.

'Ik bedoelde,' zei mijn moeder, 'dat Dottie niet meer zo dik is als vroeger. Als ze iets ouder wordt, krijgt ze vast een prachtig figuur.'

'Dikke kans van niet,' zei mijn vader. Zijn woordgrap was geheel per ongeluk. Hij had in zijn leven immers nog nooit expres een goede grap gemaakt.

'Jij moet al helemaal je mond houden, Nelson Perks,' zei mijn moeder. 'We weten allemaal van wie Dottie haar gewicht geërfd heeft. Het wordt nog een hele opgave om een passend jasje voor jou te vinden, met die bierbuik en die korte beentjes van je.'

'Welke korte beentjes?'

'Die daar!' zei mijn moeder terwijl ze naar zijn knieën wees. 'Ze zullen je pak wel op maat moeten maken.'

'Ik heb helemaal geen korte benen!' zei mijn vader. 'Ik ben juist hartstikke mooi lang. Allemensen, nog even en ik boycot die hele bruiloft en blijf lekker thuis.'

Hij vouwde zijn krant op, beende de kamer uit en gooide de deur met een klap achter zich dicht.

'Geef ons nou geen valse hoop!' riep mijn moeder hem na.

Mary en ik renden naar mijn kamer en lieten ons lachend op mijn bed vallen.

Toen Mary naar huis ging, liep ik terug naar beneden. Mijn moeder zat samen met Rita en tante Brenda in de woonkamer. Ik ging naast mijn moeder op de bank zitten.

'Mary en ik willen zaterdagavond graag naar een club,' zei ik zo nonchalant mogelijk, 'om een band te zien optreden.'

Mijn moeder trok haar wenkbrauwen op.

'Ik vind het niet zo'n fijn idee om jou naar nachtclubs te laten gaan, Dottie,' zei ze. 'Daar lopen behoorlijk wat gluiperds rond.'

'Dan zal Dottie zich er vast prima thuis voelen,' zei Rita.

'Wat een hilarische opmerking,' zei ik op sarcastische toon.

'Ik heb liever dat je gewoon naar het café gaat,' zei mijn moeder. 'Dat lijkt me een stuk veiliger.'

'Ik ga er niet alleen naartoe,' zei ik. 'Ik ga met Mary en... met een paar jongens.' Rita trok haar wenkbrauwen op en grijnsde naar me.

'O?' zei mijn moeder. 'Wie zijn die jongens dan precies?'

'Elton Briggs. Hij heeft Mary gevraagd om naar zijn optreden te komen. En ik zou met Ralph Bennett gaan.'

'Wie is Ralph Bennett?' vroeg tante Brenda.

'Een vriend die ik nog van de middelbare school ken.'

'Ze heeft een vriendje, Maureen!' zei tante Brenda.

'Helemaal niet!' zei ik. 'We zijn alleen vrienden.'

'O ja? Dat zei Elizabeth Taylor ook over Eddie Fisher, vlak voordat ze hem van die schat van een Debbie Reynolds afpikte!' zei mijn moeder.

'Wat een lellebel!' zei tante Brenda. Rita knikte. Ik probeerde niet naar haar te kijken.

'Vind je het erg als ik toch naar de club ga? Ik beloof dat we de hele avond bij elkaar blijven en zorg dat ik de laatste bus naar huis neem.'

Mijn moeder beet op haar lip en keek me bezorgd aan. Ik wist dat ze probeerde te bedenken wat er zou kunnen gebeuren en zich meteen allerlei doemscenario's in haar hoofd haalde. 'En de rook dan die daarbinnen hangt? Je weet toch dat je niet goed tegen rook kunt.'

Dat vond ik nogal vergezocht, aangezien ons huis dankzij mijn vader net een veredelde asbak was.

'Ach, laat haar toch gaan,' zei Rita. 'Ze moet toch een keer volwassen worden.'

Allemensen. Nam mijn immer lieftallige zus het nou voor me op?

'Vraag het maar aan je vader,' zei mijn moeder.

Ik rolde met mijn ogen en tuurde door de rook om hem te vinden. Hij zat aan de tafel de sportpagina's van de krant te lezen. Met twee vingers hield hij een half opgerookte sigaret vast.

Ik ging naast hem zitten.

'Pap, vind je het goed als ik zaterdagavond de stad in ga om een band te zien optreden?'

'Wat zei je moeder ervan?'

'Die zei dat ik het maar aan jou moest vragen.'

Mijn vader keek me aan.

'Je gaat toch niet alleen, hè?'

'Nee. Ik ga met Mary Pickles en Ralph Bennett.'

'Een jongen?' vroeg mijn vader. Hij was altijd al erg scherp geweest.

'Ja,' zei ik.

'Als je maar geen problemen mee naar huis neemt,' zei hij.

Ik wilde hem vragen wat voor problemen hij bedoelde, maar bedacht toen dat ik me waarschijnlijk beter stil kon houden zolang hij aan mijn kant stond.

Ik drukte een kus op zijn voorhoofd. Hij kneep even in mijn hand.

'Dank je wel, pap.'

'Gekke meid,' zei hij.

Ik liep terug naar de woonkamer. Mijn moeder en tante Brenda zaten aan weerszijden van Rita en keken naar het tijdschrift op haar schoot. Mijn moeder neuriede zachtjes mee met de muziek op de radio.

'Papa heeft er geen bezwaar tegen als ik ga,' zei ik, 'zolang ik maar geen problemen mee naar huis neem.'

'Dat lijkt me prima advies,' zei tante Brenda. 'Je arme moeder wil ook niet dat je problemen mee naar huis neemt, al helemaal niet nu Rita bijna gaat trouwen.'

'Wat voor problemen bedoelen jullie eigenlijk?' vroeg ik onschuldig.

Tante Brenda schudde haar hoofd en keek me aan.

'Ach, ze heeft nog geen idee, of wel Maureen?'

'Ze is altijd al zo onschuldig geweest,' zei mijn moeder.

Hallo, ik sta er gewoon bij, hoor, dacht ik.

'Hebben jullie haar nog niet verteld over... je weet wel?' vroeg tante Brenda op geheimzinnige toon.

Natuurlijk wist ik heus wel wat 'je weet wel' was. Ik was immers al zeventien! Dit leek me echter niet het beste moment om mijn familie te vertellen dat ik het verhaal van de bloemetjes en de bijtjes prima kende.

'Ik ben er nog niet aan toegekomen,' zei mijn moeder.

'Dan kun je maar beter opschieten, Maureen. Het is je plicht als moeder om haar alles te vertellen wat ze moet weten. Ik heb voor Carol een boek met illustraties gekocht waar alles in stond.'

Terwijl ik mijn gezicht in de plooi probeerde te houden, ging tante Brenda steeds vreemder praten. Ze sprak elke zin extra langzaam en duidelijk uit, bijna alsof ik doof was.

'Zorg dat je geen ongewenste kinderen mee naar huis brengt,' zei ze.

Ik besloot het spelletje maar gewoon mee te spelen.

'Ik ga naar het optreden van een band,' zei ik. 'Daar kom ik toch zeker geen ongewenste kinderen tegen? En zelfs als ik die wel tegen zou komen, waarom zou ik ze dan mee naar huis nemen?'

Tante Brenda leunde achter Rita langs en zei tegen mijn moeder: 'Ze mag Carols boek wel een tijdje lenen.'

Even later liepen Mary en ik naar de speeltuin en gingen we ieder op een schommel zitten. De kleine kinderen die hier normaal gesproken speelden, waren al naar huis en dus hadden we de speeltuin voor onszelf. Het was een prachtige warme zomeravond. Er vlogen vlinders om ons heen en een zoete bloemengeur waaide door de open ramen van de huizen naar binnen.

Die avond vertelde ik Mary wat mijn tante over ongewenste kinderen gezegd had. Toen ze eenmaal uitgelachen was en de schuddende schommels eindelijk weer stil hingen, namen we nog eens door hoe kinderen gemaakt werden. Het klonk ons allebei vies in de oren, maar tegelijkertijd ook fascinerend. Als we alleen waren, hadden we het er regelmatig over.

'Ik zou niet weten waarom je zoiets vrijwillig zou doen,' zei ik terwijl ik de kettingen van de schommel om elkaar heen draaide. De oude schommels zaten vol roestplekken en dus zaten mijn vingers binnen de kortste keren onder de donkerrode vlekken. 'Tenzij je een baby wilt, natuurlijk.'

'Of om iemand jaloers te maken...' zei Mary terwijl ze me mysterieus glimlachend aankeek.

'Hoe bedoel je?'

'Nou, kijk bijvoorbeeld naar Christine van de fabriek.'

'Ik kijk nog liever naar Elton.'

'Heel grappig! Weet je nog toen ze Bruce Townsend leuk vond? Die jongen die in de speelhal op de boulevard werkte?'

'Ja.'

'Nou, die zag haar pas staan toen ze met die rare jongen van de slager naar bed was geweest. Toen vroeg hij haar pas mee uit.'

'Maar waarom zou je met iemand omgaan die maar op één ding uit is? Ik bedoel, dat is toch geen echte liefde?'

'O, Dottie, soms ben je ook zo'n sufferd!'

'Ze heeft geen idee,' zei ik precies zoals tante Brenda dat even daarvoor gezegd had. We begonnen weer te lachen. We maakten wel vaker grappen over seks, maar ik moest er niet aan denken om het daadwerkelijk te doen.

Een paar jaar geleden had ik mijn moeder gevraagd waarom Mary Pickles wist waar baby's vandaan kwamen en ik niet. Toen zei ze dat het iets met het houden van hamsters en het lezen van de zondagkrant te maken had. Soms dacht ik dat het onzin was dat mannen en vrouwen het met elkaar moesten doen om een baby te maken en dat er stiekem een makkelijkere manier was. Ik dacht dat ik het zelfs niet met Paul McCartney zou willen doen, en ik was toch echt ontzettend gek op Paul McCartney.

Toen ik me afvroeg of ik *het* ooit met Ralph Bennett zou willen doen, kreeg ik een raar gevoel van binnen. Ik duwde de schommel een stukje achteruit en tilde toen mijn voeten op zodat ik heen en weer begon te zwaaien. Ik werd er meteen vrolijk van.

'We moeten nog kleren kopen voor zaterdag,' zei Mary dromerig.

'Ik heb geen geld om kleren te kopen.'

'Dan zul je iets speciaals moeten doen met de kleren die je al hebt.'

'Wat dan?'

'Weet ik veel. Misschien kun je een van je rokjes inkorten, ofzo. Om te zorgen dat je er ouder uitziet. Alsof je al jaren elke week naar nachtclubs gaat.'

Ik lachte en sprong van de schommel af. Het was nog licht en de zon gaf de zee die achter de hoge schoorstenen van de energiecentrale lag een rode gloed.

'Ik kan niet wachten tot het zaterdag is,' zei Mary. Ook zij sprong van de schommel en landde naast me in het zand. 'Het wordt hoog tijd dat we onze vleugels spreiden. We zijn al veel te lang in onze eigen buurt blijven hangen. Dit zou zomaar eens het begin van iets fantastisch kunnen worden.' Ze pakte mijn arm vast. 'En bij deze beloof ik je dat we alle ongewenste kinderen die we tegenkomen compleet zullen negeren.'

'Dat lijkt me een heel goed idee,' zei ik terwijl ik mijn arm om die van Mary haakte en we samen terug naar huis begonnen te lopen.

Lief dagboek,

Dottie en ik gaan vanavond naar de Whisky A Go Go om Eltons band te zien optreden. Dit wordt het begin van mijn nieuwe leven. Dat voel ik gewoon.

Ik zit al de hele dag naar de klok te kijken in de hoop dat de tijd dan sneller voorbij gaat.

Ik wou dat Dottie zich niet overal zo druk om maakte. Wat als ze in de club te weinig lucht krijgt? Wat als we de laatste bus naar huis missen? Wat als, wat als, wat als. Ontspan nou toch eens, Dottie.

Ik moet er vanavond beter uitzien dan ooit.
Ik moet zorgen dat Elton verliefd op me wordt.
Is het al avond?

Doei doei dagboek

Liefs,

Mary Pickles (toekomstige vriendin van Elton Briggs)

17 jaar.

8

Het was de zaterdag waarop Mary en ik naar het optreden van Eltons band zouden gaan. Ik verheugde me erop om Ralph weer te zien, maar mijn opwinding verbleekte bij die van Mary, die bijna hysterisch was. Ze zat al de hele ochtend naar de klok boven de balie te kijken, alsof ze die met haar blik sneller kon laten lopen.

'Nu mag ik er pas weer naar kijken als ik vijf klanten geholpen heb,' zei ze.

Twee klanten later zag ik dat ze zichzelf weer niet kon inhouden. Ik wist dat het een belangrijke avond voor haar was, maar hoopte maar dat ze niet teleurgesteld zou worden. Het probleem met Mary was dat ze altijd vol ergens voor ging. Dat was op de middelbare school ook al zo geweest. Ze moest en zou het mooiste schilderij maken. Ze moest het beste verhaal schrijven. Ze moest de wedstrijd winnen. Zo was Mary nu eenmaal. En nu moest ze Elton weten te verleiden.

Toen we eindelijk (*eindelijk!*) klaar waren met werken, gingen we naar Mary's huis. Daar kregen we van Mary's moeder geroosterd brood met jus, het enige wat nog over was nadat Mary's bende broers de keuken geplunderd had. Mary's moeder kon de eetlust van de jongens amper bijhouden. Er was altijd wel iemand die met rammelende maag de keukenkastjes doorzocht om iets te eten te vinden, wat mevrouw Pickles regelmatig tot wanhoop dreef. Vaak jaagde ze de jongens met een theedoek weg, alsof het straatkatten waren in plaats van kinderen. Mary zei dat haar moeder het eten moest verstoppen als ze er langer dan een dag mee wilde doen. Die dag zaten we aan tafel terwijl de tweeling de keuken overhoop haalde. Na een paar happen besloten we naar Mary's kamer te gaan; de enige plek waar we aan haar broers konden ontsnappen.

Mary's kamer was zo klein dat haar bed bijna de hele ruimte in beslag nam. Boven het bed hing een foto van het Parijse Montmartre die ze van de directrice van haar vorige school had gekregen. Met een prachtig uitzicht op de stad stonden op het pleintje tientallen kunstenaars te schilderen. Mary vertelde me waarom de foto zo belangrijk voor haar was.

'Mevrouw Dicks zei dat ik goed naar de foto moest kijken,' zei Mary. 'Ze zei dat ik me moest voorstellen dat ik op de foto stond; dat ik voor een van de schildersezels zat, met een doos vol verftubes naast me. Ze zei dat ik het meisje op die foto kon worden, maar alleen als ik het écht wilde. Volgens haar had ik talent genoeg, maar was het aan mij wat ik met dat talent zou doen. Ze zei dat het altijd voelde alsof je alle tijd van de wereld hebt om te doen wat je wilt, maar dat het leven zijn uiterste best doet om die plannen in de war te schoppen en dat je nooit genoegen moet nemen met minder dan het allerbeste. Dat zei ze, Dottie. Neem nooit genoegen met minder dan het allerbeste. Toen begreep ik misschien nog niet wat dat betekende, maar nu weet ik precies wat ze probeerde te zeggen.'

En daarom meldde Mary zich niet aan voor de kunstacademie in Brighton, maar voor een van de beste kunstacademies ter wereld: L'Institut national d'histoire de l'art in Parijs. Er werden per jaar maar dertig studenten toegelaten en dus was de concurrentie enorm. Iedereen zei dat ze niet goed bij haar hoofd was en dat de kunstacademie in Brighton ook prima aangeschreven stond, maar Mary was vastbesloten om naar Parijs te gaan. En als Mary zich eenmaal iets in haar hoofd haalde, kreeg niemand het er ooit nog uit.

'Ik weet dat ik er nu nog niet klaar voor ben,' zei Mary. 'Maar ooit kom ik er wel.'

En daar had ze helemaal gelijk in. Mary bracht elke vrije seconde tekenend door. Bij Woolworths verdiende ze niet genoeg om echte olieverf en doeken te kopen, maar gelukkig waren potloodtekeningen ook genoeg om je bij het Institut aan te melden. Als hard werken genoeg was om een plek op de kunstacademie te veroveren, twijfelde ik er geen moment aan dat Mary aangenomen zou worden.

Mary's slaapkamer was zo klein dat je op je knieën op het bed moest gaan zitten om uit het raam te kunnen kijken. Bovendien kon er maar één persoon fatsoenlijk staan. Toch vond Mary het heerlijk om haar eigen kamer te hebben en had ze haar spullen uitgestald op de planken aan de voet van haar bed. Ik was stikjaloers dat Mary een kamer helemaal voor zich alleen had en dat ze niet zoals ik een ruimte hoefde te delen met een strontvervelende zus.

'Kom,' zei Mary terwijl ze haar make-updoosje leeggooide, waardoor haar hele dekbed vol kwasten en linten lag. 'Hoog tijd om ons klaar te maken om voor het eerst onze vleugels uit te slaan.'

Ik grijnsde naar haar en besloot me vanavond niet meer druk te maken, maar in plaats daarvan in Mary's enthousiasme te delen.

'We zullen er geweldig uitzien, Dottie Perks,' zei ze. 'We zullen er zo geweldig uitzien dat de jongens hun ogen niet van ons af kunnen houden!'

We deden er uren over om ons haar in model te brengen en de perfecte outfit samen te stellen. Het raam stond open en buiten klonken de gewoonlijke geluiden uit onze straat, van blaffende honden tot muziek en schreeuwende kinderen die met waterballonnen speelden. Mary's oudste broers, Winston en Warren, probeerden in de achtertuin hun brommer aan de praat te krijgen. Het voertuig was echter al hun hele leven kapot en had nooit meer gedaan dan een pruttelend gepiep te laten horen als de jongens op het startpedaal trapten. Het was fijn om vanuit Mary's slaapkamer zo veel vertrouwde geluiden te horen.

Om de beurt gebruikten we een klein handspiegeltje om onze make-up op te doen. Mary ging als eerste. Ze zei dat ze dat wel zo eerlijk vond, aangezien de spiegel van haar was en ze wilde dat ik goed naar haar keek zodat ik vervolgens zelf ook lippenstift, mascara en blush op kon doen. Ze ging in kleermakerszit op haar bed zitten en keek geconcentreerd naar haar spiegelbeeld terwijl ze haar lippenstift precies goed probeerde te krijgen.

'Er zit zo veel haarlak op de spiegel dat ik mezelf amper kan zien,' klaagde ze terwijl ze met haar elleboog over het glas wreef.

'In mijn geval is dat misschien maar beter,' zei ik.

Mary hield haar hoofd schuin en keek me aan.

'Ik moet er op mijn allerbest uitzien, Dottie, want er zullen vanavond waarschijnlijk tientallen meisjes om Eltons aandacht vechten.'

Dat wist ik zo net nog niet, maar ik besloot er maar niks van te zeggen.

'Kan ik er zo een beetje mee door?' vroeg ze.

'Ja hoor.'

'Nee, ik bedoel, zie ik er goed uit? Beter dan ooit?'

'Ja.'

'Dottie–'

'Je ziet er fantastisch uit,' zei ik.

'Fantastisch genoeg om Elton te verleiden? Fantastisch genoeg om alle andere meisjes te laten verbleken? Vanavond is zo ontzettend belangrijk voor me, Dottie. Het is mijn grote kans om indruk te maken op de zanger van een rockband! Ik bedoel, stel je voor! Stel je voor dat ik, Mary Pickles, met hem, Elton Briggs, samen ben. Stel je voor dat de band doorbreekt en net zo beroemd wordt als de Rolling Stones.'

'Ja, stel je voor,' zei ik.

Mary zuchtte dramatisch en legde haar handen op haar hart. Ik keek haar in de spiegel aan en rolde met mijn ogen.

'Zeg, schiet eens op,' zei ik, 'ik moet me ook nog opmaken!'

Ik probeerde haar aan de kant te schuiven, maar ze duwde me terug op het bed. Toen haalde ze een papieren zakje uit haar jaszak en schudde het met een mysterieuze grijns heen en weer.

'Raad eens wat ik gekocht heb!'

'Wat dan?'

Ze hield het zakje open om me de inhoud te laten zien.

'Nepwimpers!'

'Weet je wel hoe je die op moet doen?' vroeg ik. 'Sally op het werk zegt dat dat nog best lastig is.'

'Zo moeilijk kan het niet zijn; ik zag laatst dat Christine ze ook op had.'

Ik draaide het doosje om en las de instructies.

'Mary, hier staat dat je een pincet en een speciale spiegel en...'

'Het lukt ons heus wel. Kom, ik doe eerst die van jou en dan kun jij daarna die van mij doen.'

Nepwimpers opdoen was lang niet zo makkelijk als het eruitzag. Mary kreeg het voor elkaar om ze eerst ondersteboven op mijn oogleden te plakken, waardoor de wimpers als magere spinnenpoten voor mijn ogen hingen.

'Zo kan ik me toch nooit in een club vertonen,' zei ik.

'Je ziet er prima uit.'

'Helemaal niet. Ik zie er belachelijk uit.'

Ik ging naar de badkamer en wist de wimpers om te draaien, maar mijn ogen bleven maar tranen en waren vuurrood. Ik besloot er maar geen punt van te maken en ging verder met Mary's wimpers, die ik er volgens mij best fatsoenlijk opgeplakt kreeg.

We gingen om de beurt naast het bed staan zodat we onszelf nog eens goed in de spiegel konden bekijken. Mijn moeder had me wat geld gegeven zodat ik nieuwe kleren kon kopen en ik had een mooi blauw topje gevonden dat goed bij mijn spijkerbroek paste. Mary had een strak groen truitje en een rokje aan, waarin haar slanke figuur goed te zien was. Ze had haar haren met een lint naar achteren gebonden en de wimpers stonden haar prachtig. Ze zag er opeens een stuk ouder en minder onschuldig uit.

'Zie ik er mooi uit, Dottie?' vroeg ze voor de miljoenste keer.

'Je ziet er fantastisch uit,' zei ik.

Mary en ik hadden afgesproken dat we de jongens in de Whisky A Go Go zouden ontmoeten. De club was niet alleen in Brighton een populaire uitgaansgelegenheid, maar was bekend in het hele land. Het was er echter heel anders dan ik had verwacht. Ik had me voorgesteld dat er felle lampen, een chique ingang met openslaande deuren en kroonluchters zouden zijn, net als in de film. Ik dacht dat alle bezoekers er ook ontzettend chique uit zouden zien. De club bleek echter in een smal zijstraatje te liggen. De ongure types die voor de deur stonden te roken bekeken ons uitgebreid terwijl we naar de ingang liepen. De jongens zaten onder de tatoeages, droegen T-shirts en hadden hun haar met wax achterovergekamd. De meisjes droegen korte rokjes en hadden zonnebrillen op terwijl de zon al bijna onder was. Het feit dat we hun ogen niet konden zien, gaf ze echter een mysterieuze uitstraling. In de verte hoorden we de motoren van de rockers door de straat scheuren. Ze hadden allemaal een sigaret in hun hand en waren duidelijk op zoek naar meisjes met wie ze een leuke avond konden beleven.

Mary en ik haakten onze armen in elkaar, wat door ons lengteverschil altijd wat ongemakkelijk was, en hielden elkaar goed vast. Om binnen te komen, moesten we een getatoeëerde man bij de deur wat geld geven. Hij keek ons met toegeknepen ogen aan en wees toen naar de donkere ingang, die naar een smalle trap zonder leuningen leidde. De club stond vol rook en was zo klein dat de mensen buiten er met geen mogelijkheid allemaal in zouden passen. Het was er zo donker dat je amper iets kon zien, wat ik erg jammer vond.

De ruimte rook naar haarlak, oksels, sigarettenrook en parfum. Ik voelde hoe mijn longen zich samentrokken en dacht: Laat me in vredesnaam geen astma-aanval krijgen, niet hier, niet vanavond, niet waar Ralph Bennett bij is. Ik voelde voor de zoveelste keer in mijn zak om te controleren of ik mijn inhalator bij me had, die gelukkig nog altijd in mijn jas zat.

Doordat Mary zo klein was, wist ze zich makkelijk een weg tussen de mensen door te banen, die als sardientjes in een blik in de ruimte geperst waren. Ondanks de drukte zagen ze er ontzettend cool uit en stonden ze lachend en rokend met elkaar te praten. Ik deed er alles aan om Mary geen seconde uit het oog te verliezen en hield haar elleboog stevig vast. Ze was vastbesloten om een plekje voorin de zaal te vinden zodat ze Elton goed zou kunnen zien. Ik wilde ook graag naar voren omdat ik wist dat Ralph daar waarschijnlijk zou zijn en ik dolgraag wilde kunnen zeggen dat ik samen met hem naar het optreden was geweest. Dat klonk gewoon zo romantisch en speciaal. Bovendien was het typisch iets wat andere meisjes met hun vriendjes deden.

'Kom, schiet op!' riep Mary over haar schouder. Door de harde muziek en de luidruchtige mensenmassa kon ik haar amper verstaan.

Ik probeerde haar zo snel als ik kon te volgen, maar moest me steeds verontschuldigen als ik mensen aanstootte of op hun tenen stond. Bovendien kon ik amper meer iets zien doordat mijn linkeroog pijn deed en gezwollen aanvoelde. Het was een behoorlijk gênante vertoning voor mijn eerste keer in een nachtclub.

'Sorry,' zei ik nog eens terwijl ik me tussen twee mensen door perste.

Uiteindelijk stonden we direct voor het podium, dat amper een meter hoog was. Ralph zat op zijn hurken tussen de instrumenten iets met de snoeren te doen. Hij had een simpele broek en een trui aan. Zijn haar hing voor zijn ogen en hij zag er erg knap uit. Ik keek een tijdje naar hem. Hij had mij nog niet gezien en terwijl ik naar hem keek, leek alles om me heen te verdwijnen. Het was alsof Ralph en ik de enige mensen in de hele club waren.

Mijn hart ging sneller kloppen en ik voelde mijn wangen rood worden. Gelukkig was het zo donker dat het waarschijnlijk niemand op zou vallen. Ik speelde met de ketting om mijn nek. Toen keek hij op en zag hij me.

'Hé,' zei hij toen hij bij ons neerhurkte en naar ons lachte. Of nou ja, hij lachte vooral naar mij, geloof ik. Misschien.

'Hé,' zei ik.

'Waar is Elton?' vroeg Mary.

'Hij is in de kleedkamer om zich op zijn optreden voor te bereiden.'

'Kan ik naar hem toe?'

'Ik geloof het niet,' zei Ralph. 'Alleen de crew mag achter de schermen komen.' Hoewel hij met Mary praatte, zag ik dat hij voornamelijk naar mij keek.

'Gaat het wel, Dottie?' vroeg hij.

Ik wist dat hij naar mijn oog keek en dus wuifde ik met mijn hand voor mijn gezicht.

'Het is hier wel warm, hè?' zei ik om het gesprek een nieuwe wending te geven.

'Voor het optreden begint, ga ik nog even wat te drinken halen. Willen jullie ook iets hebben?'

'Ik wel,' zei Mary. 'Voor mij een bruiswijn, alsjeblieft.'

'Voor mij ook,' zei ik.

'Twee sinaasappelsap, dus?' vroeg Ralph terwijl hij opstond en het stof van zijn knieën klopte.

'Maar we zijn al bijna achttien,' zei Mary pruilend.

Je ziet er alleen uit alsof je twaalf bent, dacht ik.

'Hij vindt je leuk,' zei Mary toen Ralph eenmaal naar de bar vertrokken was.

'Denk je?' vroeg ik. De vlinders fladderden door mijn buik.

Mary keek me doordringend aan.

'Je moet wel blind of stom zijn om niet te zien hoe verliefd hij naar je kijkt.'

'Echt?' zei ik. Opeens vond ik de Whisky A Go Go de meest fantastische club ter wereld.

'Ja, Dottie, *echt*.'

Mary keek me nog altijd aan.

'Je vindt hem toch niet leuk zoals ik Elton leuk vind, hè?'

'Hoe moet ik nou weten op welke manier jij Elton leuk vindt?'

'Nou, ik vind hem zo leuk dat ik voor altijd bij hem wil blijven, Dottie.'

'Misschien vind ik Ralph ook wel zo leuk, maar dat weet ik nog niet. Ik moet hem eerst opnieuw leren kennen. Tot nu toe vind ik hem heel aardig.'

'Maar hij stelt niks voor, Dottie. Hij wil later loodgieter worden. Als je met Ralph Bennett trouwt, zul je het nooit verder schoppen dan Brighton. Dan zit je de rest van je leven vast aan een huwelijk, een sociale huurwoning en kinderen. Je zult nooit iets van de wereld zien.'

'Wie zegt dat ik met hem wil trouwen? Ik zei alleen maar dat ik hem aardig vond.'

Het leek wel een eeuwigheid later voordat het voorprogramma eindelijk begon en er een dikke man het podium opkwam. Hij was een komiek en vertelde voornamelijk slechte grappen over zijn schoonmoeder, zijn vrouw en Ieren. Hij had het zo warm dat het zweet van zijn gezicht gutste en er al snel grote vochtplekken onder zijn oksels verschenen. Het publiek keurde hem amper een blik waardig en werd pas enthousiast toen Eltons band uiteindelijk opkwam.

Vol energie speelden ze rockmuziek en tot mijn verbazing vond ik Elton ontzettend goed. Het was fantastisch om hem en zijn band live te zien optreden. Ze speelden een aantal bekende rock-'n-rollcovers, maar brachten ook wat eigen nummers. Ik wist niet of Elton de muziek zelf geschreven had, maar sommige liedjes klonken erg goed. Mary wendde haar blik geen seconde van het podium af en steeds als een nummer afgelopen was, klapte ze uitbundig in haar handen en schreeuwde ze Eltons naam.

Elton was de zanger van de band en wilde duidelijk graag op Mick Jagger lijken. Hij bewoog op dezelfde manier en pakte de microfoon ook precies hetzelfde vast terwijl hij het publiek fronsend aankeek. Ik glimlachte toen ik me bedacht wat mijn vader van hem zou vinden. Elton dacht waarschijnlijk dat hij een geweldig optreden weggaf, mede doordat Mary zo enthousiast was en ook wat andere meisjes mee wist te krijgen.

Tijdens een romantisch liefdesliedje kwam Elton naar Mary toe en zong hij een paar regels terwijl hij haar diep in de ogen keek. Er werd een spot op Mary gericht en ik had haar nog nooit zo gelukkig gezien.

Toen hij weer rechtop ging staan en terug naar zijn plek op het podium liep, draaide ze zich naar me toe en keek me stralend aan. Ik was ontzettend blij voor haar. Tijdens het volgende nummer zong Elton echter een paar regels voor een iets oudere blonde vrouw die aan de andere kant van het publiek stond. Ze was zo te zien een jaar of eenentwintig. Ik hoopte dat Mary haar niet zag, maar Elton bleef maar naar haar knipogen en tuitte zijn lippen terwijl hij haar toezong.

Ralph had zich inmiddels terug naar de voorste rij weten te worstelen en gaf ons allebei ons drankje. Ik nam een zoete, ijskoude slok. Ralph keek me aan en glimlachte naar me. Hij vroeg hoe we het optreden tot nu toe vonden en voordat ik kon antwoorden, zei Mary al: 'Echt fantastisch!'

'Voel je je echt wel goed?' vroeg Ralph weer terwijl hij me glimlachend aankeek.

'Ja hoor,' antwoordde ik snel, maar eigenlijk voelde ik me helemaal niet lekker. Hoewel ik mijn inhalator stiekem al een keer gebruikt had, kreeg ik nog altijd niet veel lucht en vulden mijn longen zich met rook. Bovendien deed mijn oog nog steeds pijn en had ik het bloedheet. Ik had er echter alles voor over om hier samen met Ralph te zijn.

Na het optreden wilde Mary bij het podium blijven om op Elton te wachten, maar gelukkig was het al laat en moesten we weg om de laatste bus te halen. Ralph trakteerde ons op een patatje en liep met ons mee naar de bushalte. Het was zo'n opluchting om weer buiten te zijn en eindelijk weer frisse lucht in te ademen. Ik kon wel janken van geluk. Ik merkte niet eens hoeveel mensen er om ons heen stonden, dat de politie met gillende sirenes langsreed om in te grijpen bij een gevecht en dat de rockers met een arm om hun vriendinnetjes heengeslagen tegen ons op botsten. Mary herhaalde wel honderd keer wat een fantastische avond ze had gehad. Ik genoot van de warme patat en bedacht dat ik Ralph zo aardig vond dat ik hem waarschijnlijk op dezelfde manier leuk vond als Mary Elton. Het kon me niet schelen wat voor werk hij deed, want wat was er eigenlijk mis met een baan als loodgieter? Ik stopte nog een patatje in mijn mond en merkte toen opeens dat ik hoofdpijn had.

Toen de bus bij onze halte stopte, stapte Mary meteen in. Ik wendde me nog even tot Ralph.

'Dank je wel,' zei ik.

'Waarvoor?'

'Je weet wel. Voor het drankje en zo.'

Ralph lachte, keek verlegen naar zijn voeten en krabde aan zijn oor. Ik vroeg me af of ik hem durfde te kussen. Alleen op zijn wang, zodat hij wist dat ik hem leuk vond. Voordat ik genoeg moed had verzameld, merkte Mary echter dat ik nog niet ingestapt was en trok ze me aan mijn arm naar binnen. Ik had niet eens meer de kans om Ralph gedag te zeggen.

Mary en ik gingen bovenin de bus op de voorste twee stoelen zitten. We reden het centrum van Brighton uit en kwamen in onze eigen buurt terecht. Mary tekende een hartje met een pijl erdoorheen op het beslagen raam. Onderaan de pijl schreef ze MARY en bovenaan schreef ze ELTON 4 EVER.

Toen keek ze me aan en zei ze: 'Je oog ziet er niet zo best uit.'

'Ik weet het,' zei ik.

'Waarschijnlijk gaat het morgen al stukken beter,' zei ze.

'Ik hoop het.'

'Maar het was het waard, toch?'

'Vind je?'

'Natuurlijk, we waren de mooiste meiden in de hele club.'

Ik kneep in haar hand en bedacht hoeveel geluk ik had dat ik een vriendin had die zo veel om me gaf als Mary Pickles. Ik hoopte dat Elton haar ook leuk vond en haar verkering zou vragen. En als ze me nog eens zou vragen of ik Ralph op dezelfde manier leuk vond als zij Elton, zou ik daar volmondig ja op antwoorden. Terwijl we het nachtleven van Brighton achter ons lieten, beloofde ik mezelf dat ik vanaf nu altijd naar mijn hart zou luisteren.

Lief dagboek,

Gisteravond was formidabel, geweldig, fantastisch. Elton is de allerknapste jongen ter wereld. Hij heeft speciaal voor mij een liedje gezongen. Ik moet me wel zo cool mogelijk blijven gedragen, want volgens mij valt Elton op coole meisjes.

Ik heb er alles voor over om Elton voor me te winnen, echt alles.

Liefs,

Mary Pickles (dolverliefd op See Saw Lane)

Zeventien jaar.

9

De ochtend na het optreden van Eltons band had ik een fantastische droom waarin Ralph en ik samen over de ijsbaan schaatsten. Arm in arm gleden we met zijn tweeën over het bevroren water. In het echte leven waren mijn voeten altijd te breed voor schaatsen en moest ik me aan de rand van de baan vasthouden om niet te vallen, maar in mijn droom was dat heel anders. Terwijl we over het ijs gleden, keek Ralph me lachend aan en keek ik in zijn prachtige donkergroene ogen. Ik wenste dat we hier voor altijd konden blijven en simpelweg eindeloos rondjes konden schaatsen. Het voelde zo makkelijk en zo goed. Toen ging het echter langzaam maar zeker mis... ik struikelde en liet Ralphs hand los... ik viel... en toen ik mijn goede oog opendeed, zag ik dat mijn zus een schoen vlak boven mijn hoofd hield.

'Wat doe je?' piepte ik.

'Niet bewegen, Dottie,' zei ze. 'Er zit een enorme zwarte spin op je kussen.'

Niet bewegen? Ze maakte zeker een grapje! Ik was nog nooit zo snel uit mijn bed gesprongen en verstopte me zo goed en zo kwaad als het ging achter Rita. Ze had rollers in haar haar, wat het erg lastig maakte om over haar schouder naar de spin te kijken. Het was me altijd al een mysterie geweest hoe ze in vredesnaam kon slapen met al dat plastic op haar hoofd.

'Ik denk dat hij dood is,' zei ze.

Ik spiekte voorzichtig om haar arm heen.

De spinnenpoten plakten tegen mijn kussen alsof ik in mijn slaap over de zogenaamde spin heen gerold was.

'Ik haat spinnen,' zei Rita terwijl ze beefde in haar nachtjapon.

'Ik ook,' zei ik. 'Maar dat ding op mijn kussen is mijn wimper.'

Rita draaide zich om en keek me met grote ogen aan. Ze liet

de schoen op de vloer vallen. Het was een van haar mooiste stiletto's, een teken dat ze wel ontzettend bang geweest moest zijn.

'Wat ben je toch ook een stomkop,' zei ze.

'Waarom ben ik nou weer een stomkop?'

'Omdat je nepwimpers eraf moet halen voordat je naar bed gaat!'

'Ik kon ze er toch niet zomaar afhalen?' zei ik. 'Ze zaten vastgelijmd!'

'En zit niet de hele tijd zo naar me te knipogen!'

'Dat doe ik helemaal niet! Ik krijg mijn linkeroog niet meer open.'

'O, sufferd! Wat heb je ermee gedaan?'

Ze liep naar het raam en trok onze gordijnen open. Het felle daglicht stroomde naar binnen. Zoals gewoonlijk was mijn helft van de kamer netjes opgeruimd en was Rita's helft een puinhoop.

Ze kwam naar me toe en keek nog eens naar mijn oog. 'Ik denk dat het misschien wel ontstoken is. Het ziet er in ieder geval vreselijk uit.'

Rita raapte de kleren op die ik de vorige avond op de grond had gegooid en schudde ze uit.

'Ga mam je oog maar laten zien,' zei ze. 'Je zult wel een zalfje nodig hebben of zoiets.' Toen liep ze de kamer uit en sloeg ze de deur achter zich dicht. Ik hoorde haar precies tegelijkertijd met mijn vader bij de badkamer aankomen en hoorde ze kort bakkeleien voordat werd besloten dat Rita als eerste naar binnen mocht. Als ze een slechte bui had, kon je haar maar beter gewoon haar zin geven. Die arme Nigel, dacht ik, maar binnenkort zou ik zelf tenminste van haar uitbarstingen af zijn.

Ik ging aan de kaptafel zitten en leunde voorover om mezelf in de spiegel te bekijken. Ik leek het zusje van Dracula wel. Mijn linkeroog was rood en gezwollen en aan mijn onderste ooglid plakte nog een nepwimper. Mijn andere oog zag er daarentegen naakt en kaal uit en deed me bijna aan een pasgeboren kitten denken. Ik probeerde mijn zere oog met mijn vingers open te houden, maar dat deed te veel pijn. Het enige positieve aan deze hele situatie was dat het zondag was en ik vandaag nergens heen hoefde.

Ik deed een paar verwoede pogingen om de nepwimper van mijn gehavende oog te trekken, maar toen hoorde ik mijn moeder roepen. Aan haar stem kon ik horen dat Rita blijkbaar naar beneden was gegaan om haar te vertellen hoe ze me had aangetroffen.

'Dottie,' riep ze, 'kom naar beneden zodat ik kan zien wat je gedaan hebt.'

Ik trok zuchtend mijn badjas aan en liep naar beneden. Clark zat aan de keukentafel zijn cornflakes te eten. Toen hij me zag, knipoogde hij naar me.

'Heel grappig,' zei ik, maar met één oog was het behoorlijk lastig om hem een sarcastische blik toe te werpen.

'Wat zie je eruit!' zei mijn moeder. 'Ga maar even zitten.'

Ze doopte een washandje in een kom warm water en begon toen voorzichtig tegen mijn oog te deppen.

'Voelt het al iets beter?' vroeg ze.

Ik probeerde mijn oog weer open te doen, maar kreeg het nog altijd niet voor elkaar.

'Niet echt,' zei ik. Inmiddels begon ik aardig in paniek te raken.

Op dat moment kwam tante Brenda zonder te kloppen de keuken binnenlopen, wat ze wel vaker deed. Zodra ze zag wat er met me aan de hand was, zou ze de hele buurt ervan op de hoogte brengen. Ik zou waarschijnlijk nooit meer van de grappenmakers afkomen.

'Ik wilde jullie nog wat patronen voor de jurken van de bruidsmeisjes laten zien,' zei ze luchtig terwijl ze haar tas op tafel zette en er een scheut warm water over de rand van het schaaltje gutste. Ze voelde even aan de ketel en schonk zichzelf een dampende kop thee in. Toen merkte ze me pas op.

'Waarom zit Dottie naar me te knipogen?' vroeg ze aan mijn moeder.

'Ze zit niet naar je te knipogen, Brenda,' antwoordde ze. 'Ze heeft haar oog dichtgelijmd.'

Dat leek tante Brenda gek genoeg niks te verbazen.

Ze gooide twee suikerklontjes in haar thee en zei toen: 'Dat is mijn buurvrouw mevrouw Baxter ook weleens overkomen, je weet wel, die met die vreemde man en de nephouten voordeur. Je kent haar wel, haar dochter heet Penelope en is ongeveer net zo oud als Dottie. Maar goed, in plaats van oogdruppels had ze lijm in haar oog gegoten en dat oog was meteen voorgoed verpest; ze heeft er nooit meer iets mee gezien. Uiteindelijk heeft de dokter haar zelfs moeten opereren om haar een glazen oog te geven.'

Wat vreselijk! dacht ik.

'Gelukkig zag je er niks van,' zei tante Brenda. 'Hoewel jij waarschijnlijk niet zo veel geluk zal hebben, Dottie, omdat je zo'n gekke kleur ogen hebt.'

Rita was tijdens het gesprek de keuken binnengelopen. De krullers zaten nog altijd in haar haar. Ze legde een halve geroosterde boterham op haar bord.

'Nou, dan zal ik toch echt een ander bruidsmeisje moeten vinden,' zei Rita. 'Met een glazen oog hoeft Dottie me echt niet naar het altaar te begeleiden.'

'Dottie heeft helemaal geen glazen oog nodig,' zei mijn moeder terwijl ze bemoedigend in mijn schouder kneep.

'Daar zou ik maar niet zo zeker van zijn,' zei tante Brenda terwijl ze me hoofdschuddend aankeek.

'Je kunt waarschijnlijk beter even naar het ziekenhuis gaan,' zei mijn moeder, 'daar weten ze precies wat je het beste kunt doen. Ze zullen dit vast wel vaker meegemaakt hebben.'

Rita snoof.

'Ik ga zo echt niet in de bus zitten,' zei ik.

'Misschien niet in je badjas, nee,' zei mijn moeder. 'Maar hoe wilde je er anders komen?'

'Je kunt altijd een ambulance bellen,' zei Clark, die altijd wel in was voor een gezonde dosis drama.

'Kun je geen taxi voor me bellen?' vroeg ik hoopvol.

'Je bent zelf een taxi,' zei Clark.

'Heel grappig.'

'Ik weet het al,' zei mijn moeder, die soms ontzettend goede ideeën had. 'Clark? Waar is dat ooglapje dat je een tijdje moest dragen toen je die cricketbal tegen je oog gekregen had?'

'Boven, ik haal hem wel even!'

'Maak je hem wel goed schoon?' riep ik hem na. Ik voelde me toch wel erg rot over de situatie.

Ik ging terug naar boven en kleedde me aan. Toen deed ik Clarks ooglapje op. Ik zag er verschrikkelijk uit, maar het enige wat ik kon doen was achterin de bus gaan zitten en hopen dat ik niemand tegen zou komen die ik kende. Soms wilde ik dat ik net zo klein was als Mary. Als je klein was, kon je overal mee wegkomen, maar als je boven iedereen uit torende, viel zelfs de kleinste beweging op.

Toen ik de keuken weer in liep, glimlachte mijn moeder naar me. 'Dat is beter. Zo valt het vast niemand op dat er iets met je aan de hand is.'

Dacht ze dat nou echt?

'Wil je dat ik met je meega?' vroeg ze.

'Nee, dat hoeft niet,' zei ik op jammerlijke toon.

'Ach kom, laat me nou met je meegaan,' zei mijn moeder zachtjes. 'Dan kom ik ook nog eens een paar uur buiten.'

'Weet je zeker dat je mee wilt?'

Ze gaf me mijn jas aan en riep naar mijn vader: 'Nelson! Ik ga even met Dottie naar de dokter, ze heeft haar oog dichtgelijmd.'

'Had ze haar mond niet kunnen dichtlijmen?' vroeg mijn vader. Hij begon te bulderen van het lachen alsof hij zojuist de beste grap ter wereld gemaakt had, maar zo hilarisch was deze situatie niet.

'Als we iemands mond hier beter kunnen dichtlijmen, is het de jouwe wel,' zei mijn moeder. 'Dan zou je meteen niet meer kunnen roken. Kun je trouwens de afwas even doen terwijl ik weg ben?'

'Die heeft zijn lesje meteen geleerd,' zei Clark terwijl de stukjes cornflakes over tafel vlogen.

'En jij mag afdrogen,' zei mijn moeder.

In de bus naar het ziekenhuis dacht ik terug aan gisteravond. De Whisky A Go Go was totaal anders geweest dan ik van tevoren had verwacht. Het was er zo druk, donker en rokerig geweest dat het me bijna aan onze huiskamer deed denken. Als gisteravond een voorproefje was van wat het inhield om 'je vleugels te spreiden', hoefde dat voor mij eigenlijk niet zo nodig.

Mary had een fantastische avond gehad en ik wist zeker dat ze in de toekomst vaker naar de club zou willen gaan. Ik wist echter niet of ik dat ook wilde. Ik dacht aan het café en aan hoe fijn ik het had gevonden om daar met Ralph te praten. Hij had me zo lief aangekeken dat ik bijna zeker wist dat hij me leuk vond.

'Kom, Dottie,' zei mijn moeder. 'We moeten eruit.'

Terwijl ik haar door de hekken en langs een veld vol geraniums het ziekenhuis in volgde, voelde ik me net een klein meisje. De wachtkamer zat bomvol en het voelde alsof iedereen naar me keek, wat in werkelijkheid waarschijnlijk helemaal niet zo was. Het zat er vol mannen die overduidelijk gevochten hadden. Verder zaten er wat bejaarden en kleine kinderen met koortsige hoofdjes bij hun moeder op schoot.

'Denk je dat ze me nog kunnen helpen?' vroeg ik.

'We zien wel wat de dokter zegt,' zei mijn moeder zachtjes. Ze pakte mijn hand en hield hem op haar schoot vast.

Ik hield zo ontzettend veel van mijn moeder.

Een halfuur later kwam ik verlost van de hardnekkige nepwimper de behandelkamer uit. Ik was opgelucht, maar mijn oog deed nog altijd zeer en dus had ik behoorlijk medelijden met mezelf. Op weg naar buiten gooide ik het ooglapje in de vuilnisbak.

Toen we thuiskwamen, zat Mary in de keuken Clarks meest recente foto's te bekijken. Hij keek op en zei: 'Je ziet er niks van, Dottie.'

Ik keek hem fronsend aan. 'Wat?'

'Je glazen oog, je ziet er niks van.'

'Erg grappig, Clark Perks,' antwoordde ik sarcastisch.

'Deed het pijn?' vroeg Mary terwijl ze me met grote ogen aankeek. Haar wimpers zagen er natuurlijk nog altijd fantastisch uit. Zij leefde tenminste met me mee. Naast mijn moeder was Mary de enige persoon ter wereld die er daadwerkelijk iets om gaf hoe *ik* me voelde.

'Een beetje,' zei ik. Ik wilde niet dat ze zich rot zou voelen, want hoewel dit hele gebeuren haar schuld was, wist ik dat ze me niet expres pijn gedaan had. 'Het ging wel,' zei ik terwijl ik een brede glimlach op mijn gezicht toverde.

'Hoe kan het eigenlijk dat er maar één wimper vastgeplakt zat?'

'Geen idee. De andere is er 's nachts vanzelf af gevallen.'

'En werd vervolgens door Rita doodgeknuppeld,' vulde Clark aan. 'Volgende week moet ze voor de rechtbank verschijnen. We hopen allemaal dat ze de doodstraf krijgt.'

Ik begon te lachen, maar mijn moeder vond er blijkbaar niks grappigs aan. 'Zoiets zeg je toch niet over je bloedeigen zus, Clark!' zei ze.

'Is ze mijn zus?!' riep Clark uit. Hij greep zijn keel vast en begon stikgeluiden te maken terwijl hij zich langzaam van zijn stoel onder de tafel liet glijden. Dit keer lachte mijn moeder wel met ons mee. Mary en ik gingen samen naar mijn slaapkamer, waar het naar Rita's haarlak en parfum rook. Ik zette het raam open om wat frisse lucht binnen te laten.

'Waar is Rita?' vroeg Mary.

'Die is met haar verzekeringsman op bezoek bij de predikant.'

'Ik wou dat Elton en ik samen bij de predikant op bezoek waren,' zei Mary.

De kans dat dat ooit zou gebeuren, leek me erg klein. Nadat hij Mary had toegezongen, had Elton de rest van de avond amper meer naar haar omgekeken.

Mary zat op de rand van mijn bed. 'Ik weet heus wel dat ik waarschijnlijk weinig kans maak.'

'Kans maak waarop?'

'Dat ik word aangenomen aan de kunstacademie in Parijs. Ze nemen alleen de meest getalenteerde mensen aan, maar mijn tekeningen worden steeds beter en volgens mij ben ik er bijna klaar voor om me aan te melden.'

'Wat geweldig, Mary. Ik bedoel, ik wil eigenlijk niet dat je gaat, omdat ik je zo verschrikkelijk zal missen, maar als je denkt dat je er klaar voor bent, dan moet je het natuurlijk proberen.'

Mary fronste. 'Ik weet het.'

'Waarom twijfel je dan?'

'Omdat ik Elton dan kwijt zou raken.'

'Niet per se.'

'Elton heeft zoveel talent en wordt constant omringd door mensen, en met mensen bedoel ik meisjes. Ze werpen zich bij bosjes aan zijn voeten en zijn allemaal langer dan ik. En ouder.'

Mary liet zich achterover op mijn bed vallen en vouwde haar armen onder haar hoofd. Ze keek naar de schimmelplek boven de spiegel en zuchtte dramatisch. 'Ik moet hem gewoon zover zien te krijgen dat hij me verkering vraagt. Dan weet ik zeker dat hij op me wacht.'

'Ik weet niet of Elton wel zo geduldig is, en ook niet of hij überhaupt verkering met iemand wil.'

Mary wreef over haar neus. 'Daarom heb ik ook een plan nodig. Ik moet zorgen dat hij verliefd op me wordt. Ik weet dat hij me leuk vindt, maar dat is niet genoeg. Hij vindt waarschijnlijk wel honderd meisjes leuk. Ik moet zorgen dat hij verliefd op me wordt en dat hij onmogelijk meer zonder me kan. Hij moet op me wachten.'

Ze keek me ernstig aan.

'O,' zei ik.

'Maar hoe krijg ik hem zover, Dottie?'

'Ik denk dat het wel een tijdje zal duren om hem dat te laten inzien.'

'Maar zoveel tijd heb ik helemaal niet. Hij staat elke week op het podium, omgeven door tientallen meisjes die hem allemaal aanbidden. Ik moet zorgen dat hij *nu* verliefd op me wordt.'

Ik pakte het versleten knuffelkonijn dat ik al had sinds ik een baby was en legde het op mijn schoot. 'Als je écht wilt opvallen, zul je iets volkomen unieks moeten doen.'

'Dat weet ik. Maar wat? Ik bedoel, zoveel tijd heb ik niet om een plan te bedenken. Straks is Brainless net zo groot als de Rolling Stones en is Elton de volgende Mick Jagger! Dan verhuist hij naar Londen, is hij elke dag omgeven door modellen en actrices en ben ik hem voor altijd kwijt.'

Dat leek me nogal onwaarschijnlijk, maar als Brainless inderdaad beroemd werd, zou Mary waarschijnlijk gelijk krijgen. Als Elton eenmaal een hit gescoord had, zou hij Brighton waarschijnlijk binnen de kortste keren achter zich laten en voorgoed verdwijnen. Misschien zou hij in Dartford gaan wonen, waar Mick Jagger was opgegroeid, en zou Mary voor altijd spijt hebben dat ze hem niet eerder verleid had. Mary had hier duidelijk goed over nagedacht. Ze keek me zo paniekerig aan dat ik haar zorgen onmogelijk kon negeren.

'Misschien heb je wel gelijk,' zei ik. 'Maar ik zou niet weten wat je kunt doen om hem voor je te winnen, behalve misschien doen alsof je eigenlijk helemaal geen interesse in hem hebt. Jongens zoals Elton zijn daar vaak erg gevoelig voor. Als een meisje ze afwijst, maakt dat haar alleen maar aantrekkelijker voor ze.'

‘Dus als ik hem afwijs, komt hij vanzelf achter me aan.’
‘Dat denk ik wel, ja.’
‘Maar hoe kan ik hem in vredesnaam afwijzen?’
‘Door te doen alsof je hem niet leuk vindt, denk ik?’
We lieten ons giechelend op het bed vallen.

Lief dagboek,

Ik heb nu al drie weken verkering met Elton. Drie hele weken. Tweeëntwintig fantastische, prachtige, grandioze dagen! Hij kwam opeens naar Woolworths om me mee uit te vragen. Dottie zei dat ik moest doen alsof ik hem niet leuk vond. Wat een grapjas. Waarom zou ik doen alsof ik hem niet leuk vind? Ik wil toch juist met hem samen zijn? Wat de liefde betreft heeft Dottie overduidelijk nog behoorlijk wat te leren.

Vanavond gaan Dottie, Elton, Ralph en ik naar de Miss Brightonverkiezing aan het einde van West Pier.

Had ik al gezegd dat Elton me mee uit heeft gevraagd? Ik kan het bijna niet geloven.

Doei doei dagboek

Mary Pickles (vriendin van rockster Elton Briggs)

17 jaar.

10

Het was de avond van de Miss Brightonverkiezing en Mary en ik zouden er samen met Elton en Ralph naartoe gaan. Het was een prachtige avond en ik was dolgelukkig. De vlinders fladderden door mijn buik en het voelde alsof ik op een duikplank stond en elk moment de diepere wateren van de volgende fase van mijn leven in zou springen. Ik kon niet wachten tot vanavond.

We hadden bij de bushalte afgesproken met de jongens. Mary ontplofte bijna van opwinding omdat Elton haar eindelijk mee uit had gevraagd. Hij was woensdag aan het einde van de middag naar Woolworths gekomen en stond een tijdje rond te kijken op de snoepafdeling. Ik zag hem eerder dan Mary doordat er net een horde schoolkinderen binnengekomen was die alles deden om haar aandacht te trekken zodat ze zo snel mogelijk hun snoepzakje konden vullen. Elton droeg een blauwe spijkerbroek en een zwart T-shirt met een leren jasje eroverheen. Het was overduidelijk wat Mary zo in hem aantrok. Hij was niet alleen knap, maar had ook nog eens iets cools en mysterieus. Hoewel hij totaal mijn type niet was, begreep ik wel waarom Mary hem aantrekkelijk vond. Ik zou waarschijnlijk nog een tijdje niks te doen hebben omdat de fabriek pas over een uur een nieuwe levering langsbracht, en dus liep ik naar Mary toe. 'Volgens mij heb je bezoek,' fluisterde ik. Mary schepte net een zakje vol fruitsnoepjes.

'Ik heb nu even geen tijd voor bezoek,' zei ze.

'Volgens mij kun je voor dit bezoek best even tijd maken,' zei ik grijnzend.

Mary draaide zich om en zag Elton. Ze trok wit weg en liet het zakje uit haar handen vallen. De fruitsnoepjes rolden over de balie.

'Rustig maar,' zei ik. 'Ik neem het hier wel even van je over. Zeg maar tegen meneer Rankworthy dat je je niet zo lekker voelt en wat frisse lucht nodig hebt.'

'Dank je wel, Dottie,' zei ze.

'Probeer niet te laten merken dat je hem leuk vindt,' fluisterde ik.

Mary rolde met haar ogen.

Ik zag dat ze naar meneer Rankworthy toe liep om te zeggen dat ze ziek was. Ze keek hem met smekende ogen aan en zelfs van meters afstand was te zien dat hij meteen smolt. Hij legde zijn arm om haar schouder en nam haar mee naar buiten. Ik vreesde even dat hij bij haar zou blijven, maar gelukkig liep hij even later de winkel weer in. Ik knikte naar Elton, die meteen naar buiten ging om Mary gezelschap te houden.

In de minuten die volgden schepte ik de snoepzakjes van de kinderen vol. Net toen het laatste meisje met haar regenboogsnoepjes naar buiten liep, kwam Mary weer binnen. Ze was nu allesbehalve bleek en zag eerder rood terwijl ze grijnzend naar me toe huppelde.

'En?' vroeg ik terwijl ik haar lachend aankeek.

'Hij heeft me mee uit gevraagd! Hij heeft me eindelijk *echt* mee uit gevraagd.'

'Wat zei hij dan?'

'Hij vroeg gewoon of ik met hem mee uit wilde.'

'Zei hij verder niks?'

'Elton is nooit een man van veel woorden geweest, of wel soms?'

'Wanneer gaan jullie dan uit?'

'Hij neemt me morgen mee naar de Istanbul. Je weet wel, die club die veel te wild en luidruchtig is voor Dorothy Perkins.'

Ik gaf haar een knuffel. 'Ik ben ontzettend blij voor je,' zei ik.

In de weken die volgden werd Mary steeds verliefder. Ik nam een deel van haar opwinding over en hoopte dat ik binnenkort ook zo verliefd zou zijn.

We hadden na ons werk met de jongens afgesproken. Het was een warme zomeravond vol mogelijkheden. Het was geweldig om Mary zo gelukkig te zien en zelf keek ik ook erg uit naar de avond die voor ons lag. Ik weet niet meer precies waar we over praatten, maar we zullen het wel over Elton gehad hebben toen hij en Ralph de hoek om liepen. Of nou ja, Ralph liep en Elton slenterde. Hij had zijn haar met wax achterover gekamd en glimlachte ietwat arrogant terwijl hij naar ons toe liep en Ralph hem op de voet volgde. Ik glimlachte om zijn herkenbare gedrag. Zelf was ik al tien jaar Mary's schaduw. Dat hadden Ralph en ik dus met elkaar gemeen.

'Hé schoonheid!' zei Elton tegen Mary. Hij haalde zijn sigaret even uit zijn mond zodat hij haar een kus kon geven. Ralph en ik glimlachten ongemakkelijk naar elkaar terwijl de twee tortelduifjes amper van elkaar af konden blijven. Mary kon flirten als geen ander. Ik vroeg me af waar ze dat in vredesnaam geleerd had.

We gingen bovenin de bus zitten. Elton zat met zijn rug naar het raam toe en legde zijn benen op de stoel naast hem. Hij trok Mary bij zich op schoot en zoende haar een tijdje. Toen klom ze van hem af en kwam ze naast mij op de stoel achter Elton zitten. Ralph zat in zijn eentje aan de andere kant van het gangpad. De rook van Eltons sigaret dwarrelde naar ons toe en drong mijn longen binnen. Ik kreeg het meteen benauwd.

Ik duwde het raam open om wat frisse lucht binnen te laten en keek naar de gezinnen die terugkwamen van het strand; vaders in korte broeken, moeders in zomerjurken en kleine kinderen in sandalen en met T-shirts over hun badkleding. De kinderen hadden emmers en schepjes in hun handen, de moeders hadden een picknickmand vast en de vaders hadden onder hun ene arm een krant geklemd terwijl ze met de andere een sigaret rookten. Iedereen was moe en gloeide nog na van de zon, maar allemaal hadden ze een glimlach op hun gezicht.

Mary leunde met haar ellebogen op Eltons stoel terwijl ze giechelend met hem flirtte. Ik legde zuchtend mijn hoofd tegen het raam en zag toen in de weerspiegeling van de ruit dat Ralph naar me keek. Hij glimlachte naar me. Ik lachte terug en toen kwam hij achter ons zitten zodat we met elkaar konden praten.

'Elton vertelde dat jullie een van de deelnemers van de verkiezing kennen,' zei hij.

Ik knikte. 'Sally, van ons werk.'

'Kijkt ze een beetje naar de verkiezing uit?'

Ik lachte. 'Ze zegt dat ze zo veel mogelijk morele steun nodig heeft. Ze was gisteren zo zenuwachtig dat ze de hele middag door de winkel ijsbeerde. Op een gegeven moment nam mevrouw Burgess haar maar mee naar achteren om haar schouders te masseren en sherry te drinken!'

Ralph grijnsde en wreef over zijn neus. 'Waarom is ze dan zo zenuwachtig?'

Ik haalde mijn schouders op. 'Ze is bang dat er niemand op haar zal stemmen. Maar daar hoeft ze zich helemaal geen zorgen over te maken, want ze is een van de mooiste en aardigste meisjes die ik ooit gekend heb.'

Ralph lachte naar me. 'Net als jij,' zei hij.

Ik voelde dat mijn wangen begonnen te gloeien. 'Nou ja, we hebben in ieder geval beloofd om haar te komen aanmoedigen,' zei ik. 'Dus dat gaan we vandaag doen.' Op dat moment slaakte Mary een gilletje en barstte ze vervolgens in lachen uit. Toen wist ik niet meer wat ik moest zeggen en dus keek ik maar weer uit het raam. De bus reed nu over de boulevard van Brighton. Ik keek naar de jongens die strandstoelen aan het opruimen waren en de ijsverkopers die hun kramen schoonmaakten.

Ik keek al maanden naar de Miss Brightonverkiezing uit. Het was een van de grootste evenementen die hier in de buurt plaatsvond en de mensen praatten er elk jaar nog wekenlang over na. Ik was er samen met mijn ouders al eerder naartoe geweest en had het altijd fantastisch gevonden. Het was een echte show met muziek, microfoons en spotlights. De meisjes zagen er in hun badpakken en sandalen altijd prachtig uit. Met hun prachtige haar waren ze net prinsessen en als klein meisje wenste ik altijd dat ik later ook mooi genoeg zou zijn om aan een missverkiezing mee te doen. Toen ik dat aan mijn vader vertelde, zei hij dat ik veel te goed was om voor een mannelijke jury over een podium te paraderen. Ik geloof dat dat zijn manier was om me duidelijk te maken dat ik daar toch echt te dik voor was.

'Hé, haal je voeten eens van die stoel, anders gooi ik je de bus uit!'

Het was de controleur, die met rode wangen en een bezweet voorhoofd zijn vinger tegen Eltons borst drukte.

'Bedoelt u deze voeten?' zei Elton.

'Die voeten, inderdaad,' zei de controleur.

Terwijl hij de controleur grijnzend aankeek en zijn sigarettenrook uitblies, haalde Elton uiterst langzaam zijn benen van de stoel.

'Iets minder bijdehand graag, jochie,' zei de conducteur. 'Of anders.'

Zodra de conducteur terug naar beneden gelopen was, liet Elton zijn sigaret op de grond vallen en legde hij zijn benen terug op de stoel. Ik keek naar Mary. Ze zag er gegeneerd uit.

Toen we eenmaal bij onze bestemming aangekomen waren, stapten we uit de bus en liepen we naar de West Pier. Er hing een uitbundige sfeer en iedereen lachte en praatte met elkaar. Het rook naar gebakken uien, suikerspinnen en sigarettenrook en langs de pier hingen duizenden lampjes. In de verte kon je de Palace Pier zien liggen. Ik kon me maar weinig andere plekken bedenken waar meerdere pieren vlak bij elkaar lagen en prees me gelukkig dat Brighton er twee had. De grote chique gebouwen langs de kust hadden hun gevels ook met lampjes versierd. De ramen stonden open en op de achtergrond hoorde je hoe de golven kiezelstenen over het strand rolden. Ik werd er zo vrolijk van dat ik heel even overwoog om over de boulevard te gaan huppelen. Toen voelde ik iets warms op mijn hand en keek ik naar beneden om te zien wat het was. Het bleek Ralphs hand te zijn. Ik glimlachte naar hem en krulde mijn vingers om de zijne.

'Ach, *kom op nou*, jongens!' riep Mary, die ongeduldig voor ons uit liep.

Elton had een grote zwarte rugzak bij zich.

'Waar is die rugzak voor?' vroeg ik.

'Elton heeft een paar flessen drank meegenomen,' zei Mary.

'Gewoon om in de juiste stemming te komen,' zei Elton.

'In de stemming waarvoor?' vroeg Mary. Ze begon weer te giechelen.

'Je hoeft niet te drinken als je dat niet wilt,' zei Ralph.

'Dat doe ik ook niet,' zei ik. 'Mijn moeder zou me vermoorden.'

'O Dottie, je bent bijna achttien! Wat maakt het uit wat je moeder van je vindt? Ontspan toch eens een keer,' zei Mary.

'Nee, dank je,' zei ik.

De verkiezing vond plaats in een concerthal aan het einde van de pier en dus moesten we een stukje lopen. Doordat het behoorlijk druk was, zou het nog wel even duren voordat we er waren. Iedereen was echter in een goede stemming. Er slenterden talloze vriendengroepen over de pier en veel koppels liepen hand in hand langs het water. De pier bestond uit losse planken met kieren ertussen, waardoor je het zwarte water dat eronder stroomde kon zien. Mary's naaldhakken bleven regelmatig tussen de planken steken, waardoor we steeds moesten stoppen om haar schoen los te wrikken en het eeuwig duurde voordat we bij de concerthal aankwamen. Op een gegeven moment bleven allebei haar hakken tegelijkertijd steken en wist ze nog maar net overeind te blijven staan. Mary en ik barstten allebei in lachen uit, maar Elton zag er de humor niet van in.

'Allemensen,' zei hij. 'Ik wilde op de eerste rij gaan zitten, maar als het zo doorgaat zijn er straks alleen nog stoelen achterin de zaal over.'

'Ze kan er niks aan doen,' zei ik. 'Klim anders maar op mijn rug, Mary. Dan draag ik je wel naar de concerthal.'

'Wil je dat echt voor me doen?' vroeg Mary verheugd.

Ralph stapte naar voren. 'Ik draag haar wel.' Mary klom op Ralphs rug.

Aan het einde van de pier stonden honderden mensen te wachten tot de deuren van de concerthal open zouden gaan. Iedereen praatte opgewonden door elkaar. Ralph zette Mary neer en we liepen met zijn tweeën naar de damestoiletten, zoals we dat altijd deden als we ergens samen waren. We gingen voor de spiegel staan om onze make-up bij te werken.

'Hielden jij en Ralph net nou elkaars hand vast?' vroeg Mary terwijl ze in de spiegel naar me keek.

'Ja,' zei ik.

'O, Dottie!' Ze schudde zuchtend haar hoofd.

'Waarom vind je dat zo erg?' vroeg ik.

'Omdat je veel beter kunt krijgen dan Ralph.'

'Maar ik vind hem leuk,' zei ik zachtjes.

'Tja, het is jouw leven,' zei ze. 'Maar zeg niet dat ik je niet gewaarschuwd heb als je over een paar jaar met een loodgieter getrouwd bent en jullie een hele horde roodharige kinderen hebben.'

'Ik vind roodharige kinderen juist wel lief,' zei ik.

Mary keek in de spiegel en tuitte haar lippen. 'Hoe zie ik eruit?'

'Fantastisch,' zei ik.

We liepen terug naar de jongens, die om de hoek op ons stonden te wachten. Elton had nog altijd een sigaret in zijn mond en nam af en toe een slok uit een van de flessen die hij had meegenomen. Hij was actiever dan normaal en zijn ogen glommen, waardoor ik vermoedde dat hij al aardig wat drank achter de kiezen had. Mary nam ook een paar slokken uit de fles. Ik wist niet wat ik moest doen. Ze had nog nooit eerder gedronken, maar ik vreesde dat ik haar niet tegen kon houden. Elton grijnsde naar haar en zei: 'Zo! Jij kunt er wat van!' en legde zijn arm om haar schouder. Mary viel bijna flauw van geluk. Ze trok meteen de fles weer uit zijn handen en nam nog een paar slokken.

'Jep,' zei ze terwijl ze met haar hand over haar mond veegde en haar lippenstift over haar kaak smeerde. 'Kom, we gaan!'

Ze baande zich een weg door de mensenmenigte. Elton, Ralph en ik liepen als makke schapen achter haar aan en moesten continu onze excuses aanbieden als we mensen per ongeluk aan de kant duwden. Op een van de voorste rijen vonden we vier stoelen naast elkaar.

Opeens werd het licht gedimd en klonk er muziek door de ruimte. Het zaalgordijn ging open en er verscheen een man op het podium die me een beetje aan Cliff Richard deed denken. Hij had een glimmend blauw pak met zilveren knopen aan.

'Wat ziet hij er belachelijk uit,' zei Elton.

'Ik vind hem er best goed uitzien,' zei ik. Ik kon me er simpelweg niet toe zetten om het ook maar één keer met Elton eens te zijn. Wat dat betreft had hij hetzelfde effect op me als mijn lieftallige zus.

De man maakte een paar grappen en zong toen een melodramatisch liedje, wat Mary en ik hilarisch vonden. Toen was het eindelijk tijd voor de missverkiezing. Een voor een kwamen de meisjes het podium op. Als ze in de spotlight stonden, draaiden ze een rondje en gingen ze vervolgens met hun handen op hun heupen bij de anderen staan. Ik vond de meisjes allemaal prachtig. Elton begon op zijn vingers te fluiten, maar werd al snel door een aantal mensen tot stilte gemaand. Sally droeg een witte bikini, had hoge hakken aan en haar haren waren prachtig in de krul gezet. Ze zag er totaal anders uit dan het meisje dat we uit Woollies kenden.

'Wat ziet Sally er mooi uit, hè?' fluisterde ik naar Mary.

'Waar zie je Sally?' vroeg ze.

'De derde van links, ze heeft een witte bikini aan.'

'Sjonge,' zei Mary. 'Ik had haar niet eens herkend.'

Vanuit mijn ooghoek zag ik dat Elton nog een paar slokken uit de fles nam en die toen aan Mary gaf. Ik voelde me ontzettend ongemakkelijk bij de manier waarop de avond tot nu toe verliep, maar probeerde me op de missverkiezing te concentreren.

Toen de meisjes iets over zichzelf moesten vertellen, vertelden ze bijna allemaal dat ze in de toekomst graag wilden trouwen en kinderen wilden krijgen. Een van de meisjes zei dat ze naar de universiteit wilde en in Amerika voor de NASA wilde werken. De presentator grinnikte en rolde met zijn ogen naar het publiek. 'Nou nou! Zo te horen ben je aardig thuis in de vrouwenemancipatie, of niet?' zei hij. Iedereen begon te lachen. Of nou ja, bijna iedereen. Ik lachte niet en Ralph en Mary ook niet. Elton proestte het natuurlijk wel uit.

'Er is niks mis mee om huisvrouw te zijn, toch meiden?' vroeg de presentator de rest van de groep, die uitbundig begon te knikken.

Naarmate de verkiezing vorderde, werd ik het steeds meer met Elton eens. De presentator was inderdaad een belachelijke kerel.

Om eerlijk te zijn vond ik de show eigenlijk maar saai, wat erg vreemd was, aangezien ik de voorgaande jaren juist zo van de verkiezing genoten had. Nu was ik echter blij toen het eindelijk afgelopen was. Sally werd geen eerste, tweede of derde, maar eindigde wel bij de beste vijf en dat vond ik een geweldige prestatie. Het meisje dat astronaut wilde worden, werd laatste.

Toen de show afgelopen was, stond iedereen op om naar de uitgang te lopen. Ik zat op de laatste stoel van de rij en ging dus vanzelf mee in de mensenmassa. Pas toen ik buiten stond, merkte ik dat ik de anderen in de menigte kwijtgeraakt was. Ik bleef bij de uitgang staan om ze op te wachten, maar Elton, Mary en Ralph hadden blijkbaar niet dezelfde uitgang genomen als ik. Er waren zo veel mensen en ik wist niet of mijn vrienden misschien wel bij de pier op me zouden wachten. Misschien waren ze ook wel meteen naar het strand gelopen. Ik liep de pier twee keer op en neer in de hoop ze te vinden, maar dat bleek een onmogelijke opgave te zijn. Zij waren ongetwijfeld ook naar mij op zoek en waarschijnlijk liepen we elkaar daardoor steeds mis. In de hoop Mary, Elton en Ralph toch nog te vinden, bleef ik een tijdje bij de bushalte staan. Ze stonden echter niet in de rij om naar huis te gaan.

Het begon te waaien en ik kreeg het ontzettend koud. De tranen stonden in mijn ogen toen Ralph opeens naar me toe gerend kwam.

'Ik kan Mary en Elton nergens meer vinden,' zei hij. 'Ik dacht dat jij ook bij ze was.'

'Ik dacht juist dat jullie met zijn drieën bij elkaar gebleven waren,' zei ik. Ik begon me steeds meer zorgen te maken.

'Ze lopen hier vast gewoon ergens rond,' zei Ralph.

'Ik ben zo blij dat je me gevonden hebt,' zei ik met een glimlach.

'Daar ben ik ook blij om,' zei hij.

De bus kwam eraan. We liepen naar boven en gingen op de voorste rij zitten. Ralph legde zijn arm om me heen en ik leunde tegen hem aan. Ik keek uit het raam en voelde me gelukkiger dan ooit. Al snel lag de pier van Brighton achter ons en reden we langs de speeltuin waar Mary en ik vroeger speelden en William en Wallace Mary's hamster ooit hadden leren schommelen. Nu waren Mary en ik echter volwassen en binnenkort zou alles veranderen. Ik vroeg me af wat er met Mary gebeurd zou zijn. Ik hoopte maar dat ze veilig thuisgekomen was. Ik hoopte dat Elton goed voor haar zorgde.

Ralph bracht me naar huis en in het licht van de lantaarnpaal voor onze deur hield hij mijn gezicht in zijn handen en drukte hij een kus op mijn voorhoofd.

Die nacht sloeg ik mijn armen om mijn kussen heen en dacht ik aan de sensatie van Ralphs hand in die van mij. Het had als het begin van iets prachtigs gevoeld. Ik kon niet wachten om te zien waar deze avond toe zou leiden.

Lief dagboek,

Gisteravond ben ik onder de West Pier door Elton Briggs gekust. Voor het geval je me niet goed verstaan hebt, zal ik het nog eens herhalen: Elton heeft me GEKUST.

Ik ben zo intens gelukkig.

Ik heb trouwens niet gedaan alsof ik hem niet leuk vond.

Doei doei

Mary Pickles (wier lippen gekust zijn door Elton Briggs)

ZEVENTIEN JAAR

11

Het was weer maandag en het was zo warm dat de mussen dood van het dak vielen. Er stond geen zuchtje wind en het enige waartoe we in staat waren, was op het strand liggen dutten. Hoewel we eergisteren nog bij de Miss Brightonverkiezing waren, voelde het alsof dat al jaren geleden was. Mary en ik waren weer aan het werk gegaan. Bij Woollies was net een nieuw merk haarverf binnengekomen en de kleuren hadden namen als *Bubbly Blonde*, *Ravishing Red* en *Ardent Auburn*. Op de verpakkingen stonden prachtige meisjes die er met elke haarkleur fantastisch uit zouden zien. Mary en ik hadden de voorraad vanmorgen uit het magazijn gehaald en zetten de nieuwe pakjes verf nu in de schappen.

'Wij zouden ons haar ook eens moeten verven,' zei Mary terwijl ze de verpakking van de kleur *Strawberry Blonde* bekeek.

'Welke kleur wordt je haar eigenlijk als je die verf gebruikt?' vroeg ik. 'Een aardbei is immers rood en blond heeft meer weg van lichtgeel.'

'Dan wordt het dus een combinatie van die twee kleuren,' zei Mary. 'Dat is toch logisch!'

'Wil je dan roze haar?' vroeg ik verbaasd.

'Het wordt niet roze, het wordt blond.'

'Waarom staat er dan *strawberry*?'

'Omdat dat chiquer klinkt. Hier staat dat blondines veel meer lol in het leven hebben.'

'Meer lol dan wie? Dan wij?'

'Dan de rest van de wereld!' zei Mary terwijl ze met haar ogen rolde. 'Is je soms niet opgevallen dat driekwart van de meisjes die aan de Miss Brightonverkiezing meededen blond haar had? De winnares had blond haar, en het meisje op de tweede plaats ook.'

'Nou, dan verf ik mijn haar ook maar blond, anders heb jij straks meer lol dan ik,' zei ik vrolijk.

Mary keek me aan. 'Hoe bedoel je?'

'Als jij je haar blond verft en ik niet, bedoel ik.'

'Neem jij nou nooit eens iets serieus?' vroeg Mary.

Ik dacht even na en zei toen: 'Niet echt.'

Ze draaide zich om en zette de doosjes in het schap recht.

'Is er iets?' vroeg ik.

'Nee, hoor. Wat zou er moeten zijn?'

'Het is gewoon... Ik maakte me eigenlijk best zorgen om je... Elton had zaterdag zoveel gin op... en jij had ook best wat gedronken, dus...'

'Dus wat?'

'Ik weet het niet. Als mensen te veel drinken, doen ze weleens dingen die ze eigenlijk beter niet kunnen doen.'

'Ik weet heus wel wat jij denkt, Dottie Perks.'

'Wat dan?'

'Jij denkt dat we het gedaan hebben, of niet soms? Je denkt dat we het onder de pier lagen te doen en dat we daarom de bus gemist hebben.'

'Daar was ik wel bang voor, ja.'

'We hebben het helemaal niet gedaan. Nou goed?'

'Soms maak ik me gewoon zorgen om je, meer niet.'

'Dat weet ik, maar ik heb al een moeder om zich zorgen om me te maken en daar hoef ik er geen tweede van.'

'Je zou het me toch wel vertellen, hè?' vroeg ik voorzichtig.

'Allemensen, Dottie.'

'Dat doe je toch wel?'

'Goed dan, als je er nu maar over ophoudt.'

Ik weet niet waarom het zo belangrijk voor me was om op de hoogte te zijn, want eigenlijk wilde ik helemaal niet weten wat Mary met Elton uitspookte. Op de een of andere manier had ik echter het gevoel dat onze vriendschap nooit meer hetzelfde zou zijn als Mary het eenmaal gedaan had. Vroeger zei ze altijd dat je na je eerste keer een *echte vrouw* was en ik stelde me dan altijd voor dat we dan precies zoals onze moeders zouden worden. Dat leek me bij nader inzien nogal ingewikkeld, aangezien ik dan om te beginnen een centimeter of vijftien zou moeten krimpen. Eigenlijk wilde ik er niet eens over nadenken welke gevolgen de relatie van Mary en Elton voor onze vriendschap zou hebben en dus probeerde ik me ergens anders op te concentreren.

'Goed,' zei Mary terwijl ze het doosje haarverf naast mijn gezicht hield en me met het model vergeleek. 'Volgens mij zou blond haar je helemaal niet staan.'

'Waarom niet?' vroeg ik. 'Ik wil toch ook lol hebben!'

'Volgens mij past rood haar veel beter bij je.' Ze begon tussen de doosjes te rommelen.

'Voorzichtig, die heb ik net rechtgezet,' protesteerde ik.

'Dit bedoel ik,' zei Mary terwijl ze me een doosje aangaf. Op de verpakking stond een vrouw met fel oranjerood haar.

Ik zag meteen voor me hoe de buren me met open mond zouden bekijken als ik met die haarkleur door onze straat liep.

'Met deze kleur val ik misschien wel meer op, maar of ik ook meer lol zal hebben?'

'Tuurlijk wel. Met deze haarkleur kan niemand meer om je heen!'

Ik wist niet of ik dat wel zo'n prettig idee vond en had juist altijd mijn best gedaan om zo min mogelijk op te vallen.

'Nou, ik ga in ieder geval voor *strawberry blonde*,' zei Mary. 'Of jij ook meer wilt opvallen, moet je natuurlijk zelf weten.'

Ik kon maar één persoon bedenken voor wie ik meer wilde opvallen, en dat was Ralph. Als ik mijn haar ook rood zou verven, zouden Mary en ik er waarschijnlijk vrijwel hetzelfde uit komen te zien.

'Ik denk dat ik toch liever mijn eigen kleur hou,' zei ik.

'Prima,' zei Mary. 'Dan heb ik wel alleen meer lol.'

Oké, dacht ik, ga je gang maar.

Pas toen het tijd was om naar huis te gaan, zagen we weer kans om met elkaar te praten. We stonden samen in de personeelsruimte achter de winkel, waar we onze eigen kleren weer aantrokken en ons haar kamden. Opeens vroeg Mary: 'Wat wil je dit weekend gaan doen?' Ik trok verbaasd mijn wenkbrauwen op. Normaal gesproken had ik maar weinig over onze sociale levens te zeggen en ik kon me niet herinneren wanneer ze voor het laatst om mijn mening had gevraagd.

'Dat maakt me eigenlijk niet zo veel uit,' zei ik.

'Mooi, want we gaan naar de Whisky A Go Go.'

De moed zonk me in de schoenen.

'Wil je daar echt weer heen?'

'Tuurlijk, dat is nu toch onze nieuwe vaste uitgaansplek?'

'We zijn er één keer geweest. Dat wil toch niet zeggen dat we er vanaf nu altijd heen moeten?'

Mary zuchtte. 'O Dottie, jij had het er toch ook naar je zin?'

'Ik weet het niet,' zei ik.

'Ach, toe nou. Ik kan moeilijk in mijn eentje gaan en ik wil Elton echt ontzettend graag zien.'

'Je hebt dus *wel* vaste verkering met Elton?'

Ze haalde haar schouders op. Ik dacht: dus *dat* is het probleem!

'Hij zegt dat hij nog niet toe is aan vaste verkering,' zei ze.

'O Mary!'

'Maar hij zegt dat hij me wel leuk vindt.'

'Nou, dat is dan toch mooi?'

'*Mooi*. Ik wil meer dan *mooi*.'

'Tuurlijk wil je dat.'

Mary lachte. 'Ik ben nooit de geduldigste geweest.'

'Hij vindt je leuk en dat is een goed begin.'

'Het is misschien een goed begin, maar het einde is het zeker niet.'

Ik lachte. 'Dus wat hebben jullie afgesproken?'

'Hij zei dat hij me zaterdag wel in de club zou zien.'

'Dat hij je daar zou zien?'

'Hij zei dat hij er zou zijn. Waarschijnlijk. Als er niks tussen zou komen.'

Dat was typisch Elton, dacht ik. In plaats van een concrete afspraak te maken, had hij gezorgd dat hij zijn opties voorlopig open kon houden. Ik vroeg me af hoeveel andere meisjes hij ook verteld had dat hij ze 'in de club zou zien'.

'Dat klinkt wel een beetje vaag,' zei ik voorzichtig.

'Het is inderdaad vaag, hè?'

'Wat is belangrijker voor je, Mary, de kunstacademie of Elton?'

'Dat is nou precies het probleem. Ze zijn allebei belangrijk voor me!'

'Ik vrees dat je toch zult moeten kiezen, meid.'

'Hoe zit het eigenlijk met jou en Ralph?' vroeg Mary. Ze veranderde soepeltjes van onderwerp, zoals altijd als ze ergens niet meer over wilde praten. 'Jullie lijken het wel erg goed met elkaar te kunnen vinden.'

'Hij heeft me zaterdag naar huis gebracht,' zei ik.

'En?' vroeg Mary.

'En niks,' zei ik.

'Dottie Perks, ik ken jou langer dan vandaag. Denk je nou echt dat je me voor de gek kunt houden? Wat is er gebeurd?'

'Hij heeft me gekust,' zei ik verlegen.

'Allemensen,' riep Mary dramatisch uit, 'dit is het begin van het einde! Je kunt je maar beter vandaag nog inschrijven bij de woningbouw zodat ze je meteen op de lijst kunnen zetten voor een sociale huurwoning.'

'Het was maar een kus,' zei ik giechelend.

'Hier krijg je gegarandeerd spijt van.'

Ik keek naar Mary Pickles, mijn beste vriendin op de hele wereld, en wist dat ik er nooit spijt van zou krijgen om met Ralph samen te zijn.

'Nou, kom!' zei Mary. 'Schiet eens op. We moeten nog naar de platenzaak.'

Ik stond op, hing mijn werkkleren over een hangertje en borg ze vervolgens op in mijn kluisje. Toen haakte ik mijn arm door die van Mary en renden we de betonnen trap af die naar de personeelsingang van Woollies leidde. Ik gaf Mary een kersenkauwgompje en probeerde te bedenken hoe ik haar verliefdheid op Elton kon remmen, maar er kwam niks bij me op.

Mary tuitte haar lippen en probeerde geconcentreerd een kauwgombel te blazen. Ze moest scheel kijken om hem te kunnen zien en uiteindelijk ontplofte hij in haar gezicht. Ik begon te lachen. Mary peuterde de stukjes van haar wangen en stopte ze weer in haar mond.

We hadden vandaag ons loon gekregen en dus liepen we regelrecht naar de platenzaak, die extra lang open was zodat de winkelmeisjes er hun zuurverdiende geld konden uitgeven. Mary kocht *Sweets for my Sweet* van The Searchers en ik rekende *She Loves You* van The Beatles af. 'Heb je zin om vanavond naar het café te gaan?' vroeg ik Mary terwijl we naar huis liepen. Er renden tientallen kinderen door de straten, op de voet gevolgd door hun hond. Al met al maakten ze behoorlijk wat geluid. We moesten steeds opzij stappen om de kinderen erdoor te laten. In de tuinen hingen fris gewassen kleren aan waslijnen en huilden baby's in hun wagens. De mieren krioelden over de grond en de fruitvliegjes vlogen door de lucht. Je kon het vet van de frituurpannen die hier in elke keuken stonden ruiken.

'Misschien,' zei Mary.

We bleven bij de speeltuin staan en Mary zei: 'Ik roep je om acht uur en dan beslissen we of we gaan of niet.'

Ik trok een paar blaadjes van de heg die langs de speeltuin stond.

Mary schopte een bal naar twee jongetjes toe. Ze droegen alleen een korte broek en renden wild door het steegje achter onze straat. Toen ging Mary op een stang van het klimrek zitten terwijl ze met haar benen zwaaide en kauwgombellen blies.

'Je vindt Ralph echt leuk, hè?'

Ik kon niet zien of ze naar de grond keek of naar haar voeten, maar mij keek ze in ieder geval niet aan. Opeens keek ze op.

'Als jullie eenmaal verkering hebben, vergeet je mij toch niet?'

'Hoe kan ik jou ooit vergeten, jij gekke schat.'

'Ik roep je om acht uur,' zei Mary.

'Oké.'

'Je weet maar nooit,' zei Mary terwijl ze zich langzaam achterover liet glijden en ondersteboven aan de stang begon te bungelen. 'Misschien zitten de jongens ook wel in het café.'

Opeens voelde ik me misselijk en dolgelukkig tegelijk. Ik rende door het steegje. Halverwege begon ik Mary te roepen.

'Mary.'

'Dottie.'

'Mary.'

'Dottie.'

Toen ik thuiskwam, liep ik meteen naar de woonkamer om naar mijn nieuwe plaat te luisteren.

'En, wat heb je deze week voor troep gekocht?' vroeg mijn vader, die met een sigaret in zijn mondhoek de krant zat te lezen.

'*She Loves You*,' zei ik, 'van The Beatles.'

'Zolang ik in de woonkamer zit, hoef je die plaat niet op te zetten,' zei hij.

'Natuurlijk wel!' riep mijn moeder vanuit de keuken. 'Dottie deelt in de kosten van dit gezin en dus heeft ze net zo veel recht als ieder ander om naar muziek te luisteren. Mag ik je er bovendien aan herinneren dat die platenspeler niet van jouw, maar mijn loon gekocht is?'

Allemensen. Ik wilde alleen maar naar mijn nieuwe plaat luisteren en nu had ik bijna de derde wereldoorlog veroorzaakt. Mary zat waarschijnlijk op haar eigen kamer naar haar plaat te luisteren, op haar eigen platenspeler die ze voor haar verjaardag had gekregen. Mary had zo'n zorgeloos leven. Wat een geluksvogel.

'Heb je een nieuwe plaat gekocht?' vroeg mijn moeder terwijl ze de woonkamer binnenkwam. Ik ging op mijn knieën voor de platenspeler zitten en blies het stof van de arm van het apparaat. Het kastje waarop de speler stond rook heerlijk naar lak, vilt en rubber. Ik hield zo van het geluid dat de platenspeler maakte als hij werd aangezet, en van de draaiende beweging van de platen als je ze net op de draaischijf legde. Ik kreeg er vlinders van in mijn buik.

'Ja, de nieuwe single van The Beatles.'

'Ik vind George Harrison zo knap,' zei mijn moeder. 'Hij leek vroeger altijd een beetje op hem,' zei ze terwijl ze naar mijn vader knikte.

'Ik heb nooit op dat mietje geleken,' zei hij terwijl hij ongestoord verder las.

'Je had misschien niet hetzelfde kapsel,' zei ze, 'maar wel zijn woeste blik.'

Mijn vader lachte naar haar en opeens besefte ik dat mijn ouders elkaar zowaar aardig vonden.

'Als ik wil, kan ik nog steeds heel woest kijken, Maureen,' zei hij knipogend.

'Allemensen, hou alsjeblieft op! Ik luister wel een andere keer naar mijn plaat,' zei ik. 'Ik moet me trouwens toch omkleden, want Mary en ik gaan naar het café.'

'Wil je niet eerst iets eten?'

'Wat eten we?'

'Goulash.'

Mijn moeder had pasgeleden ontdekt dat we verre familie in Polen hadden en vond dat reden genoeg om haar gezin de Poolse keuken te leren kennen.

'Nee, dank je,' zei ik. 'Ik eet wel in het café.'

'Bestel je dan wel iets voedzaams?' vroeg mijn moeder.

Ik wist nog niet of mijn avondeten voedzaam zou zijn, maar waarschijnlijk was het in ieder geval wel Engels. Ik ging naar mijn kamer en zag Rita's geruite rokje op de grond liggen. Ik trok het aan merkte tot mijn verbazing dat het niet meer zo strak zat als vroeger. Ik bekeek mezelf uitgebreid in de spiegel. Sinds de middelbare school was ik behoorlijk afgevallen. Mary zei dat dat kwam doordat ik nu geen enorme schoolporties meer at. Waarschijnlijk had ze gelijk, want vroeger at ik als lunch een flink bord van wat er ook maar op het menu stond en nam ik als toetje een puddingbroodje met jam. Als ik uit school thuiskwam, gaf mijn moeder me dan nog eens te eten. Nu at ik 's middags alleen een paar boterhammen en zo min mogelijk van mijn moeders brouwsels. Misschien zou ik er met een rode coupe en een iets slanker lichaam zowaar normaal uit kunnen zien! Ik begon Rita's kleren te doorzoeken. Ik trok een van haar push-up beha's aan en trok er een roze trui overheen. Het zag er fantastisch uit. Ik leek een beetje op Rita en had opeens een hele vrouwelijke uitstraling. Door de kleren voelde ik me niet alleen anders, maar bewoog ik me ook meteen anders.

Toen ik beneden kwam, stond Mary al op me te wachten.

'Wauw!' zei ze. 'Wat zie je er fantastisch uit, Dottie. Is dat rokje van Rita?'

'Sst!' siste ik snel. 'Zeg alsjeblieft niks tegen haar.'

'Zo zo,' zei mijn moeder, 'je krijgt zo langzamerhand een steeds mooier figuurtje, Dottie Perks!'

Mary en ik lachten de hele weg naar de stad om die opmerking.

Voordat we naar het café gingen, liepen we nog even langs de kapper aan de overkant van de straat om te kijken of ons haar goed zat en om nog iets meer lippenstift op te doen. Door de visgeur die we bij de ingang van het café al roken, wisten we meteen dat Christine en Angie er waren. Ze waren tafelvoetbal aan het spelen en Mary kneep mijn arm bijna fijn toen ze zag dat Elton en Ralph tegenover ze stonden.

We liepen naar de balie en bestelden twee milkshakes. Toen zochten we een tafeltje uit en namen we af en toe een slokje.

Vanaf de andere kant van de ruimte zag Ralph ons al snel zitten. Hij begon te blozen en door de warme gloed die door mijn lichaam trok, wist ik dat ook mijn wangen rood waren. Angie scoorde een goal en sprong joelend op en neer. Elton mepte Ralph tegen zijn schouder, maar hij had totaal geen aandacht voor hem en zijn enthousiaste tegenstander.

Ralph zei iets tegen Elton wat ik niet kon horen.

'O, dus dan moet ik het hele veld maar alleen bemannen?' vroeg Elton.

Ralph keek het café rond.

'Mary!' riep hij. 'Kun jij de verdediging van me overnemen?'

Ze stond razendsnel op en ging naast Elton staan.

Ralph en ik gingen aan een tafeltje zitten. Ik nam een slok van mijn drankje en deed mijn uiterste best om geen rare geluiden te maken met mijn rietje. Met mijn vrije hand speelde ik met wat gemorst zout dat op het tafeltje lag. Ralph keek glimlachend toe. Na een eeuwig lijkende stilte die in werkelijkheid waarschijnlijk maar een paar seconden duurde, zei hij: 'Ik hoopte al dat je hier vanavond zou zijn.'

'Ik ook,' zei ik. 'Ik bedoel, ik hoopte dat *jij* hier vanavond zou zijn, niet dat *ik* hier zou zijn.' Ik kuchte even. 'Dat bedoel ik natuurlijk.'

'Dottie,' zei hij.

Op precies hetzelfde moment zei ik 'Ralph' en dus begonnen we allebei te lachen.

Ralph begon met het schaaltje suiker te spelen dat op tafel stond. Hij draaide het zo snel in het rond dat de korrels over het plastic tafelkleed vlogen. Toen zei hij: 'Wil je zaterdag met me mee uit?' De woorden kwamen over zijn lippen alsof ze al tijden op het puntje van zijn tong lagen en hij geen seconde langer meer kon wachten om ze uit te spreken.

Ik lachte naar hem, maar toen bedacht ik iets. 'Mary wil zaterdag naar de club,' zei ik.

Ralph fronste. 'Maar Elton heeft zaterdag al met iemand anders afgesproken,' zei hij zachtjes.

'Hij neemt dat andere meisje toch niet mee naar de club?' vroeg ik.

'Dat is hij volgens mij wel van plan,' zei Ralph.

'Maar hij heeft gezegd dat hij Mary zaterdag misschien wel in de club zou zien.' Ik wendde mijn blik af. Ik was woedend dat Elton haar zoiets aan zou doen, maar voelde me tegelijkertijd gekwetst en vernederd voor haar. Natuurlijk wist ze hoe Elton was en had hij eerlijk toegegeven dat hij geen vaste verkering met haar wilde, maar ik wist zeker dat Mary zich toch gekwetst zou voelen.

'Arme Mary,' zei ik.

Ralph zweeg.

Opeens werd de sfeer tussen ons wat ongemakkelijk. Ik wist niet zeker waarom, maar vermoedde dat hij het ook vervelend vond voor Mary.

'Elton vindt Mary wel leuk,' zei hij, 'maar hij wil gewoon geen vaste vriendin.'

'Dat weet ik,' zei ik, 'dat heeft hij haar ook verteld. Of nou ja, zo ongeveer.'

'Wat doen we zaterdag nou?' vroeg Ralph. Het was alsof hij mijn gedachten kon lezen. 'We kunnen ook een stuk gaan wandelen.'

'Kunnen we misschien zondag afspreken?' vroeg ik. 'Ik denk dat ik zaterdag beter bij Mary kan blijven.'

'Dan spreken we zondag af,' zei Ralph. We keken elkaar glimlachend aan en mijn milkshake werd steeds warmer, maar dat vond ik helemaal niet erg. Het was bijna alsof we de hoofdrollen in een romantische filmklassieker speelden.

Op dat moment liepen Mary en Elton voorbij. Elton had zijn arm om Mary's schouder geslagen; ze knipoogde terwijl ze samen naar buiten gingen. Misschien had Ralph het wel mis over Elton. Misschien wilde hij wel verkering met Mary. Ik hoopte het maar.

Lief dagboek,

Ik haat Elton Briggs.

Oké dan, ik ben nog steeds verliefd op Elton Briggs, maar ik wou dat het niet zo was.

Hij houdt me de hele tijd aan het lijntje en ik laat het gewoon gebeuren.

Wat is er in vredesnaam mis met me?

Het zou fijn zijn als je mijn vraag zo snel mogelijk zou kunnen beantwoorden. Voel je niet verplicht hoor, dagboek, maar laat me ook niet te lang wachten.

Mary Pickles

Zeventien jaar en alles kotsbeu.

12

Mary was zaterdag erg stil op het werk en ik vermoedde dat dat kwam doordat we vanavond niet naar de club zouden gaan. Ik had haar niet verteld dat Elton met iemand anders had afgesproken, maar had wel laten merken dat ik wist dat hij waarschijnlijk niet zou komen opdagen.

We zaten op de trap bij de personeelsruimte onze boterhammen te eten. De zon scheen en af en toe probeerden we een wesp weg te wuiven, die echter keer op keer terugkwam.

'Als je wilt, kunnen we vanavond wel naar het café gaan,' zei ik in een poging Mary op te vrolijken.

Ze begon haar boterham weer in te pakken.

'Heb je geen honger?' vroeg ik.

'Niet echt,' zei ze terwijl ze het brood terug in haar tas stopte. 'Heeft Ralph ook gezegd waarom Elton vanavond niet naar de club gaat?'

Ik wist natuurlijk wel dat ik tegen haar loog, maar kon het simpelweg niet over mijn hart verkrijgen om haar de waarheid te vertellen. Ik wilde haar niet kwetsen en bovendien zou het zomaar kunnen dat Elton op een dag van gedachten veranderde en toch vaste verkering zou willen met Mary. Waarom zou ik haar nu dan pijn doen?

'Nee,' zei ik terwijl ik mijn vingers gekruist achter mijn rug hield.

Het was ontzettend warm op de trap. Het was inmiddels al bijna halverwege september, maar toch scheen de zon nog elke dag. Mary had haar jasje uitgetrokken, maar ik hield dat van mij aan omdat ik niet wilde dat de zon de sproeten op mijn armen tevoorschijn zou toveren. Ik wilde er zo goed mogelijk uitzien. Ik *moest* er morgen zo goed mogelijk uitzien.

Een groep vakkenvullers stond een potje te voetballen en schopte de bal tegen een stapel lege kratten die ze tegen de muur hadden opgestapeld. Ik had zin om op te staan en mee te spelen. Ik wilde wild in het rond rennen en gek doen. Ik wilde iedereen alles over Ralph vertellen.

'Weet je wat het is,' zei Mary, 'ik weet nooit helemaal zeker wat Elton nou *echt* van me vindt. De ene dag is hij niet bij me weg te slaan en de andere dag doet hij opeens alsof ik niet besta.'

'Zo was het op de middelbare school ook al, toch?' zei ik terwijl ik een banaan uit mijn tas haalde en haar de helft aanbood. Ze schudde haar hoofd.

'Een beetje wel, ja,' zei ze.

'Dus eigenlijk is hij niet echt veranderd, of wel? Misschien moet hij gewoon nog volwassen worden.'

'Ken je onze geschiedenislerares nog?'

'Mevrouw Dicks?'

'Nee, mevrouw Roberts. Weet je nog dat ze ons dat verhaal over Achilles vertelde?'

'Niet echt,' zei ik.

'Ik ben dat verhaal nooit vergeten,' zei ze. 'Het ging over een man die ontzettend sterk was, maar een zwakke hiel had.'

'O ja!' zei ik. 'Dat vond ik maar een raar verhaal. Ik bedoel, waarom zou iemand die zo sterk is in vredesnaam een zwakke hiel hebben?'

'Nou, ik denk dat ik een beetje op Achilles lijk.'

'Heb jij ook een zwakke hiel?'

Mary begon te giechelen en ik lachte met haar mee. Ik lachte zelfs zo hard dat ik er pijn van in mijn zij kreeg. Bij Mary stroomden de tranen over haar wangen.

'Ik meen het serieus,' zei Mary uiteindelijk terwijl ze haar wangen droogveegde.

'Oké,' zei ik terwijl ik mijn uiterste best deed om mijn gezicht weer in de plooi te krijgen. 'Vertel.'

'Ik denk,' zei Mary, 'dat Elton mijn achilleshiel is.'

Daar zou Mary zomaar eens gelijk in kunnen hebben. Bij alles wat ze deed was ze zo sterk, dapper en vol humor, maar als het om Elton ging, leek ze zichzelf compleet uit het oog te verliezen en ging ze zich opeens ontzettend vreemd gedragen.

'Dat was hij op de middelbare school en dat is hij nu nog steeds,' zei Mary, die nu weer iets meer als zichzelf klonk. 'Maar goed. Wat trek je morgen eigenlijk aan naar je afspraakje met Ralph?'

'Ik heb geen flauw idee,' zei ik.

'Nou, dan hebben we vanavond meteen iets te doen,' zei ze terwijl ze me lachend aankeek. 'Ik kom bij je langs en dan help ik je de perfecte outfit uit te kiezen.'

'Dank je wel, Mary,' zei ik.

'Kom,' zei ze terwijl ze mijn arm vastpakte. 'We zullen de jongens eens laten zien wie hier het beste kan voetballen.'

We sprongen overeind en renden op de jongens af om de bal van ze af te pakken.

Toen ik de volgende ochtend wakker werd, fladderden de vlinders al door mijn buik. Vandaag had ik met Ralph afgesproken. Vandaag was ons eerste afspraakje, zouden we voor het eerst met zijn tweeën zijn en hoefden we met niets of niemand rekening te houden. Ik bleef nog even onder de dekens liggen en lachte. Ik wilde dit gevoel voor altijd onthouden. Ik hoorde Rita zachtjes snurken in het bed naast me. Ze lag op haar rug en hoewel haar arm langs het bed bungelde, zag ze er heel sereen uit. Was ze altijd maar zo.

Ik gooide de dekens van me af en trok de gordijnen open. Ik wilde zeker weten dat het vandaag niet regende. Gelukkig was de lucht strakblauw en scheen de zon regelrecht onze kamer in.

'Allemensen,' riep Rita uit toen het zonlicht in haar ogen scheen. 'Hallo, ik probeer hier te slapen, hoor!'

'Sorry,' fluisterde ik terwijl ik de gordijnen snel weer dichttrok. Ik haalde mijn badjas van de haak bij de deur en liep naar beneden. Mijn moeder zat aan de keukentafel een kop thee te drinken.

'Zo, jij bent vroeg op,' zei ze glimlachend.

'Ik kon niet meer slapen,' antwoordde ik.

'Thee?' vroeg ze terwijl ze opstond.

'Lekker, dank je,' zei ik. Ik zette de achterdeur open en ging ervoor op het trappetje zitten. Het was een prachtige dag. De zon scheen warm op mijn gezicht en een zacht briesje maakte de bladeren aan de bomen aan het ritselen. Het was nog koel en alles zag er zo fris en nieuw uit. Ik weet dat de meeste mensen de lente als een nieuw begin zien, maar voor mij zou de herfst vanaf vandaag voorgoed als een nieuwe start voelen.

'Daar ben je,' zei mijn moeder terwijl ze me een kop thee aangaf en naast me kwam zitten. Ik trok de mouwen van mijn badjas over mijn handen en vouwde ze toen om de warme mok.

'Wat een heerlijke dag, hè?' zei ik glimlachend.

'Ik vind het nog heerlijker om jou eens een keer helemaal voor mezelf te hebben,' zei ze terwijl ze me lachend aankeek.

Ik haalde diep adem en keek haar toen aan. 'Ik heb vandaag een afspraakje,' zei ik.

'Wat leuk,' zei mijn moeder. Het leek haar niks te verbazen. 'Wie is de gelukkige?'

'Ralph Bennett,' zei ik.

'Ken je hem al lang?' vroeg mijn moeder.

'Ik ken hem al jaren,' zei ik. 'We hebben samen op school gezeten.'

'Dus daarom kon je niet meer slapen,' zei mijn moeder terwijl ze haar arm door die van mij stak.

'Hij is heel aardig,' zei ik.

'Heeft hij toevallig een volle bos rood haar?'

'Hoe weet je dat?' vroeg ik verbaasd.

'Omdat hij hier vroeger altijd rondhing.'

'Waar dan?' vroeg ik.

'Hier in de straat,' zei ze. 'Hij fietste continu de straat op en neer.'

Ik geloofde niet wat ik hoorde. 'Echt?' vroeg ik grijnzend.

'Vooral in de vakanties,' zei mijn moeder. 'Ik heb hem weleens gedag gezegd. Ik heb nog nooit iemand zo zien blozen.'

'Dat is typisch Ralph,' zei ik lachend.

'Mijn kleine meisje wordt al aardig groot, hè?' zei mijn moeder.

'Zo klein ben ik niet,' zei ik.

'Je bent nu anders een stuk kleiner dan vroeger. Ik zei toch dat dat babyspek er nog wel af zou vallen?'

'Mary en ik moesten daar altijd zo om lachen. Dan verzonnen we allerlei plekken waar mijn vet eraf zou vallen en kwamen we niet meer bij,' zei ik.

'Jij en Mary Pickles,' zei mijn moeder. 'Jullie hebben echt een prachtige vriendschap, of niet?'

'Ik heb zoveel geluk met haar,' zei ik.

'Jullie hebben veel geluk met elkaar,' zei mijn moeder. 'Heb je haar over Ralph verteld?'

'Ja,' zei ik.

'En is ze blij voor jullie?'

'Ik geloof het wel,' zei ik terwijl ik voorzichtig een slokje van mijn thee nam.

'Misschien verandert jullie vriendschap nu wel een beetje,' zei mijn moeder.

'Hoe bedoel je?' vroeg ik.

'Nou, als jij en Ralph elkaar blijven zien, zou het zomaar kunnen dat de band die je met Mary hebt anders wordt. Dat is niet meer dan normaal.'

'Ik wil helemaal niet dat onze vriendschap verandert,' zei ik.

'Je hebt zo'n groot hart, Dottie,' zei mijn moeder. 'Je hebt vast ruimte zat voor zowel Mary als Ralph.'

'Ik hoop het maar,' zei ik.

‘Toen je geboren werd,’ vertelde mijn moeder, ‘was Rita nog maar drie en dus zorgde ik er altijd voor dat mijn schoot groot genoeg was voor jullie allebei. Zo hoefde niemand zich ooit buitengesloten te voelen.’

‘Ik denk niet dat ik Mary en Ralph samen op schoot wil nemen,’ zei ik giechelend.

‘Volgens mij heeft Clark zijn gevoel voor humor van jou,’ zei mijn moeder lachend. ‘Ga nu maar snel in bad, voordat Rita wakker wordt. Gebruik mijn dure badschuim maar.’

‘Dank je wel,’ zei ik. Voordat ik naar binnen liep, drukte ik nog snel een kus op haar hoofd.

Het was heerlijk om ongestoord in bad te liggen. De kamer stond vol stoom en rook heerlijk. Ik vroeg me af hoe mijn afspraakje met Ralph zou verlopen, waar we over zouden praten en of we misschien wel zouden zoenen. Ik bleef in bad liggen dagdromen tot mijn vingers rimpelig waren.

Toen ik weer beneden kwam, zat Rita middenin de keuken met een handdoek om haar schouders in een spiegel te kijken. Mijn moeder probeerde verschillende kapsels uit voor Rita’s trouwdag. Morgenavond zouden we allemaal naar de kerk gaan om onze binnenkomst te oefenen.

‘Wat een ongelofelijke tijdverspilling,’ zei mijn vader. ‘Ik bedoel, hoe moeilijk kan het zijn om door het gangpad naar voren te lopen? Mijn benen doen het nog altijd prima, dus wat mij betreft kunnen we dit onzinnige gedoe overslaan.’

Ik was het met mijn vader eens dat het ietwat overdreven was om maanden voor de bruiloft al te beginnen met oefenen. Net als Clark vond ik het bovendien dodelijk saai om te doen en dus had het merendeel van ons gezin totaal geen zin in morgen. Tegelijkertijd begon ik de voorbereidingen voor de bruiloft wel steeds leuker te vinden. Ik keek zelfs uit naar Rita’s trouwdag en in het bijzonder naar wat er *na* de bruiloft zou gebeuren. Dan zou mijn zus namelijk bij haar man intrekken en zou ik dus voor het eerst in mijn leven mijn eigen kamer hebben! Als Mary langskwam, konden we dan op mijn eigen kamer gaan zitten en zou Rita er niet meer zijn om ons belachelijk te maken. Ik kon niet wachten!

Zoals gewoonlijk negeerde mijn moeder het protest van mijn vader. Ze had de twee voorste plukken van Rita's haar gekruld. Die vielen nu sierlijk langs haar wangen en als mijn zus niet zo chagrijnig keek, zou ze er waarschijnlijk prachtig uitzien.

Mijn moeder zette een stap achteruit om haar werk van een afstandje te bekijken.

'Je ziet er fantastisch uit!' zei ze. Rita bekeek zichzelf van alle kanten.

'Ik weet het niet...' zei ze terwijl ze aan een van de krullen trok. 'Het is nog steeds zo gewoontjes.'

'Maar de bloemen komen er nog bij,' zei mijn moeder. 'Als die eenmaal in je haar zitten, zie je eruit als een echte prinses.'

Ik rolde met mijn ogen. Rita betrapte me in de spiegel en stak haar tong naar me uit.

'En jij?' vroeg ze. 'Wat ben jij eigenlijk van plan om met je haar te doen?'

'Wat toevallig dat je het vraagt, Rita,' zei ik. 'Ik denk er namelijk over om mijn haar rood te verven. Als ik de verpakking van de verf moet geloven, kan niemand dan nog om me heen.'

'Dat doe je niet,' piepte ze. 'Dat doet ze toch niet, mam?'

'O, ik weet het niet. Misschien is het wel leuk voor Dottie om eens iets anders te proberen.'

'Maar niet op mijn trouwdag!' zei Rita terwijl ze me fel aankeek. 'Als iemand die dag in de spotlight staat, ben ik het.'

'Ik denk dat jullie er allebei prachtig uit zullen zien,' zei mijn moeder terwijl ze naar me knipoogde.

'Dit is de belangrijkste dag van mijn leven en die laat ik niet door haar verknoeien.'

'Ze verknoeit helemaal niks. Ik weet zeker dat jullie er allebei prachtig uit zullen zien,' zei mijn moeder.

‘Nou, met rood haar hoeft ze wat mij betreft niet voor de foto’s te poseren.’

‘Ik denk anders dat mijn ogen met rood haar veel mooier uitkomen,’ zei ik.

‘Je echte of je glazen oog?’ vroeg Clark.

‘Oké, genoeg,’ zei mijn moeder.

13

Ralph en ik liepen over het wandelpad door de heuvels rondom de stad. Die waren hoger en groener dan ik gedacht had en het leek wel alsof we duizenden kilometers van alles verwijderd waren. Het voelde er alsof je kon doen wat je wilde doen, kon zijn wie je wilde zijn en overal naartoe kon gaan. Vanaf de top van Devil's Dyke konden we kilometers ver kijken. De zuidelijke heuvels strekten zich aan beide kanten van ons uit en heel Engeland lag achter ons. Voor ons lagen Brighton en de zee, die prachtig glinsterde in de vroege herfstzon. Het waaide behoorlijk en het gras werd zo hevig heen en weer geblazen dat het net was alsof het een wilde dans deed. De meeuwen zeilden door de lucht en de bladeren van de bomen raakten langzaam maar zeker hun groene kleur kwijt; het eerste teken dat het bijna herfst zou worden.

Ik trok de mouwen van mijn jasje over mijn vingers.

'Stel je voor dat je hier woont,' zei ik. 'Stel je voor dat dit je uitzicht is als je 's morgens uit het raam kijkt.'

'Ooit bouw ik een huis voor je,' zei Ralph. Ik keek in zijn ogen om erachter te komen of hij een sarcastische grap maakte of zijn woorden echt meende. Hij lachte. Ik had Ralph nog nooit op een sarcastische opmerking weten te betrappen en hij speelde mijn spelletje simpelweg mee.

'Bouw maar een klein huisje voor me,' zei ik. 'Het hoeft niet groot te zijn.'

'Met een veranda. Die zie je in Amerikaanse films altijd.'

'En een schommelstoel...'

'Twee schommelstoelen...'

'Natuurlijk! Dat bedoelde ik ook. Twee schommelstoelen.'

Ik lachte naar Ralph om hem te laten weten dat ons spel niet per se een spel hoefde te blijven. Ralph liep een stukje weg en ging aan de rand van een klif tussen de heuvels staan. In de verte stonden schapen met modderige poten. Ik trok mijn jasje iets beter dicht en rilde. De wind blies mijn haren in mijn gezicht. Ik ging naast Ralph staan.

'Waarom heet deze heuvel eigenlijk Devil's Dyke?' vroeg ik.

Hij was in gedachten verzonken.

'Ralph?'

'Sorry,' zei hij.

'Devil's Dyke. Weet jij waar die naam vandaan komt?'

'Volgens mij is deze heuvel naar een oude legende vernoemd.'

Ik lachte. 'Toch geen enge legende, hoop ik?'

'Mijn oma vertelde me het verhaal vroeger altijd. Ze zei dat de duivel het land wilde laten overstromen, maar dat een oud vrouwtje hem had tegengehouden door een kaars in haar vensterbank te branden.'

'Een kaars in de vensterbank was genoeg om de duivel tegen te houden?' vroeg ik ongelovig.

Ralph lachte.

'Dan had deze heuvel eigenlijk beter naar dat oude vrouwtje vernoemd kunnen worden,' zei ik. 'Of naar de kaars. Of naar het vuurtje in de vensterbank.'

'Volgens de legende vluchtte de duivel het kanaal op, maar viel er tijdens zijn vlucht een enorme klomp aarde van zijn klauw. Dat werd later het eiland Wight.'

'Mijn zus Rita gaat over een paar maanden op huwelijksreis naar het eiland Wight,' zei ik. Dat vonden we zo hilarisch dat we samen de slappe lach kregen.

'Ik heb in tijden niet zo gelachen,' zei Ralph terwijl hij de tranen van zijn wangen veegde.

Ik ging iets dichter bij hem staan en liet mijn arm door die van hem glijden. Hij lachte naar me.

'Ik ben blij dat dit land niet overstroomd is,' zei ik terwijl ik over de heuvels uitkeek. 'Het is hier zo mooi.'

Zachtjes zei Ralph: 'Net zo mooi als jij.'

Ik lachte. 'Ach, welnee.'

'Ik vind je mooi.'

'Dan heb je waarschijnlijk een bril nodig.'

'Waarom haal je jezelf altijd zo naar beneden?'

Ik haalde mijn schouders op. De waarheid was dat ik mezelf simpelweg nooit mooi gevonden had. Ik bedoel, ik vond niet dat ik lelijk was, maar ik was niet mooi zoals Mary en Rita dat waren. Niemand had me tenminste ooit verteld dat dat zo was. Ik was lang, bijna net zo lang als Ralph, maar in plaats van slank was ik aan de lompe kant. Tante Brenda zei altijd dat ik stevig was, wat ik niet bepaald een compliment vond. Mijn grijze ogen vond ik best mooi, maar mijn dikke haar had een saaie bruine kleur, hoewel het wel mooi glansde. Oftewel, ik was lang, stevig, had saai bruin haar en grijze ogen en zou de geschiedenis hoogstwaarschijnlijk niet ingaan als een van de mooiste meisjes van Engeland.

'Ik vind je echt mooi,' zei Ralph.

Ik keek hem aan. Ralph keek me met een liefdevolle blik aan die ik nog nooit eerder gezien had. Hij meende wat hij zei; dat zag ik meteen.

Ik kreeg geen woord over mijn lippen. Het was waarschijnlijk het liefste wat iemand ooit tegen me gezegd had.

Toen zei hij: 'Wil je mijn vriendin zijn, Dottie?'

Nee, *dat* was het liefste wat iemand ooit tegen me gezegd had.

'Ja,' zei ik. 'Het lijkt me heerlijk om je vriendin te zijn.'

Toen trok Ralph zijn jas uit en legde hij hem in het gras. Ik ging erop zitten en hij kocht een ijsje voor me. We hielden elkaars hand vast en luisterden naar de wind die door het gras suisde terwijl we naar de kleine dorpjes in het dal keken. Ik voelde me het gelukkigste meisje op de hele wereld.

Die herfst was de mooiste herfst die ik in mijn hele leven had meegemaakt. Het was zo'n herfst waarin de bladeren uiterst langzaam van kleur veranderen, de zon fel schijnt en je 's morgens je eigen adem kunt zien. Ik probeerde elk detail van die herfst in me op te slaan, zelfs de dingen die elk jaar terugkwamen zoals de kleine spinnenwebben in de heg en de strepen die de vliegtuigen op weg naar Londen door de lucht maakten.

Voor het eerst sinds ik een klein meisje was kon ik niet wachten om 's morgens op te staan. Jarenlang bleef ik zo lang mogelijk in mijn bed liggen. Dan trok ik de dekens over mijn hoofd en deed alsof ik mijn moeder niet hoorde roepen, vooral in de koudere maanden van het jaar. Hoe anders was dat nu! Ik stond nog eerder op dan Rita, die normaal gesproken altijd de eerste was die de badkamer inpikte. Ik had zoveel energie dat ik niet kon wachten om naar buiten te gaan en samen met Mary naar de bus te lopen.

Ik sprak minimaal drie keer per week met Ralph af en soms zelfs vaker. Als ik hem een paar dagen niet zag, stopte hij lieve briefjes door de brievenbus om te zeggen dat hij me miste of dat hij aan me dacht. Soms was ik nog niet klaar als hij me kwam ophalen en dan ging hij bij mijn moeder aan de keukentafel zitten om een kop thee te drinken. Af en toe kwam hij naar Woolworths om me mee uit lunchen te nemen. De andere meisjes plaagden me dan en zeiden: 'O, daar komt je liefje!', maar stiekem genoot ik van hun pesterijen. Zodra ik middagpauze had, liepen we naar een bankje om onze boterhammen op te eten. Hij vertelde me wat hij die ochtend had meegemaakt en ik vertelde hem over de vreemde klanten die ik had geholpen.

'Heeft Ralph het weleens over mij en Elton?' vroeg Mary me op een middag. We waren net klaar met werken en liepen samen over de boulevard. Het waaide behoorlijk en sommige mensen verstopten zich in hun jassen en mutsen. Een jonge moeder moest haar kinderwagen goed vasthouden om te voorkomen dat de wind haar baby met wagen en al met zich mee zou sleuren. Verderop vloog een verloren paraplu over de tegels. De wind tilde hem een stukje de lucht in en draaide hem een paar keer in het rond. Opeens voelde ik koude druppels op mijn wang. Zowel de zee als de lucht zagen er woest en grijs uit.

'Kom, we gaan naar het café,' zei ik. Eenmaal binnen kon ik hopelijk op subtiele wijze over iets anders beginnen. Maar toen we onze thee en broodjes hadden besteld, stelde Mary haar vraag nog eens.

'Ik vroeg me gewoon af of Ralph misschien gezegd heeft of Elton het weleens over me heeft,' zei ze terwijl ze de krenten uit haar broodje peuterde. Ik nam een grote hap van mijn eigen eten. De ramen van het café waren beslagen. De condens droop langs de binnenkant van het glas.

Ik haalde diep adem en keek naar Mary. Ze zat over haar broodje gebogen naar haar bord te staren. Van het vrolijke meisje dat ik ooit gekend had, was weinig meer over. Ik probeerde niet al te geïrriteerd te zijn over het feit dat ze steeds over Elton begon, maar om eerlijk te zijn begon het me steeds meer dwars te zitten. Ze bleef maar naar hem vragen en zat al weken thuis in de hoop dat hij ooit toch voor haar zou kiezen.

'Waarom zou hij het nog over je hebben, Mary?' vroeg ik zo voorzichtig mogelijk. 'Ik denk dat jongens sowieso een stuk minder over meisjes praten dan andersom. Ze zijn veel directer dan meisjes. Dat weet je toch? Je hebt immers broers genoeg.'

Mary snoof. 'Mijn broers zijn net holbewoners.'

Ik schraapte met mijn vinger wat glazuur van mijn broodje en stopte het in mijn mond.

'Wat ik probeer te zeggen is... ik denk... Nou ja, als Elton iets tegen je zou willen zeggen, zou hij wel naar je toe komen. Hij zou Ralph en mij erbuiten laten.'

'Hm,' zei Mary. 'Zou je het hem toch kunnen vragen? Kun je Ralph vragen of Elton iets over me gezegd heeft?'

Ik zuchtte. Misschien was het tijd om de koe bij de horens te vatten. Misschien was het tijd om haar voorzichtig van hem weg te sturen.

'Mary, Elton is heus niet de enige leuke jongen in Brighton.'

'Hoe zou jij je voelen als je Ralph kwijt zou raken?'

Mary had gelijk. Ik had makkelijk praten, want ik had al verkering met de jongen van mijn dromen.

'Sorry,' zei ik.

Mary legde haar kin op haar hand en keek uit het raam naar de zee.

Toen ik thuiskwam, keek mijn moeder op van het aanrecht, waar ze peentjes stond te rappen.

'Alles goed met je?'

'Jawel,' zei ik. Toen ging ik aan de keukentafel zitten. 'Of eigenlijk niet echt. Ik weet niet wat ik met Mary aan moet.'

'Wat is er dan?'

'Ze wil nog steeds verkering met Elton en hij vindt haar wel leuk, maar wil geen vaste vriendin. Hij weet dat ze hem leuk vindt, want daar windt ze niet bepaald doekjes om, maar hij gaat zo lomp met haar om. Hij vindt het bijvoorbeeld geen enkel probleem om met zijn arm om een ander meisje heen geslagen het café in te lopen, terwijl hij weet dat Mary daar misschien ook wel is.'

'En dat vind je vervelend?' vroeg ze.

'Ja, want ze wordt steeds gekwetst.'

Mijn moeder schraapte de schil van een wortel af.

'Volgens mij kun je er niet zo veel aan doen,' zei ze. 'Dit is iets tussen Mary en Elton; het heeft niks met jou te maken.'

'Dat weet ik.'

Mijn moeder glimlachte naar me. 'Het komt heus wel goed

met Mary,' zei ze. 'Negen van de tien keer lossen dit soort problemen zichzelf op.'

De herfst liep nu langzaam maar zeker op zijn einde. Een hevige storm blies alle bladeren van de bomen en maakte de straten ijzig glad. De mensen maakten vuurtjes in hun achtertuinen en 's morgens rook de hele straat nog naar kool. Behalve in de keuken was het in het hele huis ijskoud en we staken elke avond de haard in de woonkamer aan. Tante Brenda zei dat het bij haar thuis precies hetzelfde was. Er zaten droge rode plekken op haar benen doordat ze zo dicht bij het vuur had gezeten. Het leek bijna alsof ze een of andere ernstige huidziekte had. Mijn vader had in de krant gelezen dat alle sociale huurwoningen centrale verwarming zouden krijgen en zei dat dat hoog tijd was, aangezien we bijna doodvroren. Mijn moeder rolde met haar ogen, maar ik had ontzettende wintertenen en Clark was al weken verkouden. Rita en ik droegen 's nachts dikke sokken en truien in bed. Als we er weer eens uitzagen alsof we op weg naar de Noordpool waren, begonnen we allebei te giechelen.

Op de avond van het jaarlijkse kampvuur nodigde Ralph me uit voor een feestje bij hem thuis. Ik vroeg Mary of ze met me meeging, maar ze sloeg mijn aanbod af. Dat vond ik erg jammer, want ik had goede herinneringen aan vorig jaar, toen ze met een Romeinse kaars in haar handen gillend door onze achtertuin rende. Ik wilde de oude Mary terug. Zelfs als ik bij Ralph was, dacht ik aan haar en de manier waarop haar onzekerheid over Elton langzaam maar zeker haar leven verpestte.

Toen Ralph me kwam ophalen, vroeg ik of we eerst even bij Mary langs konden gaan om te kijken hoe het met haar ging.

'Ik weet het niet,' zei Ralph. 'Mijn ouders zitten al op ons te wachten om het vuur aan te steken.'

'Alsjeblieft, Ralph,' zei ik. 'Het duurt echt niet lang. Ik klop alleen even op haar deur om te kijken of alles in orde is.'

'En wat als dat niet zo is?'

'Dat weet ik niet,' zei ik triest.

En dus liepen we door de straat en klopte ik bij Mary aan terwijl Ralph bij de heg op me wachtte. Mary's moeder deed open. Ze zag er verhit uit, maar volgens mij zouden wel meer moeders er zo uitzien als hun zoons buiten een rotjesoorlog aan het houden waren. De rode snippers lagen al door de hele tuin.

'Hallo mevrouw Pickles, is Mary thuis?' vroeg ik.

'Nee lieverd, ze is een paar uur geleden naar buiten gegaan,' zei Mary's moeder. 'Heb jij de kat misschien gezien?'

'Nee.'

'O help, ik hoop maar dat alles goed met haar is.'

'Weet u waar ze naartoe gegaan is?'

'Nee lieverd, maar meestal zit ze onder het bed.'

'Ik bedoel Mary. Weet u waar Mary naartoe gegaan is?'

'Ik dacht dat ze naar jou toe ging,' zei mevrouw Pickles.

'O,' zei ik. 'Dank u wel.'

'Als je haar ziet,' zei mevrouw Pickles, 'gooi dan maar een trui over haar heen en breng haar naar huis.'

Ik liep terug naar Ralph, die meteen mijn hand pakte. 'Ze is niet thuis,' zei ik.

'Nou, dan hoef je je ook geen zorgen meer over haar te maken,' zei hij. 'Ze is waarschijnlijk bij Elton.'

Dat maakte me eigenlijk nog bezorgder dan ik al was.

Zodra ik bij Ralph thuis was, vergat ik mijn zorgen over Mary. Zijn vader en moeder waren ontzettend aardig. Zijn vader gaf me een glas warme whisky waarvan ik volgens hem spontaan borsthaar zou krijgen en zijn moeder gaf me een hotdog. Het was een echt hotdogworstje uit blik in een broodje met ketchup, precies zoals je ze in Amerikaanse films zag. We liepen naar de tuin, die door een gammel hekje gescheiden werd van die van de buren. De hele straat zat buiten en dus was het net alsof we met zijn allen op een groot tuinfeest waren. De hele buurt had geholpen om een enorm kampvuur te maken. Er lagen autobanden en zelfs een stropop in. Ralphs vader goot wat benzine over de banden en stak het vuur toen aan. Al snel brandde het zo hevig dat we een paar stappen naar achteren moesten doen en toen ik naar Ralph keek, zag ik dat zijn gezicht door de vlammen een oranje gloed had gekregen. Hij keek me glimlachend aan en kneep in mijn in handschoenen gestoken handen. We liepen door de tuin en zonderden ons van de rest van de buurtbewoners af. Het was een heldere avond en er stonden honderden sterren aan de hemel, die we hand in hand bekeken.

'Ik hou zo van dit soort avonden,' zei Ralph. Hij was even stil, maar zei toen: 'Zie je die drie sterren die perfect op een rijtje staan?'

'Ik weet het niet,' zei ik terwijl ik naar boven tuurde.

'Als je een tijdje rondkijkt, zie je ze vanzelf,' zei Ralph.

Ik keek naar de honderden sterren en probeerde er drie op een rijtje te vinden. Opeens zag ik ze. 'Nu zie ik ze,' zei ik.

'Dat is de Gordel van Orion,' zei Ralph.

'Alleen zijn gordel?' vroeg ik grijnzend.

'Alleen zijn gordel,' zei Ralph terwijl hij met een lach zijn arm om mijn schouder legde.

Opeens schoot er een ster door de lucht.

'Doe maar een wens, Dottie.'

Ik deed mijn ogen dicht en wenste dat deze perfecte avond eeuwig zou duren.

'En?' vroeg Ralph. 'Wat heb je gewenst?'

'Dat kan ik je toch niet zomaar vertellen!' zei ik. 'Dan komt hij niet uit.'

'Eigenlijk', zei Ralph, 'was dat helemaal geen ster.'

'Wat was het dan wel?'

'Het was een meteoor.'

'Wat is dat?'

'Een meteoor bestaat uit samengeklonterde stofwolken en stenen die meteoroïden worden genoemd en in de atmosfeer van de aarde verbranden.'

'Ik heb dus een wens gedaan omdat er een stapel brandende stenen door de lucht vloog?'

'Jep,' zei Ralph lachend.

Toen legde hij zijn hand op mijn wang en kuste hij me. Het was een zachte kus die voelde alsof er een briesje over mijn lippen waaide. We lachten naar elkaar en op dat moment voelde ik dat er diep vanbinnen iets in me veranderde. Ik wist niet wat het was en had het ook nog nooit eerder gevoeld, maar opeens wist ik dat ik voor altijd bij Ralph wilde zijn en voor altijd naast hem wilde staan.

Die nacht droomde ik over een magere roodharige jongen die door mijn straat heen en weer fietste en over een kus zo zoet als een zonnige zomerdag.

Lief dagboek,

Soms doet Elton alsof hij me eigenlijk helemaal niet leuk vindt. Dottie en Ralph zijn hartstikke verliefd en zelfs die vervelende Rita gaat trouwen.

Ik wou dat Elton net iets meer zoals Ralph was (niet dat ik ooit op Ralph Bennett zou vallen, maar hij wil tenminste wel bij Dottie zijn).

Wat moet ik in vredesnaam doen om Elton voor me te winnen?

Allemensen.

Mary Pickles (eenzaam en ongeliefd)

ZEVENTIEN JAAR

14

Het was eind november. De dagen werden steeds korter en de lucht werd steeds kouder. De bruiloftsgekte bij ons thuis had zijn hoogtepunt bereikt. Mijn moeder en Rita waren allebei bloednerveus. Ze waren ontzettend emotioneel en zelfs om de kleinste problemen barstten ze spontaan in tranen uit. Op een dag had mijn vader zijn leunstoel bijvoorbeeld iets dichter bij de radio gezet om naar een voetbalwedstrijd te kunnen luisteren. Op de plek waar de stoel eerst stond, zat een vlek in het tapijt en toen mijn moeder die zag, werden haar ogen rood en glazig. Ze haalde haar zakdoek tevoorschijn en terwijl ze haar ooghoeken droog depte, zei mijn vader: 'O allemensen, wat is er nu weer aan de hand?'

'Hoe kun je nou zo harteloos zijn?' vroeg mijn moeder verdrietig.

Mijn vader en ik keken elkaar vol verwarring aan.

'Weet je soms niet meer wat dat is?' vroeg mijn moeder terwijl ze naar de vlek wees. Mijn vader fronste en probeerde zich te bedenken of hij misschien iets vergeten was. Uiteindelijk schudde hij zijn hoofd.

'Daar stond onze Rita over te geven na haar vierde verjaardagsfeestje!'

We keken haar allebei verwonderd aan. Het was ons nog altijd niet helemaal duidelijk waarom dat haar aan het huilen maakte.

'En nu is ze een volwassen vrouw en staat ze op het punt om aan haar eigen leven te beginnen!' zei mijn moeder voordat ze begon te snikken.

Mijn vader zag er nogal ongemakkelijk uit, maar stond toen toch op en klopte even op haar rug. 'Wil je misschien wat drinken tegen de zenuwen, schat?'

Mijn relatie met Ralph verliep soepel, maar voelde tegelijkertijd als één groot opwindend avontuur. Als ik wist dat hij langs zou komen, begon mijn hart sneller te kloppen en barstte ik van de energie. Eigenlijk voelde ik me continu zoals ik me vroeger voelde als het bijna kerst was. Ik keek uit het raam en als ik hem zag aankomen, rende ik naar de badkamer om nog een laatste keer in de spiegel te kijken. Dan rende ik weer terug naar het raam om te zien of hij er al was en tegen de tijd dat ik de trap afgerend was, deed ik totaal buiten adem en met rode wangen de deur open. Als ik bij hem was, barstte ik nog steeds van de energie, maar tegelijkertijd voelde ik me kalm, alsof ik precies was waar ik op dit moment moest zijn.

De rest van mijn familie gedroeg zich altijd keurig als Ralph er was. Hij kon goed met Clark opschieten en zowel Ralph als mijn vader waren groot fan van de voetbalclub Brighton & Hove Albion. Op zaterdag gingen ze zelfs een keer samen naar het stadion in Hove om hun favoriete club een thuiswedstrijd te zien spelen. Ralph ging steeds meer bij mijn familie horen en dat vond ik heerlijk. Elk moment dat we samen waren was me dierbaar, van onze lange strandwandelingen tot het gooien van steentjes in het water en het kijken naar de schepen die in de verte achter de horizon verdwenen.

Uiteindelijk werd na wekenlang overleg en meer discussie dan iemand ooit voor mogelijk had kunnen houden besloten hoe de jurken van de bruidsmeisjes eruit moesten zien. Op de dag voor De Bruiloft waren ze klaar. Het was een vrijdag en Ralph en ik hoopten de dag met zijn tweeën te kunnen doorbrengen, maar mijn moeder zei dat we thuis moesten blijven tot ik mijn jurk gepast had. Ik vond het vervelend dat ik niet naar buiten kon, maar Ralph wees me erop dat een dag op een mensenleven niet zo veel voorstelde. Bovendien was het voor mijn familie heel belangrijk dat ik de jurk zou passen zodat ik er morgen perfect uit zou zien. Hij fluisterde in mijn oor dat hij zelf eigenlijk ook wel nieuwsgierig was naar mijn outfit.

Ik had weinig hoop dat de jurk me goed zou staan, aangezien het ding eruitzag als een roze tent met een gat erin. Ik trok een vies gezicht toen tante Brenda hem aan me liet zien en keek toen even naar Ralph.

'Ik weet eerlijk gezegd niet of ik wil dat Ralph me hierin ziet,' zei ik.

'Wees niet zo ondankbaar, Dottie,' zei mijn moeder. 'Je tante Brenda heeft ontzettend haar best gedaan om iets moois van die jurk te maken. Ralph ziet je morgen toch wel. Als je de jurk eenmaal aangetrokken hebt, ziet hij er vast prachtig uit.'

'Volgens mij kun je hem beter aansteken in plaats van aantrekken,' zei Clark.

Mijn nicht Carol en ik gingen naar boven en trokken onze jurken aan. Zodra ik het gewaad over mijn hoofd trok, gebeurde er iets magisch. De jurk veranderde in een prachtige japon en paste perfect. Ik bekeek mezelf in de spiegel en Carol, wier jurk veel te strak zat, keek met open mond toe.

'Wauw!' zei ze. 'Je ziet er...'

'Wat?'

'Je ziet er fantastisch uit!'

Het was het aardigste wat Carol ooit tegen me gezegd had.

Toen we de keuken weer binnenliepen, sprongen de tranen mijn moeder in de ogen. Ralph stond op en keek me breed grijnzend aan. Hij bood me zijn hand aan en ik liep naar hem toe om die aan te nemen. Hij drukte een kus op mijn wang.

'Je ziet er prachtig uit,' fluisterde hij en heel even wenste ik dat het morgen mijn trouwdag was. Ik wist dat ik daar nog niet aan mocht denken, maar toch stelde ik me voor dat ik door het middenpad van de kerk liep en naast Ralph ging staan. Ik wenste...

'Nelson!' riep mijn moeder. 'Kom eens naar de jurken van de bruidsmeisjes kijken!'

'Moet dat?' riep mijn vader vanuit de woonkamer terug. Hij was net de voetbaluitslagen aan het opzoeken.

'Ja, dat moet!'

We hoorden hem door de kamer sloffen en toen verscheen mijn vader in de deuropening. Tussen zijn vergeelde vingers zat een sigaret geklemd. Hij ging naast Ralph staan en keek eerst naar mij en toen naar Carol. Hij wist overduidelijk niet wat hij moest zeggen.

'Prima, toch?' zei hij.

'Hoe bedoel je, "Prima toch!" Kun je nou echt niet iets meer enthousiasme opbrengen?'

'Wat wil je dan dat ik zeg? Het zijn jurken!'

'Het zijn niet zomaar jurken, Nelson, het zijn de jurken van de bruidsmeisjes! Brenda zit al weken achter de naaimachine om ze speciaal voor de bruiloft van onze dochter te maken. Onze dochter, die binnenkort de vrouw van een verzekeringsman is en die veel meer dan alleen "prima" verdient!'

'Had je me dat niet ietsje eerder kunnen vertellen? Voordat ik naar de keuken kwam, bijvoorbeeld?' vroeg mijn vader. 'Dan had ik een lofrede voor je geschreven. Vrouwen, hè?' Hij knipoogde naar Ralph.

Mijn moeder deed haar mond al open om te reageren, maar precies op dat moment kwam Rita via de achterdeur binnen. Ze zag lijkbleek en had rode ogen.

Ze stortte zich in de armen van mijn moeder, die meteen over haar rug begon te wrijven. 'Rustig maar, meisje,' zei ze tegen Rita terwijl ze naar tante Brenda keek en in de richting van de theepot knikte.

'Ga zitten, lieverd, wat is er aan de hand?' vroeg mijn moeder. Ze zag er bezorgd uit.

'Is het Nigel, lieverd?' vroeg tante Brenda.

'Nee,' zei Rita snikkend.

Mijn moeder zuchtte opgelucht en tante Brenda sloeg eerst een kruisje en vulde toen de ketel met water.

'Je zit toch niet in de problemen?' vroeg mijn vader.

'Natuurlijk zit ze niet in de problemen,' zei mijn moeder. 'Niet dat het zo erg zou zijn als ze wel in de problemen zat, want ze gaat morgen trouwen. Pak jij de kopjes maar alvast.'

Rita jammerde dramatisch en liet haar hoofd toen tegen haar armen vallen, die ze op tafel over elkaar geslagen had.

'Ach, lieverd toch,' zei mijn moeder. 'Wat is er dan aan de hand?'

Rita tilde haar hoofd op. Ze zag er verschrikkelijk uit. Haar haren plakten tegen haar wang en er zaten grote zwarte mascaravlekken om haar ogen.

'President Kennedy is neergeschoten!' jammerde ze.

Ralph verstijfde naast me. Hij kneep nu nog harder in mijn hand.

'Komt het wel goed met hem?' vroeg ik.

'Natuurlijk komt het niet goed met hem! Hij is dood,' spuugde Rita me toe, alsof ik dat allang had moeten weten.

Tante Brenda sloeg nog een kruisje en haalde toen de hete ketel van het fornuis.

'Wat verschrikkelijk,' zei ze hoofdschuddend. 'Die arme kinderen!'

Ik schrok er ontzettend van dat president Kennedy was neergeschoten, maar schrok eigenlijk nog meer van Rita's reactie op het nieuws. Ik bedoel, Rita was nu niet bepaald de meest empathische persoon die ik kende, maar toch was ze duidelijk erg overstuur.

'En voor zijn prachtige jonge vrouw,' zei mijn moeder. De tranen sprongen haar in de ogen toen ze aan de prachtige Jackie Kennedy dacht, die nu op jonge leeftijd weduwe geworden was. 'O, wat vreselijk,' zei ze. 'Vreselijk!'

Opeens stopte Rita met huilen en keek ze onze moeder en tante Brenda met open mond aan. Toen zei ze iets waaruit bleek dat haar verdriet helemaal niks met medeleven te maken had.

'Wat maakt *dat* nou uit!' zei ze snikkend. 'Wat denk je van *mijn* bruiloft!'

'Wat heeft dit in vredesnaam met jouw bruiloft te maken?' vroeg ik.

Rita keek me fel aan. 'Nu zit iedereen morgen voor de televisie naar het nieuws te kijken en zijn de straten leeg als ik in mijn bruidsjurk naar buiten kom!' zei ze.

'Wat een compassie heeft ze toch,' zei Clark sarcastisch. 'We zijn allemaal zo trots op haar.'

'Hou je mond, domkop,' riep Rita. 'Wat weet jij er nou van?'

'Ik ben dan misschien wel dom,' zei Clark, 'maar ik heb tenminste een hart en geen stuk steen achter mijn ribben zitten. Het lijkt me niet meer dan logisch dat de meeste mensen meer om de dood van president Kennedy geven dan om jouw stomme bruiloft.'

Daar kon Rita weinig tegenin brengen en dus begon ze weer te huilen.

'Ik wil dood,' jammerde ze.

'Ach, welnee,' zei mijn moeder, die aan haar ernstige blik te zien nog altijd aan de jonge weduwe dacht. 'Lang niet iedereen in de straat heeft een televisie. Er zullen morgen heus meer dan genoeg mensen naar je komen kijken.'

'Wat mij betreft mogen ze wegblijven,' mompelde mijn vader. 'Ik kijk er nou niet bepaald naar uit om met mijn hoge hoed door de buren uitgelachen te worden.'

'Je hoeft me niet naar het altaar te brengen, hoor,' brulde Rita. 'Als je het echt zo vervelend vindt, regel ik zo iemand anders om het te doen.'

'Ik wil je best naar het altaar brengen hoor, Rita, je zegt het maar,' zei Clark.

'Alsof ik met jou door de kerk wil lopen! Dan doe ik het nog liever alleen.'

'Doe niet zo gek,' zei mijn moeder, die een stuk of zes lepeltjes suiker door Rita's thee roerde. 'Iedere bruid wil toch door haar vader naar het altaar gebracht worden.'

'Waarom hebben ze hem nou vlak voor mijn grote dag neergeschoten?' vroeg Rita.

'Ik denk zomaar dat ze niet wisten dat morgen jouw grote dag was,' antwoordde mijn vader.

Dat vond ik best een redelijk antwoord, maar mijn moeder zei: 'Nelson Perks, maak in vredesnaam dat je wegkomt, voordat ik iets zeg waar ik spijt van krijg.'

Mijn vader liep de keuken uit en mijn moeder drukte Rita haar kopje suikerwater in haar handen.

'Hoog tijd om je tranen te drogen,' zei ze terwijl ze Rita over haar haren aaide alsof ze een klein meisje was, 'en te zien hoe prachtig Dottie en Carol er in hun jurken uitzien.'

Rita keek naar mij en Carol en glimlachte zowaar.

'Ze zien er inderdaad heel mooi uit,' zei ze. 'Ontzettend bedankt, tante Brenda.'

'Graag gedaan, Rita,' zei tante Brenda. Ze was duidelijk ontroerd. Het kwam immers niet vaak voor dat Rita iemand bedankte.

Mijn vader stak zijn hoofd om de hoek van de keukendeur. 'Moet ik je nou nog naar het altaar brengen of niet?'

'Wegwezen!' riep mijn moeder. 'Mannen, hè? We zouden beter af zijn zonder ze.'

Ik keek even naar Ralph, maar hij leek niet beledigd te zijn.

'Mijn Nigel is helemaal niet zo,' zei Rita terwijl ze haar neus ophaalde en haar ogen met het puntje van een theedoek droogdepte.

'Tuurlijk niet, lieverd,' zei mijn moeder. 'Hij is heel anders dan je vader.'

'Mag ik me weer gaan omkleden?' vroeg ik.

'O, graag,' zei Rita. 'Als je dan ook meteen een ander gezicht aantrekt, zou je ons daar allemaal heel blij mee maken.'

'Als ik ook maar een greintje gevoel zou hebben, zou ik nu gekwetst zijn,' zei ik.

'Wie is president Kennedy eigenlijk?' vroeg Carol.

15

Op de ochtend van de bruiloft gingen mijn moeder, tante Brenda, Rita, Carol en ik naar de kapper aan de boulevard om ons haar te laten doen. Met zijn vijven namen we alle stoelen voor de spiegelwand in beslag. Er waren drie kapsters aan het werk. De eigenaresse van de zaak heette mevrouw Mustoe en was een nogal angstaanjagende vrouw met een enorme voorgevel en een torenhoog suikerspinkapsel. Ze droeg hoge hakken, had enorme kuiten en om haar nek en armen hingen kilo's sieraden. Bovendien was ze een echte kettingroker, maar gaf ze daar een verfijnde draai aan door met een roze sigarettenhouder mentholsigaretten te roken. Een van haar wenkbrauwen was altijd opgetrokken en mijn moeder zei dat ze de salon met ijzeren vuist leidde.

Naast mevrouw Mustoe werkten er twee meisjes in de zaak die Louise en Wendy heetten. Ze waren allebei erg knap en droegen roze jurkjes. Mijn moeder en Rita hadden precies met mevrouw Mustoe besproken wie welk kapsel kreeg en dus wist iedereen precies wat er moest gebeuren. Mijn moeder en tante Brenda lieten hun haar wassen en krullen en het haar van Rita, Carol en mij zou grof gekruld en vervolgens opgestoken worden. Rita zei dat we er 'ultiem trendy' uit zouden zien. Zelf was ik daar echter minder van overtuigd.

'Het wordt vast prachtig,' zei mijn moeder. 'Wacht maar af.'

Over de jurk had ze gelijk gehad en dus besloot ik haar advies op te volgen. Ik wilde er echter wel mooi uitzien. Ik wilde dat Ralph trots op me zou zijn als ik achter mijn zus door het gangpad van de kerk zou lopen. Zijn grijns toen hij me voor het eerst in mijn jurk zag, stond voorgoed in mijn geheugen gegrift.

'Het is de trouwdag van je zus, of niet?' vroeg Wendy terwijl ze grote rollers in mijn haar draaide. Ze wikkelde mijn haar zo strak om de rollers heen dat mijn hoofdhuid er pijn van deed.

'Ja,' zei ik. Ik bekeek mezelf in de spiegel. Achter me zag ik de benen van mijn moeder en tante Brenda onder hun roze jurken uitsteken terwijl ze allebei achterover lagen te genieten van hun wasbeurt. Door de stof van tante Brenda's tas heen herkende ik de vorm van een fles sherry. De rook van de mentholsigaret van mevrouw Mustoe hulde de ruimte in een stoomachtige wolk.

'Ik ben zo dol op bruiloften,' zei Wendy terwijl ze een speldje uit haar mond haalde en de volgende roller vastzette. Ik kneep mijn ogen even dicht. 'Ik kan niet wachten tot ik zelf ga trouwen.'

'Ben je al verloofd?'

Ze schudde haar hoofd. 'Nee, maar ik heb al wel drieënhalve week verkering, dus dat zal vast niet lang meer duren.'

'O.'

'Ja, voordat ik hem leerde kennen was ik nog nooit langer dan een week met iemand samen geweest, en dat was een vakantieliefde. Eenmaal thuis heb ik nooit meer iets van die jongen gehoord. Mannen zijn soms zo onvoorspelbaar. Ze zeggen altijd dat vrouwen wispelturig zijn, maar mannen kunnen er ook wat van.'

'Maar je nieuwe vriend is dus wel aardig? En je hebt al bijna een maand verkering met hem...' Ik probeerde zo hoopvol mogelijk te klinken.

Wendy zette een stap achteruit om mijn haar van een afstandje te bekijken en pakte toen een bus haarlak. Ze begon mijn haar van alle kanten te bespuiten. De lak rook naar benzine en prikte in mijn ogen.

'Nou, eigenlijk zijn we nog niet echt drieënhalve week samen, want hij woont in Eastbourne en komt alleen in het weekend naar Brighton. In totaal hebben we dus zes dagen met elkaar doorgebracht.'

Ik wist niet wat ik daarop moest zeggen, behalve dat ik nog maar geen kerk zou reserveren.

'Zo,' zei Wendy. 'Klaar. Nu moet het alleen nog even drogen.'

Ze stopte watjes in mijn oren, trok een haarnetje over mijn kapsel heen en rolde toen een roze droogkap naar me toe en plaatste die over mijn hoofd. Het apparaat begon te zoemen en binnen de kortste keren had ik het bloedheet.

'Hier is de afstandsbediening,' zei ze terwijl ze iets in mijn hand drukte. 'Als het je te warm wordt, kun je hem iets lager zetten.'

Ik kon de anderen nu niet meer zien, want als ik mijn hoofd draaide, zag ik alleen de binnenkant van de droogkap. Als ik vanuit mijn ooghoeken naar links keek, kon ik wel het café zien. Ik vroeg me af of Ralph en Elton daar waren. Ik zou Ralph vandaag waarschijnlijk pas tijdens de receptie spreken. Mary was voor de bruiloft uitgenodigd omdat ze mijn vriendin was, maar ook omdat Rita haar platenspeler nodig had zodat Clark daar muziek op kon draaien. Ik mocht niemand anders uitnodigen omdat mijn vader zei dat 'gasten geld kosten' en we nogal krap bij kas zaten, al helemaal toen bleek dat Nigel uit een enorme familie kwam. Mijn vader was zo gierig dat hij hoopte dat mijn toekomstige verloofde een wees was die geen broers, zusjes, tantes, neefjes of nichtjes zou hebben.

Clark mocht wat mijn vader betrof de hele straat voor zijn bruiloft uitnodigen, want in dat geval draaide de vader van de bruid op voor de kosten. Mijn broertje zei echter dat mijn vader zich daar geen zorgen om hoefde te maken omdat hij niet van plan was om ooit te gaan trouwen.

Een uur later was de kapsalon door de vele sigaretten en leeggespoten bussen haarlak in een grote rookwalm veranderd. Alle ramen en spiegels waren beslagen. Mevrouw Mustoe bekeek ons allemaal nog eens goed en knikte goedkeurend. Ze gaf Louise en Wendy de opdracht om handspiegels omhoog te houden zodat we ook de achterkant van onze kapsels konden zien. Mijn moeder gaf iedereen een fooi en de kapsters wensten Rita veel succes en geluk toe.

Met vuurrode wangen en kriebelige nekken liepen we naar buiten. Het was heerlijk om weer frisse lucht in te ademen, hoewel het ijskoud was en de harde wind mijn oren deed suizen. Rita, Carol en ik hadden roze neprozen in ons haar die ontzettend prikten, maar wel erg mooi waren. Tot mijn opluchting zag Rita er dolgelukkig uit.

Toen we thuiskwamen zaten mijn vader en Clark de beelden van de moord op president Kennedy te kijken. Zodra ze binnenkwam, betrok Rita's gezicht. Door alle opwinding was ze de tragische gebeurtenis heel even vergeten, maar nu werd ze weer bruut aan het nieuws herinnerd.

'Zet dat eens uit, Nelson,' zei mijn moeder. 'Het lijkt me niet zo gepast om daar op Rita's trouwdag naar te kijken.'

'Het is anders wel een historische gebeurtenis,' zei mijn vader. 'Reken maar dat mensen hier over vijftig jaar nog over praten.' Toen zette hij de televisie uit.

'Dank je, Nelson,' zei mijn moeder.

'Graag gedaan, schat,' zei mijn vader.

We stonden allemaal ruim op tijd klaar om naar de kerk te gaan en waren vrolijk gestemd. Zelfs mijn moeder keek uit naar de bruiloft.

Clark had er voor zover ik me kon herinneren nog nooit zo schoon uitgezien. Hij zag er zelfs bijna uit als een normaal mens.

'Ik voel me een totale malloot in dit pak,' zei mijn vader terwijl hij zijn kraag iets losser probeerde te trekken.

'Jullie zien er allemaal heel mooi uit,' zei tante Brenda. Ze stopte een pepermuntje in haar mond en bood mijn moeder er ook een aan.

Toen hoorden we Rita bovenaan de trap en vielen we allemaal stil.

De deur ging open en de stof van Rita's jurk ritselde toen ze de kamer binnenkwam.

'Kijk toch eens naar onze prachtige dochter, Nelson!' zei mijn moeder.

Mijn vader keek naar Rita. We keken allemaal naar Rita, die een brede glimlach op haar gezicht had. Ze droeg een lange witte jurk met driekwartmouwen en een hartvormige hals. Haar haren vielen krullend langs haar gezicht. Ze droeg geen sluier, maar een mantel over haar schouders. De nepbonten kraag viel soepel langs haar schouderbladen. In haar handen had ze een prachtig winters trouwboeket.

Rita knipperde een paar keer met haar nepwimpers en tante Brenda zei: 'Ahhh!'

Mijn vader slikte. 'Ze ziet er...' zei hij, maar toen kreeg hij een brok in zijn keel en dus maakte hij zijn zin niet meer af.

'Allemensen, pap!' zei Rita.

'Laat je vader toch,' zei mijn moeder. 'Hij is erg ontroerd door dit hele gebeuren, en dat overkomt hem niet vaak. Je vader is gewoon ontzettend trots dat zijn oudste dochter gaat trouwen.'

Clark maakte een foto van Rita met onze ouders. Toen keek mijn moeder uit het raam en slaakte ze een gilletje. Ze wapperde met haar handen voor haar gezicht en draaide zich naar ons toe. 'De auto's zijn er! Kom, jongens!'

Ze wendde zich tot Rita en liet haar hand over haar wang glijden. 'Je ziet er prachtig uit, Rita,' zei ze met tranen in haar ogen.

'Begin jij nou ook al?' zei Rita lachend.

'Ze ziet er net zo prachtig uit als jij op onze trouwdag,' zei mijn vader.

'Ik zie jullie straks in de kerk,' zei mijn moeder terwijl ze probeerde een snik te onderdrukken.

'Allemensen, mam,' zei Rita. 'Hou op. Straks verknoei je je make-up nog.'

'Sorry, lieverd,' zei mijn moeder terwijl ze haar ogen droogdepte en onverhoopt een enorme mascaravlek maakte.

'Kom maar, Maureen,' zei tante Brenda terwijl ze haar arm om mijn moeder heensloeg. 'Bereid je maar voor, meid. De bruiloft is nog niet eens begonnen.'

Nadat we een halfuur in de hal van de kerk hadden staan beven, kwamen Rita en mijn vader eindelijk aan in een grote zwarte auto met witte linten op de motorkap. Ik lachte naar mijn vader en zei: 'Je hoed staat helemaal scheef.'

'Zet hem maar af, pap,' zei Rita. 'In de kerk hoef je hem toch niet op.'

'Waarom heb ik hem dan überhaupt gekocht?' vroeg hij.

'Ach, hou toch op,' zei Rita. Ze klonk precies zoals onze moeder.

'Ik zou best een sigaretje lusten,' zei mijn vader.

'Als je er een opsteekt, doe ik je wat,' zei Rita.

In de kerk begon de muziek. Carol en ik tilden de sleep van Rita's jurk op en samen liepen we naar binnen.

Nigel stond met grote ogen voor het altaar. Hij had zijn haar laten knippen, waardoor zijn oren er groter uitzagen dan gewoonlijk. Heel even vroeg ik me af of Rita zich daardoor spontaan zou bedenken. Ik keek rond. Iedereen keek glimlachend toe hoe we door het gangpad naar voren liepen. Halverwege de zaal zag ik Ralph staan, die me breed toegrijnsde en zijn duim opstak. Hij zag er ontzettend knap uit. Ik vond zelfs dat hij de knapste man van de hele kerk was. Ik beet op mijn lip en probeerde te stoppen met grijnzen, maar dat lukte me niet. Ik was het gelukkigste meisje ter wereld. Zelfs op mijn eigen trouwdag zou ik onmogelijk gelukkiger kunnen zijn.

Toen ging alles opeens heel snel. De dienst leek nog geen vijf minuten te duren. Mijn moeder begon te huilen, de moeder van Nigel begon ook te huilen en toen was het voorbij en werden we buiten in de vrieskou op de foto gezet door Clark.

'Waar is papa?' vroeg Rita. 'We hebben hem nodig voor de groepsfoto.'

'Ik haal hem wel even,' zei mijn moeder.

'Ik ga met je mee,' zei tante Brenda.

'Hij staat bij de zijingang te roken met de predikant,' zei ik.

Mijn moeder en tante Brenda liepen weg en kwamen even later samen met mijn vader terug. 'Kun je je nou echt nog geen dag gedragen?' riep mijn moeder uit.

'Ik stond alleen even te roken!' zei mijn vader. 'Het is niet alsof ik vreemd stond te gaan op de begraafplaats. Maar goed, ik betaal voor deze bruiloft en als ik een sigaretje wil roken, dan doe ik dat.'

'Heb je soms gedronken?' vroeg tante Brenda terwijl ze hem indringend aankeek. Ze had wel lef om dat te vragen, gezien de fles sherry die ik vanmorgen in haar handtas had zien zitten.

'Ik heb misschien een glaasje whisky gedronken voordat we weggingen,' zei mijn vader verontwaardigd.

'Nou, Nelson Perks, ik moet zeggen dat je er niet beleefder op geworden bent, dus hou vanaf nu maar je mond en gedraag je!'

'Sorry, Brenda,' zei mijn vader.

'Oké,' zei mijn moeder. 'Zet je hoed nu maar weer op zodat Rita zich niet voor je hoeft te schamen.'

'Ja, schat,' zei hij.

Mijn moeder vergaf mijn vader altijd alles. Ze moest wel ontzettend veel van hem houden.

De receptie van de bruiloft vond plaats in de hal naast de kerk.

'Het ziet er prachtig uit, Maureen,' zei tante Brenda terwijl ze haar blik door de ruimte liet glijden. Er waren linten en ballonnen aan de stoelen gebonden. 'Wie had ooit gedacht dat roze en paars zo goed bij elkaar zouden passen?'

'Rita heeft de kleuren uitgekozen,' zei mijn moeder trots.

'Dat krijg je er blijkbaar van als je met mensen uit een hogere klasse omgaat,' zei tante Brenda.

'Blijkbaar,' zei mijn moeder terwijl ze naar me knipoogde.

Mary was met haar moeder naar de bruiloft gekomen, maar ik had amper de kans om met haar te praten omdat ik aan de andere kant van de lange tafel zat die middenin de ruimte stond. Ralph zat naast me en ik was nog nooit zo trots op hem geweest. Mijn ooms en tantes kwamen een voor een naar ons toe en zeiden allemaal wat een knappe jongeman hij was en Ralph wist ze met zijn enorme charme stuk voor stuk in te pakken. We aten een kom kippensoep, een stuk rosbief en een schaaltje ijs en toen begon Clark platen te draaien. Ralph en ik dansten op *Moon River* van Danny Williams en terwijl we dansten, fluisterde hij de tekst van het nummer in mijn oor. We stonden dicht bij elkaar en het voelde zo fijn, zo romantisch en zo sexy dat ik wilde dat het voor altijd kon duren. Ik dacht aan de tientallen andere dansen die ik nog met Ralph zou delen. Voor de tweede keer stond ik mezelf toe om over een toekomst met Ralph te dromen. Ik stelde me voor dat we getrouwd waren en elk jaar op onze trouwdag een nieuw liedje uitkozen om met zijn tweeën op te dansen. Ik wilde echter niet te lang aan mijn perfecte toekomst denken, omdat ik wist dat Mary met haar moeder achterin de ruimte zat. Toen het nummer afgelopen was, drukte ik een kus op Ralphs wang en ging ik bij Mary zitten. Ze zag er prachtig uit. Terwijl we met elkaar praatten, kwam Nigels broer naar ons toe en vroeg hij Mary ten dans. Hij was best knap en zeker knapper dan Nigel, maar toch wilde ze niet met hem dansen.

'Doe het nou gewoon,' zei ik. 'Waarom wil je niet met hem dansen? Wat is er mis met hem?'

'Er is niks mis met hem, maar hij kan nou niet bepaald aan Elton tippen, of wel soms?'

'Misschien niet,' zei ik. 'Sorry dat ik hem niet kon uitnodigen, maar mijn vader kreeg steeds een halve hartverzakking als een van ons een extra gast op de lijst zette.'

'Het geeft niet,' zei Mary. 'Nu heb ik hem voor de verandering tenminste iets te vertellen als ik hem weer zie.'

'Praten jullie normaal gesproken dan niet met elkaar?'

'Niet veel, nee,' zei Mary grijnzend.

Aan het einde van de dag liepen we met zijn allen naar de bushalte om Rita en Nigel uit te zwaaien. Ze gingen een week op huwelijksreis naar het eiland Wight, waar ze een huisje hadden gehuurd. Nigels ouders waren te dronken om met ons mee te lopen en tante Brenda zei dat zij misschien in een duur huis in een chique straat woonden, maar dat onze familie er beter uitzag.

16

De volgende ochtend werd ik in een verdacht stille kamer wakker. Zelfs in haar slaap maakte Rita geluid en het was vreemd om haar zachte gesnurk niet te horen. De kamer voelde opeens zo leeg. Ik stond op en deed de gordijnen open. Het had vannacht gevroren en de tuin zag er prachtig uit. Felle zonnestralen vielen over het grasveld en tussen de takken van de bomen door. De ijskristallen die aan alle takken, bladeren en grassprieten kleefden reflecteerden het licht, waardoor de hele tuin glinsterde. Het was ontzettend mooi. De nieuwe schuur van mijn vader zag er dankzij de wit bevroren spinnenwebben bijna als een kunstwerk uit. De schuur stond al minstens acht jaar op dezelfde plek, maar toch zei mijn moeder nog altijd dat hij nieuw was. Mijn vader zei altijd dat ze dat deed om hem eraan te herinneren dat hij het oude schuurtje had afgebrand. Ik draaide me om en keek naar Rita's lege bed. Het was niet opgemaakt en zag er nog precies uit zoals ze het gisteren had achtergelaten. Haar dekens lagen half op de vloer en op het kussen zaten mascaravlekken. Tot mijn eigen verbazing voelde ik een brok in mijn keel verschijnen. Rita en ik hadden deze slaapkamer zo lang ik me kon herinneren gedeeld en ik had altijd ontzettend uitgekeken naar de dag waarop dat eindelijk niet meer zo was. Waarom maakte dat lege bed me nu dan zo verdrietig?

Op dat moment kwam mijn moeder met een kop thee in haar handen binnen. Ze zag de blik in mijn ogen en zei: 'Ik dacht al dat je je een beetje verloren zou voelen.'

'Ik weet niet hoe ik me voel,' zei ik. 'Eigenlijk heb ik nooit echt goed met haar kunnen opschieten, hè?'

'Gevoelens zijn maar rare dingen,' zei mijn moeder. 'Soms zijn ze totaal onlogisch en grijpen ze je vanuit het niets opeens bij de keel.'

'Dat Rita's lege bed me verdrietig maakt, is inderdaad totaal onlogisch.'

'Je kon misschien niet altijd met haar opschieten, maar je was wel aan haar gehecht. Mocht het je helpen, je vader kreeg zijn gekookte ei vanmorgen amper weg en ik vermoed zomaar dat dat ermee te maken had dat hij geen ruzie met Rita hoefde te maken bij de badkamer.'

'En hoe is het met jou, mam?'

'Laten we het daar maar niet over hebben,' zei ze terwijl ze snel de kamer uit liep.

Ik glimlachte terwijl ik Rita's jurk van de grond raapte en op de haak bij de deur hing. Mijn zus had misschien zo haar kuren, maar desondanks zou ze enorm worden gemist.

Die middag zaten Mary en ik met een kop koffie in het café. Onderweg was ze verdacht stil geweest en had ze niet zoals gewoonlijk in de etalagespiegel van de kapsalon gekeken. Nu zat ze in gedachten verzonken voor zich uit te staren.

'Waar denk je aan?' vroeg ik.

Ze keek verdwaasd op en zuchtte toen.

'Vertel,' zei ik.

'Weet je, Elton vraagt eigenlijk nooit iets over mij,' zei ze. 'Ik denk dat Ralph wel alles over jou weet.'

'Ik weet niet of hij *alles* over me weet, maar het meeste wel, denk ik.'

'Elton vindt het niet eens interessant dat het mijn droom is om in Parijs aan de kunstacademie te studeren.'

'Misschien is hij wel jaloers.'

'Misschien.'

'Waar praten jullie dan wel over?'

'Over *hem*. Over *zijn* muziek, *zijn* dromen, *zijn* ambities.'

Ik wist niet wat ik moest zeggen. Ik wilde niet opschepperig klinken door te zeggen dat het met Ralph heel anders was.

'En ik ben mezelf gewoon niet als ik bij hem ben,' zei ze. 'Ik ben de hele tijd bang dat ik iets verkeerds zeg, want als ik dat doe, is hij soms wel dagen boos op me. Dat is toch niet normaal?'

Ik nam een slok van mijn koffie en begon langzaam maar zeker te begrijpen wat ze probeerde te zeggen. Om jezelf te zijn, om fouten te maken en zelfs om onaardig tegen iemand te zijn, moet je je geliefd voelen. Je moet weten dat iemand je altijd zal vergeven omdat hij van je houdt. Een beetje zoals bij je ouders, eigenlijk. Eltons gevoelens voor Mary waren echter voorwaardelijk. Of hij van haar hield, hing af van hoe ze zich tegenover hem gedroeg. Zolang ze zijn ego streelde, was alles prima, maar zodra ze zelf aandacht nodig had, was hij opeens niet meer geïnteresseerd. Eigenlijk had Mary zojuist haar eigen vraag beantwoord.

'Wanneer heb je hem voor het laatst gezien?'

'Ik weet het niet precies, een week geleden misschien?'

'Ralph zei dat hij vanmiddag in het café zou zijn, dus misschien is Elton er dan ook wel.'

'Ik ben zijn spelletjes zo zat, Dottie. Ik ben verdorie al bijna achttien, maar gedraag me nog steeds als een meisje van twaalf als ik bij hem ben.'

Op dat moment kwam Ralph het café binnen, op de voet gevolgd door Elton, die zijn arm om een knap donkerharig meisje geslagen had. Ralph kwam naast me zitten en Elton en het meisje liepen naar de bar.

'Ze is gewoon een oude vriendin van hem, Mary,' zei Ralph. 'We kwamen haar onderweg hiernaartoe tegen.'

'Ik moet gaan,' zei ze terwijl ze opstond.

'Sorry,' zei ik tegen Ralph. Ik ging Mary achterna en moest bijna rennen om haar bij te houden. Pas toen we op het strand stonden, zei ze iets. We gingen in een van de overkapte zitjes zitten en keken naar de zee.

'Ik ben echt een malloot, hè?' vroeg ze zachtjes.

Ik schudde mijn hoofd. 'Elton is de malloot, jij niet.'

'Wat zie ik in vredesnaam in hem? Ik bedoel, alleen een malloot zou zulk gedrag toch accepteren? En ik accepteer het, of niet soms? Ik accepteer het net zo lang tot hij besluit dat hij me weer wil.'

'Ik denk dat het gewoon die achilleshiel is, waar je al over vertelde.'

'Nou, ik begin zo langzamerhand te denken dat mijn hielen kerngezond zijn, maar dat ik gewoon niet helemaal goed bij mijn hoofd ben.'

De tranen stonden Mary in de ogen en ze moest haar uiterste best doen om niet in snikken uit te barsten.

'Je mag best huilen,' zei ik.

Mary knipperde koppig met haar ogen. 'Dat is hij niet waard,' zei ze.

Ik kneep even in haar arm. 'Zo ken ik je weer,' zei ik.

Even later zaten Ralph en ik op een bankje in het park. Ik pakte zijn hand en hield die op mijn schoot vast.

'Heeft Elton het misschien met je over Mary gehad?' vroeg ik.

'Hoe bedoel je?' zei Ralph.

'Nou, hij wil volgens mij niks meer met haar te maken hebben, of wel?'

Ralph trok zijn hand terug en legde zijn arm om mijn schouder.

'Je mag Elton niet echt, hè?' vroeg hij.

'Het is niet dat ik hem niet mag, maar ik vertrouw hem gewoon niet. Als hij Mary niet leuk vindt, waarom laat hij haar dan niet gewoon met rust? Dan zou ze misschien eindelijk iemand kunnen vinden die haar *wel* wil.'

'Als je Elton iets beter zou kennen, zou je het wel begrijpen.'

'Wat zou ik dan begrijpen?'

'Hij houdt niet van verandering en hij is continu bang om mensen te verliezen. Dus zelfs als hij met andere meisjes omgaat, wil hij Mary niet loslaten omdat hij weet dat ze gevoelens voor hem heeft. Toen we vroeger ruzie hadden, was hij altijd de eerste die zijn excuses aanbood, zelfs als de ruzie niet zijn schuld was. Jij vertrouwt Elton misschien niet, maar het probleem met Elton is dat hij *niemand* vertrouwt.'

'Maar waarom dan niet? Dat begrijp ik niet.'

'Volgens mij heeft het er iets mee te maken dat zijn vader zo vroeg overleden is. De enige mensen die hem toen hebben zien huilen, waren zijn moeder en ik. Hij houdt ontzettend veel van zijn moeder, maar hij is altijd bang om haar kwijt te raken.'

'Is hij bang dat ze net als zijn vader dood zal gaan?'

'Dat niet alleen. Zijn moeder heeft door de jaren heen een paar keer een nieuwe vriend gehad, maar Elton protesteerde daar zo heftig tegen dat de relatie altijd stukliep. Onze Elton is de makkelijkste niet.'

'Maar hij vindt Mary dus *wel* leuk?'

'Zij is het enige meisje naar wie hij steeds teruggaat, dus hij moet haar wel leuk vinden.'

'Maar waarom loopt hij met een ander meisje het café in als hij weet dat Mary er zou kunnen zijn? Dat is toch gemeen?'

'Elton is altijd al een flirt geweest. Hij pikt meisjes op en laat ze vervolgens keihard vallen, zo is hij gewoon. Ik ben misschien geen fan van die tactiek, maar dat heeft onze vriendschap nooit in de weg gestaan. Het staat onze relatie echter *wel* in de weg doordat we er zo ontzettend vaak over praten.'

'Dat weet ik. Maar als Mary boos en gekwetst is, ben ik dat ook.'

'Nou, ik kan Elton nu eenmaal niet altijd beschermen en jij Mary ook niet. Wat wij ook zeggen of doen, dat verandert toch niks? Elton zal altijd Elton blijven en Mary zal altijd gekwetst worden, maar ze is geen klein kind, Dottie, en hoeveel zorgen jij je ook om haar maakt, ze zal altijd haar eigen keuzes maken.'

'Je hebt gelijk. Ik weet dat je gelijk hebt.'

'Kunnen we ons nu dan eindelijk op onze relatie concentreren en ons niet meer druk maken om die van hen? Ik weet namelijk bijna zeker dat ze zich totaal niet druk maken om ons.'

Zoals gewoonlijk waren Mary en Elton de volgende dag weer samen. Elton bood zijn excuses aan dat hij de dag ervoor met een ander meisje naar het café gegaan was en uiteraard vergaf Mary hem meteen. We deden steeds vaker leuke dingen met zijn vieren. Brainless werd steeds bekender en Mary, Ralph en ik gingen regelmatig naar Eltons optredens. We reisden naar Eastbourne en Hastings en zelfs een keer naar Croydon.

Het optreden in Croydon vond plaats in een chic hotel. Mary en ik zaten in de foyer op een rode fluwelen bank terwijl de jongens de set opbouwden. We hadden onze mooiste jurken aangetrokken en de mensen die een kaartje voor het concert hadden gekocht stonden gezellig met elkaar over de band te praten en sigaretten te roken. Het was ontzettend spannend om bij de entourage van de band te horen. Mary zat op het randje van de bank en gooide af en toe haar haren over haar schouder en bekeek zichzelf in de spiegel. Toen ik om haar begon te lachen, stak ze haar tong naar me uit.

'Nou, zo te zien komen je dromen toch nog uit,' zei ik.

'Welke dromen?' vroeg Mary alsof ze geen idee had waar ik het over had.

'Jouw dromen,' zei ik. 'Je wilde toch altijd weg uit Brighton, de mooiste plekken ter wereld bezoeken? Dan zul je dit wel heerlijk vinden.'

'Nou ja, heerlijk... Ik zou Croydon nou niet direct mooi noemen,' zei ze. 'Het is Parijs niet, hè? Het is Montmartre niet.'

'Maar ooit zou je daar wel kunnen komen.'

'Ik wou dat ik dat net zo zeker wist als jij.'

Ik kneep zachtjes in haar arm. 'Waar is de oude Mary gebleven? De Mary die altijd zei dat het geen zin had om überhaupt iets te proberen als je toch al wist dat het niet zou lukken?'

'Wanneer heb ik dat gezegd?'

'Toen je een jaar of acht was.'

'Zo te horen was ik toen een stuk wijzer dan nu.'

'Je was in ieder geval een stuk gekker,' zei ik lachend.

Op een avond gingen we met zijn vieren naar de kermis in Southwick, een klein dorp aan de kust. Zodra we de trein uitstapten, kwam de muziek ons tegemoet. De donkere avondlucht had een regenboogkleurige gloed gekregen van de vele kermislampen. Hoe dichterbij we kwamen, hoe drukker het werd. De meeste bezoekers waren van onze leeftijd en hadden dikke jassen aan en sjaals om. De sfeer was goed en iedereen stond lachend met elkaar te praten. De zoete geur van suikerspinnen vermengde zich met de frituurlucht van de worstkramen. We ontweken de vele elektriciteitskabels die op de grond lagen, liepen langs de luidruchtige stroomgenerators en wandelden tussen de caravans door naar de kermis. Voor de verblijven van de kermismedewerkers lagen waakhonden aan kettingen. Op de kermis werd harde muziek gedraaid en liepen de mensen vrolijk dansend en lachend door elkaar heen. Ralph hield mijn hand stevig vast en ik probeerde zo dicht mogelijk bij hem te blijven. Mary was zo enthousiast over de kermis dat zelfs Elton er vrolijk van werd. We gingen in de rupsbaan en werden terwijl ons karretje wild in het rond draaide regelmatig tegen elkaar aan gedrukt. Mary's ogen glinsterden en haar wangen hadden een dieproze kleur gekregen. Ze hield zich aan de reling vast en lachte met Elton. Ze waren net twee kleine kinderen. Het was fijn om ze samen zoveel plezier te zien hebben.

'Kom, we gaan nog een keer!' zei Elton, maar Mary schudde haar hoofd. Ze stond giechelend op, maar kon amper meer op haar benen staan en moest even met haar hoofd tussen haar knieën gaan zitten.

Ik wreef over haar rug. 'Gaat het?' vroeg ik.

'Ja hoor, ik voel me fantastisch!' zei ze.

Opeens bood Elton haar zijn hand aan. 'Kom, Mary!' zei hij. 'Ik wed dat je niet met me in de botsautootjes durft!' Mary stond meteen op, duwde hem tegen zijn borst en zei dat ze hem weleens zou laten zien wie hier de beste botsautobestuurder was.

En dus gingen Mary en Elton in de botsautootjes en keken Ralph en ik toe. Het was bijna alsof ze op de dansvloer stonden, zoveel rondjes draaiden ze om elkaar heen. Ik zag dat Elton Mary's groene autootje geen moment uit het oog verloor. Ik zag dat hij de andere autootjes zo veel mogelijk ontweek en vervolgens het perfecte moment afwachtte om tegen Mary's autootje te botsen. De vonken vlogen van de elektrische draden boven hun hoofd en ik vroeg me hoopvol af of Mary en Elton misschien toch een toekomst hadden.

Eindelijk was de oude Mary weer tevoorschijn gekomen; het eigenwijze meisje dat ondersteboven aan klimrekken hing. Ze was zo gelukkig. Ze wilde in alle attracties. Als makke schapen liepen we achter haar aan terwijl ze naar de draaimolen rende. We gingen in alle attracties en sloten de avond in het reuzenrad af. Ralph en ik zaten dicht tegen elkaar aan op het bankje. In de cabine boven ons zaten Elton en Mary, die een verschrikt gilletje slaakte toen ze zag hoe hoog boven de grond we ons bevonden. Het waaide flink en mijn haar werd in mijn gezicht geblazen. Heel even wilde ik de klok stilzetten zodat deze avond voor altijd zou duren. Ik zweefde hoog boven de grond, samen met de jongen op wie ik elke dag verliefder werd. Mijn beste vriendin was gelukkig en dus was ik dat ook. Ik was intens gelukkig.

Lief dagboek,

Gisteravond heb ik iets ontzettend stoms gedaan. Ik heb Elton gevraagd of hij van me houdt. Hoe belachelijk is dat? Elton zei dat ik niet zo zoetsappig moest doen. Ik ben het zo zat om altijd maar in het park, in achterstraatjes en in het steegje af te moeten spreken. Buiten in de vrieskou is het namelijk behoorlijk lastig om in een romantische bui te raken.

Toen zei hij dat zijn moeder donderdagavond naar een bingoavond zou gaan en dat hij dan het hele huis voor zichzelf zou hebben.

Zou dat betekenen dat we het gaan doen?

Zal ik het met hem doen, dagboek?

Doei doei dagboek

Liefs, Mary Pickles (die op het punt staat een echte vrouw te worden)

Zeventien jaar.

17

Mary en ik zaten op de schommels in het park.

'Weet je nog dat ik het je zou vertellen als we het gedaan hadden?' vroeg Mary.

'Heb je het gedaan?' riep ik uit. 'Hoe was het? Wanneer? Hoe?'

'Hoe bedoel je, hoe?' zei Mary.

'Ik bedoel natuurlijk niet hoe,' zei ik giechelend, 'maar wanneer?'

'Nou, we hebben het nog niet gedaan, maar we zijn het wel van plan.'

'Echt waar?'

'Eltons moeder gaat donderdag naar een bingoavond.'

Ik trok verward mijn wenkbrauwen op.

'Jep, zo reageerde ik ook toen Elton het me vertelde. Maar vanaf nu heeft hij elke donderdagavond het huis voor zich alleen.'

'En dus ga je het vanaf nu elke donderdag doen?'

'Allemensen Dottie, dat weet ik toch niet. We hebben het nog niet eens *één* keer gedaan.'

'Vind je het eng?'

'Een beetje wel.'

'Je doet toch wel veilig, hè?'

'Ik ben niet gek, Dottie Perks.'

'Soms wel hoor, Mary Pickles,' zei ik fronsend.

'Weet je wat het is,' zei Mary, 'de laatste tijd gaat het veel beter tussen ons, maar ik bedoel, soms kijkt hij als we samen zijn nog steeds naar andere meisjes.'

Dat was mij ook opgevallen, maar ik kon het niet over mijn hart verkrijgen om iets tegen Mary te zeggen.

'Ik moet Elton op de een of andere manier zover krijgen dat hij vaste verkering wil voordat ik naar de kunstacademie ga. Als ik dat niet doe, raak ik hem gegarandeerd kwijt.'

'Ik wil je niet kwaad of verdrietig maken, Mary, maar het klinkt eerder alsof je vindt dat je het *moet* doen dan alsof je het *wilt* doen.'

'Ik moet het ook doen, Dottie.'

'Je moet helemaal niks.'

'Jawel.'

'Misschien vind je het wel helemaal niet fijn.'

'Als ik het nooit probeer, zal ik het ook nooit weten,' zei ze.

'Huh?'

'Dat zegt mijn moeder altijd tegen mijn broers als ze hun groente niet willen opeten.'

'Ik kan me niet voorstellen dat je broers iets niet zouden willen opeten. Ze eten altijd alles wat los en vast zit!'

Mary lachte en begon achterover te leunen op de schommel. Op een gegeven moment hing ze zover naar achteren dat de punten van haar haren de grond raakten.

'Over een week ben ik waarschijnlijk geen maagd meer, Dottie. Over minder dan zeven dagen ben ik geen meisje meer, maar een vrouw.'

'Denk je dat je je ook anders zult voelen? Ik bedoel, als je het eenmaal met Elton gedaan hebt, wil je dan nog wel met mij omgaan?'

Ik leunde nu ook achterover en Mary en ik keken elkaar aan.

'Nu ben jij degene die gek doet,' zei ze.

Ze grijnsde naar me.

Ralph en ik hadden nu al vijf maanden verkering. We wandelden vaak langs het strand, waar de gemeente inmiddels kerstverlichting had opgehangen. Tijdens onze avondwandelingen reflecteerde het licht van de kerstlampjes in het zeewater en danste het over het kiezelstrand. Nu ik erover nadacht, deden Ralph en ik eigenlijk niet zoveel spannends. Het maakte ons echter niet uit wat we deden, als we maar samen waren. Hoe beter ik Ralph leerde kennen, des te leuker ik hem vond. Hij was lief en aardig en gaf me een speciaal en veilig gevoel. Ik vertrouwde hem, en dat vond ik eigenlijk nog het belangrijkste. Ik wist zeker dat hij nooit tegen me zou liegen, achter mijn rug om over me zou praten of naar andere meisjes zou kijken en ik zou ook nooit iets doen om hem te kwetsen. In het begin was het gek om een koppel te zijn omdat het enige koppel waar ik ooit deel van had uitgemaakt dat met Mary Pickles was. Tegelijkertijd was het echter helemaal niet gek en voelde het juist heel natuurlijk.

'Ik wou dat ik het je op de middelbare school al verteld had,' zei Ralph op een avond.

'Dat je me wat verteld had?' vroeg ik.

'Dat ik je leuk vond.'

'Je liet het weleens merken,' zei ik grijnzend. 'Ik heb altijd gehoopt dat de Valentijnskaart die ik tijdens mijn examenjaar kreeg van jou was. Was dat zo?'

Ralph lachte en kneep even in mijn hand. 'Ik was een echte kleine Romeo, hè?'

'Dus hij was echt van jou?'

'Jep.'

Op een avond zaten we op een bankje aan zee. Het maanlicht scheen over het water en terwijl om ons heen kleine sneeuwvlokken neerdaalden, kusten we elkaar. Het was de meest liefdevolle kus ter wereld en hij smaakte naar tandpasta en frambozenijs. En naar iets anders. Naar Ralph. Hij smaakte naar Ralph. De kus leek wel eeuwig te duren. Het was een prachtige kus tussen twee volwassen mensen. Toen hij uiteindelijk afgelopen was, nam Ralph mijn gezicht in zijn handen en zei hij: 'Ik hou van je, Dottie Perks, en ik geloof dat ik je dat al mijn hele leven wil vertellen.'

Ralph en ik hadden altijd in de schaduw van Mary en Elton gestaan, maar vanaf nu zouden we zelf op de voorgrond treden.

Die kerst was perfect. Ralph kwam langs voor het kerstdiner met mijn familie. We speelden stomme kinderspelletjes die ik vorig jaar nog dodelijk saai had gevonden, maar nu Ralph er was hilarisch waren. Ik gaf Ralph een sneeuwbol cadeau. In de bol zat een klein huisje en als je ermee schudde, viel er sneeuw op het dak en op de heuvels om het huisje heen. Het was mijn droomhuisje en ik hoopte dat Ralph en ik ooit samen zo'n soort woning zouden hebben. Ralph gaf mij een prachtig zilveren medaillon. Hij had er geen foto ingestopt, maar had in plaats daarvan "Ik hou van je" op een papiertje geschreven.

'Misschien kun je er een foto van jezelf in stoppen,' zei Ralph.

'Ik wil er liever een van jou,' zei ik.

'Gekkerd,' zei Ralph met een lach.

'We zouden naar een fotohokje kunnen gaan om er een paar te maken.'

'Op de pier staat een hokje,' zei Ralph. 'Als je wilt, kunnen we daar wel heen gaan.'

'Oké,' zei ik.

Met zijn vieren luidden we 1964 in. We keken samen naar het vuurwerk dat op de pier werd afgestoken en gouden en zilveren strepen door de lucht maakte. Voorbijvarende schepen toeterden toen het middernacht werd. Het was een magisch tafereel. Mary hield zich aan Elton vast. Haar haren werden in haar gezicht geblazen en haar ogen straalden. Ze keek me aan en lachte. Het was een van de meest liefdevolle glimlachen die ik ooit had gezien. Die glimlach zou me in de donkere dagen daarna nog lang achtervolgen.

Ralph en ik zagen elkaar in januari elke dag. Hij kwam na zijn werk meteen naar me toe en meestal gingen we dan naar het café, waar we zo lang mogelijk met ons drankje deden. Hij vertelde me hoe zijn dag geweest was, ik vertelde hoe het in de winkel ging en langzaam maar zeker leerden we elkaar steeds beter kennen. Als het koud was of regende, bracht hij me aan het einde van de avond naar huis. Dan liepen we hand in hand over de boulevard of legde hij zijn arm om mijn schouder. Ik vond het heerlijk als hij dat deed en vond het heerlijk dat Ralph me behandelde alsof ik ontzettend dierbaar voor hem was.

'Wordt het niet saai om de hele tijd maar *niks* met Ralph te doen?' vroeg Mary op een dag.

'We doen wel iets. We praten met elkaar.'

'Waarover dan?'

'Ik weet niet. Nergens over.'

Mary rolde met haar ogen en lachte. 'Jep, nu begrijp ik het helemaal!'

Maar ze snapte er niks van en begreep simpelweg niet wat ik voor Ralph voelde. Ik kon ook niet uitleggen hoe onze relatie zich ontwikkelde en hoe ik honderd procent zeker wist dat hij precies hetzelfde voor mij voelde.

Mijn hele leven had ik moeite gehad om Mary bij te houden en was zij de voorloper van ons tweeën geweest, maar nu moedigde Ralph mij aan om het voortouw te nemen. Hij vroeg me wat ik van bepaalde dingen vond en respecteerde mijn mening.

Die avonden in januari zal ik mijn leven lang niet meer vergeten. Ik zal nooit vergeten hoe Ralph mijn hand vasthield en hoe hij me in een donker steegje tegen de muur drukte om me te kussen. Zijn gezicht en zijn handen waren koud, maar ik was warm en werd nog veel warmer toen hij me kuste. Elke dag werden we er beter in en leerden we over elkaar en over onze verlangens.

Ik dacht de hele dag aan hem; op mijn werk, thuis en zelfs in bed. Ik stelde me voor hoe het zou zijn om getrouwd te zijn en ons eigen bed te hebben, waar we meer konden doen dan alleen kussen en zo vaak we maar wilden van elkaar konden genieten. Op een gegeven moment maakte ik mezelf bijna gek met de gedachte om een bed met Ralph te delen. Voor hem gold ongetwijfeld hetzelfde. Dat voelde ik als hij naar me keek en doordat hij zo naar me verlangde, voelde ik me des te dierbaarder en voelde ik me voor het eerst in mijn leven mooi.

Mary had me nog steeds niet over haar speciale avond met Elton verteld. Het was inmiddels al weken geleden dat ze bij hem langsgegaan was, maar ze was er nog altijd niet over begonnen en dus bracht ik het onderwerp op een dag zelf maar ter sprake.

'Je hebt me helemaal niet meer verteld wat er die avond met Elton gebeurd is, toen zijn moeder naar haar bingoavond was.'

'Daar ga ik je ook niks over vertellen,' zei ze, 'want het was te gênant voor woorden.'

De blik in Mary's ogen weerhield me ervan om door te vragen.

Van januari werd het februari. We hadden alle vier kaartjes voor het Valentijnsfeest van de lokale jeugdsoos. Ik kocht een simpele kaart met een hart erop voor Ralph en Mary kocht een kaart met puppy's erop voor Elton.

'Wat vind je van mijn kaart?' vroeg ze toen ze hem me liet zien. Ik antwoordde dat ik hem schattig vond, maar dat ik me niet kon voorstellen dat Elton de kaart thuis in de vensterbank zou zetten.

Iedereen die ik kende was die avond op het feest. De jeugdsoos was niet meer dan een oude groene schuur midden op een veld, maar ze hadden de boel versierd met hartjesslingers en rode ballonnen. Op het podium waren lichtjes opgehangen, waardoor de ruimte er opeens een stuk chiquer uitzag dan gewoonlijk.

Ralph en ik stonden vijf nummers achter elkaar op de dansvloer. We hielden allebei enorm van rock-'n-roll en hij kon fantastisch dansen, maar na vijf nummers hadden we het ontzettend warm gekregen.

'Kom, even naar buiten om af te koelen,' zei hij. Elton juichte, hief zijn glas naar Ralph en zei: 'Succes, vriend!' Ralph lachte en krabde even aan zijn oor. Toen zei hij: 'Kom Dottie, negeer hem maar. Hij is gewoon jaloers.'

Ik snapte niet waarom Elton jaloers was. Als hij Mary zou vragen om met hem naar buiten te gaan, zou ze waarschijnlijk direct opspringen en een sprintje trekken.

Ralph pakte mijn hand en we liepen de donkere nacht in. Het

was koud, maar de lucht voelde heerlijk op mijn huid en zelfs hier kon ik de zee ruiken. Ik leunde op de reling voor de ingang van de club, ademde een paar keer diep in en uit en toen voelde ik opeens Ralphs handen op mijn schouders. Hij draaide me om en kuste me. Ik kuste hem terug en voelde zijn handen in mijn haren terwijl hij zich tegen me aan drukte en ik me duizelig begon te voelen. Misschien kwam dat door het dansen of door de romantiek van Valentijnsdag, ik weet het niet. Maar die avond liet ik mijn handen onder zijn T-shirt glijden en voelde ik zijn borst onder mijn vingers. Ik voelde hoe breed en sterk zijn schouders waren, zo warm en anders dan die van mij. Ik legde mijn handen tegen zijn huid en liet ze langzaam naar beneden glijden, naar de knoop van zijn broek. Mijn hart klopte in mijn keel en hoewel ik het eng vond, wist ik precies wàt ik wilde. Ik had Mary altijd verteld dat ik maagd wilde blijven tot ik getrouwd was, maar opeens maakte dat me niks meer uit. Sterker nog, alle meningen die ik ooit over seks voor het huwelijk had gehad, vlogen nu regelrecht het raam uit.

Ralph zette voorzichtig een stapje achteruit, maar bleef me dicht bij zich houden. Hij hijgde zachtjes en hoewel het buiten behoorlijk koud was, zag ik het zweet op zijn voorhoofd staan.

Toen vroeg ik hem iets waar ik al een tijdje over nadacht, maar wat ik hem nooit had durven vragen. 'Heb je het al een keer gedaan?'

'Niet echt,' zei hij terwijl zijn ademhaling iets rustiger werd. 'Ik heb weleens wat geflikflooid, maar meer niet. En jij, Dottie?'

'Hetzelfde,' zei ik, 'en altijd met de verkeerde jongens.'

'Misschien kunnen we dan beter wachten,' zei hij, 'dan kunnen we er iets bijzonders van maken in plaats van het hier op de parkeerplaats te doen. Dat kunnen we onze kleinkinderen toch niet vertellen?'

Ik begon te lachen en deed alsof ik niet gehoord had wat hij over onze toekomstige kleinkinderen had gezegd. Ik stopte mijn haar achter mijn oren.

'Allemensen, Dottie, je bent zo... zo perfect!' zei Ralph. Hij pakte mijn handen vast en kneep er even in. 'We kunnen toch nog wel even wachten?' zei hij. 'We hebben alle tijd van de wereld.'

Ik lachte naar hem. Hij stopte zijn shirt weer in zijn broek en streek mijn haar glad. Toen we er allebei weer enigszins toonbaar uitzagen, liepen we de club weer in.

Binnen zag alles er nog precies hetzelfde uit. De lampjes dansten boven het podium en er werd romantische muziek gedraaid. Ik keek naar Elton en Mary, die hun armen om elkaar heen geslagen hadden. Mary keek hem stralend aan. Alles zag er nog precies hetzelfde uit, maar toch had ik het gevoel dat ik op het punt stond iets kwijt te raken. Deze avond was zo perfect dat ik probeerde elk detail in me op te slaan, voordat alles van me zou worden weggerukt.

18

Brighton
1964

Dat jaar werden we allemaal achttien. Mary was in februari jarig en ik in juni. Ralph en Elton waren in maart vlak na elkaar jarig en besloten dat samen te vieren door een groot feest te geven. Ze huurden het zaaltje af waar de receptie van Rita's bruiloft een paar maanden daarvoor had plaatsgevonden. Het feest zou op de laatste zaterdag van maart zijn. Na een lange koude winter werd het weer nu eindelijk iets zachter en werden de eerste tekenen van de lente zichtbaar. De eerste bloemen stonden in bloei, de vogels vlogen zingend door het park en de zeewind op de boulevard voelde voor het eerst in maanden weer enigszins warm aan. Er was echter ook iets anders aan de hand. We hadden allemaal het gevoel dat er een verschuiving plaatsvond en dat er iets stond te gebeuren waardoor we in één klap volwassen zouden worden.

Mary en ik keken allebei erg naar het feestje uit, maar Mary was zoals gewoonlijk net iets enthousiaster dan ik.

'Ik voel gewoon aan alles dat er iets gaat veranderen tussen Elton en mij,' zei ze toen we op een avond samen op haar slaapkamer zaten.

Ik moest toegeven dat het de laatste tijd inderdaad beter leek te gaan, maar hun relatie was nog verre van perfect.

'O ja?'

'Ja!'

Ze stond voor haar kast en keek naar de kleren die ze had uitgezocht. Toen draaide ze zich om en grijnsde naar me.

'Ik zorg gewoon dat ik er op het feest beter uitzie dan ooit. Dan zijn de jongens niet bij me weg te slaan en als Elton ziet dat ik het allermooiste meisje ben dat daar rondloopt, wordt hij spontaan dolverliefd op me.'

'Oké,' zei ik aarzelend. Ik probeerde me niet al te gekwetst te voelen doordat Mary blijkbaar zeker wist dat ze er ook beter zou uitzien dan ik.

'Ik heb dringend een nieuwe jurk nodig,' zei ze, 'iets smaakvols. Iets... straks en glamoureus. Iets wat een filmster zou dragen.'

'We kunnen zaterdag wel gaan winkelen,' stelde ik voor. 'De nieuwe collecties hangen net in de winkels. Daar zit vast wel iets moois tussen.' Ik pakte een tijdschrift en begon erin te bladeren.

'En ik moet een speciaal cadeau voor Elton kopen, iets waardoor hij weet dat ik hem begrijp en dat ik precies weet wat hij wil. Weet jij misschien iets wat ik voor hem zou kunnen kopen?'

'Ik heb geen flauw idee,' zei ik.

'Wat geef je Ralph dan voor zijn verjaardag?'

'Niks bijzonders,' mompelde ik.

'Vertel.'

Ik wendde mijn blik geen seconde van het tijdschrift af. 'Ik heb een horloge voor hem gekocht.'

'Een horloge! Wauw!' Mary keek me met grote ogen aan en plofte op bed neer. Ik schaamde me een beetje. Ik was zo blij met mijn cadeau geweest. Het had me een paar weken loon gekost, maar ik wist zeker dat Ralph er ontzettend blij mee zou zijn. Nu vreesde ik dat Mary ook een horloge voor Elton zou kopen en dat Ralph mijn cadeau dan niet meer origineel zou vinden. Hij zou denken dat ik helemaal niet over mijn cadeau had nagedacht, maar simpelweg hetzelfde had gekocht als Mary. En dat terwijl het horloge mijn eigen idee was. 'Waar houdt Elton van?' vroeg ik snel om Mary's gedachten af te leiden van het horloge.

Ze beet op haar vingernagel.

'Het enige waar hij echt in geïnteresseerd is, is muziek.'

'En vrouwen,' zei ik grijnzend.

Mary gaf me plagend een duwtje tegen mijn schouder.

'Binnenkort niet meer,' zei ze terwijl ze me verleidelijk aankeek. 'Binnenkort ben ik nog het enige meisje in het leven van Elton Briggs. Daar ga ik eigenhandig voor zorgen. Let maar op, Dottie!'

Ik trok Mary's oude teddybeer op schoot. Hij zag er nogal gehavend uit en miste zelfs een oog. Ik draaide de beer om, maar Mary trok hem uit mijn handen en gooide hem in een hoek van de kamer.

'Wat moet ik Elton nou voor zijn verjaardag geven?' vroeg ze weer.

'Misschien een plaat?'

'Dat is veel te gewoontjes.'

'Zullen we anders gewoon even de stad in gaan? Misschien zie je dan wel iets voor hem.'

Die middag gingen we gezellig winkelen en liepen we de talloze modezaken van Brighton af. Het afgelopen jaar waren er een aantal leuke boetiekjes bijgekomen. Vaak werd er harde muziek gedraaid en waren ze vernoemd naar hun eigenaren, die exotische namen hadden zoals Zita en Marlene. De winkels verkochten dezelfde kleding als in Londen aangeboden werd. Daar betaalde je flink voor, maar dan had je ook wel iets unieks en niet het zoveelste dertien in een dozijn-rokje.

Mary en ik pasten wat korte rokjes en lange jurken. We haalden alles uit de kast en wikkelden ons in veren en bont, probeerden hoge laarzen uit en liepen als echte modellen voor de spiegel heen en weer. We poseerden in onze felgekleurde kleren, zetten hoedjes op en lachten elkaar uit tot we er buikpijn van kregen. Uiteindelijk kocht Mary een prachtige zwart met gele tuniek. Hij was erg kort, mouwloos en had een schattig kraagje en drie grote zwarte knopen op de achterkant. Zelf kocht ik niks. Ik had al mijn geld aan Ralphs horloge uitgegeven, maar vond dat allesbehalve erg.

Mary kocht een zilveren hanger voor Elton. Het was een plectrum en hing aan een zwart koord. Mary zei dat het het perfecte cadeau was en ik was het roerend met haar eens. Het zag er erg cool uit. Toen we uitgewinkeld waren, liepen we naar Woolworths om oogschaduw voor bij Mary's nieuwe jurk te kopen. In de winkel kwamen we Sally tegen.

Mary liet haar jurk zien en Sally was duidelijk erg onder de indruk.

'Die jurk is perfect voor in Parijs,' zei ze.

Mary keek even naar mij en toen weer naar Sally.

'Parijs?'

Sally knikte. 'Jep. Het managementteam heeft een personeelstripje naar Parijs georganiseerd om ons voor het harde werken te bedanken.'

'Parijs, als in de hoofdstad van Frankrijk?' vroeg Mary. 'Parijs, waar Montmartre is?'

Sally lachte. 'Het enige echte *Paris*!'

'Allemensen!' Mary keek me stralend aan.

'Maar waarom?' vroeg ik. 'Normaal gesproken gaan we alleen een keer met zijn allen uit eten.' Behalve vorig jaar, toen we met het hele team naar een bingoavond geweest waren. We hadden ontzettend veel plezier gehad en Mary had zelfs een prijs gewonnen. De bingohal van Brighton was echter totaal iets anders dan Parijs.

'Onze winkel heeft het afgelopen jaar meer winst gedraaid dan alle andere Woolworths in Engeland,' zei Sally. 'En dit is onze beloning. We gaan er met de bus naartoe en verblijven in een chic hotel. Souvenirs moeten we zelf betalen, maar verder is alles al voor ons geregeld. In de personeelsruimte ligt een brochure.'

Mary stond bijna te stuiteren van enthousiasme. 'Mogen we meteen even gaan kijken?' vroeg ze.

'Tuurlijk mag dat.'

Mary en ik haastten ons naar de achterkant van de winkel en renden de trap naar de personeelsruimte op. We schonken onszelf een kop thee in, gingen zitten en trokken toen de brochure naar ons toe. Die stond vol prachtige foto's van Parijs, dat werd omschreven als '*de meest romantische stad ter wereld*'.

'Stel je voor!' riep Mary uit. 'De meest romantische stad ter wereld. Dit tripje is het beste wat ons *ooit* zal overkomen. Behalve het feest van Elton en Ralph, natuurlijk.' Ze sloeg een bladzijde van de brochure om. Voor ons lag een foto van Montmartre. Er stond een enorme witte kerk bovenop een heuvel en eromheen waren kleine cafeetjes en pleintjes waar kunstenaars stonden te schilderen, zangers hun liedjes brachten en dansers optraden. 'Moet je zien! Daar sta ik op een dag tussen,' zei Mary. 'Ooit ben ik een van de schilders die op dat pleintje bij haar ezel staat. Dat wordt mijn leven!'

Mary leunde achterover in haar stoel en liet haar ogen dichtvallen.

'Ik kan het bijna niet geloven,' zei ze. 'Ik zei toch dat ons leven nog maar net begonnen was? Dit is het bewijs. We gaan naar het buitenland, Dottie, naar het buitenland, naar de andere kant van de zee, naar een ander land! Naar *de stad waar ik al mijn hele leven naartoe wil*! Is het niet fantastisch? Ik kan niet wachten tot we samen op de bus stappen en Brighton uit rijden. Ik vraag me af of we iemand mee mogen nemen. Denk je dat dat zou mogen? Ik zou Elton mee kunnen nemen en jij Ralph. Kun je het je voorstellen? Dan kunnen we samen de Eiffeltoren beklimmen! Je kunt de camera van je broertje lenen zodat je foto's van me kunt maken, en dan maak ik foto's van jou en...'

Ik vond het heerlijk om Mary zo gelukkig te zien.

Ze bekeek de plattegrond op de achterkant van de brochure.

'Hier gaan we heen,' zei ze terwijl ze haar vinger langs de route op de kaart liet glijden. 'Met de bus naar Newhaven, over zee naar Dieppe en dan op naar Parijs! Oelala!'

Ze liet haar ogen weer dichtvallen en ik wist precies waar ze aan dacht. Ze stelde zich voor hoe ze in haar nieuwe jurk, met Elton aan haar zijde door de straten van Parijs zou dansen. Ze dacht aan haar toekomst en de vele reizen die ze zou maken en de avonturen die ze zou beleven.

Die middag keek ik in de personeelskamer van Woollies naar mijn dolgelukkige vriendin en voelde ik iets wat ik nog nooit eerder gevoeld had. Ik besefte opeens dat we verschillende doelen hadden. Ik had het altijd prima gevonden om precies te doen wat Mary wilde. Toen we nog klein waren, hadden de rollen van leider en volger prima bij ons gepast. Zij was altijd het eigenwijze meisje geweest dat de meest opwindende spelletjes bedacht, en ik was blij dat ik haar vriendin mocht zijn en deed alles wat ze me vroeg. Ik hoefde zelf nooit iets te bedenken omdat ik altijd meeging in wat Mary wilde. Ik had ook nooit iets anders gewild dan wat Mary wilde omdat ze nu eenmaal alles voor me betekende.

Nu begon dat echter langzaam maar zeker te veranderen.

Ik was ook ontzettend enthousiast over Parijs, hoewel ik eigenlijk nooit het verlangen had gehad om naar een ander land te gaan. Ik zag er het nut niet zo van in, aangezien ik alles wat ik wilde thuis ook had. Ik zou met Mary naar Parijs gaan en zou het waarschijnlijk fantastisch vinden, maar Mary's dromen waren mijn dromen niet meer omdat Mary niet meer alles voor me betekende. Ik had nu mijn eigen droom te volgen.

Lief dagboek,

Het was een regelrechte ramp en ik heb me nog nooit zo vreselijk geschaamd.

Ik wil er niet eens over praten. Zelfs niet met jou.

Mary Pickles (die er alles voor over zou hebben om de klok terug te draaien)

Achttien jaar.

19

Twee dagen voor het feest van Ralph en Elton werd ik ziek. Het begon met een verkoudheid, maar die sloeg al snel over op mijn borst, waardoor ik amper meer kon ademhalen. Ik had al maanden geen astma-aanval meer gehad en mijn moeder was zo bezorgd dat ze de dokter belde.

'Moet ze worden opgenomen, dokter?'

Ik wist dat ze zich zorgen maakte, want ze frunnikte nerveus aan een haarspeldje. 'Het is maar een verkoudheid, mam,' zei ik.

'Is dat zo, dokter? Is het maar een verkoudheid?'

'Dorothy moet er altijd goed om denken dat een verkoudheid zomaar tot een astma-aanval kan leiden, maar als ze voorlopig in bed blijft en goed uitrust, herstelt ze waarschijnlijk prima. Na mijn operatie van vanavond zal ik nog even bellen. Mocht het toch erger worden en maakt u zich zorgen, dan kunt u altijd een ambulance bellen, maar ik denk dat ze alleen wat rust nodig heeft.'

'Nou, dan kun je dus niet naar het feest, Dottie,' zei mijn moeder terwijl ze mijn kussens opschudde. Ik kon wel janken. Ik keek al zo lang naar het feest van Ralph en Elton uit, maar wist dat ze gelijk had – ik kon voorlopig nergens heen.

Mary kwam die middag langs. Ze zat aan het voeteneinde van mijn bed. Ik keek haar met behuilde ogen aan.

'Wat vreselijk voor je,' zei ze.

'Ik voel me inderdaad vreselijk.'

'Kun je echt niet mee?'

'De dokter zegt dat ik rust moet houden,' zei ik. 'Dus mijn moeder laat me nooit gaan.'

'Ralph zal wel ontzettend teleurgesteld zijn.'

'Inderdaad. Ik vind het zo erg.'

'We zullen je enorm missen.'

'Ach, welnee,' zei ik. 'Jij hebt toch alleen maar oog voor Elton.'

'Dat is waar, maar Elton moet optreden. Waarschijnlijk staat hij het grootste deel van de avond op het podium.'

'Nou, dan houden Ralph en jij elkaar toch gezelschap?'

'Daar zal het wel op uitdraaien, ja,' zei ze teleurgesteld.

'Als je zo doet, ga ik me alleen maar schuldiger voelen, Mary Pickles,' zei ik met krakende stem, hoewel ik eigenlijk te ziek was om me schuldig te voelen.

'Sorry,' zei ze. 'Hier, ik heb een cadeautje voor je.'

Ze rommelde even in haar tas en haalde toen het laatste nummer van het tijdschrift *Jackie* tevoorschijn.

'Dank je wel,' zei ik.

Mary stond op en ging voor het raam staan. In gedachten verzonken keek ze naar buiten. 'Ik heb niet zo'n goed gevoel over het feest,' zei ze opeens. Toen draaide ze zich om.

'Hoezo? Je keek er juist zo naar uit.'

'Dat is ook zo. Maar ik heb al de hele week niks van Elton gehoord.'

'Daar zou ik niet meteen iets achter zoeken. Hij heeft het waarschijnlijk hartstikke druk met de voorbereidingen voor het feest. Ralph is er de laatste tijd ook veel mee bezig.'

'Echt waar?'

'Natuurlijk. Hoezo? Denk je dat er iets anders aan de hand is?'

'Elton heeft me niet gevraagd om hem te helpen. Terwijl ik hem juist heel graag geholpen had.'

'Maar je hebt de hele week gewerkt.'

'Dat weet ik wel. Maar Elton kennende kan zijn stilte van alles betekenen. Misschien wil hij me wel helemaal niet meer zien.'

'Zou hij dat dan niet gewoon zeggen?'

'Daar heeft hij het lef niet voor. De vorige keren kwam ik er ook per toeval achter en zag ik hem opeens met een ander meisje.'

Ik begreep nog steeds niet waarom Mary altijd alles van hem pikte. Hij bleef haar maar kwetsen, maar keer op keer vergaf ze hem.

‘Ik weet heus wel wat je denkt,’ zei ze.

‘Ik vind het gewoon rot dat je steeds zo gekwetst wordt,’ zei ik voorzichtig.

Mary kwam weer naar het bed toe en ging zitten.

‘Wat Elton betreft ben ik één grote ramp. Soms wilde ik dat hij iets meer op Ralph leek.’

‘Inclusief zijn rode haar?’ vroeg ik.

‘Dat niet,’ zei ze grijnzend, ‘maar je weet toch hoe jij en Ralph samen zijn.’

Ik wist precies wat ze bedoelde. Ralph zou mij nooit zo behandelen en ik vertrouwde hem volledig. Ik had zoveel geluk met hem.

Mary bladerde door het tijdschrift heen. ‘Zo krijg je de jongen van je dromen,’ las ze voor. ‘Ik kan dit blad volgens mij beter gebruiken dan jij.’

‘Waarschijnlijk maak je je druk om niks. Wacht maar tot hij je in je nieuwe jurk ziet – dan valt hij spontaan van zijn stoel.’

Mary zag er nog steeds verdrietig uit. Ik ging iets rechterop in bed zitten en snoot mijn neus. Toen zei ik: ‘Jij *gaat* tenminste naar het feestje. Terwijl ik hier naar het plafond lig te staren en eindeloos lig te bedenken wat jullie aan het doen zijn en wat een geweldige avond jullie hebben. Ik wil trouwens alles weten, dus kom morgen maar snel weer langs om uitgebreid verslag te doen.’

Mary knikte. Ze keek op haar horloge. ‘Ik kan maar beter gaan; Winstons vriendin komt bij me langs om mijn haar te doen.’

‘Probeer maar gewoon van vanavond te genieten.’

Mary keek over haar schouder terwijl ze naar de deur liep. Ze rolde met haar ogen.

‘Veel plezier. Zodra Brainless begint te spelen, valt het je waarschijnlijk niet eens meer op dat ik er niet ben.’

Onderweg naar het feestje kwam Ralph nog even bij me langs. Hij had een blauwe spijkerbroek en een paars shirt met zwarte strepen aan. Ik vond dat hij er ontzettend knap uitzag.

'Ik vind het zo jammer dat je het feest vanavond moet missen,' zei hij terwijl hij op de rand van het bed ging zitten en mijn hand pakte.

'Doe dat maar niet,' zei ik, 'ik ben helemaal warm en zweterig.'

'Dat ben ik toch ook altijd,' zei hij grijnzend.

Ik leunde naar mijn nachtkastje toe en haalde zijn cadeau tevoorschijn.

'Gefeliciteerd met je verjaardag,' zei ik glimlachend.

Hij pakte het cadeau aan en probeerde door het papier heen te voelen wat het was. 'Mag ik ermee schudden?' vroeg hij.

'Nee joh! Maak het nou maar gewoon open.'

Ik wilde dat ik een camera had om de blik in zijn ogen vast te leggen toen hij het cadeau openmaakte. Hij straalde van oor tot oor. 'Wauw,' zei hij terwijl hij het horloge bekeek. 'Het is prachtig, dank je wel.'

'Ik ben blij dat je het mooi vindt,' zei ik.

'Ik vind het heel mooi.'

'Gelukkig maar.'

'Ik wou dat je naar het feest kon komen.'

'Begin jij nu ook al?'

'Wie is er dan nog meer over begonnen?'

'Mary.'

'Zal ik een beetje op haar letten vanavond?'

'Heel graag,' zei ik gapend.

'Voor jou heb ik alles over. Rust nu maar lekker uit. Ik kom morgen weer bij je langs om je alles over het feest te vertellen.'

Zodra hij weg was, kroop ik weer onder de dekens. Mijn hoofd bonkte, ik had het warm en mijn hele lichaam deed pijn. Ik moet wel in slaap gevallen zijn, want toen ik wakker werd, was het opeens donker buiten. Niemand had de gordijnen dichtgetrokken en dus kon ik de zwarte nacht door het raam heen zien. Het was behoorlijk koud geworden. Ik trok de dekens tot over mijn kin omhoog, maar het hielp niet. Het was alsof mijn hele lichaam uit ijs bestond. Ik had het sluipende gevoel dat er achter het glas iets verschrikkelijks aan de hand was. Ik voelde me vreselijk.

De volgende dag ging het al iets beter met me, maar nog altijd niet geweldig. Ik hoestte de longen uit mijn lijf en had nog altijd koorts en hoofdpijn. Ik was het zat om de hele dag in bed te liggen. Ik had de nieuwe *Jackie* inmiddels uit en als ik al in slaap viel, droomde ik over Mary's vader die verkleed als Elvis Presley naast Brainless op het podium stond.

Ik wachtte de hele dag op Ralph en Mary, die allebei beloofd hadden om me alles over gisteravond te komen vertellen. Pas rond etenstijd stak Ralph zijn hoofd om de hoek van de deur.

'Hoe is het met de patiënt?' vroeg hij.

'Ik verveel me kapot,' zei ik pruilend. 'Waar heb je de hele dag gezeten? En waar is Mary?'

Ralph ging naast me op bed zitten en hield mijn hand vast. Hij durfde me amper aan te kijken.

'Nou?' vroeg ik.

'Ik had een kater,' mompelde hij. 'Ik ben nog maar net wakker.'

'Ralph Bennett!' zei ik eerst giechelend, maar toen hard hoestend. Ralph gaf me het glas water aan dat op mijn nachtkastje stond. 'Ik dacht dat je nooit zoveel dronk.'

'Dat doe ik normaal gesproken ook niet,' zei hij terwijl hij me schaapachtig aankeek.

'Is Mary daarom ook nog niet langsgekomen? Is zij ook dronken geworden?'

'Nog erger dan ik,' zei hij. 'Ik moest haar zelfs naar huis brengen. Haar vader stond haar op te wachten; hij was er niet zo blij mee dat ze gedronken had.'

'Nou, vertel dan eens. Was het feestje zo geweldig als je gehoopt had? Waren er veel mensen? Heb je het leuk gehad? Heeft Mary het leuk gehad?'

'Ik kan me er eigenlijk niet zo veel meer van herinneren.'

'Ralph Bennett,' zei ik terwijl ik langzaam rechtop ging zitten. 'Ik zit al de hele dag te wachten tot je me eindelijk over het feest komt vertellen, en nu zeg je dat je niet meer weet wat er gebeurd is?'

'Mary heeft het volgens mij niet zo leuk gehad. Dat weet ik nog wel.'

'Dan heeft ze toch gelijk gekregen. Ze zei gisteren al dat ze niet zo'n goed gevoel over het feest had.'

'Elton was weer eens in een flirterige bui.'

Ik had medelijden met mijn vriendin. 'Ik snap echt niet waarom je überhaupt nog met Elton Briggs omgaat,' beet ik Ralph toe.

'Omdat hij mijn vriend is,' antwoordde Ralph bits. 'En Mary is nou ook niet bepaald heilig.'

Zijn opmerking verraste me. Ik klaagde al jaren over Elton, maar ik had Ralph nog nooit iets negatiefs over Mary horen zeggen. Hij had trouwens ook nog nooit dit soort opmerkingen over anderen gemaakt. Er viel een ongemakkelijke stilte en ik wist niet wat ik moest doen om de situatie te verbeteren.

'Luister,' zei Ralph uiteindelijk. 'Laten we geen ruzie maken over Elton en Mary; die zijn oud genoeg om hun eigen keuzes te maken. Wij hebben elkaar en dat is het belangrijkste. Ik hou van je, Dottie, maar ik kan niet keer op keer mijn excuses aanbieden voor hoe *mijn* vriend *jouw* vriendin behandelt.'

'Je hebt gelijk,' zei ik. 'Het spijt me.'

'Het spijt mij ook,' zei Ralph. 'Krijg ik nu dan eindelijk een knuffel van je?'

'Maar ik heb een rode neus.'

'Heb ik je dan nooit verteld dat rood mijn lievelingskleur is?'

20

Het voelde als een eeuwigheid, maar in werkelijkheid duurde het maar drie dagen voordat Mary bij me langskwam. Ik lag inmiddels geen hele dagen meer op bed, maar was nog wel verkouden en voelde me behoorlijk zwak. Ik was nog niet begonnen met werken.

Ik stond in de keuken om mijn moeder met het avondeten te helpen toen Mary op de achterdeur klopte.

'Eindelijk,' zei ik toen ik de deur opendeed en haar een knuffel gaf.

'Ga maar,' zei mijn moeder, 'ik red het hier wel.'

Mary en ik liepen naar mijn kamer. Ik pakte haar handen vast en trok haar naar het bed. 'Vertel me alles over het feest,' zei ik, 'ik wil alles weten.' Mary keek even naar me en sloeg toen opeens haar handen voor haar gezicht en begon te huilen. Ik legde meteen mijn arm om haar heen. 'Wat is er?'

'Het was verschrikkelijk,' zei ze snikkend.

'O Mary, was het echt zo erg?'

'Dat meisje was er, je weet wel, die ene waar hij een tijd geleden ook mee het café binnenliep. Elton had de hele avond alleen maar oog voor haar. Hij merkte amper dat ik er was. Hoe kan hij dat nou doen? Hoe kan hij me zo negeren? Hij negeerde me gewoon, Dottie.'

'Ralph zei...'

'Wat zei Ralph?' zei ze verschrikt.

'Dat je het niet zo naar je zin had,' zei ik voorzichtig.

'Dat heeft hij dan goed gezien.'

'Wat erg voor je.'

'Ik haat hem.'

'Echt waar?'

'Ik *wil* hem haten; het zou zoveel makkelijker zijn als ik hem haatte.'

'Ik wou dat ik gewoon met je mee gekund had.'

'Ik ook. Dan had ik me niet zo ontzettend stom gevoeld. Ik voelde me net een of andere groupie. En het stomme is dat we over een paar dagen waarschijnlijk weer samen zijn en dat ik dan waarschijnlijk ook nog zo dom ben om hem te *vergeven*.'

Er was zoveel wat ik tegen haar wilde zeggen. Ik was zo kwaad op Elton, maar wist dat ik dat beter voor me kon houden. Mary wist eigenlijk toch al wat ik dacht en had alles al honderd keer gehoord. Ik zei ook maar niet dat Ralph me verteld had hoe dronken ze geworden was. Daar begon ze niet over en dus ging ik ervanuit dat ze niet wilde dat ik het wist.

'Vond hij de hanger wel mooi?'

'Ik heb geen flauw idee. Ik weet niet eens of hij mijn cadeau überhaupt heeft opengemaakt. Ik heb het ergens op een tafel achtergelaten.'

'Ik vind het heel erg voor je, Mary.'

'Ik ook,' zei ze verdrietig.

April was een heerlijke maand vol zonnige dagen en warme avonden. Sinds we besloten hadden ons minder met Mary en Elton bezig te houden, hadden Ralph en ik alle tijd om van elkaar te genieten.

Het was een perfecte lente. Een tijd van volwassen worden en verliefd zijn.

Op een prachtige zonnige dag gingen we picknicken in de heuvels. Ik vond het heerlijk. Het was er zo anders dan in de buurt waar ik was opgegroeid. Hier was alle ruimte om te ademen, te dromen en simpelweg te *zijn*. Ik vond het heerlijk om de wind in mijn haren te voelen. Ik vond het heerlijk om de vlinders door de wilde bloemen te zien dansen en de vogels door de lucht te zien vliegen. Ik vond het geweldig om het licht in de verte over de zee te zien schijnen en Brighton van bovenaf te zien. Vanaf hier leek het net een speelgoedstadje dat eindeloos ver weg lag.

Het was een warme lente en de velden stonden vol madeliefjes. We spreidden onze deken op precies dezelfde plek uit als tijdens ons eerste afspraakje. We lagen naast elkaar naar de wolken en de blauwe lucht te kijken. Ik liet mijn ogen dichtvallen en besefte opeens hoe gelukkig ik was.

'Weet je hoe gelukkig ik ben?' vroeg ik.

'Laat me raden,' zei Ralph terwijl hij zijn armen zo ver mogelijk spreidde. 'Zo gelukkig?' zei hij.

Ik keek hem met samengeknepen ogen aan. 'Nog veel gelukkiger,' zei ik.

'Hoeveel gelukkiger dan?' vroeg Ralph lachend.

'Wel een miljoen keer gelukkiger,' zei ik terwijl ik op mijn knieën ging zitten en hem aankeek.

'Maar een miljoen keer?'

'Een biljoen keer. Een triljoen keer!' riep ik uit.

'Gelukkig genoeg om voor altijd bij me te blijven?' vroeg hij.

'Voor altijd en eeuwig,' zei ik terwijl ik een pluk haar van zijn voorhoofd streek.

Ik had een ketting van madeliefjes gemaakt door de steeltjes een voor een aan elkaar te binden.

Ralph tilde de bloemenketting voorzichtig uit mijn handen en begon hem om mijn vinger te winden. Opeens keek hij me indringend aan.

'Wat is er?' vroeg ik terwijl ik lachend naar hem terugkeek.

'Ik moet opeens ergens aan denken.'

'Waaraan dan?'

Ik had Ralph nog nooit zo ernstig meegemaakt. Hij stond op en liep een stukje bij ons kleed weg. Ik stond op en ging achter hem aan.

Vanaf de top van de heuvel had je een prachtig uitzicht over de glooiende heuvels in het zuiden, de bossen en in de verte de glinsterende golven van het Kanaal.

'U piekert ergens over, meneer Bennett,' zei ik terwijl ik mijn arm door die van hem haakte, 'en ik wil nu meteen weten wat het is.' Ik bedoelde het als grap, maar toen hij zich naar me toe draaide, stonden zijn ogen nog altijd even ernstig.

'Wil je met me trouwen, Dottie?' vroeg hij.

De vraag leek uit het niets te komen, alsof hij helemaal niet van plan was geweest om hem te stellen.

'Ik heb nog geen ring voor je gekocht,' zei hij, 'maar dat kan ik natuurlijk nog wel doen en dan is het officieel.'

'Ik vind het helemaal niet erg dat je nog geen ring hebt,' zei ik, en dat vond ik ook niet erg. Er zat me echter wel iets anders dwars, maar ik wist niet precies wat.

Hij slikte even en haalde toen diep adem. 'Ik hou van je, Dottie,' zei hij. 'Ik heb altijd al van je gehouden en dat zal ik ook altijd blijven doen. Ik zal altijd mijn uiterste best doen om je gelukkig te maken. Ik zal proberen je niet te kwetsen. Ik kan je niet beloven dat we ooit rijk zullen worden, maar ik zal goed voor je zorgen en je nooit teleurstellen.'

De woorden kwamen razendsnel over zijn lippen en klonken bijna smekend.

'Ik heb dit misschien niet helemaal goed aangepakt,' zei hij, 'want ik heb natuurlijk nog geen ring, maar ik wil je nooit meer kwijt.'

Ik legde mijn hand op zijn wang. Hij fronste. Als ik me niet zo gelukkig gevoeld had, zou ik waarschijnlijk denken dat hij elk moment in tranen uit kon barsten.

'Je raakt me toch ook niet kwijt,' zei ik zachtjes. 'Waarom zeg je dat? Waarom zou je dat überhaupt denken?'

Ralph haalde zijn schouders op. Toen sloeg hij zijn arm om me heen en hield hij me net iets te stevig vast.

'Dottie...? Waar denk je aan?'

Ik glimlachte. 'Ik denk aan wat je net zei.'

'En?'

'Ik vind het wel een hele moeilijke vraag,' zei ik plagend.

Toen lachte hij. De wolken voor de zon dreven weg en de hele wereld werd weer licht.

Opeens begon hij me te kietelen. 'Zeg ja, anders sterf je de kieteldood!'

'Oké,' riep ik giechelend. 'Ja, ja.' Toen keek ik hem diep in de ogen en zei ik oprecht: 'Ja, natuurlijk wil ik met je trouwen.'

In een klap trok alle spanning uit zijn gezicht weg. We gingen weer naast elkaar op de deken liggen en hielden elkaars hand vast. Ik had me nog nooit zo gelukkig gevoeld. 'Ik wil naar huis,' zei ik.

'Maar we zijn nog niet eens begonnen met picknicken.'

'Ik wil iemand vertellen dat we verloofd zijn.'

'Vertel het de schapen maar,' zei Ralph grijnzend.

'Ik ga trouwen,' riep ik over de heuvel. Een paar van de schapen keken kort op, maar gingen al snel weer verder met grazen.

'Ik wil het mijn ouders vertellen.'

'Zullen we daarmee wachten tot ik de ring gekocht heb?' vroeg Ralph.

'Oké,' zei ik. 'Als je dat graag wilt, doen we dat. Maar ik *moet* het Mary vertellen.'

'Waarom?'

'Omdat ik het onmogelijk voor haar verborgen kan houden. Ze ziet het meteen aan me. We kennen elkaar al zo lang dat we elkaars gedachten kunnen lezen.'

Ralph sloeg zijn ogen neer.

'Ik zal het niemand anders vertellen,' zei ik. 'Alleen Mary.'

'Natuurlijk,' zei hij uiteindelijk. 'Natuurlijk moet je het Mary vertellen.'

De volgende dag was het zondag en ik kon niet wachten om naar Mary toe te gaan om haar mijn nieuws te vertellen.

Ik klopte op de achterdeur en liep de kleine keuken in. Ik kon mijn ogen niet geloven. Mary stond naast haar moeder aan het aanrecht, met haar handen in een bak taartdeeg.

'Geloof jij het?' vroeg Mary's moeder terwijl ze met een trotse, maar tegelijkertijd ongelovige blik in de richting van haar dochter knikte.

'Niet echt,' zei ik grijnzend.

'Mijn moeder zegt dat de liefde van de man door de mond gaat,' zei Mary giechelend.

Mary's moeder bekeek me nog eens goed. 'Wat zie jij er vrolijk uit,' zei ze.

'Dat ben ik ook,' zei ik.

'Ik red het verder wel alleen,' zei ze tegen Mary.

'Ga je mee een stukje wandelen?' vroeg ik.

Mary waste haar handen, trok haar jas aan en liep met me mee naar de boulevard. De meeste winkels in West Street waren al dicht en dus bekeken we de laatste mode door de winkelruiten. Mary bewonderde een rood geruit rokje en een zwarte coltrui in de etalage van Hannington.

We liepen naar de pier. Het was druk in de stad, hoewel het eigenlijk niet zo'n mooie dag was en het al uren dreigde te gaan regenen. We liepen naar het strand en gingen tegen de oude stenen muur geleund zitten. De zon begon nu door de wolken heen te schijnen en ik liet mijn ogen dichtvallen om van de warme stralen op mijn gezicht te genieten.

Ik kon niet wachten om Mary mijn nieuws te vertellen, maar voelde me opeens ongemakkelijk.

'Nou, gooi het er maar uit,' zei ze.

'Gooi wat eruit?' vroeg ik. Ik raapte een paar keien van het strand en liet ze in mijn hand om elkaar heen rollen.

'Wat je me wilt vertellen,' zei ze.

'Hoe weet jij nou weer dat ik je iets wil vertellen?' vroeg ik om tijd te rekken.

'Omdat ik je gedachten kan lezen, Dottie Perks, dus hup, vertel.'

'Ralph heeft me ten huwelijk gevraagd,' zei ik.

'O!' Mary keek naar me. Ik wist niet wat ze voelde, maar ze was in ieder geval niet blij voor me. 'O,' zei ze nog eens. Toen stond ze op en begon ze over het strand te lopen. Ik rende achter haar aan om haar in te halen.

'Mary,' zei ik, 'doe nou niet zo.'

Ze had rode wangen en keek me fronsend aan.

'Doe nou niet hoe?'

Ik keek haar aan. 'Nou, zo.' Ik voelde me wanhopig en teleurgesteld en... kwaad. 'Ik wist wel dat je zo zou reageren,' schreeuwde ik.

'Waarom heb je het me dan überhaupt verteld?' schreeuwde ze terug.

'Omdat je mijn beste vriendin bent, daarom. Omdat ik het met je wilde delen. Omdat ik samen bruidstijdschriften met je wil lezen. Omdat ik wil dat je mijn bruidsmeisje bent. Daarom.'

Ik liep naar de zee en begon langs het water te lopen. Mary liep nog altijd langs de muur.

Een stukje verderop renden twee kleine meisjes giechelend achter elkaar aan.

Opeens stond Mary naast me.

'Zo waren wij vroeger ook,' zei ze. 'Lang geleden.'

Ik lachte en haakte mijn arm door die van haar.

'Zo lang geleden voelt het anders niet,' zei ik.

'Soms wilde ik dat we voor altijd zo klein gebleven waren.'

'Echt?'

'Soms wel.'

We stonden samen naar de spelende kinderen te kijken, allebei in gedachten verzonken.

Mary knikte in de richting van de meisjes. 'Zij denken nog dat het voor altijd zo blijft, of niet? Dat ze voor altijd elke dag op het strand zullen spelen en 's avonds pas naar huis zullen gaan. Zonder zorgen, zonder spijt.'

'Hoe bedoel je?'

'O, ik weet het niet. Het leven was toen wel een stuk eenvoudiger, hè?'

'Je raakt me heus niet kwijt, Mary. Reageer je daarom soms zo? Want als je denkt dat je me kwijtraakt, heb je het toch echt mis. Dat ik met Ralph ga trouwen, wil niet zeggen dat wij opeens geen vriendinnen meer kunnen zijn.'

'Dat zeg je nu,' mompelde ze.

'En dat zeg ik over twintig jaar nog steeds, want hoeveel ik ook van Ralph hou, ik kan helemaal niet zonder jou.'

'Echt niet?'

'Echt niet. Wij zullen altijd vriendinnen zijn, dat beloof ik je.'

'Ik ben een enorme malloot, hè?'

'Soms wel, ja. Maar je bent toevallig wel mijn malloot, Mary Pickles.'

Lief dagboek,

Ralph heeft Dottie ten huwelijk gevraagd en in plaats van blij te zijn, werd ik ontzettend boos op haar. Ze heeft het me vergeven, natuurlijk. Dottie is een veel beter mens dan ik. Ik mag mezelf momenteel totaal niet.

Mary Pickles (vreselijke, vreselijke vriendin)

Achttien jaar.

21

Juni was fantastisch. De dagen waren heerlijk lang en warm. Ralph en ik brachten veel tijd op het strand door. Dan spreidden we een deken uit en keken we in alle rust hoe de kiezels door de golven over het strand gerold werden. Ik lag met mijn armen onder mijn hoofd gevouwen en mijn ogen dicht van de zon en van Ralph te genieten.

We hadden het steeds vaker over onze toekomst samen.

'In het begin zullen we waarschijnlijk een tijdje iets moeten huren,' zei Ralph.

'Dat geeft niet.'

'Maar dat is maar tijdelijk. Als ik eenmaal gecertificeerd loodgieter ben, kunnen we volgens mij best ergens een huisje kopen.'

'Dat klinkt zo serieus en volwassen,' zei ik met een lach.

'Ik wil dat je gelukkig wordt.'

'Ik kan overal gelukkig zijn.'

'Ik ook, maar het is goed om iets te hebben om naartoe te werken en ik wil dat het dak boven ons hoofd helemaal van ons is.'

'Vind je het eigenlijk leuk om loodgieter te zijn?'

'Toen ik net van school kwam heb ik een tijdje op het spoor gewerkt, maar daar waren meer managers dan werklieden en dat ging me steeds meer dwarszitten. Het leek me veel leuker om iets voor mezelf te beginnen en loodgieten voelde als een logische keuze. Ik heb altijd al graag dingen gerepareerd, dus ik vind mijn werk hartstikke leuk om te doen.'

'Vind je je werk nog leuker dan mij?' vroeg ik plagend.

'Ik zal jou altijd boven elke lekkende kraan verkiezen,' zei hij grijnzend.

Ralph was begonnen met sparen voor een ring. We vonden het allebei heerlijk om in de etalages van juweliers te kijken. Op een dag liepen we voor de verandering ook eens naar binnen en ging een medewerkster met ons mee naar buiten zodat we onze favoriete trouwringen konden aanwijzen. Toen we weer binnen waren, haalde ze een klein sleuteltje uit de kassa en maakte ze de etalage open. Ze bracht twee zwarte kussens met een enorme keuze aan ringen naar ons toe en hoewel we eerlijk gezegd hadden dat we ons nog aan het oriënteren waren, vond ik het fantastisch om de ringen daadwerkelijk te passen.

Het enige wat een kleine schaduw over mijn droomtoekomst wierp, was Mary. Ze was de laatste tijd totaal zichzelf niet. Ze was chagrijnig en bleef maar mokken, en dat terwijl het inmiddels weer goed ging tussen haar en Elton. Ze leek geaccepteerd te hebben dat ik met Ralph wilde trouwen. Ik wist dat ze misschien niet honderd procent blij voor me was, maar ze leek het ook geen ramp meer te vinden. Wat haar stemming overigens ook niet verbeterde, was dat ik haar moest vertellen dat ik niet mee zou gaan op het werkuitje naar Parijs. We zaten op haar kamer naar platen te luisteren toen ik haar het nieuws bracht.

'Hoe bedoel je, je kunt niet mee?' riep ze uit.

'Ik zou er echt alles voor over hebben om gewoon mee te kunnen gaan,' zei ik vol wanhoop, 'maar we zijn aan het sparen voor onze bruiloft. Ik kan toch moeilijk verwachten dat mijn ouders alles alleen betalen?'

'Ik wist wel dat dit zou gebeuren,' zei ze terwijl ze me met toegeknepen ogen aankeek. 'Ik wist dat alles zou veranderen.'

Ik wist niet wat ik moest zeggen. Ik vond het vreselijk om ruzie te maken met Mary.

'Het is al jaren onze grootste droom om samen de wereld over te reizen en See Saw Lane eindelijk achter ons te laten, om een beter leven te beginnen. Al jaren!' riep Mary verdrietig.

'Dat is *jouw* droom, Mary,' zei ik zo voorzichtig mogelijk. 'Het is *nooit* mijn droom geweest.'

'Dus jij wilt een simpel leventje met Ralph, met een horde

kinderen in een sociale huurwoning? Denk je nou echt dat je daar gelukkig van wordt?'

'Ik hou van Ralph en ik wil met hem trouwen. Dat is wat ik wil.'

Mary stond op en keek zwijgend uit het raam.

Ik kwam naast haar staan en leunde met mijn schouder tegen de muur. 'Ik weet zeker dat je het ook zonder mij geweldig zult hebben in Parijs,' zei ik. 'En als je weer terug bent, kun je me alles over de reis vertellen. Dan is het net alsof ik er gewoon bij was.'

'Ralph Bennett,' zei Mary op klagerige toon. 'Hij verpest ook alles.'

'Ik wil dat je blij voor me bent, Mary,' zei ik terwijl ik mijn arm door die van haar haakte.

'Nou, dat lukt me op dit moment even niet.'

'Dat weet ik, maar misschien lukt het je over een tijdje wel,' zei ik hoopvol.

'Dat zal wel moeten, hè?'

In juli ging alles bergafwaarts. Mary trok zich steeds meer van me terug. Ze kwam op het werk niet meer naar me toe om een praatje te maken. Ze had het ene excuus na het andere om niet af te spreken. Ik kon me de laatste keer dat we samen naar de platenzaak waren geweest niet eens meer herinneren, laat staan de laatste keer dat we samen nieuwe make-up uitprobeerden. Ze had me niet verteld dat ze ziek was, maar ik zag dat ze zich soms ziek meldde. Ik wist niet wat ik ervan moest denken. We hadden altijd alles met elkaar gedeeld. Ik had altijd precies geweten hoe ik Mary kon helpen en hoe ik haar moest opvrolijken, maar nu had ik geen flauw idee.

'Ga gewoon even bij haar langs,' zei mijn moeder.

'Maar volgens mij wil ze me niet zien,' zei ik verdrietig.

'Sinds wanneer wil Mary Pickles jou in vredesnaam niet zien?'

'Ik begrijp gewoon niet wat er aan de hand is.'

'Daarom moeten jullie er nou juist over praten,' zei mijn moeder. 'Als je hier eeuwig blijft zitten piekeren, wordt er nooit iets opgelost. Ga dus liever gewoon naar haar toe en praat met haar.'

Toen ik die avond bij Mary aankwam, stonden haar broers Wesley en Wayne in de voortuin aan hun brommer te werken. Daar was op zich niks vreemds aan, maar het was wel gek dat ze opkeken van hun werk toen ik eraan kwam lopen. Normaal gesproken maakten ze altijd wel een jolige opmerking, maar die dag negeerden ze me bijna. Ik kreeg zelfs de indruk dat ze deden alsof ze me helemaal niet gezien hadden.

Ik bleef even staan, maar de jongens zwegen nog altijd en dus werd mijn slechte voorgevoel alleen maar erger.

'Is alles goed met jullie?' vroeg ik.

Wesley bromde iets onverstaanbaars.

'Is alles goed met Mary?'

'Ik geloof dat ze op haar kamer zit,' mompelde Wayne.

Ik klopte zachtjes op de deur en mevrouw Pickles deed open. Ze zag er nog nerveuzer en bezorgder uit dan gewoonlijk. Ik liep naar binnen. Meneer Pickles zat aan de keukentafel, maar ook hij keek niet op van zijn krant.

Inmiddels haalde ik me de meest idiote dingen in mijn hoofd.

'Is alles goed met Mary?' vroeg ik nog eens. Vanuit het niets sloeg meneer Pickles met zijn vuist op tafel en liep hij naar buiten. Ik bleef als aan de grond genageld staan en wist niet wat ik moest doen.

'Mary is op haar kamer, Dottie,' zei mevrouw Pickles terwijl ze de stoel opraapte die haar man had omgegooid. 'Je mag best even naar boven, als je wilt.' Ik keek nog eens goed naar Mary's moeder en zag dat haar ogen rood waren en er vegen op haar wangen zaten. Ze zag eruit alsof ze gehuild had.

‘Ligt ze in bed?’ vroeg ik.

‘Nee Dottie, ze ligt niet in bed,’ zei mevrouw Pickles zachtjes. Ze pakte een theedoek en draaide zich om. Toen begon ze de natte borden uit het afdruiprek af te drogen.

Ik liep naar boven en klopte zachtjes op Mary’s deur. Er werd geen antwoord gegeven. Ik drukte mijn oor tegen de deur, maar hoorde niks; ze draaide niet eens muziek.

‘Mary, ik ben het, Dottie,’ zei ik. ‘Mag ik binnenkomen?’

Ze gaf nog steeds geen antwoord en dus duwde ik de klink naar beneden en deed ik de deur open. Mary zat op haar bed. Ze was lijkbleek en zat zachtjes te huilen. Ik vond het verschrikkelijk om haar zo verdrietig te zien. Ik ging naast haar zitten en sloeg mijn arm om haar heen. Ze leunde niet zoals gewoonlijk tegen me aan, maar bleef stijf rechtop zitten en drukte een zakdoek tegen haar neus.

‘Is er iemand overleden?’ vroeg ik, want dat was de enige reden die ik kon bedenken waarom ze zo overstuur kon zijn.

‘Nee,’ zei ze zo zachtjes dat ik haar amper kon verstaan.

‘Vertel me alsjeblieft wat er aan de hand is, Mary.’ Ik veegde zo voorzichtig mogelijk een traan van haar wang.

Ze schudde haar hoofd en slikte.

‘Ik kan het je niet vertellen, Dottie.’

‘Heb ik iets verkeerds gedaan?’

‘Natuurlijk niet.’

Toen pas viel mijn oog op de foto van Montmartre. Hij lag in een prop op de grond. Ik raapte hem op. ‘Waarom heb je dat gedaan?’ vroeg ik in een poging over iets anders te beginnen.

‘Omdat ik hem niet meer nodig heb,’ zei ze.

‘Waarom dan niet?’

‘Omdat ik er toch niet heen ga,’ riep ze uit, ‘nooit van mijn leven.’

Ik fronste verward en probeerde haar wanhopig te begrijpen, maar zonder succes. ‘Ik snap echt niet wat je bedoelt, Mary.’

Mary snikte en veegde met de zakdoek haar ogen droog. Ze haalde diep adem.

'Ik ben zwanger,' zei ze, waarna ze meteen weer in huilen uitbarstte.

Ik realiseerde me amper wat ze zei.

'Weet je het zeker?' vroeg ik.

'Natuurlijk weet ik het zeker. Of denk je soms dat ik het verzonnen heb?'

'Dat bedoel ik niet,' zei ik, 'het is gewoon...'

'Het is gewoon wat?' zei Mary terwijl ze opstond en naar het raam liep.

'Heb je het Elton al verteld?' vroeg ik.

Mary schudde haar hoofd.

'Hij zal met je moeten trouwen. Hij zal moeten doen wat het beste is voor iedereen,' zei ik.

'Dat zeggen mijn ouders ook de hele tijd.'

'Natuurlijk zeggen ze dat,' zei ik. Mary liep terug naar het bed en ging zitten. 'Heb je ze al verteld wie de vader is?'

'Nee,' zei ze verdrietig.

'Weten ze niet dat je iets met Elton hebt?'

'Nee.'

Ik sloeg mijn arm weer om haar heen.

'Hoe moet ik het ze in vredesnaam vertellen, Dottie? Mijn broers zouden hem vermoorden als ze het wisten en...'

'En wat?'

'En het was zijn schuld niet eens.'

'Nou ja, hij heeft er natuurlijk wel *iets* mee te maken.'

Mary liet haar hoofd weer in haar handen vallen.

'Je kunt het niet eeuwig voor hem verborgen houden,' zei ik.

'Dat weet ik,' zei ze. Toen wendde ze haar blik af, liet ze zich op haar kussen vallen en begon ze weer te snikken.

Ik wreef een hele tijd over haar schouder.

'Het is niet het einde van de wereld,' zei ik voorzichtig. 'Ik weet dat het waarschijnlijk moeilijk zal worden, en ik weet dat het een behoorlijke schok voor Elton zal zijn, maar als hij eenmaal aan het idee gewend is gaat het vast al snel beter. Dan kun je met hem trouwen en...'

Mary duwde mijn hand van haar schouder.

'Dat heb je altijd al gewild,' zei ze. 'Elton en...'

'Hou op!' zei Mary. 'Hou alsjeblieft je mond.'

'Oké, maar...'

Ze ging rechtop zitten en sloeg haar armen om zichzelf heen.

'Ga weg,' zei ze. 'Ga alsjeblieft weg. Ik wil alleen zijn.' Toen ik niet meteen opstond, zei ze: 'Alsjeblieft, Dottie!' Haar stem klonk wanhopig. Ik drukte nog een kus op haar achterhoofd en liep toen terug naar beneden.

Mevrouw Pickles zat aan de keukentafel en had haar handen om een kop thee heen gevouwen.

'Dag, mevrouw Pickles,' zei ik. Ik vroeg me af of ik misschien mijn excuses moest aanbieden.

Ze keek me aan. 'Heeft ze je verteld wat er aan de hand is?'

Ik knikte. 'Ja.'

'Het zal wel door die jongen komen met wie ze de laatste tijd zoveel omgaat.'

Ik dacht aan Elton, aan zijn sprankelende ogen en aan zijn achterover gekamde haar. Ik stelde me voor hoe hij zou reageren als hij erachter kwam. Het was niet aan mij om het hem te vertellen. Dat was aan Mary.

'Ik weet het niet,' zei ik.

Ze staarde naar haar kopje, alsof dat al haar problemen zou oplossen. Opeens zag ze er oud en gebroken uit.

De hele weg naar huis was ik in shock. Mary en ik hadden elkaar altijd alles verteld. Ik kon gewoon niet geloven dat ze dit voor me verborgen gehouden had. Voor de zoveelste keer knaagde het schuldgevoel aan me. Ik was zo met Ralph bezig geweest dat ik niet eens had gemerkt dat Mary in verwachting was. Ze maakte zich waarschijnlijk verschrikkelijke zorgen, maar had haar last alleen moeten dragen. Arme Mary. Ze moest zo bang en eenzaam geweest zijn. En voordat het beter zou worden, zou het waarschijnlijk eerst erger worden.

Ik liep langs een hond die aan een heg stond te snuffelen. Misschien zou het uiteindelijk allemaal goedkomen, als iedereen eenmaal van de schok bekomen was. Mary was immers niet het eerste meisje dat zich in deze situatie bevond en zou waarschijnlijk ook het laatste meisje niet zijn. Misschien zou Elton na hun bruiloft iets volwassener worden en zou hij een goede man en vader zijn. Hij zou zijn droom om rockster te worden waarschijnlijk wel moeten opgeven. Dat zou hij in eerste instantie natuurlijk niet leuk vinden, maar daar wende hij vanzelf aan. Misschien zou het zelfs wel goed voor hem zijn. Ik wist dat Mary nooit had gewild dat dit zou gebeuren, maar haar droom om met Elton te trouwen kwam nu tenminste wel uit.

Ik duwde de achterdeur van ons huis open. 'Ik ben net thee aan het zetten,' zei mijn moeder op haar gewoonlijke opgewekte toon. Ze roerde in een pan vlees en groenten. Op een andere gaspit stond een pan aardappelen zachtjes te koken. Ze had haar mouwen opgerold en haar gezicht glom van het zweet. Ze had eerder vanavond al scones gebakken en die stonden nu op een rek op het aanrecht af te koelen. Ze roken heerlijk, maar ik kon voorlopig waarschijnlijk geen hap door mijn keel krijgen.

Ik was dolgraag op mijn moeder afgerend om me eens goed door haar te laten knuffelen, zoals ze dat vroeger altijd gedaan had. Ik had echter geen idee hoe ik haar in vredesnaam moest vertellen wat er met Mary aan de hand was. Het was me allemaal veel te veel. Eerst moest ik zelf wennen aan het idee dat ze zwanger was; dan pas kon ik het er met mijn moeder over hebben.

'Hebben jullie het goedgemaakt?' vroeg ze.

'Het lag gelukkig niet aan mij,' zei ik.

'Zie je nou wel,' zei mijn moeder glimlachend. Toen keek ze me iets dieper in de ogen. 'Wil je erover praten?' vroeg ze voorzichtig.

'Nu nog niet, mam.'

'Ik ben er voor je als je me nodig hebt.'

'Dat weet ik.'

Ik ging naar mijn slaapkamer. Zodra ik op mijn bed ging zitten, kwamen al mijn opgekropte emoties er in een klap uit. Nu Rita weg was, kon ik ongegeneerd huilen zonder vreemd aangekeken te worden. Hoe kon Mary in vredesnaam een baby krijgen? Ze was weliswaar achttien, maar zag eruit alsof ze hooguit twaalf was. Hoe kon ze in vredesnaam voor een baby zorgen? En wat zou iedereen wel niet over haar zeggen? Wat zou Elton doen als hij erachter kwam dat hij zijn droom moest opgeven en met Mary moest trouwen? Ik kon me niet voorstellen dat Elton iets zou doen wat hij niet wilde, wat de mensen ook over hem zeiden.

Er was maar één persoon die ik op dit moment wilde zien, één persoon die ik wilde vertellen wat er aan de hand was. Hij zou waarschijnlijk precies weten hoe Elton zou reageren. Bovendien zou hij zowel hem als mij kunnen steunen. Die persoon was Ralph.

Ik had die avond geen zin om me mooi te maken. Mijn gezicht was bleek en mijn ogen waren dik van het huilen. Ik sprak op onze gebruikelijke plek met Ralph af en hij nam me meteen in zijn armen en vroeg of alles wel goed met me was. Ik verborg mijn gezicht door mijn haren er als gordijntjes voor te laten vallen en we begonnen naar het café te lopen.

Ik was blij om hem te zien en om bij hem te zijn, maar had geen idee hoe ik in vredesnaam over alles wat er in de afgelopen twee uur gebeurd was moest beginnen. Ik rilde van de kou en hij sloeg zijn arm om me heen en hield me stevig vast.

'Wat is er?' vroeg hij. 'Ik zie toch dat er iets is! Vertel het me alsjeblieft?'

'Ik weet niet hoe,' zei ik.

Hij zweeg en wachtte tot ik hem aankeek.

'Zo erg kan het toch niet zijn?' vroeg hij.

'O, jawel,' zei ik.

We liepen het café binnen. Ik ging aan een tafeltje zitten en wachtte tot Ralph onze koffie gehaald had. Ik speelde met wat suikerkorrels die iemand op de tafel geknoeid had.

'Wil je misschien een plaat opzetten?' vroeg hij terwijl hij een kop koffie voor me neerzette.

'Nee, dank je,' zei ik.

Hij ging naast me zitten en legde zijn hand zachtjes op mijn arm. Hij leunde voorover om me aan te kijken, maar ik wendde mijn blik af. Ik had nog altijd geen idee hoe ik de woorden in vredesnaam over mijn lippen moest krijgen.

'Nou, gooi het eruit,' zei hij.

Ondertussen had ik al tientallen manieren overwogen om het hem te vertellen, manieren om de schok zo veel mogelijk te beperken, maar op de een of andere manier kreeg ik de woorden nog altijd niet over mijn lippen. Ik keek naar de dampende koffie. Ik keek naar het patroon van de melk, die zich langzaam met de koffie vermengde, en luisterde naar de stemmen van de andere mensen in het café.

Ralph gooide een schepje suiker in zijn drankje en roerde in zijn beker. Ik stond net op het punt om het hem te vertellen toen de deur van het café openzwaaide en Elton binnenkwam. Zoals gewoonlijk liet hij zijn arrogante blik door het café glijden. Hij knikte even toen hij ons zag zitten en kwam toen naar ons toegelopen alsof hij geen zorg in de wereld had.

'Is Mary er niet?' vroeg hij terwijl hij een stoel naar zich toe trok en ging zitten. 'Ik dacht dat ze bij jullie zou zijn.'

Door de blik in Eltons ogen was me meteen duidelijk dat hij nog van niks wist. Ik voelde me kwaad worden. Hij had er voor Mary moeten zijn toen ze hem nodig had en moest er nu ook voor haar zijn. Ik keek nog altijd niet op. Van de suiker op tafel maakte ik de letter M.

'Wanneer heb je haar voor het laatst gesproken?' vroeg ik.

Elton haalde zijn schouders op. Hij had een pakje sigaretten in zijn hand. Hij speelde er wat mee en gooide het behendig in de lucht en ving het weer op. 'Ik weet het niet,' zei hij, 'een paar dagen geleden ofzo.'

'Je moet met haar gaan praten, Elton,' zei ik.

Hij gooide en ving het pakje sigaretten nog eens. Zijn benen lagen uitgestrekt midden in het gangpad. Een meisje moest over zijn enkels heen stappen om bij de deur te komen. Ze fronste naar hem, maar hij zag het niet eens. 'Hoezo?' vroeg hij.

'Doe het nou maar,' zei ik ietwat paniekerig. Mijn stem klonk scheller dan gewoonlijk.

Ralph merkte het meteen. 'Wat is er, Dottie?' vroeg hij.

Ik wist niet wat ik moest doen. Ik wist niet wat ik moest zeggen. Het was aan Mary om Elton het nieuws te vertellen, maar nu keken hij en Ralph me allebei met vragende ogen aan.

Ik had een of ander vaag antwoord moeten geven. Ik had een hint moeten geven, iets moeten impliceren of moeten zeggen dat ik me gewoon zorgen maakte, maar voordat ik het wist rolden de woorden al uit mijn mond.

'Mary is zwanger,' zei ik.

'Ze is wát?' vroeg Elton.

'Ze krijgt een baby.'

Er viel een korte stilte. Een moment lang waren ze allebei gechoqueerd en leek het even alsof de tijd stilstond en we allemaal niet meer wisten hoe we moesten ademen. Het enige wat ik hoorde, was het harde bonzen van mijn hart.

Toen keek ik op. Ik keek naar Elton en hield zijn blik even vast. Ik kon zijn hersenen bijna horen kraken, vol onbegrip over wat ik zojuist gezegd had. Opeens kregen zijn ogen echter iets verontwaardigds. Hij liet zijn pakje sigaretten op de grond vallen, maar maakte geen aanstalten om het op te rapen.

'Kijk maar niet naar mij,' zei hij boos. 'Beweert ze dat het van mij is? Zegt ze dat ik de vader ben?'

'Wie zou het anders moeten zijn?' vroeg ik.

'Dat weet jij waarschijnlijk beter dan ik,' zei hij. Met grote ogen keek hij me woest aan, maar er lag nog een andere emotie in zijn blik; een emotie waarop ik Elton nog nooit betrapt had. Hij was bang. Hij haalde zijn hand door zijn haar, leunde voorover om zijn pakje sigaretten op te rapen en legde het toen op tafel. 'Ik ben de vader in ieder geval niet,' zei hij. 'Als het waar is dat Mary zwanger is, heb ik daar niks mee te maken.'

Ik was totaal in de war. Mijn hart begon steeds sneller te kloppen. Ik wilde boos zijn op Elton, ik wilde dat hij zijn verantwoordelijkheid nam en dat hij de juiste keuzes voor Mary zou maken, maar er was iets in zijn ogen waardoor ik hem geloofde. 'Jij *moet* de vader wel zijn,' zei ik.

'Nou, ik ben het toch echt niet,' zei Elton, 'en weet je waarom niet? Omdat Mary en ik het nog nooit gedaan hebben.' Hij leunde over de tafel naar me toe en keek me met angstige, maar oprechte ogen aan. Het viel me nu pas op hoe dun zijn polsen en zijn vingers eigenlijk waren. Ik zag het haar op zijn polsen, die onder de mouwen van zijn jasje uitstaken. Ik zag dat Elton kwetsbaar was. Hij zag eruit als een hert dat op het punt staat aangereden te worden.

Ik keek Elton aan. 'Maar die avond dat je moeder naar bingo ging dan? Toen is Mary bij je langsgegaan. Ik dacht...'

'Mijn moeder ging die avond met onze buurvrouw naar bingo. Die kreeg hoofdpijn en dus waren ze binnen de kortste keren weer thuis. We hebben het nooit gedaan.'

Opeens herinnerde ik me dat Mary zich na die avond zo geschaamd had dat ze me niks over het voorval verteld had. Ik dacht dat ze zich voor de seks schaamde, maar het kon natuurlijk net zo goed iets anders zijn. Misschien wilde ze me niet vertellen dat er niks gebeurd was en schaamde ze zich dat haar passionele avond op niks was uitgelopen.

Elton haalde zijn hand nog eens door zijn haren. Hij had rode vlekken in zijn nek. Ik had medelijden met hem.

'Maar als jij het niet was... wie was het dan wel?'

Als Elton de vader niet was, wilde dat zeggen dat Mary was vreemdgegaan. Maar als Elton de vader niet was, wie dan wel? Mary had het nooit over andere jongens. Ze had zelfs met geen woord over ook maar één andere jongen gerept. Elton en ik keken elkaar nog een tijdje aan terwijl we beseften dat Mary ons allebei voorgelogen had. We gingen zo in elkaar en in onze gedachten op dat we allebei al een tijdje niet naar Ralph hadden gekeken. Op dat moment hoorde ik hem zijn stoel achteruit schuiven en keek ik op.

Hij stond lijkbleek voor ons.

Hij wreef met zijn hand over zijn voorhoofd en keek toen naar Elton. 'Sorry, vriend,' zei hij. Met tranen in zijn ogen keek hij naar mij. 'Sorry, Dottie,' zei hij.

Op dat moment besefte ik meteen wat er gebeurd was.

Lief dagboek,

Vraag maar niks. Vraag in vredesnaam maar niks.

Mary Pickles (gevangen in haar eigen puinhoop.)

Achttien jaar.

22

Mary en Ralph trouwden op een regenachtige ochtend in augustus op het stadhuis van Brighton.

Sinds ik de waarheid over Mary en Ralph wist, zat ik in een emotionele achtbaan. Ik kon niet eten. Ik kon niet slapen. Ik kon niet eens meer naar de radio luisteren. De enige plek waar ik me veilig voelde was op mijn kamer. Ik voelde me zo leeg van binnen en zo ongelooflijk gekwetst. Ik kon nog steeds niet geloven wat ze me hadden aangedaan. Ik had ze allebei blind mijn leven toevertrouwd, maar in ruil voor dat vertrouwen hadden zij mijn hele leven verknoeid. En alsof het nog niet erg genoeg was dat ik mijn grote liefde was kwijtgeraakt, was ik ook mijn beste vriendin kwijt. Normaal gesproken kon ik zelfs de kleinste problemen met Mary bespreken. Nadat we de situatie van alle kanten hadden bekeken, bedachten we samen een oplossing. Nu was ik echter volkomen alleen.

Ik was elk besef van tijd kwijt. Soms tuurde ik urenlang uit mijn slaapkamerraam zonder daadwerkelijk iets te zien. Dan nam ik de afgelopen weken en maanden keer op keer in mijn hoofd door. Beleefde ik al die prachtige momenten die ik met Ralph beleefd had nog een keer. Herinnerde ik me wat Mary en ik allemaal samen hadden meegemaakt. Martelde ik mezelf. Het was alsof er een platenspeler in mijn hoofd zat die eindeloos hetzelfde liedje speelde.

Ralph had me ten huwelijk gevraagd terwijl hij wist wat hij met Mary had uitgespookt. Hoe kon hij dat in vredesnaam doen? Hoewel ik eerst zo woedend was dat ik ze allebei wel kon vermoorden, ging ik Mary en Ralph na verloop van tijd zo ontzettend missen dat ik nog maar amper kon ademhalen. Ik wilde ze zo graag haten en soms overtuigde ik mezelf ervan dat ik dat ook deed. Maar hoe kun je ophouden van iemand te houden? Hoe kun je je liefde voor iemand uitzetten? Dat lukte me simpelweg niet.

Ik had Ralph en Mary sinds die dag in het café niet meer gesproken. Ik wist dat zij mij waarschijnlijk net zoveel misten als ik hen. Ik wist dat ze me wilden zien om uit te leggen waarom ze gedaan hadden wat ze gedaan hadden, maar dat zou ik niet zomaar toestaan. Ik zou hen net zo veel pijn bezorgen als zij mij hadden bezorgd. Ik zou het ze niet makkelijk maken.

Op de ochtend van de bruiloft lag ik verdoofd in mijn bed. Ik was vroeg wakker geworden en zodra ik mijn ogen opengedaan had, was het liedje in mijn hoofd weer begonnen. Ik maakte mezelf langzaam maar zeker knettergek. Ik kon het simpelweg niet meer aan. Ik wist dat dit de moeilijkste dag van mijn leven zou worden. Ik drukte mijn gezicht in mijn kussen en liet mijn tranen de vrije loop.

Ik hoorde dat de deur van mijn slaapkamer openging en er iemand op mijn bed ging zitten. Even later voelde ik een hand die zachtjes over mijn rug wreef, wat ik stiekem erg fijn vond. Ik dacht misschien dat ik niemand nodig had, maar door dit contact voelde ik me in een klap een stuk minder eenzaam. Ik hoefde dit niet alleen te doorstaan.

'Mam vroeg of ik dit naar je toe kon brengen,' zei Rita uiteindelijk.

'Ik hoef niks,' mompelde ik.

'Kom, ga eens rechtop zitten,' zei ze. 'Je kunt moeilijk de hele dag in bed blijven liggen.'

Ik ging zitten en Rita gaf me een beker warme chocolademelk aan. Ik nam een slok en genoot van de zoete smaak.

'Wat ga je vandaag doen?' vroeg Rita.

'Ik *kan* weinig doen, toch?' beet ik haar toe.

'Nou ja, om te beginnen zou je in bad kunnen gaan.'

'En dan zijn al mijn problemen op magische wijze opgelost?'

'Nee, maar dan stink je in ieder geval iets minder.'

'Is het zo erg?' vroeg ik verbaasd.

'Erger,' zei Rita. 'Het ruikt hier haast alsof er iemand doodgegaan is.'

Ik nam nog een slokje chocolademelk en glimlachte.

'Kijk, dat is beter,' zei ze.

'Ze gaan vandaag trouwen.'

'Dat vertelde mam, ja,' zei Rita.

'Ik weet niet of ik hier ooit nog overheen kom.'

'Probeer het dan op zijn minst. En als je het niet voor jezelf doet, doe het dan alsjeblieft voor mama, want die maakt zich vreselijke zorgen om je.'

'Oké,' verzuchtte ik. 'Misschien ga ik dan toch maar in bad.'

'Het blijft heus niet eeuwig zo,' zei Rita.

'Wat blijft niet eeuwig zo?'

'Het rotgevoel dat je nu hebt. Na een tijdje wordt het vanzelf minder.'

'Hoe weet je dat?'

'Hij heette Clive. Hij zat op het gymnasium. Hij was mijn eerste vriendje en we hielden ontzettend veel van elkaar. Of nou ja, dat dacht ik tenminste.'

'Wat ging er mis?'

'Zijn familie emigreerde naar Canada. Hij zei dat hij me zou schrijven, maar dat heeft hij nooit gedaan.'

'Dat kan ik me helemaal niet meer herinneren.'

'Dat zou zomaar kunnen. Jij had destijds alleen maar oog voor Mary Pickles.'

'Sorry.'

'Het is ook al heel lang geleden. Ik was pas zestien.'

Ik kon me nog vaag herinneren dat Rita een tijdje doodongelukkig en zo intens melodramatisch als Anna Karenina had rondgelopen, maar blijkbaar had ik er niet al te veel aandacht aan geschonken.

De zoete chocolademelk en de woorden van Rita leken een positief effect op me te hebben.

'Misschien kun je wel gewoon naar de bruiloft gaan,' zei Rita.

'Waarom zou ik dat in vredesnaam willen?'

'Omdat dat altijd nog beter is dan de hele dag chagrijnig in bed liggen. In gedachten zie je misschien een sprookjeshuwelijk met tientallen hartjes en honderden bloemen voor je, maar zo romantisch wordt het waarschijnlijk niet.'

'O nee?'

'Natuurlijk niet. Ze houden toch niet eens van elkaar?'

'Nee.'

'Toen Clive naar Canada vertrok, stelde ik me altijd voor dat hij vrolijk door de Rocky Mountains huppelde en de tijd van zijn leven had.'

'Maar dat was niet zo?'

'Nee. Zijn familie vond het er verschrikkelijk. Een jaar later kwamen ze terug naar Brighton, maar toen was ik inmiddels over hem heen.'

'Misschien heb je wel gelijk.'

Ik sleepte mezelf uit bed. Het duizelde me even en mijn benen voelden zwaar aan, alsof ik net wekenlang ziek geweest was. Ik liet het bad vollopen en poetste ondertussen mijn tanden. Toen ik in de spiegel keek, zag ik dat ik erg bleek was en donkere kringen onder mijn ogen had.

Ik stapte in de badkuip. Het warme water voelde troostend op mijn huid en ik begon me langzaam maar zeker steeds meer mens te voelen.

Toen ik mijn slaapkamer weer in liep, had Rita wat kleren voor me klaargelegd. Ik registreerde amper wat ze had uitgezocht en trok de kleren simpelweg aan. Ik kleedde me voor een gelegenheid waar ik met tegenzin heenging en dus maakte het me niet uit wat ik aan had.

Rita, mijn moeder en ik gingen samen naar het stadhuis en

zorgden ervoor dat we buiten beeld bleven tot alle gasten binnen waren. Ralph en zijn ouders kwamen als eerste aan, gevolgd door Mary met haar ouders. Van Mary's broers was alleen de tweeling er, wat ik ontzettend sneu voor haar vond.

We wachtten tot de bruiloft voor die van Mary voorbij was. Dat was blijkbaar een blijde gelegenheid, want er waren tientallen gasten bij aanwezig die allemaal lachend naar buiten kwamen. De mannen klopten de in een Beatleskostuum gehulde bruidegom enthousiast op zijn rug. De bruid droeg een bloemenjurk en had een roze bruidsboeket in haar handen. Zodra ze naar buiten kwamen, kuste het paar elkaar en keken ze elkaar dolgelukkig in de ogen. Ik wilde dat ik met ze mee kon gaan, waar ze ook naartoe gingen.

Toen we eenmaal zeker wisten dat iedereen binnen was, glipten we zo onopvallend mogelijk de ruimte in en gingen op de achterste rij zitten.

Er waren niet veel mensen aanwezig bij de bruiloft van Mary en Ralph. Samen wisten ze maar net de eerste rij te vullen. Ik zat tussen mijn moeder en Rita in. Het was fijn om hun warmte aan beide kanten te voelen. Hun steun gaf me een veilig gevoel.

Ralph en Mary stonden voor de gasten en zagen eruit als twee kleine kinderen die zich misdragen hadden en op het punt stonden gestraft te worden. Ik keek naar Ralphs glimmende bruine schoenen. De gedachte dat hij die vanmorgen waarschijnlijk gepoetst had om er zo goed mogelijk uit te zien, maakte me verdrietig.

De trouwambtenaar was een dunne, kalende man. Hij droeg een bruin pak dat hem eigenlijk te groot was en zijn overhemd zag eruit alsof het al jaren niet gestreken was. Hij praatte zo zachtjes dat we hem amper konden verstaan en er kon geen glimlachje vanaf. De ceremonie had meer weg van een begrafenis dan van een bruiloft. Toen Ralph en Mary hun geloften eenmaal hadden uitgesproken, gingen we weer naar buiten. We liepen het gebouw uit en bleven toen even dicht bij elkaar staan.

Het regende nog altijd dat het goot. Veel mensen hadden regenjassen aan en de bussen reden door diepe plassen.

'Ik moet terug naar mijn werk,' zei Rita.

'Had je de ochtend vrij genomen?' vroeg ik.

'Je hoeft niet zo verbaasd te klinken,' zei Rita verontwaardigd. 'Je zou het misschien niet zeggen, maar ik heb wel degelijk gevoel.'

'Sorry, en bedankt dat je er was.'

'Graag gedaan,' zei Rita.

Mijn moeder en ik keken Rita na terwijl ze op haar naaldhakken wegliep en in de regen verdween. Toen draaide mijn moeder zich naar mij toe. 'En jij, schat?' vroeg ze. 'Wat zijn jouw plannen voor de rest van de dag?'

'Zou je het heel erg vinden als ik even alleen wil zijn?'

Mijn moeder legde haar hand op mijn wang. 'Welnee,' zei ze. 'Natuurlijk vind ik dat niet erg. Neem alle tijd die je nodig hebt. Ik zal zorgen dat er iets lekkers op tafel staat als je thuiskomt.'

Ze drukte een kus op mijn wang en terwijl zij de ene kant op ging, liep ik de andere kant op, naar de zee. De bankjes op de boulevard waren allemaal doornat en dus leunde ik over de reling. Het was vloed en de zee zag er woest uit en beukte hevig tegen de muur. Het deed me denken aan de tijd dat Mary en ik nog kinderen waren. We vonden het altijd fantastisch als het stormde en de zee donker was. Vaak gingen we dan vlak achter de reling staan, wachtten we tot de golven de muur raakten en renden vervolgens gillend naar achteren om de spetters te ontwijken. Ik keek uit over het water. Het was zo mistig dat je de horizon niet eens meer kon zien.

Ik had in mijn hele leven nog nooit van huis weg willen lopen, maar nu wilde ik dat wel. Overal waar ik heenging, werd ik herinnerd aan Ralph of Mary, of aan hen allebei, en ik kon het simpelweg niet aan. Ik wilde aan de andere kant van de wereld gaan wonen. Mary en ik hadden alle straten van onze buurt wel duizend keer samen bewandeld. We waren samen in elke winkel geweest en hadden elke bus wel een keer genomen. En als ik ergens niet met Mary geweest was, dan was ik er wel met Ralph naartoe gegaan. We hadden samen zo vaak door de heuvels gewandeld en over onze toekomstplannen gepraat. We waren samen naar het strand geweest, hadden over de pier geslenterd, waren van de bioscoop naar huis gelopen, en dat allemaal hand in hand, schouder aan schouder. Nu waren alle mooie plekken die de afgelopen jaren zo speciaal voor me waren geworden hun glans kwijt. Ik had me voorgesteld dat ik onze kleinkinderen later verhalen zou vertellen over de plekken waar Ralph en ik elkaar hadden leren kennen. Dan zou ik zeggen: 'Op dit bankje zaten we en trokken we opa's jas over onze hoofden toen het opeens begon te regenen,' of 'Hier werd opa's ijsje ooit gestolen door een zeemeeuw.' Nu deed het pijn om aan die mooie momenten te denken en steeds als er een gedachte of een herinnering bij me opkwam, voelde het alsof ik door wespen gestoken werd. En de steken werden niet minder pijnlijk, maar stapelden zich alleen maar op tot het voelde alsof ik een enorme loden bal met me meedroeg. Ik had me nog nooit zo eenzaam gevoeld. Nog nooit.

Lief dagboek,

Gisteren was de verschrikkelijkste dag van mijn leven. Ik ben met Ralph Bennett getrouwd. Het voelt alsof iemand me in een doos heeft gestopt, me heeft opgesloten met die ellendige Ralph Bennett en ik hier nu de rest van mijn leven vastzit. Ik hou niet van hem en hij houdt niet van mij, want hij houdt van Dottie en ik hou van Elton.

Nu zal ik nooit met Elton kunnen trouwen. We zullen nooit samen reizen. Ik zal nooit naast hem in slaap vallen in een vliegtuig, of met hem de Eiffeltoren beklimmen, of naar New York gaan.

Ik zal nooit in Parijs wonen of kunstenares worden. In plaats daarvan ga ik in een of andere sociale huurflat wonen, samen met Ralph Bennett en een baby. Een baby!!! Ik hou niet eens van baby's. Ik zal het leven krijgen waar Dottie altijd van gedroomd heeft.

En het ergste van alles is nog dat ik het hart van mijn beste vriendin gebroken heb. Het spijt me zo, Dottie, het spijt me zo ontzettend. Ik denk dat ik dit alles helemaal niet zonder jou kan.

Doei dagboek.

Mary Bennett (totale idioot)

Achttien jaar.

23

Mary's leven was in veel opzichten hetzelfde als dat van mij en dus was het onvermijdelijk dat ik haar bijna dagelijks tegenkwam. We werkten nog steeds allebei bij Woolworths en volgens mijn moeder woonde Mary nog thuis. Daardoor liepen we meestal dezelfde route naar de stad, zagen we elkaar nog altijd op ons werk en soms kwam ik Mary op weg naar huis ook nog eens tegen.

Het was verschrikkelijk. Het was echt verschrikkelijk.

Steeds als ik haar zag, werd ik zo kwaad dat ik haar het liefst door elkaar wilde schudden en wilde slaan om haar te laten voelen hoeveel pijn ze me gedaan had. Soms haatte ik haar vreselijk. Ze had iets ontzettend dierbaars van me afgepakt, niet omdat ze het zelf graag wilde hebben, maar puur en alleen omdat het kon. Ze had me mijn toekomst ontnomen. Ik was het die zwanger van Ralph had moeten zijn en ik had het moeten zijn die een toekomst met hem uitstippelde. Hij had mijn man moeten zijn!

Maar ondanks de haat die ik voor Mary voelde, was er ook een deel van mij dat nog zielsveel van haar hield. Ze was immers jarenlang mijn beste vriendin geweest. Ze kende me beter dan wie dan ook en ik miste haar vreselijk.

Als we elkaar op straat tegenkwamen, liep ze meestal snel de andere kant op, deed ze alsof ze iets liet vallen of draaide ze haar gezicht weg om me niet aan te hoeven kijken en niet met me te hoeven praten. Zelf deed ik precies hetzelfde. Als ik haar zag voordat ze mij zag, draaide ik me zo snel mogelijk om. Ik wilde niet met haar praten. Ik wilde niet zien hoe haar buik onder haar kleren steeds groter werd.

Op het werk was het moeilijker om haar te ontwijken. Op drukke dagen zagen we elkaar amper, maar als het rustig was, konden we niet om elkaar heen. Toen ik op een dag in het magazijn op zoek was naar een doos zakspiegeltjes, zag ik Mary binnenkomen. Ze liet haar ogen door de ruimte glijden, maar kon me niet zien omdat ik gehurkt op de grond zat. Toen deed ze de deur achter zich dicht. Ik hoorde dat ze ging zitten en dat ze zachtjes begon te huilen. Ik hield mijn adem in en probeerde me niet te bewegen terwijl ik mijn hart in duizend stukjes voelde breken. Tegelijkertijd wilde ik naar haar toe gaan, haar in het gezicht slaan en roepen: 'Hou op met dat gejank! Het is je eigen schuld dat je leven compleet overhoop ligt!' Ik kneep mijn handen samen en perste mijn nagels in mijn handpalm om te voorkomen dat ik in schreeuwen zou uitbarsten. Aan de andere kant wilde ik mijn armen om haar heen slaan en haar beloven dat alles goed zou komen.

Een paar minuten later ging de deur open en riep Sally: 'Mary, gaat het wel?' Mary maakte een hikkend geluid en antwoordde: 'Ja hoor, ik kom eraan.'

Toen ze weg was, telde ik tot veertig voordat ik met de doos zakspiegeltjes in mijn armen de winkel weer in liep. Ik liep haar straal voorbij en keek niet naar haar gezwollen rode ogen. Hoe kon ik iets tegen Mary zeggen terwijl ik mijn eigen gevoelens nog amper op een rijtje had, terwijl ik het verschil tussen haat en liefde niet eens meer wist, terwijl ik nog middenin het rouwproces zat om de toekomst die Mary van me had afgepakt?

Toen ik op een zaterdag tijdens mijn lunchpauze niks te doen had – eigenlijk had ik überhaupt nooit meer iets te doen – liep ik naar het café. Ik ging aan een tafeltje bij het raam zitten en keek naar de regendruppels die over het raam naar beneden rolden.

'Is deze plek nog vrij?'

Ik keek op en daar stond Elton. Hij zag er moe en ongemakkelijk uit, maar ik vroeg hem niet hoe het met hem ging. In plaats daarvan haalde ik mijn schouders op. Hij ging op de stoel tegenover me zitten en leunde over de tafel heen. Met lompe bewegingen roerde hij een schep suiker door zijn koffie en schoof hij een bord naar me toe. 'Wil je misschien een patatje?'

Ik glimlachte even en doopte toen een patatje in de enorme plas ketchup die op zijn bord lag.

'Ralph mist je echt ontzettend,' zei Elton. Ik gaf geen antwoord en stopte nog een patatje in mijn mond. Er vielen wat regendruppels van Eltons jas op de tafel en het viel me op dat hij enorm naar aftershave rook. 'Hij voelt zich enorm schuldig.'

'Dat is niet mijn probleem, of wel soms?'

'Nee,' zei Elton. 'Dat is inderdaad niet jouw probleem. Maar ik vond dat je het moest weten.'

'Het interesseert me niks hoe hij zich voelt.' Ik nam nog een patatje.

'Hij was totaal van de wereld op dat feestje.'

Ik zweeg.

'Ik heb hem nog nooit zo dronken gezien. Hij wist niet eens meer wat hij deed.'

'Lekker slim,' merkte ik sarcastisch op.

'Dat misschien niet, maar...' Elton zuchtte. Hij haalde een pakje sigaretten uit zijn zak en begon ermee te spelen. 'Je moet met hem praten, Dottie.'

'Nee,' zei ik.

'Geef hem op zijn minst de kans om het uit te leggen.'

'Nee.'

'Ik denk... ik denk dat wat er gebeurd is voor een deel mijn schuld is,' zei hij terwijl hij een patatje pakte en erop blies. 'Mary wilde continu weten wat ik aan het doen was. Ik zei dat ik geen vaste verkering met haar wilde, maar zij deed net alsof we *wel* vaste verkering hadden. Dat was ik zo zat. Ik wilde gewoon een gezellige avond hebben en met Gemma is het altijd heel gezellig.'

'Is dat het meisje uit het café?'

'Ik had haar waarschijnlijk beter niet kunnen uitnodigen.'

'Je hebt haar zo vaak gekwetst,' zei ik, 'en je bleef haar maar kwetsen.'

'Ja, nou ja... het was niet mijn bedoeling om haar pijn te doen, dus dan telt het eigenlijk niet.'

'Heb je nu verkering met Gemma?' vroeg ik terwijl ik hem fel aankeek.

Elton schudde zijn hoofd. 'Luister, Dottie,' zei hij, 'ik heb met niemand verkering. Ik wil gewoon geen verkering en dat wilde Mary maar niet begrijpen. Ik bedoel, ik heb het haar vaak genoeg verteld, maar toen zag ze jou met Ralph en wilde ze wat jullie hadden. Maar ik ben Ralph niet. Ik wilde me op mijn muziek richten. Ik heb het altijd erg leuk met Mary gehad, maar ik wil me gewoon niet aan iemand binden. Is dat nou echt zo verschrikkelijk?'

Het werd steeds drukker in het café. Elton en ik zaten ellendig tegenover elkaar, met een bord patat tussen ons in. Ik luisterde naar de geluiden om ons heen. Het gesis van het koffiezetapparaat en het belletje van de kassa. Iemand had een plaat van Bill Fury opgezet. Allemaal geluiden die me aan vroeger herinnerden, toen we allemaal nog gelukkig waren.

'Hij werkt nu in de fabriek,' zei Elton opeens. 'Hij is gestopt met zijn opleiding. Ze hebben het geld hard nodig.'

Ik wilde het niet meer horen. Ik schoof mijn stoel naar achteren en stond op. Met bevende vingers maakte ik de knopen van mijn jas dicht.

'Laat me dan op zijn minst iets aan hem doorgeven,' zei Elton.

Ik hing mijn tas om mijn schouder.

'Zeg maar dat ik hoop dat het het waard was,' zei ik. Toen liep ik het café uit.

Mary was inmiddels hoogzwanger en kon haar werk niet meer goed doen. Begin oktober nam ze dan ook ontslag bij Woolworths. Ik dacht dat haar vertrek mijn leven een stuk makkelijker zou maken, maar op de een of andere manier werd alles alleen maar erger. Ik had misschien mijn uiterste best gedaan om haar te negeren, maar toen ze er nog was, kon ik tenminste zien of het goed met haar ging. Het was verschrikkelijk geweest om haar elke dag te zien, maar na verloop van tijd was ik eraan gewend geraakt. Haar aanwezigheid was als een zeurende kiespijn die je na een tijdje simpelweg accepteert. Nu ik haar niet meer zag en niet wist hoe het met haar ging, voelde het alsof ik haar voor de tweede keer kwijtgeraakt was.

Het was woensdag en ik had vrij. Ik lag in mijn bed en had nog geen plannen. Het waaide buiten en de regen tikte tegen het raam. Als ik Mary nog had gehad, waren we waarschijnlijk samen naar de boulevard gegaan. We vonden het altijd geweldig om naar de woeste zee te kijken. We hadden het nooit erg gevonden om nat te worden als er een golf tegen de kust sloeg en de spetters over de promenade kletterden. Maar ik had Mary niet meer om dat soort dingen mee te delen en kon me niet eens meer herinneren wanneer ik voor het laatst een nieuwe plaat had gekocht. Ik was wel een keer naar onze favoriete platenzaak gegaan, maar was na nog geen minuut binnen alweer naar buiten gelopen.

Ik besloot toch een wandeling te maken omdat ik wist dat ik gek zou worden als ik vandaag voor de zoveelste keer binnen zou blijven. Ik waste me en kleedde me aan. Ik trok een la open om mijn sjaal te pakken toen ik de brieven zag. Ralph had me er een hele stapel geschreven, maar ik had ze niet opengemaakt. De afgelopen drie maanden was er elke week wel een binnengekomen. Ik wilde niet lezen wat hij geschreven had. Niks wat hij kon zeggen zou goedmaken wat hij gedaan had en niks kon me opvrolijken. Ik ging naar beneden, haalde mijn jas van de haak op de gang en liep toen de keuken in.

'Met dit weer ga je toch zeker niet naar buiten?' vroeg mijn moeder terwijl ze de ketel met water vulde.

'Misschien blaast de wind al mijn zorgen wel weg,' zei ik glimlachend.

Opeens haastte tante Brenda zich via de achterdeur naar binnen. Ze was totaal doorweekt en haar haren plakten tegen haar voorhoofd. Ze trok haar jas uit en liet een behoorlijke plas water op de keukenvloer achter. Toen maakte ze met de mouw van haar trui haar bril schoon.

'Ze zouden eens ruitenwissers voor brildragers uit moeten vinden,' zei ze. 'Ik liep net bijna tegen een lantaarnpaal op. Met dit weer ga je toch zeker niet naar buiten, Dottie?'

'Ze hoopt dat de wind al haar zorgen wegblaast,' zei mijn moeder.

'De wind blaast vandaag wel aardig wat weg,' zei tante Brenda. 'Is het water in die ketel al warm?'

'Over een paar minuten wel,' zei mijn moeder.

Tante Brenda hing haar jas aan de deurknop. 'Onze Carol ligt nog in bed,' zei ze. 'Ik denk dat ze de griep heeft. Gek eigenlijk, ze heeft altijd alleen griep als het regent.'

'Nou, dan ga ik maar,' zei ik.

'Wil je niet eerst ontbijten?' vroeg mijn moeder.

'Ik haal wel ergens iets.'

'Je moet wel goed eten,' zei tante Brenda terwijl ze twee flinke scheppen suiker in haar thee gooide. 'Straks blijft er niks meer van je over. Vroeger was je altijd behoorlijk mollig, maar nu ben je zo mager. Het is niet goed voor je om zoveel af te vallen; daar krijg je last van je darmen van, let maar op.'

'Volgens mij komt het wel goed met haar darmen, Brenda,' zei mijn moeder met een knipoog.

De regen werd hard in mijn gezicht geblazen terwijl ik naar de kust liep en de wind suisde in mijn oren. Ik wandelde door het park. Toen mijn schoenen diep in het gras wegzakten, bedacht ik dat ik beter laarzen had kunnen aantrekken. Het water uit de eendenvijver spoelde over het pad en de wind raasde tussen de takken van de bomen door.

Ik liep stug door naar het centrum van de stad. Er waren maar weinig mensen op straat en al helemaal geen mensen die zoals ik zomaar een ochtendwandeling maakten. De meeste mensen haastten zich van winkel naar winkel of schuilden onder de overkappingen. Ik liep naar de boulevard en leunde over de reling. De zee was verrassend kalm en niet woest, zoals ik verwacht had. Het was bijna alsof het water zich voorbereidde op een wilde uitbarsting die elk moment kon plaatsvinden. De boulevard lag er verlaten bij, maar een stukje verderop zat iemand ineengedoken op een bankje. Het was Mary.

Ik dacht er niet eens over na, maar liep meteen naar haar toe en ging naast haar zitten. De tranen liepen over haar wangen en vermengden zich met de regendruppels. We zaten naast elkaar en keken naar de zee. Na een tijdje hoorde ik haar opeens heel zachtjes iets zeggen. 'Dottie,' fluisterde ze bijna. Ik liet mijn ogen dichtvallen. 'Mary,' antwoordde ik en weer zei ze: 'Dottie.'

Ik pakte haar hand en fluisterde: 'Mary.' Ze keek naar me en vouwde haar vingers toen voorzichtig om de mijne. Het voelde alsof ik thuiskwam. Ik voelde de verbittering die me de afgelopen maanden zo geteisterd had van me af glijden. Ik wist niet hoe de toekomst eruit zou zien of hoe ik met alles wat er gebeurd was om moest gaan, maar op dat moment kon dat me allemaal niets schelen. We hadden elkaar weer gevonden. Ik en mijn vriendin Mary Pickles.

Lief dagboek,

Mijn hele leven ligt overhoop, maar Dottie heeft me (alweer) vergeven. Nu zij weer bij me is, komt alles misschien toch nog goed.

Ik verdien haar vriendschap niet, maar ik zal er alles aan doen om het goed te maken met haar.

Daar heb ik echt alles voor over.

Mary Bennett (beste vriendin van Dottie Perks)

Achttien jaar.

24

Het was eind november en Mary en Ralph woonden nog altijd niet samen, maar hadden geen van beiden haast om daar verandering in te brengen. Dat maakte de situatie voor mij wel alleen maar makkelijker, aangezien ik op die manier gewoon weer bij Mary langs kon gaan. Op Mary's enorme buik na was alles weer zoals vanouds. Meestal vertrokken we zodra ik bij haar thuis kwam naar haar kamer en gingen we op bed zitten om elk detail van ons leven met elkaar te bespreken. Ik vertelde haar wat er op het werk gebeurd was en zij vertelde mij over haar broers en de afkeurende blikken die de vrouwen uit de buurt haar toegeworpen hadden. We lachten nog net zo veel als vroeger, terwijl er de laatste tijd toch behoorlijk wat was veranderd.

Ik denk dat Mary het prima had gevonden om op haar oude vertrouwde kamertje te bevallen en de baby thuis groot te brengen. Haar vader had echter al snel schoon genoeg van de situatie.

'Je moeder en ik hadden vroeger weliswaar niet veel geld,' had hij gezegd, 'maar we woonden tenminste wel samen onder één dak. Ga dus maar snel langs bij de woningbouwvereniging om te zeggen dat je een baby krijgt en dus een huis nodig hebt.'

Op mijn eerstvolgende vrije middag gingen Mary en ik naar het stadskantoor. Het was een grauw betonnen gebouw met spijlen voor de ramen, wat de indruk wekte dat ze de mensen zo veel mogelijk buiten probeerden te houden. We liepen door een grote deur naar de receptie. De vloer was bezaaid met natte voetafdrukken en het rook er een beetje zoals op scholen of in ziekenhuizen.

'Waar moeten we zijn?' vroeg Mary zachtjes.

'Ik weet het niet. Misschien kunnen we het aan haar vragen,' zei ik terwijl ik naar een meisje knikte dat achter een glazen scheidingswand haar nagels zat te vijlen.

‘Goedemiddag,’ begon Mary voorzichtig.

‘Reparaties, klachten, woningbouw of huur?’ vroeg het meisje zonder ook maar een seconde op te kijken. Ze draaide haar hand om en blies het vijlsel van haar vingers.

‘Pardon?’

Het meisje zuchtte geïrriteerd. ‘Reparaties, klachten, woningbouw of huur?’

‘Dat weet ik niet,’ zei Mary.

‘Tja, ik kan u moeilijk naar de juiste afdeling doorverwijzen als u niet weet wat u wilt, hè?’

‘Ze wil zich inschrijven voor een woning,’ zei ik.

‘Woningbouw,’ zei het meisje. ‘Derde deur links.’

‘Allemensen, waar heeft zij last van?’ zei Mary terwijl we door de gang liepen.

Zodra we de juiste afdeling vonden, hadden we spijt dat we hier überhaupt naartoe gekomen waren. De wachtkamer zat vol huilende en rondrennende kinderen. Onder de hoge ramen hingen metalen radiatoren die warme lucht de ruimte in bliezen. Het was bloedheet en om de situatie nog erger te maken, rook de hele kamer naar luiers. Lange houten banken zaten vol mensen die eruitzagen alsof ze hier al weken waren en er stonden lange rijen voor de diverse balies.

‘Ik wil naar huis,’ zei Mary.

‘Nu we hier toch zijn, kunnen we net zo goed meteen blijven,’ zei ik.

Ik kon me niet voorstellen dat het op een andere dag minder druk zou zijn en wilde hier eigenlijk liever niet nog een keer naartoe. We kozen de kortste rij en gingen achter een dikke vrouw staan die een baby vasthield die dringend een zakdoek nodig had. Aan haar rokken hing ook nog een kleuter. Ik probeerde Mary af te leiden omdat de baby zo lelijk en vies was dat ik dacht dat ze spontaan geen moeder meer zou willen worden. De baby gaapte en wreef met zijn knuistjes in zijn gezicht, waardoor het snot nog eens extra verspreid werd. Ik werd er zelfs misselijk van. Om de paar minuten liep de voorste persoon uit de rij weg en zetten we allemaal een paar stappen vooruit. Twee mollige meisjes die achter elkaar aan renden, botsten steeds tegen ons op. Ik vroeg Mary of ze niet beter kon gaan zitten en zei dat ik haar plek wel bezet zou houden, maar ze wilde liever bij me blijven. Dat kon ik haar moeilijk kwalijk nemen. Het leek wel alsof wij hier de enige normale mensen waren. Toen bedacht ik echter dat we in werkelijkheid ook maar twee doodgewone naïeve meisjes waren. Mary was zwanger en getrouwd met een man van wie ze niet hield en ik had een gebroken hart. Zo normaal waren we dus ook weer niet.

Zodra de vrouw voor ons aan de beurt was, begon ze tegen de jongen achter de balie te schreeuwen. De arme medewerker was ongeveer net zo oud als Mary en ik en had pukkels op zijn kin en zachte bakkebaarden tot onder zijn oren. Hij trok even aan zijn kraag en luisterde geduldig naar de vrouw.

'Als jullie ons niet snel een groter huis geven, ga ik met mijn verhaal naar de krant en dan zullen we weleens zien wat die ervan zeggen,' zei ze terwijl ze haar vinger in de richting van de jongen zwaaide.

Hij keek naar de papieren die voor hem lagen.

'Mevrouw,' zei hij beleefd, 'u hebt al een huis met vier slaapkamers. Dat is het grootste formaat huis dat wij aanbieden.'

'Ik mag dan een huis met vier slaapkamer hebben, jochie,' zei ze, 'maar ik heb acht kinderen en mijn man en ik komen in de slaapkamer nergens meer aan toe omdat we ons bed nu met Gloria moeten delen. Dat is toch ongehoord, of niet soms?'

Ze zei het zo hard dat iedereen in de wachtkamer stilviel. Sommige mensen mompelden tegen elkaar dat haar situatie inderdaad ongehoord was.

'Het spijt me ontzettend om dat te horen,' zei de jongen. 'Maar...'

‘O, spijt het je, ja? Zo ziet het er anders niet uit. Hoe zou jij het vinden als je niks meer met je vriendin kon beginnen omdat je een slaapkamer met Gloria moest delen?’

‘Dit is nog beter dan de film,’ fluisterde Mary.

‘Sst,’ zei ik.

‘Jullie ontnemen mijn man zijn huwelijkse rechten!’ riep de vrouw nu.

De jongen zuchtte diep en bladerde nog eens door zijn papieren. ‘Mevrouw, helaas kan ik niet meer voor u doen dan herhalen wat ik zojuist gezegd heb en dat is dat we u geen groter huis kunnen aanbieden, omdat we simpelweg geen grotere huizen tot onze beschikking hebben.’

De vrouw draaide zich met een ruk om. ‘Laat mijn rok nou eens los!’ schreeuwde ze naar de kleuter aan haar voeten. ‘Nog even en hij hangt op mijn enkels!’

Toen leunde ze over de balie en drukte ze haar gezicht nog net niet tegen de glazen scheidingswand. ‘Welke oplossing stel jij dan voor, wijsneus?’ vroeg ze de jongen.

‘Vier van de kinderen ergens anders onderbrengen?’ stelde Mary voor.

‘Sst!’

‘Het enige advies dat ik u kan geven,’ zei de jongen, ‘is dat u een brief naar ons hoofdkantoor stuurt.’

De vrouw snoof. ‘Het lijkt me een beter idee om Gloria naar jullie hoofdkantoor te brengen zodat *jullie* een slaapplaats voor haar kunnen vinden.’

‘Als u dat doet, zijn wij helaas genoodzaakt om de kinderbescherming in te schakelen.’

‘Je kunt inschakelen wie je wilt, jochie, ga vooral je gang. Wie denk je eigenlijk wel niet dat je bent? Ik heb onderbroeken ouder dan jij.’

Mary begon naast me te schudden van het lachen.

De jongen trok wit weg bij de gedachte aan de onderbroeken van de vrouw. 'Die hebt u ongetwijfeld, mevrouw,' zei hij uitermate beleefd. 'Maar als u nu klaar bent, kunt u misschien ruimte maken voor de mensen die achter u in de rij staan.'

'Nou, denk maar niet dat ik het hierbij laat zitten!' zei de vrouw terwijl ze de baby omhoog hees tot het kleintje bijna over haar schouder hing. Ze sleurde de kleuter achter zich aan de wachtruimte uit. De baby keek ons over haar schouder aan terwijl ze wegliep. Het kindje had de verdrietigste, blauwste ogen die ik ooit had gezien.

De jongen baadde inmiddels in het zweet. Hij nam een slok water uit het glas dat naast hem stond en een van zijn collega's, een korte man met een snor, kwam naar hem toe om hem op zijn schouder te kloppen en iets in zijn oor te fluisteren. Waarschijnlijk zei hij iets bemoedigends en hadden alle medewerkers hier al weleens met de vrouw te maken gehad.

Mary en ik stapten naar voren en glimlachten allebei onze zoetste glimlach, waardoor hij meteen iets meer ontspande.

'Kan ik jullie helpen?' vroeg hij.

'Ik heb een sociale huurwoning nodig,' zei Mary. Toen voegde ze toe: 'Alstublieft.'

'Goed. Hoeveel kinderen?'

'Sorry?'

'Hoeveel kinderen hebt u?'

'Ik heb geen kinderen,' zei Mary terwijl ze haar lege handen ophield.

'Andere familieleden die van u afhankelijk zijn?'

'Sorry?' zei Mary weer.

'Zijn er nog andere mensen die voor een woning van u afhankelijk zijn?'

'Ik geloof het niet,' zei Mary. 'Toch, Dottie?'

'Alleen de baby,' zei ik.

'Dus u hebt *wel* een kind?' vroeg de jongen. 'Hoe oud?'

'Acht maanden.'

'U hebt een acht maanden oude baby?'

'Nou ja, nog niet.'

De jongen legde zijn pen neer. Hij zag er bijna wanhopig uit.

'Ik wil niet onbeleefd zijn,' zei hij, 'maar om eerlijk te zijn kan ik u niet helemaal volgen.'

'Sorry,' zei Mary. Ze glimlachte weer.

'Zullen we anders even opnieuw beginnen?' vroeg de jongen.

'Moet dat?'

'Ja, dat moet,' zei de jongen. 'Denk alstublieft goed na voordat u antwoord geeft. Hebt u kinderen?'

'Nee.'

'Dus u hebt *geen* acht maanden oude baby?'

'Natuurlijk wel,' zei Mary, 'anders zou ik toch geen sociale huurwoning nodig hebben?'

De jongen keek nu vol verwarring naar mij.

'Ze is zwanger,' zei ik. 'Acht maanden.'

'Aha!' riep hij uit.

'Dus ik heb een sociale huurwoning nodig zodat de baby een plek heeft om te wonen.'

'Bent u een alleenstaande moeder?'

'Natuurlijk niet,' zei Mary ietwat beledigd.

'Ze is in het stadhuis getrouwd,' zei ik.

'Goed, in dat geval heb ik wat gegevens van u nodig. Mag ik eerst uw naam van u weten?'

'Mary Pickles,' zei Mary. De jongen begon haar antwoord op te schrijven.

'Bennett,' zei ik.

'Wat?' vroeg Mary.

'Je heet Mary Bennett.'

Mary zuchtte. 'Bennett,' zei ze.

'Weet u dat zeker?'

'Natuurlijk weet ik dat zeker.'

'Naam van de vader?'

'George.'

'Hij heet Ralph, Mary,' zei ik.

'Hij vroeg toch hoe mijn vader heette?'

'Ik denk dat hij de vader van de baby bedoelt.'

'Dat klopt inderdaad. Hij heet dus geen George?' De jongen wachtte nog even met het opschrijven van Mary's antwoord.

'Nee, hij heet Ralph.'

'Hij heet inderdaad Ralph,' bevestigde ik.

'Kom ik in aanmerking voor een sociale huurwoning?' vroeg Mary.

'Ik ben bang van niet,' zei de jongen.

'Waarom niet?'

'Omdat u niet genoeg punten hebt om voor een woning in aanmerking te komen.'

'Wat voor punten?' vroeg ik verward.

'Per kind krijg je een punt, en per afhankelijk persoon, en per handicap...'

'Dus ze krijgt geen huis?' vroeg ik.

'Ze komt niet in aanmerking voor een huis, maar wel voor een flat,' zei hij. Als hij lachte, was de jongen eigenlijk best knap. We glimlachten allebei terug.

'Een flat zou toch fijn zijn, Mary?' zei ik.

'Een flat is prima,' zei Mary.

'O, was het maar zo makkelijk,' zei de jongen. 'Ik ben bang dat u eerst op een wachtlijst komt te staan. Als er dan een flat beschikbaar is, laten we het u weten.'

'En hoelang gaat dat duren?'

'Hoelang heb je?' antwoordde iemand vanaf een van de houten banken achter ons.

'U zult ook een formulier moeten invullen. Alstublieft,' zei hij terwijl hij Mary een stapel papieren gaf. 'Als u dit eenmaal hebt ingevuld, kunt u het even langs komen brengen en dan gaan we voor u aan de slag.'

'Oké,' zei Mary. 'Dank u wel.'

We wilden net weglopen toen Mary, die eigenlijk nooit nadacht voordat ze iets zei, aan de jongen vroeg: 'Word je niet helemaal gek van dit werk?'

'Knettergek,' zei hij met een zucht, 'knettergek.'

Lief dagboek,

Ik ga samen met Ralph Bennett in een flat wonen.

Kun je het geloven? Met Ralph Bennett. In een flat.

Hoe gênant is dat?

Ik haat mijn leven.

Mary Bennett (die nooit aan haar nieuwe achternaam zal wennen)

Achttien jaar, maar voelt zich wel negentig

25

Mary kreeg twee weken later al bericht van de woningbouwvereniging, waarschijnlijk omdat ze bijna uitgerekend was. Zij en Ralph kregen een flat aan de andere kant van de stad aangeboden.

Het was mijn vrije dag en dus had ik gezegd dat ik met Mary mee zou gaan om de woning te bekijken.

Beneden begon Clark net aan zijn portie eieren met spek. Rita zat met een kop thee in haar handen aan de keukentafel te zeuren. Dat was tegenwoordig zo'n beetje het enige wat ze deed. Ik had gedacht dat haar huwelijk haar gelukkiger zou maken, maar eigenlijk was het er alleen maar slechter op geworden. En als ze niet aan het zeuren was, schepte ze wel op over haar nieuwe hoekhuis en haar nieuwe koelkast en de vele andere nieuwe spullen die zij en Nigel gekocht hadden. Ze hadden een mooi huis in een wijk die zo nieuw was dat er nog altijd nieuwe huizen bij gebouwd werden. Het pand had een groot raam aan de voorzijde, centrale verwarming en was van alle moderne faciliteiten voorzien. Rita zei dat er nog behoorlijk wat moest gebeuren, zoals het aanleggen van de tuin en het installeren van de wasmachine, maar Nigel stopte zijn vrije tijd voornamelijk in de inrichting van het huis en dus was er bij elk bezoek wel iets nieuws te zien. Een keer per maand moest de hele familie langskomen om thee te drinken en alles te bewonderen.

'Dat was de laatste keer dat ik daar langs geweest ben,' zei mijn vader na het zoveelste rampzalige bezoek. 'Een halve tomaat lag er op mijn bord. Een halve tomaat! Wie geeft iemand nou in vredesnaam een halve tomaat te eten?'

'Oké, Nelson,' zei mijn moeder. 'We hebben je gehoord, Rita heeft je een halve tomaat gegeven. Rustig maar.'

'En welgeteld één miezerig plakje ham. Dat is toch gewoon gemeen.'

'Ik vond de Zwitserse cakerol wel erg lekker,' zei ik.

'Daar heb ik anders ook niet meer dan een paar happen van gehad. En ik moest ook nog eens mijn schoenen uittrekken. Wat is dat nou weer voor onzin? Als je het mij vraagt...'

'Maar dat doet niemand,' mompelde mijn moeder.

'Gaat onze Rita steeds meer naast haar schoenen lopen.'

'Ze had net dat prachtige tapijt laten leggen. Ze wilde gewoon niet dat jij er meteen met je modderschoenen overheen zou lopen.'

'Als je maar niet denkt dat we die regel hier ook gaan invoeren, Maureen,' zei mijn vader.

'Je bent gewoon kwaad omdat je in de achtertuin moest roken,' zei ik.

'Nou, ik ga er in ieder geval niet meer heen,' zei mijn vader.

'Je gaat er *wel* heen, Nelson Perks, zelfs al moet ik je er aan je oren naartoe slepen. Ze is je dochter.'

En nu zat die dochter aan de keukentafel te zeuren, wat ze net zo goed in haar eigen huis vol mooie spullen had kunnen doen.

Mijn moeder pakte de koekjestrommel, ging naast Rita zitten en bood haar een koekje aan. Ze nam een roombiscuitje, legde het op haar schoteltje en keek er verdrietig naar.

'Wat is er, lieverd?' zei mijn moeder. 'Je ziet er zo triest uit. Is alles goed tussen jou en Nigel?'

'Natuurlijk is alles goed tussen mij en Nigel. Waar heb je het over?'

'Nou, je snapt toch wel wat ik bedoel...'

'Nee, ik snap niet wat je bedoelt.'

'Nou ja... in de slaapkamer...' fluisterde mijn moeder.

'Dat is privé,' zei Rita. Toen barstte ze in tranen uit.

'Ach kom, lieverd, vertel me nou maar gewoon wat er aan de hand is.'

Rita haalde haar neus op. 'Ik denk dat er iets mis met me is.'

'Dat je daar nu pas achter komt,' zei Clark terwijl hij een halve liter ketchup over zijn eieren goot.

'Het lukt ons maar niet om een kindje te maken,' zei ze snikkend. Ze wreef in haar ogen en veegde een streep mascara over haar wang.

'Clark, naar boven,' zei mijn moeder.

'Maar ik heb mijn ontbijt nog niet op.'

'Neem het maar mee.'

'Waarom?'

'Omdat we het over vrouwenproblemen moeten hebben.'

'Waarom hebben we het hier eigenlijk nooit eens over mannenproblemen?'

'Mannen hebben geen problemen. De laatste keer dat je vader een probleem had, was toen hij zijn sigaret in de wc had laten vallen.'

Zodra Clark weg was, sloeg mijn moeder haar arm om Rita heen.

'Dat soort dingen kosten gewoon tijd, schat. Het lukt nu eenmaal niet altijd meteen, hoe graag je dat ook wilt.'

'Maar waarom dan niet?' zei Rita. 'Betty Green van mijn werk raakte op huwelijksreis meteen zwanger, en Eleanor McDonald is in verwachting van een tweeling en zij is later getrouwd dan ik.'

'Als de tijd er rijp voor is, lukt het jullie heus wel,' antwoordde mijn moeder.

'Zelfs Mary Pickles is zwanger en zij wilde niet eens een baby. Het is gewoon niet eerlijk.'

'Mary heeft gewoon pech gehad,' zei mijn moeder voorzichtig.

'Pech gehad?' riep Rita uit. 'Mary Pickles is gewoon een del.'

'Helemaal niet!' zei ik.

'Ach, hou toch je mond,' zei Rita.

'Mary zal het nog heel moeilijk krijgen,' zei mijn moeder.

'Och, die arme Mary,' zei Rita sarcastisch. 'Wat heb ik toch een medelijden met haar.'

'Dat Mary niet in een splinternieuw huis met pas gelegd tapijt woont, wil nog niet zeggen dat ze minder recht op een kindje heeft,' zei ik.

'Kinderen hebben een echt thuis nodig,' zei Rita. 'Ik denk dat Mary Pickles nog niet eens weet waar ze haar baby gaat grootbrengen.'

'Nou, dat heb je anders mooi mis!' zei ik. 'De woningbouwvereniging heeft haar net een flat aangeboden.'

'Dat verbaast me niks,' zei Rita terwijl ze haar neus optrok.

'Ik sta net op het punt om naar Mary toe te gaan en dan gaan we de woning samen bekijken. En je hoeft haar trouwens geen Mary Pickles meer te noemen. Ze heet namelijk Mary Bennet. *Mevrouw* Mary Bennett.'

'Waarom ga je eigenlijk nog met haar naar een flat kijken, na alles wat ze je heeft aangedaan?'

'Zoiets heet vergiffenis, Rita,' zei mijn moeder.

Ik glimlachte dankbaar naar haar. Toen haalde ik mijn jas van de haak en nam ik de achterdeur naar buiten.

Het was nog altijd ijskoud in de stad. Het modderige ijswater op de stoepen maakte mijn voeten nat en wist me niet bepaald op te vrolijken.

Wat was Rita toch verschrikkelijk, dacht ik terwijl ik door het steegje liep. Ze werd zo langzamerhand een echte snob. Wat gaf haar in vredesnaam het recht om op Mary neer te kijken? Ik had gehoopt dat Rita en ik het beter met elkaar zouden kunnen vinden als ze eenmaal verhuisd was, maar we werkten elkaar nog altijd op de zenuwen. Misschien zou dat ook wel nooit veranderen. Toen herinnerde ik me echter dat Rita me enorm gesteund had op de trouwdag van Mary en Ralph. Hoe vaak we elkaar ook uitkafferden, ergens wist ik dat ze er altijd voor me zou zijn.

Had Rita gelijk? Had ik Mary te makkelijk vergeven? Waarom ging ik met haar naar een flat kijken terwijl ik wist dat ze die met Ralph zou delen? Eigenlijk wist ik het antwoord op die vragen zelf niet eens. Ik wist dat veel mensen me dapper vonden, maar dat was ik niet. Het was veel dapperder geweest om Mary en Ralph voorgoed in de steek te laten, maar ik kon me mijn leven amper zonder hen voorstellen. Ik was dus helemaal niet dapper. Ergens wist ik dat wat ik deed vreemd was, maar ik kon simpelweg niet anders. Ik hoopte maar dat Mary gelijk had en dat Ralph niet naar de flat zou komen kijken, want ik zou niet weten wat ik moest doen als ik opeens oog in oog met hem kwam te staan.

Mary's voordeur stond op een kier toen ik aankwam en dus liep ik na een paar korte tikjes op het hout meteen door. De kat volgde me naar binnen.

'Hallo!' riep ik.

'Ben jij dat, Dottie?' riep Mary's moeder. 'Ik ben in de keuken, kom maar binnen. Mary komt er zo aan.'

Het was heerlijk warm en knus in de keuken. Het rook er naar gebak. Mevrouw Pickles stond over het aanrecht gebogen en haalde net een plaat vol cakejes uit de oven. Ze deed de oven weer dicht, ging rechtop staan en wreef over haar onderrug.

Ze glimlachte naar me. 'Ik wilde je nog bedanken, Dottie. Wat je voor Mary gedaan hebt, betekent zo ontzettend veel voor haar. Niemand zou raar hebben opgekeken als je haar had laten stikken, maar dat heb je niet gedaan en dat zal waarschijnlijk niet makkelijk voor je geweest zijn.'

'Dat was inderdaad niet makkelijk,' zei ik. 'Maar ik miste haar ontzettend.'

Ze maakte een doekje nat en veegde het bloem van het aanrecht.

'Maar goed,' zei ik, 'het is wel fijn dat ze nu haar eigen woning krijgt. Ik ben ontzettend benieuwd hoe de flat eruitziet.'

'Volgens de brief is het een hele mooie woning; ze is pas de tweede huurder,' zei mevrouw Pickles. 'Er zit zelfs een apart toilet in. Toen wij voor het eerst op onszelf gingen wonen, hadden we lang niet zoveel luxe.'

'Mary maakt zich volgens mij wel zorgen om de meubels,' zei ik.

'Daar hoeft ze zich helemaal niet druk om te maken. Haar broers zijn inmiddels allemaal aan het werk en hebben gezegd dat ze haar graag een eindje op weg willen helpen.'

'Wat aardig van ze.'

'Het zijn goede jongens.' Mevrouw Pickles waste haar handen.

Ik hoorde Mary's voetstappen op de trap en even later duwde ze de keukendeur open.

'Alles is me te klein geworden,' zei ze terwijl ze aan haar rok sjorde. 'Ik voel me net een walvis.'

Ik zag meteen wat ze bedoelde. Zelfs het zwangerschapsshirt dat ze aan had, zat haar te strak. Het was gek om Mary in kleren te zien die haar te klein waren, want normaal gesproken had ze juist het tegenovergestelde probleem. Mary zuchtte en ging zitten. Ze legde haar hoofd in haar handen. 'Mijn leven is verschrikkelijk,' zei ze.

'Kijk je er dan helemaal niet naar uit om in je eigen appartement te wonen?' vroeg ik.

'Appartement?' zei mevrouw Pickles lachend.

'Zo zeggen ze dat in Amerika.'

'Dottie, dit is Brighton,' zei Mary, 'niet Amerika, en het is waarschijnlijk een verschrikkelijke flat in een verschrikkelijke buurt.'

Mevrouw Pickles rolde met haar ogen. Het was waarschijnlijk al de zoveelste keer dat ze Mary's geklaag moest aanhoren.

'Maar je kunt er zelf toch iets leuks van maken,' zei ik bemoedigend. 'Je moeder vertelde dat je broers hebben aangeboden om te helpen.'

'Dat weet ik,' zei Mary. Ze lachte. 'Sorry. Ik klink waarschijnlijk als een ontzettend ondankbaar kreng.'

'Welnee,' zei haar moeder. 'Ik dacht dat jullie vandaag naar de flat zouden gaan kijken. Misschien word je wel aangenaam verrast.'

'En misschien kunnen varkens wel vliegen.'

Mary stond op en haalde haar jas van de haak. 'Kom Dottie, dan gaan we naar de flat kijken,' zei ze.

We liepen arm in arm over straat en ik probeerde goed op te letten dat Mary niet zou uitglijden. Af en toe reed er een auto langs en dreigden de wielen het natte half gesmolten ijs over ons heen te sproeien.

We kwamen langs onze oude basisschool en bleven even staan om door het hek naar het schoolplein te kijken. Twee jongens speelden met een kleine buldog en een stukje verderop speelden wat meisjes handjeklap en hinkelen. Hun handschoenen bungelden aan touwtjes uit de mouwen van hun jas. Hun sokken hingen onderaan hun enkels en hun benen waren rood van de kou. Een streng uitziende vrouw met een fluitje om haar nek hield de kinderen goed in de gaten.

'Het lijkt al zo lang geleden dat we hier zelf op school zaten,' zei Mary. Haar stem had iets treurigs. 'Ik wou dat we hier nooit waren weggegaan.'

'Echt?'

'Alles leek toen zoveel simpeler.'

'Dat is waar,' zei ik terwijl ik in mijn tas naar mijn handschoenen zocht. 'Maar ik vind het eigenlijk fijner om te werken en mijn eigen geld te verdienen. Ik dacht dat jij dat ook vond.'

Mary was even stil en zei toen: 'Op school zag ik Elton nog elke dag.'

Ik had kunnen weten dat onze oude school herinneringen aan Elton op zou roepen bij Mary. Ik haakte mijn arm door die van haar en zei: 'Zullen we verder lopen naar het appartement?'

'Ja!' zei Mary terwijl ze met glimmende ogen naar me lachte. We draaiden ons om en liepen verder.

De wijk waarin de flat zich bevond heette Westland Court. Er lag een groot grasveld voor met kinderschommels en een glijbaan erop.

'Het ziet er lang niet slecht uit,' zei ik terwijl ik het hoge gebouw bekeek. Voor sommige ramen hingen ouderwetse gehaakte gordijnen. Andere bewoners hadden bakken opgehangen waar in de zomer bloemen in zouden staan en sommige woningen hadden zelfs kleine balkonnetjes. 'Niet slecht, toch?' zei ik nog eens. 'Ik vind het eigenlijk best leuk.'

'Voor ik een oordeel vel, wil ik eerst de binnenkant zien,' zei Mary.

'Welk nummer is het?'

Mary haalde een envelop uit haar tas. Er zat een sleutel in en op de sleutelhanger stond het nummer negentien. Er waren een aantal doorgangen die naar de verschillende ingangen leidden, maar vanaf hier konden we de nummers die op de deuren stonden niet zien. We liepen naar de dichtstbijzijnde doorgang en kwamen op een klein binnenplaatsje terecht dat vol waslijnen hing. Aan sommige lijnen waren katoenen luiers opgehangen. Ik kon me niet voorstellen dat die met dit weer snel droog zouden worden, maar waarschijnlijk was dit de enige plek waar de mensen hun was te drogen konden hangen. Aan alle vier de kanten van het pleintje waren ingangen. Toen kwam er een lang meisje met een kinderwagen op ons af.

'Sjonge,' zei Mary. 'Is dat Beverly Johnson niet?'

'Mary Pickles!' zei Beverly. 'En Dottie. Wat doen jullie hier?'

'We komen een flat bezichtigen,' zei Mary. Ze gluurde de kinderwagen in. 'Is dit jouw kindje?'

'Nee, gelukkig niet!' zei Beverly. 'Het is de baby van mijn zus.'

Mary staarde naar het kindje en het kindje keek terug. Ik kon hun gedachten natuurlijk niet lezen, maar even later keek de baby jammerend weg. Mary fronste. Ze leek niet zo van het kindje gecharmeerd te zijn.

'We zijn op zoek naar nummer negentien,' zei ik.

Beverly rolde de kinderwagen zachtjes heen en weer om de baby stil te houden. 'Dat is hier volgens mij vlakbij. Weet je in welk gebouw je moet zijn?'

'Misschien staat dat wel op de envelop.'

Mary viste de envelop weer uit haar tas.

'O, inderdaad. Het gebouw heet De Nachtegaal.'

'Alle gebouwen zijn vernoemd naar vogels,' zei Beverly. 'Het gebouw van mijn zus heet De Zwaluw.'

'Het kan erger,' zei Mary. 'Het had ook Het Roodborstje kunnen zijn. Als ik daar had moeten wonen, had ik waarschijnlijk de rest van mijn leven grappen over mijn voorgevel moeten aanhoren.'

Het was fijn om te merken dat Mary haar gevoel voor humor nog niet verloren had. Beverly bracht ons naar het juiste gebouw en we liepen naar binnen. Alle deuren waren dezelfde kleur groen en lagen in lange rijen naast elkaar. Mary sloeg rechtsaf en ik ging naar links.

'Hier is het niet,' riep ik.

'Hier ook niet,' riep Mary terug. 'Misschien is het op de volgende verdieping.'

Een betonnen trap leidde ons een etage omhoog en daar vonden we nummer negentien. Net als de andere woningen had ook deze flat een groene voordeur met een groot raam ernaast. De gordijnen waren echter dichtgetrokken en dus kon je niet naar binnen kijken. Een jongetje op een driewieler fietste langs de woningen en keek ons nieuwsgierig aan. Toen ik naar hem lachte, stak hij zijn tong uit.

'Toe dan,' zei ik terwijl ik Mary een klein duwtje in haar rug gaf. 'Maak de deur maar open. Of wacht je soms tot ik je over de drempel draag?'

Giechelend klungelden we wat met het slot tot de deur uiteindelijk openging.

Ik deed een stap achteruit en toen ik opkeek, dacht ik even dat mijn hart zou stoppen met slaan.

Ik keek regelrecht in de verdrietige groene ogen van Ralph.

26

Ralph schrok net zo van mij als ik van hem. Hij stond met open mond naar me te kijken. Ik had echter geen oog voor zijn gezicht, maar keek in plaats daarvan naar de bos roze anjers in zijn uitgestoken hand. Het enige wat ik kon denken was: Ralph heeft bloemen gekocht voor Mary! Hij dacht dat hij de deur voor Mary opendeed. Die gedachte deed meer pijn dan ik had verwacht. Het voelde zelfs zo heftig dat het leek alsof iemand me een flinke stomp in mijn maag had gegeven.

Hij had nog nooit bloemen voor mij gekocht. Nog nooit.

Ralph volgde mijn blik naar de bloemen en keek me toen weer aan. Hij was inmiddels wit weggetrokken en liet zijn hand langs zijn zij vallen. Even leek het alsof hij de bloemen achter zijn rug wilde verstoppen of meteen in de vuilnisbak wilde gooien. Hij keek in mijn ogen en zei zachtjes: 'De bloemen waren mijn moeders idee. Ze dacht dat het een goede manier was om Mary wat op te vrolijken.'

'O, wat lief, dankjewel,' zei Mary, die me aan mijn hand mee de flat in trok.

Ik voelde me duizelig en misselijk en merkte dat zich langzaam maar zeker een brok in mijn keel vormde. Ik wilde vluchten, ik wilde hier weg, maar Mary hield mijn hand nog altijd stevig vast. Waarom was ik hier? Wat had ik me in vredesnaam in mijn hoofd gehaald?

We liepen een smalle gang door die op een ruime woonkamer uitkwam. Het rook er wat muf, maar dat zou door de boel een middagje te luchten makkelijk verholpen kunnen worden. Er was een groot raam waardoor veel licht naar binnen viel. Er hingen bloemetjesgordijnen en vitrage. Het tapijt was bruin en er stond een oude bank in de hoek van de kamer. Verder hing er een houten klok aan de muur en lag er een leeg pakje sigaretten op de drempel naar de keuken.

'Dat oude ding mag wat mij betreft meteen naar de sloop,' zei Mary terwijl ze naar de bank keek.

'Voorlopig is hij toch prima? Tot we geld voor iets mooiers hebben, bedoel ik,' zei Ralph.

'Echt niet,' zei Mary, die een vies gezicht trok. 'Laat hem meteen maar door de woningbouwvereniging ophalen.'

'Oké,' zei Ralph.

Ik schrok van de manier waarop ze met elkaar praatten. Ik had niet gedacht dat Ralph en Mary zich als een stel zouden gedragen, maar dat was precies wat ze deden. Het was alsof ik meespeelde in een toneelstuk, waarvan iemand me het verkeerde script gegeven had. Alles voelde helemaal verkeerd.

'Nou, het ziet er eigenlijk beter uit dan ik had gedacht,' zei Mary terwijl ze om zich heen keek.

Hoewel ik hem niet kon zien, wist ik dat Ralph achter ons stond. Ik schaamde me zo dat mijn wangen waarschijnlijk vuurrood waren. Hij had de bloemen nog steeds in zijn hand.

'Ik kijk wel even of ik een vaas kan vinden,' zei hij. 'Anders drogen ze straks nog uit.' Ik hoorde hem de kamer uitlopen en kon eindelijk weer normaal ademhalen.

We hoorden dat hij de keukenkastjes een voor een open en vervolgens weer dicht deed.

'Sorry,' zei Mary. 'Hij zei dat hij pas na zijn werk langs kon komen, dus dit is voor mij ook een totale verrassing. Doe maar gewoon alsof hij er niet is.'

Toen ik achter me keek, zag ik zijn zwarte jasje over de armleuning van de bank liggen. Meteen kwamen er talloze herinneringen bij me bovendrijven. Ik had mijn wang zo vaak tegen de schouder van dat jasje gelegd. Ik wist precies hoe het rook en hoe het aanvoelde, ruw en mannelijk. Soms miste ik het gewicht van Ralphs arm om me heen zo intens dat het bijna fysiek pijn deed.

Zolang ik hem niet hoefde te zien, redde ik me wel. Als ik hem niet zag, werd ik immers ook niet aan hem herinnerd. Als hij zo dicht bij me was, lukte het me echter onmogelijk om mijn gedachten te verzetten. Het was ontzettend pijnlijk voor me om zo dicht bij hem te zijn.

Ralph kwam de kamer weer in. Hij hield zijn blik naar beneden gericht. Hij zag er knap uit. Volwassener dan ik me herinnerde. De bloemen stonden in een blauwe mok.

'Zet ze maar op de vensterbank,' zei Mary. Hij deed meteen wat ze vroeg.

'Luister,' zei hij. 'Misschien kan ik beter gaan. Dan kunnen jullie in alle rust goed rondkijken en kunnen jullie bespreken waar alle meubels komen te staan, en waar de...'

Waar de baby komt te slapen. Hij zei het niet, maar ik zag in zijn ogen dat dat was wat hij wilde zeggen.

'Ik zie je later nog wel,' zei hij terwijl hij zijn jas pakte.

In eerste instantie viel er een enorme last van mijn schouders. Wat geweldig dat hij wegging! Maar toen besefte ik dat hij helemaal niet weg hoorde te gaan.

Ralph en Mary waren man en vrouw. Ze kregen samen een kindje. Dit zou hun nieuwe thuis worden. Hij was eerder van zijn werk weggegaan om haar hier te verrassen. Hij had bloemen voor haar gekocht. Dit was hun nieuwe leven en het werd hoog tijd dat ze samen een mooie start zouden maken.

'Nee,' zei ik. 'Nee, blijf jij maar, Ralph. Ik ga wel.'

'Dottie...' zeiden ze in koor.

Ik schudde mijn hoofd en deed mijn uiterste best om een glimlach op mijn gezicht te toveren. Ze keken me allebei gespannen aan. Ze maakten zich zorgen om me en wilden niet dat ik verdrietig zou zijn. Ik hield zielsveel van ze, echt waar, maar dit was verschrikkelijk. Ik moest hier weg.

'Ik moet toch nog iets doen,' zei ik. 'Ik heb met iemand afgesproken.'

'Met wie dan?'

'Met Sally,' zei ik. Ik keek naar de klok aan de muur. 'Ik kom er wel uit.'

'Niet weggaan!' zei Mary. Ik wist dat ze zich niet alleen zorgen maakte om mij, maar ook om zichzelf. Ze wilde niet dat ik haar met Ralph in de flat zou achterlaten. Ze wilde niet met hem bespreken wat overduidelijk besproken moest worden. Ze wilde geen plannen maken met Ralph.

Ze kon echter maar beter aan de nieuwe situatie wennen. Ze kon maar beter aan *hem* wennen. En door weg te gaan, zou ik zorgen dat ze daar meteen mee kon beginnen.

Ik zwaaide nog even naar ze. Toen liep ik de kamer uit en trok ik de deur achter me dicht.

Ik keek even naar de kleine keuken die naast de woonkamer lag. De andere deuren in de gang stonden ook open. Aan de ene kant bevond zich een badkamer en aan de andere kant een slaapkamer. Ik wist dat het de slaapkamer was omdat er een grote rechthoekige laag stof op de vloer lag, waar ooit een bed had gestaan. Een tweepersoonsbed.

Ik deed de voordeur open en stapte de kou weer in.

Terwijl ik de flat achter me liet, voelde ik hun ogen in mijn rug branden. Ik stelde me voor dat ze samen voor het raam stonden en vroeg me af of ze al iets tegen elkaar gezegd hadden of elkaars hand vasthielden. Ik luisterde naar mijn eigen voetstappen terwijl ik sneller begon te lopen. Zodra ik de hoek omgeslagen was en ze me niet meer konden zien, begon ik te rennen. Ik rende over het grasveld, langs de schommels, ik rende en ik rende en de wind blies in mijn gezicht en mijn longen ontploften bijna. Ik wist dat ik beter kon stoppen, maar toch rende ik door.

27

Totaal buiten adem kwam ik in het park aan en ging ik snel op een bankje zitten. Ik wist dat ik beter niet zo hard had kunnen rennen. Ik liet mijn hand in mijn zak glijden en haalde mijn inhalator tevoorschijn. Gelukkig had ik hem bij me. Ik zoog mijn medicijnen mijn longen in en wachtte tot ze begonnen te werken. Ik wilde zo graag huilen dat het bijna pijn deed, maar er waren overal mensen om me heen. Hoe kon het leven gewoon doorgaan terwijl ik eigenlijk het liefst dood wilde? Ik deed mijn ogen dicht en slikte de enorme brok in mijn keel weg.

De enige manier waarop ik met het huwelijk van Mary en Ralph om wist te gaan, was door mezelf er keer op keer aan te herinneren dat ze niet van elkaar hielden. Op de een of andere manier maakte die gedachte de situatie een stuk dragelijker voor me. Wat ik zojuist in de flat gezien had, kwam echter als een totale schok. Maar wat had ik dan verwacht? Dat ze in aparte kamers zouden slapen en nooit met elkaar zouden praten? Wat ik zojuist in de flat gezien had, was het begin van een leven samen. Ik was zo stom geweest. Mary en Ralph waren getrouwd. Ze kregen samen een baby. Ralph was niet meer van mij en dat zou hij ook nooit meer worden.

Ik keek op en zag iemand door het park rennen. Het was Ralph. Ik stond snel op om te vluchten, maar besloot toen toch te blijven.

'Ik hoopte al dat je hier zou zijn,' zei hij. Hij hijgde en het duurde even voordat hij op adem gekomen was.

'Ik word ook al aardig oud,' grapte hij, maar ik wist geen glimlach op mijn gezicht te toveren.

Hij kwam naast me zitten. We wisten allebei niet wat we moesten zeggen, maar wisten ook dat we moesten praten. Na alles wat er was gebeurd, was dit de eerste keer dat we elkaar weer zagen.

Hij haalde zijn handen door zijn haar. 'Sorry is waarschijnlijk niet genoeg, hè?'

'Hoe kon je me dit aandoen, Ralph? Hoe kon je me dit in vredesnaam aandoen?'

'Ik kan wel proberen om het je uit te leggen.' Hij schudde ongelovig met zijn hoofd, alsof hij de situatie zelf ook nog altijd niet kon bevatten. 'Maar er is nu eenmaal geen goede uitleg voor wat ik je heb aangedaan. We waren allebei dronken...'

Ik voelde een enorme woede in mezelf opborrelen. 'Zo dronken dat jullie vergeten waren dat ik ook nog bestond? Had je me überhaupt ooit verteld wat er gebeurd was als Mary niet zwanger zou zijn geweest? Je hebt maanden de tijd gehad om het me vertellen, maar je hield je lippen stijf op elkaar. Sterker nog, je had zelfs het lef om me ten huwelijk te vragen.'

'Het enige wat ik zeker wist, was dat ik met je wilde trouwen. Ik weet niet wat me bezielde.'

'O, maar ik wel. Jij had je pleziertje gehad en hoopte gewoon dat ik er nooit achter zou komen wat er gebeurd was. Jullie hebben me allebei compleet voor gek gezet. De twee mensen die ik het meest vertrouwde hebben me voor gek gezet. Misschien hebben jullie er samen wel om gelachen, of hebben jullie het een week later doodleuk nog een keer gedaan.'

'Natuurlijk niet! We hebben ons als idioten gedragen en schaamden ons kapot, we konden elkaar amper meer in de ogen kijken. We hebben het niet nog een keer gedaan, dat beloof ik je. En we hebben je ook niet uitgelachen, Dottie. Je hebt alle recht om zo over me te denken, maar het is nooit onze bedoeling geweest om jou voor gek te zetten. Eigenlijk hebben we onszelf nog het meest voor gek gezet. We hebben je nooit willen kwetsen.'

Ik keek Ralph aan en zag in zijn ogen dat hij de waarheid sprak. Hij was geen slecht mens. Hij was gewoon niet wie ik dacht dat hij was. Ik wilde hem haten, maar dat kon ik niet.

De tranen liepen nu over mijn wangen. 'Je hebt mijn hart gebroken.'

'En dat van mezelf.'

Er viel niks meer te zeggen en ons gesprek had totaal niet geholpen. Het veranderde immers niks aan wat er gebeurd was.

We bleven zwijgend naast elkaar zitten. Verliefde mensen liepen hand in hand door het park en er speelden kinderen met speelgoedboten in de vijver. Hun levens gingen misschien verder, maar het mijne was voorbij. Uiteindelijk stond Ralph op. Ik keek naar de jongen van wie ik zo lang had gehouden en hij keek naar mij. Hij zag er verloren uit. Ik had hem kunnen troosten of iets bemoedigends tegen hem kunnen zeggen, maar in plaats daarvan rechtte ik mijn rug en zei ik: 'Mary wacht op je.'

Ik deed mijn ogen dicht zodat ik hem niet hoefde te zien weglopen.

Ik weet niet hoelang ik op dat bankje zat. Ik rouwde om wat ik verloren had en dacht aan de prachtige, maar veel te korte tijd die ik met Ralph had doorgebracht. Ik glimlachte om ons eerste afspraakje in de heuvels en om de keren dat Ralph me verkering en vervolgens ten huwelijk had gevraagd. Ik dankte God dat ik toen nog niet wist wat hij me later zou aandoen.

Ik voelde me anders en misschien zelfs wel beter omdat ik nu klaar was om het los te laten; ik *moest* het loslaten. Misschien was ik wel volwassener geworden of misschien had ik simpelweg geaccepteerd dat het tijd was om vooruit te kijken en het verleden achter me te laten.

Ik had niet tegen Mary en Ralph gelogen toen ik zei dat ik met Sally had afgesproken. Zij en een groepje andere collega's vroegen me al weken mee uit, maar tot nu toe had ik steeds nee gezegd. Vanavond gingen ze naar Hove en zoals gewoonlijk hadden ze me meegevraagd. Ik had geantwoord dat ik erover na zou denken, maar wist toen al dat ik waarschijnlijk niet zou gaan. Ik had mezelf wijsgemaakt dat ze me puur en alleen uit medelijden meevroegen, maar in de flat met Mary en Ralph besefte ik opeens dat ik opnieuw zou moeten beginnen en dat ik een leven moest opbouwen dat niet om Mary Pickles draaide. Ze zou altijd mijn vriendin blijven, maar het was tijd om een stapje terug te doen. Als Mary en Ralph echt wilden proberen hun huwelijk te laten slagen, moest ik ze daar de ruimte voor geven. Toen ik dat eenmaal besloten had, voelde het alsof er een enorme last van mijn schouders viel.

Ik stond op van het bankje, liep naar de bushalte aan de andere kant van de straat en stapte op de bus naar Hove. Ik legde mijn voorhoofd tegen de glazen ruit en zag het vertrouwde straatbeeld van Brighton aan me voorbijtrekken; de huizen met hun tuinen en schoorstenen, de jongens op de fiets en de vrouwen die bij elke halte op de bus wachtten. Alles zag er hetzelfde, maar toch ook anders uit. Ik bekeek het allemaal met nieuwe ogen.

Ik ging niet eerst naar huis. Als ik naar huis zou gaan, wist ik namelijk dat ik daar zou blijven. Sally had gezegd dat ze na het werk meteen naar een café op George Street zouden gaan en ik hoopte dat die afspraak nog steeds stond. Ik voelde me een beetje zenuwachtig toen ik de bus uit stapte, maar had tegelijkertijd ontzettend veel zin in een leuke avond. Terwijl ik door George Street liep, bekeek ik mijn spiegelbeeld in de winkelruiten en vond ik dat ik er eigenlijk prima uitzag.

Het café heette de Ballerina. De ramen van het pand waren beslagen en dus kon ik niet zien of de meiden al binnen waren. Ik bleef even voor de deur staan en aarzelde of ik naar binnen moest lopen. Ik was niet gewend om in mijn eentje naar dit soort plekken te gaan. Er liepen wat mensen langs me heen naar binnen en hoe langer ik voor de deur stond, hoe stommer ik me voelde. Allemensen, Dottie, sprak ik mezelf in gedachten streng toe, wat is nou het ergste dat zou kunnen gebeuren? Het is toch ook geen ramp als ze er niet zijn? Als dat zo is, loop je gewoon weer naar buiten en neem je de bus naar huis. De wereld vergaat heus niet zomaar.

Ik haalde diep adem en stapte toen naar binnen. Het was behoorlijk druk in het café en de meeste tafeltjes waren al bezet. Er stonden twee meiden te dansen. *Johnny Remember Me* klonk uit de jukebox. De muziek stond hard en de mensen moesten hun best doen om elkaar te verstaan. Er lagen vrolijke rode kleedjes op de tafels en de muren waren gezellig verlicht. Het café waar ik normaal gesproken heen ging, was vergeleken bij de Ballerina maar een saaie boel. Ik zag Sally, Kate en Liz meteen zitten. Ze zaten met wat jongens aan een tafeltje. Sally keek op en lachte vrolijk toen ze me zag.

'Dottie! Hoi!' zei ze terwijl ze me wenkte. Ik liep naar haar toe en ging aan het tafeltje zitten. Iedereen lachte en stak een hand op om me te begroeten.

'Ik zei net tegen Kate dat ik dacht dat je niet zou komen. Maar hier ben je dan!'

'Ik was ook bijna niet gekomen,' gaf ik toe. 'Ik heb een hele tijd voor de deur staan twijfelen.'

Sally lachte. 'Soms ben je echt een rare!' zei ze plagend.

'Dat weet ik,' zei ik.

Sally legde haar hand op mijn arm. 'Als je het eng vond om alleen naar binnen te gaan, hadden we ook samen kunnen komen.'

'Het was nogal een spontane beslissing.'

'Ach, je bent er nu in ieder geval,' zei Sally. 'Wat vind je van het café?'

'Ik vind het geweldig,' zei ik oprecht. Ik vond het nu al leuk om met de meiden uit te gaan en had dit soort gezellige avonden de afgelopen maanden erg gemist.

'Dit zijn Dave en Steve,' zei Sally. 'Ze zijn broers.'

'Hoi! Ik ben Dottie.'

'Volgens mij hebben we jou hier nog nooit gezien,' zei Steve.

'Ik ben hier ook nog nooit geweest,' zei ik. 'Maar dit zal zeker niet de laatste keer zijn, het is hier zo gezellig.'

'Steve en Dave werken bij Butlins,' zei Sally.

'In Bognor Regis,' zei Dave.

'Wat doen jullie daar?'

'We treden op met de Redcoats,' zei Steve met een lach.

'Zo is Cliff Richard ook begonnen!' zei ik.

'Klopt,' zei Dave. 'En als hij daar ontdekt kan worden, kunnen wij dat ook!'

'Dus jullie zingen?'

'We zingen inderdaad,' zei Steve.

'Ooit worden we wereldberoemd!' zei Dave.

'In je dromen zeker,' zei Liz lachend.

Steve knipoogde naar me. 'Als je in jezelf gelooft, kun je bereiken wat je maar wilt,' zei hij.

'Maar Butlins is toch alleen in de zomermaanden open? Waar werken jullie de rest van het jaar?'

'Waar we maar kunnen,' zei Steve. 'Op dit moment werken we in de speelhal op West Pier. We kunnen alleen bijbaantjes aannemen omdat we geen langetermijncontracten kunnen tekenen. In mei begint het nieuwe seizoen immers weer.'

'De meeste bedrijven nemen ons niet aan omdat we altijd maar kort kunnen blijven,' zei Dave. 'Maar het werk in de speelhal is prima te doen. Soms pikken we er zelfs nog weleens wat op.'

'Wat pikken jullie er dan op?' vroeg ik.

Dave lachte even. 'Vrouwen,' zei hij.

'Dave vindt zichzelf een behoorlijke casanova,' zei Steve. Hij knipoogde naar me. Ik voelde mijn wangen gloeien. Er was iets charmants aan de jongens en aan de manier waarop ze samen praatten en lachten. En ze zagen er allebei goed uit. Steve kauwde op zijn rietje terwijl hij dronk en ik voelde dat hij naar me keek.

'Kate en ik denken erover om volgend jaar ook auditie te doen,' zei Sally.

'In Bognor?'

'Nee, in Minehead. Daar willen de jongens komend seizoen werken.'

Ik had nog nooit van Minehead gehoord.

'Waar ligt dat dan?' vroeg ik.

'In Somerset,' zei Steve. Toen begon hij met een boerenaccent te praten. 'Waar de ciderappels vandaan komen!'

'Ik kan me niet voorstellen dat ik ooit ergens anders dan in Brighton woon,' zei ik. 'De verste plek waar ik ooit ben geweest is de dierentuin van Chessington op een schoolreisje toen ik een jaar of tien was.'

'Dan wordt het hoog tijd dat je je vleugels spreidt,' zei Steve grijnzend. Hij wees met zijn rietje mijn kant op en keek me uitdagend aan.

'O nee,' zei ik. 'Een baan als zangeres is helemaal niks voor mij. Ik hou er totaal niet van om in de schijnwerpers te staan.'

'Heb je het dan weleens geprobeerd?' vroeg Steve.

'Ik heb ooit de tweede prijs in een talentenjacht gewonnen,' zei ik. 'Toen zong ik *The Merry Merry Pipes of Pan*.'

Steve begon te lachen. Aan zijn sprankelende ogen zag ik echter dat hij het niet gemeen bedoelde.

'Zie je wel,' zei hij. 'Je kunt dus wel zingen!'

'Destijds dacht ik van wel, maar inmiddels ben ik erachter dat mijn zangtalent toch echt een illusie was.'

'De jury vond je waarschijnlijk fantastisch.'

'Volgens mij hadden ze gewoon medelijden met me.'

Opeens zag ik dat Steve zijn stoel een stukje omgedraaid had. Hij zat nu met zijn rug naar de anderen toe en had alleen nog oog voor mij. Kate en Liz stonden bij de jukebox en Sally lachte om iets wat Dave gezegd had.

'Je kunt natuurlijk ook andere dingen bij Butlins doen; je hoeft niet per se op het toneel te staan. Waar werk je nu?'

'Bij Woollies.'

'Er zijn twee grote winkels op het resort waar souvenirs verkocht worden. Daar zou je zo aangenomen worden.'

Ik glimlachte. 'Ik weet niet of ik daar wel dapper genoeg voor ben,' zei ik. 'Ik zou er in ieder geval niet alleen naartoe willen gaan.'

'Volgens mij willen Sally en Kate er ook graag komen werken; ze hebben hun sollicitaties al verstuurd. Je zou met hun mee kunnen gaan. Je zou ongetwijfeld een fantastische zomer hebben! Het is er echt geweldig, Dottie! De meeste mensen zijn er op vakantie en willen dus alleen maar plezier maken. Het team houdt ook wel van een geintje en is net één grote vriendengroep. Ga anders een keer mee naar een van de personeelsfeestjes! Die zijn geweldig!'

'Het klinkt fantastisch,' zei ik.

'Dat is het ook! Je verblijf en maaltijden worden door het bedrijf vergoed en daar bovenop krijg je ook nog eens prima betaald!'

'Het probleem is dat ik momenteel in Brighton nodig ben.'

Zijn gezicht betrok. Toen haalde hij zijn schouders op en glimlachte hij naar me.

'Mocht je toch van gedachten veranderen, het nieuwe seizoen begint in mei.'

Ik knikte.

'Ik zal erover nadenken,' zei ik, maar in mijn hart wist ik dat ik Mary niet alleen kon laten nu ze een kindje kreeg. Hoe graag ik ook opnieuw wilde beginnen, ik wilde Mary en Ralph niet zomaar in de steek laten.

'Is er iets?' vroeg Steve.

'Sorry?'

'Je ziet er opeens zo verdrietig uit.'

'Lang verhaal,' zei ik.

I Remember You van Frank Ifield klonk uit de jukebox en Sally en Dave begonnen te dansen.

'Ga je ook mee?' vroeg Steve terwijl hij me zijn hand aanbood.

'Waarom ook niet?'

Ik pakte zijn hand en we liepen het kleine dansvloertje op. Het voelde vreemd om in de armen van een andere jongen te liggen.

Steve was korter dan Ralph en eigenlijk pasten we wel goed bij elkaar. Hij rook niet hetzelfde als Ralph, maar wel lekker en mannelijk. Niet dat ik enig idee had hoe jongens hoorden te ruiken, maar daar gaat het niet om. Steve sloeg zijn armen iets steviger om me heen en ik legde mijn hoofd op zijn schouder.

'Dat is fijn,' fluisterde hij in mijn oor.

Toen het liedje afgelopen was, hield Steve mijn hand vast en liepen we terug naar ons tafeltje. Sally knipoogde naar me en ik knipoogde terug. Ik had het totaal onverwacht ontzettend naar mijn zin. Steve was erg aardig. Hij was Ralph misschien niet, maar hij was wel aardig. Ik voelde een warme gloed in mijn borst en wilde die zo lang mogelijk vasthouden.

'Zullen we nog eens afspreken, Dottie?' vroeg hij.

'Dat lijkt me ontzettend leuk,' zei ik. En ik meende het.

Lief dagboek,

Kan ik nog dikker worden dan ik al ben? Ik herken mezelf niet eens meer als ik in de spiegel kijk.

Het is raar om met Ralph samen te wonen. Hij is niet onaardig tegen me, maar hij wil duidelijk net zo min samenwonen met mij als ik met hem.

Ik vind het vreselijk om een bed met hem te moeten delen. We slapen zo ver mogelijk bij elkaar vandaan.

Dieper kan ik niet meer zinken.

Mary Bennett (de olifant)

Achttien jaar.

28

Het was half december. Mary's buik was inmiddels zo groot dat het leek alsof ze elk moment kon ontploffen. Ze voelde zich continu doodmoe, haar enkels waren gezwollen, haar borsten deden pijn en ze vertelde me de meest intieme details over haar kwaaltjes, die ik eigenlijk helemaal niet wilde horen. Ik kon het niet zo goed uitleggen omdat Mary mijn beste vriendin was en ik niets liever wilde dan haar helpen, maar het was gewoon niet leuk meer om bij haar te zijn. Bovendien zag haar leven er inmiddels compleet anders uit dan het mijne. Misschien verbeterde de situatie wel als de baby er eenmaal was en Mary weer iets meer energie had om dingen te ondernemen. Ik dacht echt dat ze dan vrolijker zou zijn.

Ik voelde me nog steeds erg ongemakkelijk in de buurt van Ralph en deed mijn uiterste best om hem te ontwijken. Als ik in de flat was, maakte ik me continu zorgen dat hij opeens binnen zou komen.

Ik raakte steeds beter bevriend met de meiden op mijn werk en ging elk weekend en soms zelfs doordeweeks met ze mee uit. Het was bijna Kerst en dus hing er een gezellige sfeer in de winkel. De etalages waren prachtig versierd en Woolworths lag vol dozen chocolade, kerstlampjes en versieringen. Buiten werden kerstbomen verkocht. De dennengeur deed me denken aan de gelukkige tijden die ik als kind had beleefd. Zonder het te beseffen begon ik weer van het leven te genieten. Ik voelde een vrijheid die ik nog niet eerder gevoeld had. Mijn liefde voor Ralph was er nog steeds en zou ook niet zomaar verdwijnen en ik miste mijn oude leven met Mary ontzettend, maar ik voelde me steeds ontspannener. Ik lachte vaker. Ik ging verder met mijn leven en hoewel een deel van mij nog steeds graag bij Ralph en Mary was, wist ik dat ik mezelf uiteindelijk zou verliezen als ik te veel met ze zou omgaan. Dat wilde ik niet laten gebeuren. Ik moest en zou ergens de kracht vandaan halen om mijn eigen leven op te bouwen.

Ik wist dat Mary het stiekem niet zo fijn vond dat ik een leven had waar zij niets mee te maken had en dus probeerde ik dat niet al te veel onder haar neus te wrijven. Als ik bij Mary was, praatte ik niet over de aardige jongens die ik leerde kennen en vertelde ik niet dat we urenlang met ze flirtten in de speelhal op de pier. Ik praatte niet over de plastic maretak die boven elke tafel in het café hing en ook niet over de uitnodiging die ik voor het kerstfeest in de balzaal van het Regent Hotel had gekregen. Dat probeerde ik Mary te besparen als ze in haar kleine flat over haar enorme, bijna angstaanjagende ronde buik wreef en haar pijnlijke voeten omhoog legde. Ik vond het zo gek dat Mary's lichaam zo veranderd was, terwijl ze daar zelf eigenlijk maar weinig invloed op had. Binnenkort zou ze moeder worden, of ze dat nu leuk vond of niet.

In Mary's flat was de kerstsfeer ver te zoeken. Ik had wat slingers voor haar meegenomen en hing ze over de spiegel in de woonkamer, maar het werd er niet veel feestelijker op.

'Wat heeft het überhaupt voor zin om de flat te versieren?' vroeg ze en eigenlijk kon ik op die vraag geen goed antwoord bedenken.

Mary zuchtte veel en ik bracht haar talloze bekers drinken die ze nooit helemaal leegdronk. Soms deed ze haar ogen dicht en leek ze helemaal in haar eigen wereldje op te gaan. Ik zorgde altijd dat ik weg was voordat Ralph thuiskwam.

Op een dag zei ze opeens: 'Ik had nooit gedacht dat mijn toekomst er zo uit zou zien.'

'Dat weet ik.'

'Ik wilde zoveel meer dan dit. Ik wilde samen met jou over de hele wereld reizen en nu zit ik voorgoed gevangen in een sociale huurwoning met een kerel van wie ik niet eens hou. Ik wilde een fantastisch leven en nu zit ik hier niet meer dan gewoontjes te zijn.'

Ik wist niet wat ik tegen haar moest zeggen. Eerlijk gezegd dacht ik dat ze waarschijnlijk gelijk zou krijgen.

'Waar was je gisteravond?' vroeg Mary. 'Toen ik terugkwam uit het centrum wilde ik nog even bij je langsgaan, maar je was er niet.'

'O, nergens,' zei ik. Het was een leugen. Ik was met Steve naar de pier gegaan. Het was heerlijk geweest. Ik had zoveel gelachen dat ik er buikpijn van kreeg. We waren naar de kermis gelopen en in de achtbaan had Steve zijn arm om mijn schouders geslagen en me tegen zich aan gedrukt. Toen hadden we pindarotsjes gegeten en warme appelwijn gedronken. Ik had toegekeken hoe Steve de grijpmachines naar zijn hand zette. Hij won de ene na de andere prijs en gaf alles meteen aan mij. Op de vensterbank van mijn slaapkamer stonden nu tientallen kleine knuffelbeertjes en sigarettenhouders. Na de kermis waren we naar het café gegaan en hadden we tot sluitingstijd gedanst. We hadden elkaars hand vastgehouden en onder de maretak had hij me gekust.

Ik lachte naar haar. 'Ik heb gisteren niks bijzonders gedaan,' zei ik.

'Laat ook maar,' zei Mary met een zucht. 'Binnenkort kan ik ook weer naar buiten. Als de baby eenmaal geboren is. Dan nemen we de kinderwagen mee en lopen we samen langs het strand.'

'Ja,' zei ik zo enthousiast mogelijk. 'Ja, dat doen we.'

Ik miste Mary heus wel. Ik miste het om bij haar te zijn, met haar te lachen en alles met haar te delen. Ik wilde haar dolgraag vertellen hoe leuk ik het met Steve had. Ik miste alles aan Mary.

Tegelijkertijd voelde ik me echter als herboren. Voor het eerst in jaren was ik niet *Dottie de vriendin van Mary Pickles*, maar gewoon *Dottie*. Het duurde even voordat ik mijn eigen mening durfde uit te spreken, maar langzaam maar zeker lukte het me wel. En de mensen leken zowaar geïnteresseerd te zijn in wat ik te zeggen had. Vroeger had ik het praten altijd aan Mary overgelaten. Misschien praatte zij nu wel voor Ralph.

Ralph ging af en toe nog met Elton uit, maar Mary en Elton zagen elkaar nooit. Ze wilde niet dat Ralph hem uitnodigde om naar de flat te komen, omdat ze niet wilde dat hij haar zo dik zou zien.

'Vind je Elton nog steeds leuk?' vroeg ik haar een keer tussen neus en lippen door.

'Wat maakt het nou uit of ik hem nog leuk vind?' vroeg ze. 'Hij wil nu toch niet meer met me trouwen, of wel soms?'

'Sorry,' zei ik.

'Dat hoef je niet te zeggen,' zei ze. 'Het is allemaal mijn eigen schuld.'

'Mijn moeder zegt dat je gewoon pech hebt gehad. Ik bedoel, Rita wil dolgraag een baby en raakt maar niet zwanger, terwijl jij het maar één keer gedaan hebt. Dat is inderdaad behoorlijke pech.'

'Of een behoorlijke domme actie.'

'Ik help je wel even met strijken,' zei ik.

Er lag een enorme berg was in een mand die in de hoek van Mary's woonkamer stond. Ik klapte de strijkplank uit en stak de stekker van de strijkbout in het stopcontact. Het was een nieuw apparaat dat Mary van haar tantes gekregen had. Ik vond het niet erg om voor Mary te strijken. Ik vond het eigenlijk wel rustgevend en terwijl ik streek, zat Mary vanuit haar stoel naar me te kijken. Ik kon Mary twee keer zien, één keer in het echt en één keer in de spiegel aan de muur. Allebei de Mary's zagen er verdrietig uit. Nu alle meubels in de woonkamer stonden, voelde de ruimte opeens een stuk kleiner. Het was net alsof we kleine meisjes waren die doen alsof ze volwassen zijn.

'Heb je eigenlijk al namen voor de baby in gedachten?' vroeg ik om het gesprek een nieuwe wending te geven. Ik gaf Mary een van de overhemden van Ralph. Ze legde het naast zich op de stoel en begon het op te vouwen.

'Ralph vindt Caroline een mooie naam voor een meisje.'

'Caroline is inderdaad wel een leuke naam.'

'Ik vind het een beetje een rijkeluisnaam,' zei Mary.

'En Helen? Naar Helen Shapiro.'

'Ik hou niet van Helen Shapiro.'

'Vroeger vond je haar een fantastische zangeres.'

'Nou, nu niet meer.'

'En Sandra? Naar Sandra Dee.'

'Kun je alsjeblieft ophouden over babynamen, Dottie? Het kan me niet schelen hoe we het kind noemen, oké? En hoe weet je eigenlijk zo zeker dat het een meisje is?'

'Ik weet het niet,' zei ik. 'Ik heb gewoon altijd gedacht dat je een meisje zou krijgen.'

'Het zal wel een jongen worden,' zei Mary. 'Een spuuglelijke jongen.' Ze zweeg even, maar voegde toen toch nog toe: 'Met spuuglelijk rood haar.'

Ik zuchtte. Zo ging het nou de hele tijd. Ik loog tegen Mary over mijn leven zonder haar en als we samen waren, was zij chagrijnig en verveelde ik me dood. Het was verre van ideaal.

Mijn moeder leek precies te begrijpen hoe ik me voelde.

'Je zult het wel moeilijk vinden, of niet, lieverd?' vroeg ze toen ik me op een avond klaarmaakte om naar Mary toe te gaan. 'Het zal wel ontzettend lastig zijn om steeds naar de flat toe te gaan.'

'Het gaat wel,' zei ik terwijl ik mijn schouders ophaalde. 'Het is wat het is. Ik kan er nu eenmaal niks aan veranderen.'

'Ik vind het echt ontzettend knap dat je er nog altijd voor ze bent,' zei mijn moeder. 'Maar zou je niet liever iets leuks met Steve gaan doen?'

Ik haalde mijn schouders weer op.

'Je vindt hem toch wel leuk?' vroeg mijn moeder. 'Het lijkt me een ontzettend aardige jongen.'

'Dat is hij ook, en ik vind hem inderdaad leuk.'

'Maar hij is Ralph niet?'

Ik keek naar mijn moeder en voelde mijn wangen gloeien. Hoe wist ze dat?

'Ik denk dat ik nooit voor Steve zal voelen wat ik voor Ralph voel,' zei ik.

'Dat hoeft ook niet,' zei mijn moeder. 'Probeer jezelf vooral niet te dwingen om iets te voelen. Geef het gewoon de tijd en geniet van zijn gezelschap.'

'Oké.'

'Je eerste liefde vergeet je nooit, Dottie,' zei ze. 'Maar op een dag zul je leren om toch weer van iemand te houden. Maar dan op een andere, diepere manier.'

'Was papa jouw eerste liefde?' vroeg ik haar.

'Nee,' zei ze. 'Zijn naam was al een afknapper. Je wilt niet weten hoe het was om verkering te hebben met een jongen die Nelson heette. Mijn vader maakte hem continu belachelijk.'

'Maar toch bleef je met hem omgaan?'

'Alleen omdat hij het maar niet opgaf. Hij was net een mug die eindeloos om me heen bleef zoemen. Steeds als ik me omdraaide, was hij er.'

'Maar als papa niet je eerste liefde was,' zei ik, 'wie dan wel?'

Mijn moeder zuchtte en kreeg een dromerige blik in haar ogen.

'Ik heb al zo lang niet meer aan hem gedacht. Hij heette Jack. Hij woonde vroeger in het huis naast ons. Iedereen wist dat we ooit iets met elkaar zouden krijgen; we waren van kinds af aan al onafscheidelijk. De mensen zeiden altijd: Als je Maureen wilt vinden, kun je het beste naar Jack zoeken.'

'Wat is er dan gebeurd? Waarom ben je dan met papa getrouwd?'

'Jack is in de oorlog omgekomen, Dottie. Hij was amper een week weg toen we het bericht kregen.'

Mijn moeder keek me glimlachend aan en ik zag iets in haar

ogen wat ik nog nooit eerder gezien had. Ik zag een glimp van het meisje dat ze ooit geweest was.

Ik pakte haar hand. 'Mam, wat vreselijk. Wat heb je toen gedaan?'

'Ik wilde ook dood. Ik kon me amper een leven voor Jack herinneren. Ik heb wekenlang gehuild, wilde niet naar buiten en maakte mijn hele familie het leven zuur. En in die tijd kwam je vader nog weleens bij ons langs omdat hij Jacks beste vriend was. Ik vroeg dan altijd of mijn moeder wilde zeggen dat ik er niet was. Toen nodigde ze hem op een dag toch uit om binnen te komen en zei ze dat ik hem zelf moest vertellen dat ik hem niet wilde zien. Ze was het spuugzat om steeds smoesjes voor me te moeten verzinnen.'

'En heb je dat toen gedaan?'

Mijn moeder glimlachte. 'Niet helemaal. Eerst heb ik tegen mijn moeder geschreeuwd dat ik mijn hele leven van Jack zou blijven houden en dat ik nooit meer met iemand anders uit wilde.'

'Wat zei ze toen?'

'Ze zei dat ik niet zo dramatisch moest doen, dat Jack dood was en dat er beneden een hele aardige jongeman zat die wonder boven wonder met me uit wilde.'

Mijn moeder lachte en kneep even in mijn hand. De dromerige blik in haar ogen was verdwenen; ze was weer zichzelf geworden.

'En toen ben je dus toch verliefd op hem geworden?'

'Dat duurde nog wel even, maar hij heeft me nooit opgejaagd. Als hij dat wel gedaan had, zou het waarschijnlijk ook niks tussen ons geworden zijn. Ik voelde me veilig bij hem en hij liet me zo vaak ik maar wilde over Jack praten omdat hij hem zelf ook miste. Langzaam maar zeker ging ik meer voor hem voelen en ik miste hem toen hij zelf het leger in ging. Op een dag besefte ik dat ik het net zo erg zou vinden om hem te verliezen als Jack. Daardoor wist ik dat ik van hem hield.'

'Wat ontzettend romantisch, mam.'

'Het lijkt allemaal zo lang geleden.'

'Dus je denkt dat ik Steve ook een kans moet geven?'

'Je bent nog zo jong, Dottie, en misschien is Steve de ware wel helemaal niet, maar ja, geef hem een kans. Geniet van zijn gezelschap en dan zie je vanzelf waar dat toe leidt.'

Het voelde vreemd om het met mijn moeder over de liefde te hebben en om haar over Jack te horen praten. Op de een of andere manier verwacht je niet dat je ouders zich ooit net zo gevoeld hebben als jij. Het is zelfs lastig om je in te denken dat ze ooit jong waren. Ik vroeg me af of mijn moeder Rita ook over Jack verteld had.

Met de woorden van mijn moeder in mijn achterhoofd rende ik de trap naar Mary's flat op en drukte ik het doosje pasteitjes dat mijn moeder me had meegegeven tegen mijn borst. Nu hadden we tenminste iets om over te praten, dacht ik terwijl ik aanklopte. Er werd echter niet opengedaan. Ik probeerde door het raam te kijken, maar zag niks. Ik klopte nog eens op de deur. Toen hield ik de brievenbus open en riep ik: 'Mary! Is alles goed met je?'

Toen kwam Mary's buurvrouw naar buiten.

'Ze is er niet,' zei ze terwijl ze tegen de deurpost leunde.

'O,' zei ik. 'Weet je waar ze naartoe is?'

'Ze hebben haar met een ambulance opgehaald.' Het meisje begon onverschillig haar nagels schoon te maken. Ik voelde mijn hart een slag overslaan.

'Wat is er dan met haar aan de hand? Is ze aan het bevallen?'

Het meisje haalde haar schouders op. 'Geen idee. Ze schreeuwde de hele buurt bij elkaar, dus toen ben ik naar beneden gegaan om een ambulance te bellen. Ik wist niet wat ik anders moest doen.'

'Was Ralph bij haar?'

'Wie?'

Ik begon zo langzamerhand gefrustreerd te raken. 'Ralph! Mary's man!'

'Ik heb geen man gezien. Volgens mij was ze alleen.'

Arme Mary! Wat moest ze bang geweest zijn, helemaal alleen en met zoveel pijn. Had ik maar niet zo lang met mijn moeder gepraat. Dan was ik hier waarschijnlijk al eerder geweest. Ik had bij haar moeten zijn! Ik wist niet wat ik moest doen. Ik overwoog Ralph te gaan halen. Toen besloot ik echter om Mary's moeder in te lichten.

'Naar welk ziekenhuis hebben ze haar gebracht?' vroeg ik het meisje.

'Dat hebben ze niet gezegd.'

Dom wicht! dacht ik. Ik rende terug naar beneden en kwam voor de deur van het gebouw Beverly Johnson tegen. Ik was nog nooit zo blij geweest om haar te zien.

'Beverly!' zei ik. 'Kun je alsjeblieft naar Mary's huis gaan en tegen haar moeder zeggen dat Mary naar het ziekenhuis gebracht is? Kun je dat voor me doen?'

'Natuurlijk doe ik dat.'

'Dank je wel, Beverly. Zeg maar dat ik niet weet in welk ziekenhuis ze ligt en dat ze dat dus zelf zal moeten uitzoeken. O, en zeg maar dat ik Ralph ben gaan halen.'

'Geen zorgen, ik ga meteen naar haar toe.'

Ik rende naar de bushalte en nam bus twee, die pal voor de fabriek stopte. De rit naar Ralphs werkplek leek wel eeuwig te duren en de bus stopte bij vrijwel elke halte. Ik dacht even dat ik nooit op mijn bestemming zou aankomen. Ik liep naar de receptie, die met slingers en kerstkaarten versierd was. Er zat een meisje achter de balie. 'Ik ben dringend op zoek naar Ralph Bennett,' zei ik. 'Zijn vrouw is opgenomen in het ziekenhuis.'

'Ik breng u wel even naar het kantoor van de manager. Die weet precies op welke afdeling hij werkt.'

Ik volgde haar een paar gangen door, tot we uiteindelijk voor een deur stonden waarop het woord Manager geschilderd was. Het meisje vertelde hem wat ik haar verteld had en liet ons toen alleen.

'Misschien kunt u beter even gaan zitten, mevrouw,' zei de manager. 'U ziet eruit alsof u flink geschrokken bent.'

Ik ging zitten en de manager belde iemand om Ralph te vinden.

'Hij komt eraan,' zei hij.

Toen Ralph het kantoor binnenkwam, herkende ik hem amper. Hij had een pet op en zag ontzettend bleek. Zelfs zijn wenkbrauwen en wimpers waren wit.

'Dottie, wat doe jij hier?' vroeg hij.

'Mary ligt in het ziekenhuis!' wist ik nog net over mijn lippen te krijgen voordat ik in tranen uitbarstte. Ralph kwam meteen naar me toe en sloeg zijn armen om me heen. Het was zo fijn om vastgehouden te worden dat ik mijn hoofd meteen tegen zijn schouder liet vallen. Ik ontspande in zijn armen en voelde een golf van opluchting over me heen spoelen.

'Rustig maar,' zei hij. 'Alles komt goed.'

Ik keek hem door mijn tranen heen aan.

Hij kon zijn lieve woorden beter voor Mary bewaren.

'In welk ziekenhuis ligt ze?' vroeg de manager. De lange kalende man zag er op het eerste gezicht streng uit, maar bleek ontzettend aardig te zijn. Hij bleef ontzettend rustig, alsof er niks aan de hand was.

'Ik weet het niet,' zei ik snikkend.

'Maak je maar geen zorgen, ik laat mijn secretaresse wel wat telefoontjes plegen en dan zijn we er binnen de kortste keren achter waar ze is.'

Ik knikte. De manager haalde een schone witte zakdoek uit zijn borstzakje, gaf die aan mij en liep toen de kamer uit.

'Dank u wel,' fluisterde ik terwijl ik mijn ogen droog depte.

'Je trilt helemaal,' zei Ralph. Hij pakte mijn hand vast.

Ik slikte. 'Ze had zoveel pijn, Ralph. Ze moet wel verschrikkelijk veel pijn gehad hebben, want het buurmeisje zei dat ze schreeuwde en ze was helemaal alleen.'

Ralph knikte. Hij beet op zijn onderlip.

'Het komt wel goed met haar. Maak je alsjeblieft geen zorgen. Er wordt vast goed voor haar gezorgd.'

Ik denk dat hij zowel mij als zichzelf met zijn woorden probeerde te kalmeren.

De manager kwam weer binnen. Hij glimlachte.

'Ze is in het ziekenhuis aan Buckingham Road en het lijkt erop dat je maar beter kunt opschieten.'

'Is ze aan het bevallen?'

'Zo klonk het wel,' zei hij grijnzend. Hij klopte Ralph op zijn schouder. Ralph stond op. Onder al het bloem zag hij er erg bleek uit en zijn grote ogen stonden doodsbang.

'Mijn brommer staat buiten,' zei hij.

'Ik breng je er wel naartoe,' zei de manager. Dat vond ik ontzettend aardig van hem. 'Laat je overall maar hier,' zei hij tegen Ralph. 'Anders zitten mijn leren stoelen straks onder het bloem.'

Ralph was zo zenuwachtig dat hij zijn werkkleding amper uit kreeg.

'Oké,' zei hij uiteindelijk. 'Dank je wel.'

'Zeg maar dat ik aan haar denk,' zei ik terwijl ik opstond.

Ralph bleef heel even voor me staan en keek naar zijn handen. Ik nam de met bloem besmeurde overall van hem over. Ik wilde hem vasthouden. Ik wilde dat hij mij vasthield.

'Sorry dat ik stoor,' zei de manager, 'maar wil je niet snel naar het ziekenhuis, voordat je de geboorte mist?'

'Ga maar,' zei ik.

Ralph zette een paar stappen in de richting van de deur, maar draaide zich toen om en kwam weer naar me toe. Hij drukte een kus op mijn wang.

Ik liep achter hem aan naar buiten en keek hem na terwijl hij als een echte filmster in een prachtige zwarte auto werd weggebracht. Ik glimlachte en stopte zijn overall onder mijn arm.

Het was inmiddels iets warmer geworden. De zon scheen en dus besloot ik niet op de bus te wachten, maar terug naar huis te lopen. Ik liep door de heuvels en via Kemp Town terug naar See Saw Lane. De wandeling duurde echter langer dan ik dacht en dus stopte ik voor een korte pauze bij een speeltuin waar kinderen aan het spelen waren. Ze waren dik ingepakt en hun wangen gloeiden van de kou. Mary Pickles kon nu elk moment moeder worden. Het zou zelfs kunnen dat de baby al geboren was. Het was zo'n gekke gedachte – Mary die moeder was! Ik kon me haar amper met een baby voorstellen. Ze had nooit van baby's gehouden. Ik vroeg me af wat Ralph nu voelde. Hij was waarschijnlijk dolgelukkig. Opeens voelde ik me ontzettend eenzaam. Dit was het begin van hun nieuwe leven, hun nieuwe gezin. Ik bleef nog even staan en keek naar de spelende kinderen. Toen liep ik naar huis, met de overall die naar bakwaren en Ralph rook nog altijd in mijn handen.

'Wat is er met jou gebeurd?' vroeg mijn moeder toen ik de keuken binnenkwam.

'Wat?' zei ik.

'Wat zit er in vredesnaam op je kleren? Het sneeuwt toch zeker niet?'

Ik keek naar mijn jas en zag dat ik onder het bloem zat. Ik legde de overall op het aanrecht en begon mijn kleren schoon te kloppen.

'Ik dacht dat je vanavond met Steve afgesproken had,' zei mijn moeder. 'Ik had je niet zo vroeg terug verwacht.'

Allemensen. Ik was Steve helemaal vergeten. Ik zuchtte. Het had geen zin om nog naar het café te gaan, want ik was al veel te laat voor ons afspraakje. Ik hoopte dat hij niet te lang op me gewacht had en dat hij zich geen zorgen maakte. Gelukkig was hij het type niet om kwaad op me te zijn.

‘Wat is er?’ vroeg mijn moeder voorzichtig.

‘Mary is aan het bevallen,’ zei ik.

‘O lieverd toch, kom eens hier!’ zei mijn moeder. Ze gaf me een knuffel en drukte een kus op mijn hoofd.

‘Ga zitten,’ zei ze. ‘Ga maar zitten. Dan zet ik thee en kun je me precies vertellen wat er gebeurd is.’

Lief dagboek,

De grapjassen in het ziekenhuis beweren dat ik een natuurlijke bevalling gehad heb. Nou, geloof mij maar; er was niks natuurlijks aan. Het was alsof ik een joekel van een meloen naar buiten moest zien te persen en ik heb nog nooit zoveel pijn gehad. Een van de oudere zusters zei dat ik niet zo moest schreeuwen. En ze noemde me moedertje. 'Ach, moedertje toch,' zei ze, 'we willen de baby toch zeker niet overstuur maken?'

Op dat moment kon het me niet schelen wie ik overstuur zou maken, zelfs niet als dat de baby zou zijn. Het enige wat de baby hoefde te doen was naar buiten komen, maar daar had ze overduidelijk totaal geen haast mee.

Het was een meisje, maar dat kon je amper zien doordat ze er zo ontzettend rood en woest uitzag. Ze leek een beetje op Winston Churchill; het enige wat nog ontbrak was een sigaar. Toen ik dat tegen de zuster zei, keek ze me aan alsof ze me wel kon vermoorden. Alsof ik dat erg zou vinden.

Nu is het de bedoeling dat ik een band met haar krijg, wat dat ook mag betekenen.

Mary Bennett (moeder van de eeuw)

Achttien jaar.

29

Mary had een meisje gekregen. Haar moeder kwam diezelfde avond nog bij ons langs om te vertellen dat de baby in de middag van 22 december geboren was. Voor de gelegenheid had ze haar mooiste jas en hoed uit de kast gehaald. Ze stond bleek en rillerig in onze keuken en zei dat ze eigenlijk de hele dag al knikkende knieën had.

'Het zal er wel iets mee te maken hebben dat ik nu oma ben,' zei ze.

Mijn moeder bood haar onze mooiste stoel aan en schonk toen een glaasje sherry voor haar in uit de fles die we eigenlijk voor Kerst zouden bewaren. Mijn moeder vroeg of ik ook een glas wilde, maar ik schudde mijn hoofd. Ik hield niet van sherry. Ik vond het echter wel fijn dat ze me nu als een van de vrouwen behandelde. Ik was erg dankbaar dat ik nu deel van hun kringetje uitmaakte.

'Weet je,' zei Mary's moeder, 'het is gewoon zo anders gelopen dan ik gedacht had. Ik dacht dat een van de jongens me voor het eerst oma zou maken, niet Mary.' Ze schudde haar hoofd. 'Niet onze kleine Mary.'

'Hoe is het met de baby?' vroeg mijn moeder op bemoedigende toon. 'Heeft ze veel haar? Hoe ziet ze eruit?'

'Ze is prachtig,' zei Mary's moeder. 'Echt prachtig. En Mary heeft het zo fantastisch gedaan. Ze schreeuwde het hele ziekenhuis bij elkaar, maar toch heeft ze het fantastisch gedaan.'

Ze wierp een korte blik op de deuropening om te kijken of mijn vader en Clark daar niet stiekem mee stonden te luisteren.

'Maar zes hechtingen!' zei ze trots.

'Zo!' zei mijn moeder.

Mary's moeder en mijn moeder knikten wijselijk. Ik dacht alleen maar: hechtingen? Waar had Mary in vredesnaam hechtingen voor nodig? Was ze uit bed gevallen of zoiets?

'Ze wordt ook zo goed verzorgd,' zei Mary's moeder. 'Ze kreeg een heerlijk diner van geroosterde kip, gekookte aardappelen en spruiten met jus. Er was zelfs brood met boter. Ze zei dat ze geen honger had, maar ik heb gezegd dat ze toch moest eten om voor melk voor de baby te zorgen.'

'Waarom moet ze dat zelf doen?' vroeg ik. 'Hebben ze in het ziekenhuis dan geen mensen die voor de melk kunnen zorgen?'

'Dat leg ik je straks wel uit,' zei mijn moeder, die met haar handen naar haar borsten gebaarde. Ik begreep meteen wat ze bedoelde en werd een beetje misselijk.

'Ik heb gezegd dat je morgen bij haar langskomt, Dottie,' zei Mary's moeder. 'Tijdens het bezoekuur mogen maar twee mensen per keer naar binnen. Ralph wil natuurlijk zo veel mogelijk bij haar zijn, maar Mary kan niet wachten om de baby ook aan jou te laten zien.'

'Oké,' zei ik met tegenzin. Eigenlijk wilde ik helemaal niet bij ze op bezoek. Ik wilde de baby van Ralph en Mary niet zien.

'Dottie...' Mijn moeder glimlachte me bemoedigend toe.

'Ik kan niet wachten om Mary en de baby te zien.'

De volgende dag hielp Sally me tijdens onze lunchpauze een kaart voor Mary en Ralph uit te zoeken. Er stond een plaatje op van een ooievaar die een baby in een roze deken droeg. De armpjes en beentjes van de baby staken uit de deken en boven het plaatje stond: 'Veel geluk met jullie kleine meisje'. Toen gingen we naar de bloemist en stelde de medewerkster een klein mandje vol roze- en crèmekleurige bloemen samen. Bij Woollies vulden we een zakje met fruitsnoepjes omdat we wisten dat Mary daar meer van hield dan van chocolade.

Na mijn werk nam ik de bus naar het ziekenhuis en om zes uur liep ik precies op tijd voor het bezoekuur naar binnen. Er stond een rij voor de kraamafdeling, maar niemand werd ook maar een seconde te vroeg binnengelaten. Zodra de deuren opengingen, liepen we verder. Ralph was er nog niet, waarschijnlijk omdat hij nog aan het werk was.

De kraamafdeling was een langwerpige ruimte met bedden aan weerszijden van het gangpad. Het was er erg schoon en netjes en in de hoek van de kamer stond een klein kerstboompje. De vrouwen lagen met meerdere kussens in hun rug onder de dekens. Naast hun bedden stonden kleine doorzichtige wiegjes op wielen, waar de baby's in lagen. In een van de bedjes lag de baby van Mary en Ralph.

Ik liep door het gangpad en ging op zoek naar Mary. Mijn hakken tikten tegen de glimmende houten vloer. De bezoekers liepen naar de bedden van hun vrienden en familieleden en probeerden zo zachtjes mogelijk te doen om de baby's niet wakker te maken.

Mary lag in het laatste bed, helemaal achterin de ruimte.

Ik herkende haar bijna niet doordat ze niet rechtop zat, maar op haar zij met haar rug naar de andere vrouwen toe lag. Ze droeg een ziekenhuisjurk en haar lange haar lag als een waaier over haar kussen uitgespreid. Ik dacht dat ze sliep en dus kwam ik heel voorzichtig dichterbij. Ze had ook het wiegje op wielen haar rug toegekeerd.

Ik legde de bloemen, het snoep en het kaartje aan de voet van haar bed en keek toen in het wiegje. Het kleinste baby'tje dat ik ooit had gezien keek naar me omhoog. Ze had één oog dichtgeknepen en drukte haar vuistjes tegen haar wangen. Het oog dat ik kon zien was groot en donkerbruin en haar kleine lippen bewogen, alsof ze zichzelf stilletjes een verhaaltje vertelde. Ze was in een roze deken gewikkeld die tot haar kin was opgetrokken en op haar hoofd zat een mutsje dat met een roze lint onder haar kin was vastgeknoopt. We keken elkaar aan en het was alsof we elkaar meteen begrepen. We hadden direct een band. En op dat moment kon ik de baby niks meer kwalijk nemen. Ik kon zelfs Mary en Ralph niet meer kwalijk nemen wat ze hadden gedaan, omdat dit meisje er anders niet was geweest. Ze was het mooiste kindje dat ik ooit had gezien.

'Hallo,' fluisterde ik. Ze probeerde haar andere oogje ook open te doen, maar kreeg dat niet meteen voor elkaar. Ik lachte. 'Hallo,' zei ik nog eens. 'Ik ben Dottie.' De baby drukte haar vuistje tegen haar lippen en probeerde haar vingers in haar mond te stoppen. Ik stuurde haar handje de goede kant op om haar te helpen en voordat ik het wist, begon ze op het topje van mijn vinger te sabbelen. Ik voelde een warm gevoel door mijn borst trekken. Het was net alsof ze wilde zeggen dat ze me nodig had. Het was fantastisch en ik lachte naar haar. Toen merkte ik pas dat Mary zich had omgedraaid en naar me lag te kijken. Ik voelde me meteen schuldig. Ik haalde mijn vinger uit het mondje van de baby en lachte naar mijn vriendin.

'O, Mary!' zei ik terwijl ik over haar heen boog om haar een knuffel te geven.

'Voorzichtig,' zei ze. 'Alles doet zeer.'

'Was het echt zo erg?'

Ze probeerde iets rechterop te gaan zitten. Ik zag meteen dat ze pijn had.

'Het was net alsof ik een joekel van een meloen naar buiten moest zien te persen,' zei ze.

Ik glimlachte en gaf haar de cadeautjes.

Ze haalde een snoepje uit het zakje en stopte het in haar mond. Ze zoog erop en ik bleef bij haar staan.

'Hoelang moet je in het ziekenhuis blijven?' vroeg ik.

'Tien dagen,' zei ze. 'Maar ik vind het niet zo erg. Eigenlijk vind ik het hier wel fijn. Alles wordt voor je gedaan.'

'O, dat is inderdaad fijn.'

De baby maakte een kirrend geluidje. Ze probeerde haar kleine vuistje weer in haar mond te stoppen.

'Mag ik haar vasthouden?' vroeg ik.

'Als je wilt.'

Ik leunde over het bedje heen en tilde de baby voorzichtig tegen mijn borst. Ze was strak in haar dekentje gerold en ik hield haar als een kwetsbaar wezentje tegen me aan. Ze draaide haar gezichtje en legde haar wangetje tegen mijn huid.

'O, Mary,' zei ik, 'ze is prachtig.'

Mary rommelde wat in haar zakje snoep en haalde een dropje tevoorschijn. Ze haalde het papiertje eraf en keek geen seconde naar de baby.

'Ze is zo mooi, Mary.'

'Het is maar net waar je van houdt,' zei ze.

Toen ik mijn moeder later vertelde hoe weinig interesse Mary in haar baby leek te hebben, zei ze dat ik me geen zorgen hoefde te maken.

'Het is een ontzettend ingrijpende gebeurtenis om een kindje te krijgen,' zei ze. 'Mary's lichaam moet er weer aan wennen om niet zwanger te zijn en haar hersenen moeten verwerken dat ze moeder geworden is. Als je je eerste kindje krijgt, is dat een behoorlijke schok voor je systeem... het is immers een hele verantwoordelijkheid om moeder te zijn. Maar ze went er vast nog wel aan. Dat doen we uiteindelijk allemaal.'

'Was Rita voor jou ook zo'n schok?' vroeg ik.

'Absoluut.'

'Rita zal voor iedereen wel een behoorlijke schok geweest zijn,' zei mijn broertje. 'Ongelofelijk dat je na haar nog twee kinderen gekregen hebt.'

Mijn moeder lachte.

'Maar goed,' zei ze terwijl ze bemoedigend in mijn schouder kneep, 'Mary heeft geluk, want ze heeft jou om haar te helpen. Probeer haar de positieve kant van dit alles maar te laten inzien.'

Ik knikte.

Mijn moeder keek me aan.

'Wat is er?'

'Ik ben ontzettend trots op je, Dottie Perks.'

Ik glimlachte.

'Maar luister, ik weet dat je wilt helpen, maar de baby is Mary en Ralphs verantwoordelijkheid en niet die van jou. Zorg dat het je leven niet gaat beheersen.'

'Dat zal ik doen.'

'Goed zo,' zei mijn moeder. Toen zei ze: 'Moet jij je trouwens niet klaarmaken?'

'Klaarmaken waarvoor?'

'Om die aardige jongeman je excuses aan te bieden dat je hem gisteren hebt laten zitten!'

Ik gaf mijn moeder een knuffel.

'Je hebt helemaal gelijk!' zei ik terwijl ik snel naar boven rende om me om te kleden.

Lief dagboek,

Het krijgen van een baby zou toch een van de natuurlijkste dingen ter wereld moeten zijn?

Miljoenen vrouwen bevallen elke dag van miljoenen baby's. Vaak is dat een prachtige gebeurtenis en voelen vrouwen zich vervuld van liefde voor hun kindje, maar hoe ik mijn best ook doe, zo voelt het voor mij niet.

Ik hou van Peggy, echt waar, maar ik ben zo ontzettend moe. Soms zou ik haar het liefst een paar uur aan een vreemde meegeven zodat ik even kan slapen.

Soms droom ik nog over hoe mijn leven had kunnen zijn. Dan zie ik de bovenste verdieping van een huis met een klein bed vol zachte kussens, katoenen dekens en een handgemaakte sprei. Mijn kamer ligt direct onder het dak en er is een raam met prachtig uitzicht over Parijs. In mijn droom ruik ik naar lijnzaadolie en terpentijn. Mijn ezel staat bij het raam en er staan wel twintig onafgemaakte schilderijen tegen de muur. Maar dan word ik wakker in een aftandse flat in een buitenwijk van Brighton. De kamer heeft geen kleur en ruikt naar ellende. Mijn hele leven speelt zich binnen vier muren af.

Ik weet niet of Dottie me nog wel zo aardig vindt. Dat zie ik in haar ogen als ze door de flat loopt. Ik hoor haar zuchten als Peggy een vieze luier heeft of als ze de was doet. Ik hoor haar en Ralph samen lachen als ik op bed lig. Ik weet dat ik haar zou moeten helpen, maar de laatste tijd vraag ik me steeds vaker af of ze niet beter weg kan gaan.

Ik wil me helemaal niet zo voelen. Dottie is mijn beste vriendin en was de afgelopen jaren de belangrijkste persoon in mijn leven. Mijn dierbaarste herinneren zijn allemaal met Dottie. Soms denk ik opeens aan de dingen die we samen hebben meegemaakt. Momenten uit het verleden die als foto's in een fotoboek in mijn geheugen gegrift staan. Die lange zomerdagen. Samen gillend de zee in rennen en elkaar natspetteren terwijl het water onze voeten ijskoud maakt.

Soms wil ik terug naar die tijd en wil ik helemaal opnieuw beginnen.

Doei doei dagboek.

Mary Bennett

Achttien jaar.

30

Mary was geen geboren moeder. Ze voelde zich duidelijk niet op haar plek en vond het moeilijk om van haar nieuwe leven te genieten. Sinds Peggy's geboorte had Mary haar baby amper meer vastgehouden. Het was alsof ze met haar gedachten totaal ergens anders was. Ze was niet onaardig tegen ons, maar als je tegen haar praatte leek ze maar half te luisteren. Ze had nergens daadwerkelijk interesse in. Ik wist niet wat ik met haar aan moest. Ik wist niet hoe ik haar nog kon bereiken. Ik vertelde haar moeder dat ik me zorgen om Mary maakte, maar die zei dat haar dochter gewoon wat rust nodig had.

'Als ze eenmaal uitgerust is, komt alles vanzelf goed,' zei Mary's moeder. 'Het is helemaal niet ongebruikelijk dat jonge moeders na de bevalling uitgeput zijn.'

Zodra Mary ook maar even niet wakker hoefde te zijn, viel ze in slaap. Toen ze eind januari nog steeds zo moe was, begonnen ook andere mensen zich zorgen te maken en uiteindelijk ging haar moeder met haar naar de huisarts.

'Ik heb een ijzertekort,' vertelde Mary toen ik een paar dagen later bij haar langsging. 'De dokter heeft me tabletten voorgeschreven. Hij zegt dat wel meer jonge moeders daar na hun bevalling last van krijgen, dus hopelijk voel ik me snel beter.'

Ik wilde zo graag dat Mary gezond zou worden en dat de tabletten zouden werken. Ik wilde mijn beste vriendin terug.

Kort daarna trof ik Mary in tranen in haar flat aan.

'Ze wil niet drinken,' zei ze snikkend. Peggy had vuurrode wangen en krijste de hele buurt bij elkaar.

'Misschien heeft ze gewoon geen honger,' zei ik.

'Natuurlijk heeft ze wel honger,' riep Mary uit. 'Ze heeft altijd honger!'

Ik legde Peggy tegen mijn schouder en fluisterde zachtjes in haar oor terwijl ik met haar door de flat liep. Uiteindelijk hield ze op met huilen, maar ze hikte nog altijd na terwijl ze langzaam maar zeker op adem kwam.

'Wil je anders even gaan liggen, Mary?' vroeg ik.

'Misschien is dat wel een goed idee,' zei ze. 'Ik wou dat ik niet steeds zo moe was. Die tabletten hebben amper iets uitgehaald, behalve dan dat ik helemaal verstopt zit.'

'Het wordt vast nog wel beter,' zei ik, maar eigenlijk had ik geen idee of dat waar was.

Vanaf die dag probeerde Mary haar dochter geen borstvoeding meer te geven, maar ging Peggy over op de fles. Als ik toevallig op bezoek was, voedde ik haar weleens. Dat vond ik geweldig om te doen. Ik vond het heerlijk om in Peggy's ogen te kijken terwijl ze dronk en om te zien hoe ze tevreden aan de rubberen speen zoog. Mary's dochter fascineerde me eindeloos. Ik vond het geweldig om haar vast te houden, haar in bad te doen en met haar door de flat te lopen. Ik begreep niet hoe Mary zo weinig interesse in dit prachtige kleine wezentje met haar mooie ogen kon hebben.

Natuurlijk wist ik wel dat het voor mij een stuk makkelijker was dan voor haar. Ik kon komen en gaan wanneer ik wilde. Ik was niet dag in dag uit verantwoordelijk voor Peggy. Ik kon haar voor het haardvuur in bad doen, haar afdrogen en aankleden, haar voeden en vervolgens de deur uit lopen. Meestal ging ik dan naar het café om Steve te zien, waar ik alle vrijheid had om te lachen en te dansen. Ik werd niet drie of vier keer per nacht door Peggy wakker gemaakt. Ik hoefde niet met haar door de donkere kamers te lopen om haar weer in slaap te zingen zodat ze de buren niet wakker zou maken.

Hoewel ik dat allemaal wist, kon ik toch niet begrijpen dat Mary geen enkele klik met haar dochter leek te hebben. Ik was niet eens familie, maar toch wilde ik er alles aan doen om Peggy zo gelukkig mogelijk te maken. Ik wilde haar overladen met bloemen en speelgoed en wilde haar knuffelen en in slaap zingen. Ik wilde zorgen dat ze altijd een volle maag had en warme, schone kleertjes droeg. Ik vond het helemaal niet erg om haar te verzorgen. Het was alleen wel moeilijk om mijn geduld te bewaren met Mary, die deed alsof het haar allemaal niks kon schelen. Maar hoe kon ik haar veroordelen? Ik wist niet hoe het voelde om volledig verantwoordelijk te zijn voor iemand.

Soms betrapte ik mezelf op de gedachte dat Mary zelf verantwoordelijk was voor deze hele situatie. Haar leven was lang niet zo vreselijk als ze altijd beweerde. Ze had een mooi huis, een lieve man, een prachtige baby... ik had dolgraag met haar geruild – maar dan had ik er het beste van gemaakt! Als ik zo dacht, voelde ik me meteen daarna schuldig. Ik voelde me een slechte vriendin en wilde er alles aan doen om Mary zo goed mogelijk te helpen.

'Kijk haar nou,' zei ik tegen Mary. 'Kijk dat gezichtje nou! Zie je dat ze naar je probeert te lachen? Ze doet zo hard haar best om er een glimlach uit te persen! Ze is zo mooi.'

Ik draaide me om en toen ik Mary's schichtige ogen zag, kon ik onmogelijk boos op haar zijn. In plaats daarvan slikte ik mijn wrok weg, legde de baby op haar deken op de grond en sloeg ik mijn armen om Mary heen. Ze begon te huilen.

'Ik wilde helemaal niet zo eindigen,' zei ze. 'Mijn leven had totaal anders moeten zijn. Ik had de tijd van mijn leven moeten hebben, mooie kleren moeten kopen, naar feestjes moeten gaan en in plaats daarvan zit ik hier in een flat met een man die ik amper ken en een baby die een hekel aan me heeft.'

'Ze heeft helemaal geen hekel aan je! Je bent haar moeder!'

'Ze mag me anders totaal niet, en gelijk heeft ze. Ik ben waardeloos met haar. Ik kan haar niet eens de borst geven.'

Mary huilde en ik hield haar vast, drukte een kus op haar hoofd en zei dat alles goed zou komen.

Dat gesprek bleven we in de maanden die volgden eindeloos herhalen.

Niks wat ik zei leek Mary op te vrolijken. Ze weigerde de positieve kant van de situatie in te zien, bleef koste wat het kost volhouden dat Peggy een hekel aan haar had en ik vond het steeds moeilijker om niet kwaad te worden als ze de baby de schuld gaf van de situatie. Als ik Mary ook maar iets over mijn leven vertelde, barstte ze in tranen van zelfmedelijden uit of maakte ze nare opmerkingen die me meteen een schuldgevoel bezorgden. Mary voelde zich gevangen in haar eigen leven en was jaloers op mijn vrijheid. Ze sloot zich af van Peggy, omdat ze dacht dat die een hekel aan haar had en was kwaad op Ralph, omdat die naar zijn werk ging terwijl zij haar dagen alleen in de flat doorbracht.

Ik had inmiddels gemengde gevoelens over de situatie. Mijn relatie met Mary had nog nooit zo onder druk gestaan. We hadden elkaar altijd alles verteld, maar nu moest ik allerlei dingen voor haar verbergen en was ik regelmatig boos op haar, waar ik me vervolgens weer schuldig over voelde. Ik moest haar beter proberen te helpen. Elke avond ging ik naar de flat en ik zag Steve alleen nog in het weekend. Mary's huis was een enorme puinhoop en begon zelfs te stinken, doordat er overal vieze luiers lagen. Ik had geen idee hoe Mary zo geworden was. Het was alsof ze een totaal andere persoon werd en de Mary die ik kende spoorloos verdwenen was. En dus ging ik elke avond naar haar toe om haar met Peggy en het huishouden te helpen. Mijn moeder zei dat ik te veel tijd met haar doorbracht en dat Peggy niet mijn verantwoordelijkheid was, maar zij wist niet hoe het er in de flat aan toeging en zag niet dat Mary niet goed voor Peggy zorgde. Mevrouw Pickles ging elke dag bij Mary langs en hielp haar zo veel ze kon, maar zij had zelf ook een man en zes zonen te verzorgen. Zodra ik binnenkwam, maakte zij zich klaar om te vertrekken en dus praatten we amper met elkaar.

Ik probeerde Ralph zo veel mogelijk te mijden door voordat hij thuiskwam weg te gaan, maar soms verloor ik de tijd uit het oog en was ik er nog. In het begin was dat wat ongemakkelijk en wisten we amper wat we tegen elkaar moesten zeggen. Na een tijdje bleef ik echter steeds vaker in de flat hangen zodat ik Ralph kon zien. Ik keek ernaar uit om hem te spreken. Mary lag het grootste gedeelte van de dag in bed en dus dronken we samen koffie en praatten we wat over ons werk en over Mary, die nog steeds geen band met Peggy had opgebouwd. Net als vroeger lachten we om elkaars stomme grappen en na verloop van tijd werden de gesprekken met Ralph steeds belangrijker voor me.

Lief dagboek,

Ralph is heel lief en geduldig en zou me nooit zomaar veroordelen. Hij gaat zo teder met Peggy om. Ik lig vaak op de bank naar ze te kijken en dan zie ik dat haar ogen beginnen te glanzen als ze zijn stem hoort. Ik wil een betere moeder voor haar zijn en hoop op een dag ook een betere vrouw voor Ralph te zijn. Ooit snapte ik niet wat Dottie in hem zag, maar nu begrijp ik dat wel. Ralph Bennett is een goede man. Mijn moeder zegt dat we na verloop van tijd misschien zullen leren om voor elkaar te zorgen. Hij is Elton natuurlijk niet en waarschijnlijk zal ik nooit voor Ralph voelen wat ik voor Elton voelde, maar we zijn wel vrienden en dat is een goed begin.

Gisteren was het Kerst. We zijn met zijn drieën thuisgebleven, wat erg fijn was. Ralph had een roze knuffelkonijn voor Peggy gekocht. Ze vond het prachtig en bleef haar gezicht maar tegen de zachte stof aan wrijven, waar we ontzettend om moesten lachen. Toen gaf Ralph mij ook een cadeautje. Hij had het met rood papier ingepakt en er een groen satijnen lint omheen gebonden. Ik maakte het open en het was een prachtig schetsblok met dik papier, veel mooier dan alle andere schetsblokken die ik ooit gehad heb. Hij had ook een doos potloden, een gum en een puntenslijper voor me gekocht. Ik legde ze allemaal voor me op de vloer van de woonkamer. Ralph zei dat zijn cadeautjes misschien niet aan Parijs konden tippen, maar dat hij toch zijn best gedaan had om me iets moois te geven. Ik hield op dat moment zoveel van hem.

Als Ralph op zijn werk is, maak ik tekeningen van de baby. Inmiddels heb ik een paar schetsen van haar terwijl ze slaapt, op haar rug en op haar buik ligt en ze haar armpjes optilt. Ik word steeds een beetje beter. Ik heb ook een paar close-ups gemaakt van haar oren, haar ogen en haar lieve kleine handjes. Ik laat mijn tekeningen aan niemand zien. Ik verstop ze onder mijn bed.

Had ik al gezegd dat Peggy de meest donkerblauwe ogen heeft die ik ooit gezien heb? En dat haar haren een prachtige kleur rood hebben? En dat ik die kleur voor geen goud zou willen veranderen?

Doei doei dagboek.

Mary Bennett (buitengewoon begaafd kunstenares)

Achttien jaar.

31

De kerstdagen gingen compleet aan me voorbij. Normaal gesproken vond ik het heerlijk om het feest uitgebreid te vieren, maar dit jaar was ik er totaal niet voor in de stemming. Tante Brenda, oom Eddie en Carol kwamen zoals gewoonlijk langs en 's avonds kwamen Rita en Nigel op de thee. Ik speelde een ronde hints mee en deed toen een bordspelletje met mijn vader, maar eigenlijk hoopte ik dat de dag zo snel mogelijk voorbij zou gaan. Steve had een grote bruine teddybeer voor me gekocht en ik had hem de nieuwste plaat van Eddie Cochran gegeven. Ik ging niet naar de flat, omdat ik niet wilde zien hoe Mary en Ralph hun eerste Kerst als kersvers gezin zouden doorbrengen. Pas toen alles voorbij was, liet ik mijn gezicht weer zien. Toen ik op een dag 's middags vrij was, ging ik de stad in om cadeautjes voor Mary en Peggy te kopen. Op wat tweedehands spullen na die Mary's moeder had meegebracht, had Peggy namelijk nog geen speelgoed. Ze was inmiddels twee maanden oud en ik had gezien dat ze steeds vaker dingen vast probeerde te grijpen. Haar mollige vingertjes krulden om plukken van mijn haar als ik haar optilde en ze stopte vaak het puntje van haar deken in haar mond. Ik zocht een zachtroze rammelaar in de vorm van een beer voor haar uit die een zacht rinkelend geluid maakte als je ermee schudde. Voor Mary kocht ik wat tijdschriften, een zak snoep en een lippenstift. Sinds de baby geboren was, had ik haar geen make-up meer zien dragen. Ik dacht dat een nieuwe lippenstift haar misschien zou opvrolijken.

Toen ik bij de flat aankwam, hoorde ik Peggy onderaan de trap al huilen. Ik liet mezelf binnen met de sleutel die onder de deurmat lag en riep Mary, maar er kwam geen antwoord. De baby lag in haar wiegje en brulde de hele buurt bij elkaar. Haar gezichtje was rood en bezweet. Ik tilde haar tegen mijn borst. Ze was doornat en stonk naar urine. Zodra ze in mijn armen lag, werd ze rustiger en ging haar gebrul over in een hartverscheurend gehuil. Ik had vreselijk medelijden met haar.

'Arm kleintje,' zei ik liefdevol terwijl ik voorzichtig een kus op Peggy's hoofdje drukte. 'Arm meisje, rustig maar, Dottie is bij je. Mary?' riep ik nu iets harder. Mary strompelde de kamer in en wreef in haar ogen.

'Wat is er?' vroeg ze.

'O, Mary!' Ik was ontzettend kwaad en gefrustreerd. 'Heb je haar niet horen huilen?'

Mary gaapte. 'Ik lag te slapen.'

'Peggy is doornat. Je hebt haar toch wel gehoord!'

'Nou, blijkbaar niet, hè?' zei Mary. 'Geef haar maar aan mij, dan verschoon ik haar meteen.'

'Weet je wel hoe dat moet?'

'Wat bedoel je daar nou weer mee?' zei ze terwijl ze me fel aankeek.

'Zo vaak verschoon je haar toch niet?'

'Doe jij het dan maar,' zei Mary. 'Je hebt gelijk. Jij kunt het veel beter dan ik.'

Ik voelde me meteen schuldig.

'Sorry, Mary, dat had ik niet moeten zeggen. Ik kan het helemaal niet beter dan jij. Ik bedoel...'

'Ik wilde gewoon heel even gaan liggen,' zei Mary. Ze klonk intens verdrietig. 'Het was mijn bedoeling niet om in slaap te vallen.'

'Natuurlijk niet. Het is al goed,' zei ik. 'Rustig maar. Ik help je wel.'

Mary zat op de bank en keek toe hoe ik Peggy's luier verschoonde.

'Zo, weer helemaal schoon!' zei ik terwijl ik Peggy onder haar kin kietelde. Ze giechelde en dus kietelde ik haar nog eens.

'Ze is zo gek op je. Volgens mij houdt ze meer van jou dan van mij,' zei Mary.

'Natuurlijk niet.'

'Jawel,' zei Mary. Toen keek ze me met een intense blik aan. 'Je weet best dat ik gelijk heb.'

'Mary, hou hier alsjeblieft mee op. Ik heb haar al een week niet gezien. Ze lacht alleen maar naar me omdat ik ook naar haar lach. Ze geniet gewoon van de aandacht. Hou haar anders zelf maar even vast.'

'Nee,' zei Mary, die weigerde de baby die ik haar aanbood van me over te nemen. Haar eigen kind. 'Dat hoeft niet.'

Ze leunde achterover en liet haar ogen dichtvallen. Ze was net een klein meisje. Een verdrietig klein meisje.

'Eet je wel goed?' vroeg ik. 'Want volgens mij ben je behoorlijk afgevallen.'

Mary zuchtte en schudde haar hoofd. 'Ik heb de laatste tijd totaal geen honger. Ik ben veel te moe om te eten. Ik ben overal te moe voor.'

'Misschien moet je het daar eens met de dokter over hebben,' zei ik.

'Dat zegt Ralph ook steeds.'

Ik kreeg nog altijd de kriebels als Mary zo over Ralph praatte, alsof ze familie waren en samen beslissingen namen. Dat was misschien gemeen van me en waarschijnlijk was ik gewoon jaloers, maar ik kon er niks aan doen.

Ik verschoonde Peggy's bedje en legde haar neer. Toen ging ik naast Mary op de bank zitten en pakte haar hand. Ook die leek magerder te zijn dan gewoonlijk en bovendien voelden haar vingers ijskoud aan.

'Ik denk dat Ralph gelijk heeft,' zei ik.

'Hij zei dat hij binnenkort een doktersafspraak voor me maakt,' zei Mary. 'Als hij me iets voorschrijft waar ik minder moe van word, kan ik vast beter voor Peggy zorgen.'

'Ja.'

'Ik doe echt mijn best, Dottie, maar ik ben zo snel moe dat het gewoon makkelijker is om te wachten tot mijn moeder er is, of Ralph, of jij. Ik weet heus wel dat jullie me een luie slechte moeder vinden.'

'Dat vinden we helemaal niet,' zei ik. Maar om eerlijk te zijn was die gedachte al een paar keer bij me opgekomen.

'Maar weet je, Dottie?' zei ze. 'Het maakt me niet eens iets uit wat jullie denken, want zelfs daar ben ik te moe voor.'

'Ik heb een cadeautje voor je gekocht,' zei ik. Ik gaf haar het zakje met de lippenstift erin. Ze haalde hem tevoorschijn en trok de dop eraf om de kleur te bekijken. De lippenstift had een zachte perziktint die haar prachtig zou staan. Ze bekeek hem even en legde de lippenstift toen naast zich neer.

'Vind je hem niet mooi?' vroeg ik.

'Hij is prachtig. Dank je wel,' zei ze. Uit haar toon kon ik opmaken dat ze de lippenstift waarschijnlijk nooit zou dragen.

'Zal ik een boterham voor je smeren?'

'Nee, dank je. Nu je er toch bent, denk ik dat ik maar weer even ga liggen. Misschien kun je een stukje met Peggy gaan wandelen, of zoiets. Ze kan wel wat frisse lucht gebruiken. Dat schijnt goed voor haar te zijn.'

Mary liep naar het wiegje toe en keek naar Peggy.

'Sorry, kleintje,' zei ze. 'Sorry dat ik zo nutteloos ben. Eigenlijk had Dottie je moeder moeten zijn. Zij zou veel beter voor je gezorgd hebben dan ik.'

Ik deed mijn uiterste best om me niet aan die opmerking te ergeren, maar dat deed ik wel. Sterker nog, het kwetste me enorm om Mary zo te horen praten. Ze had zoveel zelfmedelijden, terwijl niemand haar gedwongen had om met Ralph naar bed te gaan en zwanger te raken. Maar dat was niet het enige wat me dwarszat. Want Mary had gelijk; *ik* had Peggy's moeder moeten zijn. Als iemand een kind met Ralph Bennett had moeten krijgen, was ik het. En als ik het geweest was, had ik met alles wat ik in me had van het kind gehouden en had ik er alles aan gedaan om het zo goed mogelijk te verzorgen. In geen miljoen jaar had ik haar alleen, met een compleet doorweekte luier krijsend in haar bedje laten liggen. En als ik dat wel gedaan had, zou ik me daar zo schuldig over voelen dat ik mezelf amper zou kunnen vergeven. Dat waren de gedachten die door mijn hoofd spookten en waar ik me diep voor schaamde.

Ik kon Mary amper meer aankijken.

Ik wachtte tot ze de deur van haar slaapkamer achter zich dichttrok en tilde Peggy toen tegen mijn borst. Haar ogen begonnen dicht te vallen. Ik aaide voorzichtig over haar kleine gezichtje. Ze was zo'n prachtige baby.

Het was een hele opgave om de kinderwagen door de voordeur te krijgen en vervolgens van de trap naar beneden te dragen. Ik kreeg het amper voor elkaar, en dat terwijl ik sterk en gezond was. Voor Mary zou het simpelweg onmogelijk zijn om Peggy mee uit wandelen te nemen. Toen de kinderwagen eenmaal beneden stond, liep ik terug om Peggy te halen. Ik legde haar in de wagen en begon te lopen. Er stond behoorlijk wat wind, maar gelukkig regende het niet. Ik had een dikke donkerblauwe jas aan en een bijpassende sjaal om mijn nek. Mijn handen had ik in de nieuwe wanten gestoken die tante Brenda me voor kerst gegeven had. Peggy leek het met haar rode mutsje op haar hoofd prima naar haar zin te hebben en keek met sprankelende ogen naar me omhoog.

We liepen naar het park, waar ik op een bankje voor de vijver ging zitten. Er waren mensen met op afstand bestuurbare boten aan het spelen. Ze zaten gehurkt aan de waterkant met kleine zwarte apparaatjes in hun handen. Er hing een petroleumgeur in de lucht. Ik deed de kap van de kinderwagen naar beneden omdat ik me zorgen maakte over de dampen die Peggy zou kunnen inademen. De mensen glimlachten als ze langsliepen en stopten soms even om naar Peggy te kijken en mij met mijn prachtige baby te feliciteren. Ik wist dat ze dachten dat ik haar moeder was, maar corrigeerde niemand.

Ik bleef urenlang met Peggy weg. Om eerlijk te zijn zag ik er het nut niet van in om haar terug te brengen naar de flat. Bovendien kon ik de negativiteit van Mary geen seconde langer verdragen. Ik had een flesje voor Peggy in een handdoek gewikkeld en onderin de kinderwagen gelegd. Waarschijnlijk was haar melk inmiddels niet meer zo warm als ze gewend was, maar dat leek ze helemaal niet erg te vinden. Ik voedde haar in een cafeetje in de buurt terwijl ik zelf een cappuccino dronk en een broodje at. Een van de muren hing vol posters, waarop stond dat er een speciale club voor jonge moeders was die elkaar een keer per week in de kerk ontmoette. Ik vroeg het meisje achter de bar om een pen en noteerde het telefoonnummer dat op de poster stond. Dat kon ik dan later aan Mary geven. Misschien kon ze op die manier andere jonge moeders leren kennen. Ik merkte dat ik me steeds meer aan Mary begon te ergeren. Ze deed totaal geen moeite om iets van haar nieuwe leven te maken. Ze probeerde niet eens om een goede moeder te zijn. Ze leek het simpelweg meteen te hebben opgegeven. Soms dacht ik dat ik een betere moeder voor Peggy zou zijn en dat ik veel meer van haar zou kunnen houden dan Mary. Soms dacht ik dat Mary het niet eens zo erg zou vinden als Ralph en ik er samen met Peggy vandoor zouden gaan. En soms wenste ik zelfs dat mijn beste vriendin Mary Pickles op mysterieuze wijze zou verdwijnen. Ik maakte me vreselijke zorgen om Peggy en om het feit dat Mary haar niet had horen huilen, terwijl ik haar beneden al had gehoord.

Het begon te regenen en dus liep ik met tegenzin terug naar de flat. Ik liet de kinderwagen onderaan de trap staan en ging met Peggy in mijn armen naar boven. Mevrouw Pickles stond bij de voordeur te wachten.

'Wat ben ik blij dat jullie terug zijn,' zei ze. 'Ik maakte me zo'n zorgen.'

'Mary vroeg of ik Peggy een tijdje mee naar buiten wilde nemen,' zei ik om me te verdedigen.

'Dat weet ik, lieverd. Maar geef haar nu maar aan mij.'

'Wat is er? Is er soms iets gebeurd? Is alles goed met Mary?'

'Nee Dottie, het gaat niet goed met Mary. Ik maak me enorme zorgen om haar en dus neem ik Peggy straks mee naar huis.'

Ik liep achter mevrouw Pickles aan naar de woonkamer. Mary zat op de bank en zag er nu nog kleiner en bleker uit dan toen ik een paar uur geleden weggegaan was. Ze had haar jas over haar nachtjapon aangetrokken. Ik ging naast haar zitten en pakte haar hand, die klam aanvoelde. Er hing een vreemde geur om haar heen die ik nog niet eerder geroken had. Ze rook niet naar Mary. Waarschijnlijk had ze zich al weken niet gewassen. Haar haren plakten tegen haar hoofd en haar huid glom.

Ze probeerde te glimlachen. 'Kun jij misschien wachten tot Ralph thuis is, Dottie? En kun je dan tegen hem zeggen dat we bij mijn moeder zijn? Hij zal zo wel thuiskomen.'

'Natuurlijk doe ik dat.'

'Ik weet niet wat er met me aan de hand is, Dottie.'

'Waarschijnlijk niks ernstigs,' zei ik glimlachend. 'Laat je maar een paar dagen goed verzorgen door je moeder, dan ben je voordat je het weet weer de oude!' Dat zeiden mensen toch altijd als het niet zo goed met iemand ging?

'Ik ben zo bang.'

'Je hoeft niet bang te zijn,' zei ik.

'Je komt toch wel bij me langs?' zei Mary. 'Als je Ralph eenmaal gesproken hebt?'

'Vandaag niet,' zei ik, 'ik heb vanavond met vrienden afgesproken.'

'O.'

Mary's moeder keek me fronsend aan, maar zei niks.

'Misschien kun je daarna nog even komen?' vroeg Mary.

'Ik zal het proberen,' zei ik.

32

Zodra Mary en haar moeder weg waren, begon ik de flat schoon te maken. Ik deed de afwas die in de gootsteen stond en schrobde op mijn knieën de keukenvloer. Ik poetste elke vierkante centimeter van de badkamer. Toen liep ik de slaapkamer in.

Ik raapte de ongewassen kleren op die Mary op verschillende plekken op het tapijt had achtergelaten. Ik probeerde haar zo min mogelijk te veroordelen, maar ergerde me toch aan haar slordigheid. De doorweekte babykleertjes lagen tussen Mary's ondergoed en gekreukte nachtjaponnen op het tapijt, dat onder de stof en haren zat. Ze had zoveel in bed gelegen dat de vochtige, muffe lakens bezaaid waren met rozeachtige vlekken. Ze waren nog warm en roken naar zweet en ellende. Ik gooide de lakens en de sprei in de hoek van de kamer en haalde toen de dekens van het bed, die ik bovenop de stapel was gooide die ik al had gemaakt. Ik zou de was straks meteen even naar de wasserette brengen. Het kostte weliswaar wat tijd, maar ik trok net zo lang aan het matras tot ik het had omgedraaid en haalde toen schoon beddengoed uit de droogkast in de badkamer. Ik maakte het bed weer op. Mijn moeder had Rita en mij altijd geleerd om de lakens mooi strak te trekken en de hoekjes goed in te stoppen, want volgens haar was er niks fijners dan een goed opgemaakt bed.

Ik liep naar het raam en zette het wijd open om wat frisse lucht binnen te laten. Het was gestopt met regenen en alles rook vers en nieuw. Achter de flats lagen de heuvels waar ik vroeger altijd met Ralph gewandeld had. Ik leunde tegen de vensterbank en keek uit over het landschap. De glooiende groene heuvels lagen als enorme armen om Brighton heen, alsof ze de stad wilden beschermen. Er dreven kleine witte wolken voor de felblauwe lucht langs.

Het was bijna lente, maar gek genoeg keek ik er niet naar uit.

Ik kon me mijn eerste afspraakje met Ralph nog precies herinneren. We hadden samen in het gras gezeten en ik wist nog precies hoe zijn hand gevoeld had toen hij voor het eerst mijn vingers aanraakte. Er vormde zich een brok in mijn keel en heel even dacht ik dat ik geen lucht kreeg. Toen begon ik te huilen. Mijn snikken klonken zo hard dat het maar goed was dat er niemand anders in de flat was. Mijn hele lichaam leek wel te huilen, alsof mijn lichaam de tranen die me verstikten niet langer aankon. Ik huilde om mezelf, om Mary, om Ralph en om onze gedroomde toekomst die waarschijnlijk nooit werkelijkheid zou worden. Ik merkte pas dat hij er was toen hij iets tegen me zei.

'Niet huilen, Dottie,' zei hij. 'Alsjeblieft.'

Hij was achter me de kamer binnengekomen en stond nu op een paar meter afstand naar me te kijken. Ik dacht aan alle dingen die we samen hadden kunnen doen, het leven dat we hadden kunnen hebben en alles wat me was afgenomen.

Zijn stem wekte op de een of andere manier iets in me op en ik begon tegen hem te schreeuwen. 'Hoe kon je me zoiets vreselijks aandoen, Ralph? Hoe kon je dat nou doen?' Tot mijn eigen verbazing begon ik met mijn vuisten tegen zijn borst te slaan. Hij probeerde zichzelf niet eens te verdedigen en keek me simpelweg hulpeloos aan.

'Heb je dan echt helemaal *niks* te zeggen?' schreeuwde ik.

'Het spijt me,' mompelde hij, 'het spijt me verschrikkelijk.' Hij stapte met gespreide armen naar me toe en wilde me vasthouden, maar dat liet ik niet toe. Ik duwde hem zo hard als ik kon weg. Een moment lang keken we elkaar aan; ik nog altijd huilend en hij bleek en zwijgend. Ik probeerde mezelf te kalmeren en slikte mijn woede weg. Met de rug van mijn hand veegde ik over mijn neus.

'Spijt is niet genoeg, Ralph,' zei ik. 'Je hebt alles totaal geruïneerd. Je bent nota bene met mijn beste vriendin naar bed geweest. Denk je nou echt dat ik je dat zomaar vergeef?'

Ralph ging op de rand van het bed zitten. Hij haalde zijn handen door zijn haar, waardoor sommige plukken rechtovereind kwamen te staan. 'Ik wou dat ik het je kon uitleggen,' zei hij, 'maar dat kan ik niet, omdat ik het zelf niet eens begrijp. Ik begrijp gewoon niet hoe ik je dat kon aandoen en hoe ik het zo voor mezelf en voor ons kon verpesten.'

Ik ging naast hem zitten en klemde mijn handen tussen mijn knieën. 'Probeer het dan tenminste, Ralph. Ik weet dat we allebei niks kunnen doen om de situatie te veranderen, maar ik heb antwoorden nodig. Ik wil weten wat er gebeurd is.'

Ralph kneep zijn ogen dicht alsof hij zich die avond weer voor de geest probeerde te halen. 'Elton stond al de hele avond met Gemma te flirten,' zei hij. 'Mary bestelde het ene na het andere drankje. Ik had ook aardig wat gedronken, waarschijnlijk meer dan ik met jou erbij zou doen. Tegen het einde van de avond kon ik Mary opeens niet meer vinden. Ik dacht dat ze misschien wel naar huis gegaan was, maar wilde dat zeker weten en dus ging ik naar haar op zoek. Ik vond haar in een van de kleedkamers achter het podium. De bassist uit Eltons band kon niet van haar afblijven, dus ik zei dat hij haar met rust moest laten, omdat ze dronken was. Daar was hij in eerste instantie niet blij mee, maar uiteindelijk liep hij de kamer uit. Toen...'

'Ga verder.'

'Nou ja, Mary lag op een stapel oude gordijnen naar me te lachen en zei dat ze niet gedacht had dat ik mannelijk genoeg zou zijn om zo voor een meisje op te komen. Ik bood aan om haar naar huis te brengen, maar ze vroeg of ik eerst even bij haar wilde blijven. Dus ik ging naast haar zitten en we begonnen over van alles en nog wat te praten. We waren allebei stomdronken. En voordat ik het wist...' Hij wendde zijn blik af en keek naar de muur.

'Wat?'

'Voordat ik het wist waren we opeens aan het zoenen en... het gebeurde allemaal zo snel. Ik weet niet eens hoe het gebeurde. En toen we klaar waren, nou ja... we konden allebei niet geloven wat er zojuist gebeurd was. We waren in één klap een stuk nuchterder en toen heb ik haar naar huis gebracht.'

Ik schudde mijn hoofd en probeerde alles wat hij vertelde zo goed mogelijk in me op te nemen. Ik had op iets anders gehoopt. Iets wat het makkelijker zou maken om hem te vergeven.

'Is dat alles?'

'Dat is alles. Het ging allemaal zo snel en het was zo dom dat ik er na die avond niet eens meer aan wilde denken. Ik wilde het vergeten en wilde dat jij er nooit achter zou komen, dat ik jou er nooit mee hoefde te kwetsen.'

De waarheid was allesbehalve dramatisch of opwindend. Ralph en Mary hadden geen geheime relatie gehad, of zoiets. De waarheid was banaal, saai en verdrietig. Ze waren allebei stomdronken geweest. Dat was misschien geen excuus voor wat ze hadden gedaan, maar ze hadden me in ieder geval niet willen kwetsen.

Ik was niet kwaad meer, alleen nog vreselijk verdrietig.

Ik legde mijn hand op die van Ralph. 'Ik weet niet wat ik moet doen en ik weet niet hoe ik me moet voelen.'

'Ik hou van je,' zei hij. 'Ik ben altijd van je blijven houden.'

Ik legde mijn handen op zijn gezicht en kuste hem. Hij keek me verbaasd aan, maar kuste me toen voorzichtig terug. Zijn kus was zo zacht en liefdevol dat ik hem door mijn hele lichaam voelde. En ik had een gevoel in mijn buik dat zo vurig was dat ik het niet kon negeren. Het was alsof ik vreselijke dorst had en me opeens een glas water werd aangeboden. Het was alsof ik mijn grote liefde kuste en ik hem nu voorgoed de mijne wilde maken.

De gordijnen dansten in het zachte briesje voor het raam. Ik voelde dat Ralph zich terugtrok.

'Waar zijn Mary en de baby?'

Ik fronste. Waar had hij het in vredesnaam over? Waarom wilde hij überhaupt nog praten?

Hij legde zijn handen op mijn schouders. 'Dottie, waar zijn Mary en Peggy?'

Toen besefte ik pas dat hij natuurlijk nog helemaal niet wist waar ze waren. Ralph keek me verwachtingsvol aan. 'Dottie?'

Waar was ik in vredesnaam mee bezig? Had ik nu echt zojuist de man van mijn beste vriendin gekust? Ik haalde diep adem en zag voor me hoe Mary bleek en mager op de bank zat. 'Mary's moeder heeft haar met zich mee naar huis genomen. Ze is ziek.'

Hij schudde zijn hoofd en wreef even over zijn voorhoofd. Toen stond hij op. 'Ik moet weg.' Hij leunde voorover en drukte een kus op mijn wang.

Vlak voordat hij de kamer uitliep, draaide hij zich nog even om. 'Jij kon er niks aan doen, Dottie.'

'Ga nou maar,' zei ik. 'Ga maar.'

Toen ik thuiskwam, stond mijn moeder de oven schoon te maken. Zodra ze me zag, ging ze rechtop staan en wreef ze over haar onderrug. Ik staarde naar mijn voeten. Ik was bang dat ze meteen aan me zou zien wat ik gedaan had. 'Ben je de hele dag bij Mary geweest?'

Ik gaf niet meteen antwoord.

'Mevrouw Pickles heeft Mary en Peggy mee naar huis genomen. Ze blijven een paar dagen bij haar logeren tot Mary zich iets beter voelt,' zei ik.

'Hoe is het nu met haar?'

'Dat weet ik niet.'

'Hoe bedoel je, dat weet ik niet?'

'Ik ben niet met haar mee naar huis gegaan.'

'Wat heb je dan wel gedaan?'

'Nou, ze had me gevraagd om te wachten tot Ralph thuis was zodat ik hem kon vertellen waar ze waren.'

'En Ralph is meteen naar ze toe gegaan?'

Ik was zo opgelucht dat ze niet doorhad dat er iets gebeurd was dat ik mijn frustraties over Mary er meteen uitgooide.

'Je had de flat eens moeten zien!' zei ik. 'Mary zorgt zo ontzettend slecht voor haar baby. Ze ligt continu op de bank of in bed en ze doet helemaal *niks*, mam! De flat is een grote puinhoop. Er lagen overal vieze luiers en onderbroeken. Ik heb alles opgeruimd.'

'O,' zei mijn moeder, die totaal niet onder de indruk leek te zijn. 'Vind je het niet vreemd dat Mary de hele tijd zo moe is? Denk je niet dat er misschien iets met haar aan de hand is?'

Ik haalde mijn schouders op en gaf geen antwoord.

'Of komt het je eigenlijk wel goed uit dat Mary zich niet goed voelt?'

Ik merkte dat mijn wangen begonnen te gloeien.

'Hoe bedoel je?'

'Ik bedoel dat Mary's gedrag de perfecte reden is om boos op haar te zijn. De perfecte reden om een hekel aan haar te krijgen.'

'Ik heb helemaal geen hekel aan Mary! Het is gewoon...' Ik wist niet meer wat ik moest zeggen en keek naar de grond. Alle woede en frustratie kwamen nu in één keer naar buiten. 'Hoe kan ik in vredesnaam een hekel aan Mary hebben, mam?' vroeg ik. 'Ze is mijn beste vriendin!'

'Dat weet ik,' zei mijn moeder. 'Daarom geef je ook zoveel om haar. Daarom voel je wat je nu voelt.'

'Ze houden niet eens van elkaar.'

'Weet je dat wel zeker, Dottie? Want liefde kent vele vormen. Steunt Ralph Mary? Helpt hij haar met de baby?'

Ik bedacht hoe geduldig hij met Mary was. Ik had hem nog nooit iets slechts over haar horen zeggen en hij was fantastisch met Peggy.

'Ja, hij doet het geweldig.'

'Mary en Ralph zijn getrouwd, Dottie, en of ze van elkaar houden is niet jouw zaak. Ik weet dat dat moeilijk voor je is, maar zo is het nu eenmaal.'

'Het is mijn zaak *wel*!' zei ik. 'Ik ben degene die Mary's verhalen moet aanhoren over hoe ongelukkig ze is en hoe nutteloos ze zich voelt...'

'Mary is je beste vriendin en je laat haar zomaar stikken.'

'Ik probeer haar te helpen.'

'Dat doe je helemaal niet, lieverd. Je veroordeelt en beschuldigt haar alleen maar. Daar heeft Mary niks aan en jij ook niet. Dit moet stoppen.'

Het was ontzettend moeilijk om mijn moeder die woorden te horen uitspreken, maar ik kon wat ze zei onmogelijk negeren. Ze was de meest wijze persoon die ik kende en ik had haar mening altijd gerespecteerd.

'Wat als Mary *niet* puur en alleen zwelgt in zelfmedelijden? Wat als ze echt ziek is?' vroeg mijn moeder.

Ik wist niet wat ik moest zeggen. Ik liep langzaam naar boven. Mijn benen voelden opeens loodzwaar aan. Ik ging op de rand van mijn bed zitten. Alles voelde verkeerd en ik kon de woorden van mijn moeder maar niet uit mijn hoofd zetten. Diep vanbinnen wist ik dat ze gelijk had. Ik vertrouwde mijn moeder. Ze had me altijd geholpen en nu had ik haar teleurgesteld. Ik ging liggen en vouwde mijn armen achter mijn hoofd terwijl ik naar de natte plek op het plafond keek. Ik wilde aan Ralph denken en aan wat er vandaag tussen ons gebeurd was. Ik deed mijn ogen dicht en probeerde alle gevoelens van dat moment weer in mezelf op te roepen. Hoe zijn kus had gevoeld, hoe hij rook, hoe hij me het gevoel gaf dat ik mooi en dierbaar was. Ik voelde echter niets. Het enige wat ik nog kon denken was dat ik Mary verraden had. Niet alleen door wat ik gedaan had, maar ook door wat ik wilde doen voordat Ralph zich had teruggetrokken. Toen ik mijn ogen weer dichtdeed, zag ik Mary voor me die over het wiegje van Peggy heen leunde en iets tegen haar zei.

Lief dagboek,

Het is heerlijk om terug te zijn op See Saw Lane. Ik vind het zo fijn om weer op mijn eigen kamertje te slapen. Ik voel me beter dan ik me in maanden gevoeld heb. In de flat heb ik me eigenlijk nooit echt thuis gevoeld. Ik lig in bed en hoor mijn broers door het huis stampen. Ze komen op mijn bed zitten, maken me aan het lachen en brengen mijn hele kamer tot leven.

Ralph en mijn moeder zorgen voor Peggy. Ze brengen haar gewassen en gevoed en wel bij me en dan ligt ze naast me op bed. Ralph, Peggy en ik worden zo goed verzorgd, worden zo geliefd.

Ik weet niet wat er met me aan de hand is. Ik ben zo moe. Ik ben gewoon zo moe.

Doei doei

Mary Bennett (thuis)

Achttien jaar.

33

De volgende dag ging ik terug naar de flat van Mary en Ralph om mijn grote schoonmaak af te maken. De lakens van het bed waren gekreukt op de plek waar Ralph en ik elkaar gekust hadden. Ik begon ze glad te strijken en stopte de dekens net opnieuw in toen ik opeens een boek onder het bed zag liggen. Ik raapte het op en begon er doorheen te bladeren. Peggy's ogen keken me vanaf de bladzijden aan en zagen er levensecht uit. Elke tekening was perfect. Peggy's ogen, haar neus, haar mond. Een tekening van haar mollige handje met kleine vetrolletjes op haar pols. Toen kwamen er tekeningen van Ralph die Peggy vasthield en naar haar keek. Ralph slapend op de bank met de baby op zijn borst. Ralph die model staat en ietwat verlegen glimlacht. Mary had tekeningen van haar gezin gemaakt en Ralph was onderdeel van dat gezin.

Ik dacht aan gisteravond, niet omdat ik dat wilde, maar omdat het moest. Ralph had zich teruggetrokken. Ik had het me niet verbeeld; hij had echt afstand genomen. Afstand van mij. Hij wilde niet met me naar bed. Opeens voelde ik me misselijk en schaamde ik me kapot. Ik sloeg het boek dicht en legde het weer onder het bed. In gedachten hoorde ik de woorden van mijn moeder. 'Liefde kent vele vormen, Dottie.'

Toen ik thuiskwam, zat mijn moeder aan de keukentafel. Ik wilde niet met haar praten. Ik wilde met niemand praten, maar ze zei: 'Kom eens bij me zitten, lieverd.'

'Kunnen we misschien ook straks praten?' vroeg ik terwijl ik mijn jas achter de deur op een haak hing.

'Ga zitten, Dottie, dan zet ik een kop thee voor ons.'

Ik ging zitten en wachtte tot ze klaar was.

We zeiden allebei niks, waardoor er een vreemde stilte in de keuken hing. De enige geluiden waren het gesis van de ketel, het geluid van water dat in kopjes geschonken werd en het geklingel van het lepeltje waarmee mijn moeder de suiker door de thee roerde.

Mijn moeder zette de twee dampende koppen op tafel en legde toen haar hand op die van mij.

'Mary ligt in het ziekenhuis,' zei ze.

Haar woorden drongen amper tot me door. Ik zag haar lippen bewegen, maar op de een of andere manier nam ik niet in me op wat ze zei. Het was alsof ik opeens niks meer kon horen. Ik kon alleen nog maar aan de tekeningen denken, en aan het feit dat Ralph me had afgewezen. Ik wilde dat mijn moeder haar mond zou houden.

Ik schudde mijn hoofd in een poging me te concentreren. 'Waar ligt Mary?'

'Ze hebben haar met een ambulance naar het ziekenhuis gebracht. Warren is langs geweest om het je te vertellen.'

'Dat is toch juist goed? Daar kunnen ze haar tenminste goed in de gaten houden. Ze kan er goed uitrusten. Alles wordt voor haar gedaan.'

Mijn moeder zuchtte. 'Ze is niet in het ziekenhuis opgenomen om uit te rusten, Dottie.'

'Waarom dan wel?'

'Ze kreeg een bloedneus. Ze heeft ontzettend veel bloed verloren. Mevrouw Pickles probeerde Mary zo ver te krijgen om meteen naar het ziekenhuis te gaan, maar dat wilde ze niet. Daar wilde ze mee wachten tot Ralph thuiskwam.'

Ik was in de war. Ik hoorde wat mijn moeder zei, maar haar woorden klonken me totaal onlogisch in de oren. Ik probeerde te negeren wat ze zei over dat Mary op Ralph wilde wachten.

'Maar een bloedneus is toch niks ernstigs,' zei ik. 'Iedereen heeft weleens een bloedneus. Clark had ze vroeger bijna elke week.'

Mijn moeder schudde haar hoofd. 'Soms kan een bloedneus een symptoom van iets anders zijn.'

'Waarvan dan?'

Ik keek naar mijn moeder. Ik was woedend, niet per se op haar, maar op de hele wereld.

'De artsen willen haar nog onderzoeken,' zei mijn moeder. 'Waarschijnlijk is er niks aan de hand, maar...'

'Ze kan niet ziek zijn. Ze is gewoon moe, meer niet,' zei ik. 'Het is gewoon een enorme aanslag op je lijf om een baby te krijgen. Dat zegt iedereen. Dat heb je zelf ook gezegd.'

Mijn moeder glimlachte naar me. 'Waarschijnlijk heb je gelijk en hoeven we ons nergens zorgen over te maken. Ze is in ieder geval niet alleen. Ralph is bij haar.'

Ik kreunde.

'Dottie?'

Mijn moeder stond op en kwam naar me toe. Ik kon me er niet toe zetten om haar aan te kijken. Ik kneep mijn ogen dicht en beet in mijn eigen vingers om niet in huilen uit te barsten.

'O Dottie, lieverd!' Mijn moeder streek voorzichtig mijn haar uit mijn gezicht en aaide over mijn wang. 'Maak je maar geen zorgen. Het komt vast allemaal goed met Mary.'

'Waar is Peggy?' fluisterde ik. 'Als Ralph en Mary allebei in het ziekenhuis zijn...'

'Ik denk dat ze bij haar oma is.'

Nu kon ik mijn tranen niet meer binnenhouden en begon ik snotterend te snikken.

Mijn moeder sloeg haar armen om me heen en drukte me tegen haar borst alsof ik een klein meisje was. Ze liet me een tijdje huilen en toen mijn snikken iets zachter werden, zei ze: 'Alles komt goed. Het lijkt nu misschien allemaal een grote puinhoop, maar...'

Ik schudde mijn hoofd. 'Nee,' zei ik. 'Het komt helemaal niet goed.'

Mijn moeder zuchtte. 'Volgens mij hebben we allemaal veel te veel van je gevraagd,' zei ze. 'Je hebt ook zo ontzettend veel meegemaakt. Je bent zo vreselijk gekwetst, maar je kon er niks aan doen omdat de mensen die je kwetsten je twee beste vrienden waren.'

Ik sloeg mijn armen om mijn moeder heen en liet me zachtjes heen en weer wiegen.

'En dus heb je al die woede en al die pijn met je meegedragen, zonder het te kunnen uiten omdat er eigenlijk geen schuldige was. En allemaal verwachtten we dat je er wel overheen zou komen en dat je Mary ondanks alles kon blijven steunen. Je hebt haar met Ralph zien trouwen, je hebt ze aan een woning geholpen, je hebt voor de baby gezorgd. Je bent zo dapper, zo trouw en zo sterk geweest.'

Mijn moeder drukte een kus op mijn hoofd en hield me stevig vast. Ik wilde haar vertellen wat er gebeurd was, maar kon het niet over mijn hart verkrijgen.

Ik schoof mijn schuldgevoel aan de kant en wreef mijn ogen droog.

'Het komt toch wel weer goed met Mary?'

'Dat hoop ik wel,' zei ze.

'Mam?'

'Ze is vast snel weer de oude.'

Lief dagboek,

Ze hebben me in het ziekenhuis opgenomen, maar maak je geen zorgen, ik heb jou gewoon met me meegenomen. Ik vind het eigenlijk niet zo erg om hier te zijn. Ik hoop dat de dokters erachter komen wat er met me aan de hand is. Hopelijk kunnen ze me dan medicijnen voorschrijven om me beter te maken. Iedereen is ontzettend aardig voor me en ik word vreselijk verwend.

Al mijn broers zijn al bij me langs geweest en hadden hun beste kleren aangetrokken om me te zien. Waarschijnlijk heeft mijn moeder ze gedwongen om nette kleren aan te trekken, want ik kan me niet voorstellen dat ze zelf op dat idee gekomen zijn. Soms komen ze alleen en soms met zijn tweeën. Dan kijken ze uit het raam, leunen ze tegen de muur en bladeren ze door tijdschriften die ze eigenlijk geen barst interesseren. Ze zien er ongemakkelijk en vooral ontzettend jong uit.

Winston stond bij mijn bed en boog toen opeens zijn hoofd, alsof hij in de kerk was. Allemensen jongens, iets vrolijker mag ook wel. Ik ga niet dood ofzo, ik voel me alleen even niet zo lekker.

De dokter is er, dus ik moet gaan. Hij heeft wel iets weg van Steve McQueen. Ik krijg het hier steeds beter naar mijn zin.

Doei doei.

Mary Bennett.

Achttien jaar.

34

Die nacht sliep ik weinig en dus was ik de volgende dag totaal uitgeput. Ik ging wel naar mijn werk, maar verstopte me daar in het magazijn tussen de dozen en planken. Ik wilde alleen zijn en met niemand praten. Ik wilde nadenken.

Sally merkte al snel dat ik een stille plek nodig had. Ik wilde niet met mensen over lippenstift en oogschaduw hoeven praten. Ik wilde niet naar de snoepafdeling kijken en aan Mary denken, die daar vroeger gekke gezichten naar me trok. Sally liet me alleen met mijn gedachten en als iemand het magazijn binnenkwam om iets te pakken, werd ik ook met rust gelaten.

Om elf uur stak Sally haar hoofd om de hoek van de deur en vroeg ze of ik naar de personeelsruimte kon komen. Daar aangekomen zei ze dat ik moest gaan zitten en zette ze een kop koffie voor me neer.

'Mary wordt toch wel weer beter?' vroeg ze terwijl ze het kopje naar me toeschoof.

'Ik hoop het wel,' zei ik, 'maar eerlijk gezegd weet ik het niet. Niemand weet nog wat er precies met haar aan de hand is.'

'Mag ze bezoek ontvangen in het ziekenhuis?'

'Ja.'

'Wanneer is het bezoekuur?'

'Tussen twee en drie uur 's middags en dan 's avonds weer.'

'Wanneer ga jij naar haar toe?'

'Dat weet ik eigenlijk nog niet.' Ik bracht de koffie naar mijn lippen en blies zachtjes over de rand van het kopje. Tot nu toe had ik ieder oogcontact met Sally weten te vermijden. Ik was bang dat ze aan me zou zien dat ik iets vreselijks gedaan had.

Sally roerde in haar eigen koffie. 'Waarom ga je vanmiddag niet even bij haar op bezoek?'

'Zou dat kunnen?'

'Het is niet zo druk in de winkel. Als je haar eenmaal gezien hebt, voel je je waarschijnlijk meteen een stuk beter.'

'Dank je,' zei ik, 'daar heb je vast gelijk in.'

Ze glimlachte. 'Lastig hè, als iemand om wie je geeft in de problemen zit? Hoe beter je iemand kent, des te moeilijker het is om te weten wat je het beste kunt doen. Maar het enige wat je nu volgens mij voor haar kunt doen, is er voor haar zijn.'

'Ja,' zei ik.

'Wil je een koekje?'

'Nee, dank je, Sally. Ik heb niet zo'n trek.'

De rest van de ochtend hielp ik de jongens van het magazijn met het uitladen van nieuwe producten, maar om twaalf uur had ik daar genoeg van. In de kantine stond vis op het menu en de geur van het frituurvet maakte me misselijk. Mijn maag draaide zich zo vaak om dat het haast leek alsof er kikkers in zaten.

Ik nam de bus naar het ziekenhuis. Ik ging bovenin zitten en keek uit het raam. Toen de bus stopte, ging ik snel naar beneden om uit te stappen en liep ik naar de ingang van het ziekenhuis. Ik was veel te vroeg voor het bezoekuur, maar wilde niet naar huis gaan, omdat ik mijn moeder niet onder ogen durfde te komen.

Ik ging op een bankje in de tuin van het ziekenhuis zitten en keek naar een eekhoorntje dat door de gevallen bladeren van de prachtige kastanjeboom rende. Ik voelde een bepaalde spanning in mijn borst en probeerde diep adem te halen om mezelf te kalmeren. Het gevoel ging pas weg toen ik aan mezelf toegaf dat wat ik had gedaan niet eerlijk was tegenover Mary. Ik deed mijn ogen dicht en probeerde in mijn eigen hart te kijken, maar wat ik daar aantrof beviel me niks. Ralph en ik hadden elkaar niet alleen gekust, ik had ook meer gewild en zelfs meer verwacht, alsof hij en Mary me dat verschuldigd waren. Bovendien had mijn moeder gelijk en had ik Mary veroordeeld. Ik was ontzettend wreed voor haar geweest en had haar geholpen om mezelf tegenover Ralph in een goed daglicht te stellen. Ik was er helemaal niet voor Mary geweest. Ik had me meer zorgen om haar vermoeidheid moeten maken in plaats van simpelweg aan te nemen dat ze lui was. Door continu de flat schoon te maken, had ik Mary het gevoel gegeven dat ze nutteloos was. Ik had bij haar moeten gaan zitten en haar zorgen en angsten moeten aanhoren. Wat maakte het eigenlijk uit dat de flat een puinhoop was? Ik was een slechte vriendin geweest en schaamde me diep voor mijn gedrag. Ik kon niet wachten tot ik het goed kon maken met haar.

De eekhoorn merkte blijkbaar dat ik naar hem keek, want opeens keek hij me aan en vluchtte hij razendsnel de boom in. Ik bleef op het bankje zitten tot het tijd was om naar binnen te gaan. Toen ging ik met de andere bezoekers in de rij staan, maar dit keer niet voor de kraamafdeling, maar voor een groot gebouw wat de Royal Sussex County heette. Ik liep door de lange, slecht verlichte gangen van de ene naar de andere afdeling tot ik uiteindelijk op de afdeling van Mary aankwam.

Ik liep een mooie lichte ruimte binnen die kleiner en rustiger was dan de kraamafdeling waar ik Mary een paar maanden geleden had opgezocht. In de bedden lagen geen stralende nieuwe moeders, maar magere uitgeputte wezens die er bijna buitenaards uitzagen. De bezoekers zagen er al net zo oververmoeid uit en de zusters die de zieken verzorgden probeerden zo rustig mogelijk te praten en te lopen. Er hing een verschrikkelijke geur in de kamer. Naast het gewoonlijke schoonmaakmiddel rook ik iets onbekends en beangstigends: een zoete geur die achterin mijn keel bleef hangen. Ik kreeg er meteen een paniekerig gevoel van.

Mary lag in het achterste bed en zag er iel en mager uit. Ik vroeg me af of ze misschien al haar bloed verloren had. Was dit alles wat er nog van haar over was?

Alles wat ik die ochtend gevoeld had – het schuldgevoel, de schaamte en de angst, verdwenen zodra ik haar zag. Ik voelde alleen nog maar liefde voor Mary. Het enige wat ik nog wilde, was dat ze haar oude gezonde zelf weer zou worden.

Ze draaide haar hoofd naar me toe. Haar gezicht was grauw, haar lippen waren droog, haar huid had een lichtgrijze kleur en op dat moment besefte ik dat ze niet zomaar moe was; ze was ziek.

'Hé,' zei ik. Ik ging op de stoel naast haar bed zitten en glimlachte. Ze glimlachte terug. Haar lippen bewogen, maar ze maakte geen geluid. Voorzichtig pakte ik haar hand. Die was mager en ijskoud, alsof ze een pop was.

'Hoe voel je je?' vroeg ik. Ze knipperde langzaam met haar ogen en probeerde iets te zeggen, maar ik zag dat het haar te veel energie kostte om te praten.

'O, Mary...' zei ik. Ik voelde dat ze heel zachtjes in mijn hand probeerde te knijpen.

Ze slikte, kneep haar ogen even dicht en fluisterde toen: 'Ik ben bang.'

'Dat weet ik,' zei ik. 'Ik ben ook bang, maar er wordt hier goed voor je gezorgd. Binnen de kortste keren voel je je vast beter.'

'Ik ben zo moe, Dottie, ik zou wel honderd jaar kunnen slapen.'

'Net als Doornroosje?' vroeg ik glimlachend.

'Alleen zie ik er lang niet zo mooi uit.'

'Je ziet er prima uit,' zei ik.

'Dat zeg jij toch altijd,' zei ze zo zachtjes dat ik haar amper kon verstaan.

Ik haalde diep adem en voelde opeens een soort oerkracht in me naar boven komen. Ik leunde een stukje naar Mary toe, dwong mezelf te glimlachen en keek recht in haar ogen. 'Alles komt goed, Mary. Wat er van nu af aan ook gebeurt, we zullen er samen mee omgaan, zoals we dat altijd gedaan hebben.'

'Altijd gedaan hebben,' fluisterde ze en toen deed ze haar ogen dicht.

Ik zat aan haar bed en keek naar haar. Af en toe trilden haar oogleden even en ik wist niet zeker of ze in slaap gevallen was of alleen even uitrustte. Op dat moment besefte ik dat het meisje in dit bed de belangrijkste persoon in mijn leven was. En dat was ze altijd al geweest. In de verte hoorde ik een belletje rinkelen; een teken dat het bezoekuur afgelopen was. Ik leunde over Mary heen en drukte een kus op haar wang. 'Ik kom snel weer langs,' zei ik.

Mary deed haar ogen niet open, maar glimlachte en zei: 'Dat is je geraden.'

De weken die volgden, gingen als in een waas voorbij. Ik stond op de cosmetica-afdeling van Woolworths en praatte met de klanten alsof er niks aan de hand was. Ik hielp ze de juiste kleur lippenstift bij hun outfit uitzoeken en kletste over het weer, het nieuws, de Beatles en Marianne Faithfull. Ik vond het fijn om iets te doen te hebben; dan had ik minder tijd om aan Mary of Ralph te denken. Na mijn werk liep ik naar huis, waar alles hetzelfde, maar tegelijkertijd anders was. Ik at samen met mijn ouders en mijn broertje en ging dan naar boven, waar ik op bed lag en naar het plafond staarde.

Gek genoeg miste ik Rita. Ik miste het om met haar te praten. Ik overwoog bij haar langs te gaan, maar deed dat uiteindelijk niet.

Als ik aan Mary dacht, probeerde ik positief te blijven.

Dus ze lag in het ziekenhuis om onderzocht te worden. Nou én? Het was juist *goed* dat ze daar lag. Daar waren dokters en ziekenhuizen voor. Om zieke mensen te onderzoeken en ze vervolgens beter te maken.

Mary was vroeger nooit ziek en had in haar hele jeugd niet meer dan een handjevol schooldagen gemist. Ze was een van de gezondste mensen die ik kende. Ze werd zelfs bijna nooit verkouden. Hoe kon ze nu dan opeens een ernstige ziekte hebben? Waarschijnlijk kwam ze gewoon voedingsstoffen tekort, of zoiets. Misschien had de baby haar lichaam wel uitgeput. Zoiets *moest* het wel zijn.

De bezoekuren van het ziekenhuis waren tussen zes en acht en dus ging ik na mijn werk steeds vaker meteen naar het ziekenhuis. Op mijn vrije dagen ging ik ook 's middags bij Mary langs. Soms lag ze te slapen en hield ik een uur lang haar hand vast. Andere keren was haar bed leeg als ik aankwam en zei de zuster dat Mary onderzocht werd. Dan stond ik uit het raam te kijken tot Mary in een rolstoel werd teruggebracht. Er gebeurde niet veel, tot twee weken later de uitslag van het onderzoek binnenkwam.

Mary had leukemie.

Lief dagboek,

Ik wou dat je kon praten, want ik weet zeker dat je me dan meteen zou vertellen wat er met me aan de hand is. Wij vertellen elkaar immers alles, of niet soms? Maar jij tast waarschijnlijk net zo in het duister als ik.

Misschien vertellen ze het me wel als ik ernaar vraag. Als ik het ze vraag, moeten ze toch wel antwoord geven?

Pap en mam waren er net. Mam zag eruit alsof ze gehuild had. Ik denk dat ik toch maar niet vraag wat er met me aan de hand is. Daar ben ik veel te bang voor.

Het is mijn verjaardag vandaag. Gefeliciteerd met mijn verjaardag.

Doei doei

Mary Bennett (lafaard)

Negentien jaar.

35

Ik sprak in een café op de pier af met Steve. Het was een prachtige dag. Er waaide een warm briesje langs de vlaggetjes tussen de oude lantaarnpalen op de promenade. Als je je hele leven al op dezelfde plek woont, zie je niet altijd hoe mooi die plek is, omdat je hem al zo vaak gezien hebt. Sinds Mary ziek was, had ik echter meer oog gekregen voor de kleine details van het leven. Ik bekeek alles met andere ogen. Misschien waardeerde ik alles ook wel meer en genoot ik van het feit dat ik jong was en een prachtige dag in mijn geboortestad mocht doorbrengen.

Ik keek naar de schilderingen op de oude gebouwen aan de kust en vond ze prachtig. Ze hadden dezelfde groene kleur als de zee en de verf was voor een deel afgebladderd, waarschijnlijk door de zoute zeelucht die er al jaren langs waaide.

Ik geloof dat Steve meteen wist wat ik hem wilde vertellen, want zodra hij tegenover me aan het tafeltje ging zitten, keek hij me met trieste ogen aan. Ik had al koffie voor ons besteld en had een schoteltje op zijn mok gezet zodat de inhoud ervan iets langer warm zou blijven. Ik was nog nooit in dit café geweest en in de beker zat meer melkschuim dan koffie.

Steve haalde het schoteltje van zijn mok. 'Dat is lang geleden,' zei hij. 'Is alles goed met je?'

'Mijn beste vriendin is ziek.'

'O. Wat vreselijk.'

'Dus ik kan voorlopig niet meer met je afspreken.'

'Je kunt niet meer met me afspreken omdat je vriendin ziek is?'

Hoe moest ik hem in vredesnaam uitleggen hoe ik me voelde? Hoe kon ik hem duidelijk maken dat er in mijn leven geen plek meer voor hem was omdat mijn dagen nu draaiden om een jonge vrouw in een ziekenhuisbed?

Ik nam een slokje melkschuim en Steve wees naar mijn bovenlip. Ik veegde de melk van mijn gezicht.

Hij leunde over de tafel en legde zijn hand op mijn arm. 'Het geeft niet,' zei hij. 'Je hoeft het niet uit te leggen, ik zie dat je erg overstuur bent.'

'Sorry.'

'Zal ik je af en toe een kaartje vanuit Butlins sturen?'

'Heel graag,' zei ik.

Buiten de muren van het ziekenhuis ging het leven gewoon door. De lente ging langzaam over in de zomer. De dagen begonnen vroeger en eindigden later, de lucht werd warmer, de bloemen in de tuinen in de buurt stonden in bloei en de mannen maaiden hun grasvelden. Binnen de muren van het ziekenhuis veranderde er maar weinig. Soms lagen er nieuwe mensen op de afdeling, maar verder bleef alles hetzelfde; de geuren, de temperatuur, de verschrikkelijke hopeloosheid van de situatie. Elke dag hoopte ik dat er goed nieuws zou zijn, dat er iets verbeterd was of dat er iets was om naar uit te kijken. En uiteindelijk was er op een dag iets veranderd. Voor het eerst in tijden lachte de zuster achter de balie naar me; niet uit medelijden, maar uit pure blijdschap.

'Loop maar snel door,' zei ze. 'Mary zit al op je te wachten.'

Ik liep snel de afdeling op en toen ik binnenkwam, zag ik dat Mary niet in haar bed, maar in een rolstoel bij het raam zat. Het zonlicht viel op haar gezicht en toen ze naar me lachte, realiseerde ik me dat ze net een klein breekbaar vogeltje was. Haar huid was zo dun geworden dat hij bijna doorschijnend was. Maar ze zat rechtop en ze lachte. Ik legde de bloemen die ik gekocht had op haar bed en leunde toen voorover om een kus op haar koele wang te drukken.

'Kijk jou nou!' zei ik.

'Ja, kijk mij nou! Vandaag zit ik in een stoel en morgen staan er rolschaatsen op de planning.'

Ik lachte en trok de andere stoel naar me toe zodat ik tegenover Mary kon gaan zitten.

'Voel je je beter dan gisteren?' vroeg ik.

Ze knikte. 'Ze hebben me een transfusie gegeven en die heeft blijkbaar goed gewerkt. Ik voel me weer piepjong. Ik had vanmorgen zelfs honger. Ik heb al tijden geen honger meer gehad! Ik heb twee hele boterhammen met roerei gegeten.'

'Misschien heb je wel bloed gekregen van een boom van een kerel met een enorme eetlust.'

'Misschien wel. Mijn moeder heeft al mijn broers naar het ziekenhuis gestuurd om bloed te doneren. Ze zei dat als ik bloed nodig had, ze het liefst bloed uit mijn eigen familie voor me wilde regelen. Ik heb haar maar verteld dat ze me alleen bloed van de Pickles gegeven hebben, maar eigenlijk staan er nooit namen op de zakken die ze uit de koeling halen.'

Ik lachte. 'Het kan me niet schelen waar het vandaan komt, ik vind het gewoon fantastisch dat je eindelijk weer eens uit bed bent!'

'Ik hoop echt dat dit het begin van mijn herstel is,' zei Mary. 'Als ze me steeds nieuw bloed kunnen geven en ik goed blijf eten en elke dag iets meer kan doen, is er toch geen enkele reden waarom ik binnenkort niet naar huis zou mogen?'

Ik hoopte dat ze gelijk had. Ik hoopte met elke vezel in mijn lijf dat ze gelijk had. Ik pakte Mary's hand en hield hem een tijdje vast terwijl we elkaar zwijgend aankeken en in gedachten plannen maakten voor na Mary's thuiskomst.

'Wat zou je als eerste willen doen?' vroeg ik.

'Ik denk dat ik eerst naar de pier zou willen om een ijsje te eten,' zei Mary. 'Geen hoorntje, maar twee wafels met ijs ertussen. Die zijn het lekkerst.'

'Oké,' zei ik. 'Dan doen we dat eerst.'

'En dan wil ik uit dansen gaan. Ik wil dat je me zo mooi mogelijk aankleedt en dan laten we ons haar doen en gaan we de stad in.'

'We kunnen ook nepwimpers opdoen.'

Mary giechelde. 'Ja, dat doen we. En dan blijven we tot de laatste dans van de avond, die ik dan met Elton deel. Het zal fantastisch zijn om weer in zijn armen te liggen. En dat hij me dan vasthoudt, diep in mijn ogen kijkt en me misschien zelfs wel kust.'

Ik rolde met mijn ogen.

'Wat?'

'Het zal wel ingewikkeld worden om hem diep in de ogen te kijken; hij is een halve meter langer dan jij.'

We begonnen allebei te lachen, maar al snel ging Mary's lach over in een enorme hoestbui. Ik wreef voorzichtig over haar rug tot ze weer rustig werd. Haar ogen werden helemaal waterig en roze, wat ons er allebei aan herinnerde dat ze nog altijd erg ziek was. Even zaten we zwijgend tegenover elkaar. Mary deed haar ogen dicht en leunde met haar hoofd tegen de rugleuning van de stoel. Ik legde de deken over haar heen die haar moeder voor haar meegenomen had. Een van de zusters bracht me een kop thee met melk, die ik zo geruisloos mogelijk probeerde op te drinken. Opeens deed Mary haar ogen weer open en keek ze me aan.

'Ik ben zo blij dat je er bent,' zei ze.

'Waar zou ik anders zijn?'

'Ik kan me amper een tijd herinneren waarin jij er niet voor me was.'

Ik durfde Mary bijna niet aan te kijken omdat ik wist dat dat niet waar was. Toen Mary me het hardst nodig had, was ik er immers helemaal niet voor haar geweest. Toen Mary me het hardst nodig had, zat ik op de rand van haar bed en kuste ik haar man. Ik was een slechte vriendin geweest, maar ik zou het goed met haar maken. Mary was het enige wat nu nog telde.

Ze zuchtte. 'Kun je me misschien terug mijn bed in helpen? Voordat we uit dansen gaan, heb ik eerst een schoonheidsslaapje nodig.'

'Uiteraard,' zei ik.

Ik hielp haar de stoel uit en het bed in door haar benen op te tillen en haar als een klein kind toe te dekken.

'Wil je misschien nog iets drinken?'

Ze schudde haar hoofd en leunde ontspannen achterover tegen haar kussen.

Ik keek naar Mary en zag hoe oppervlakkig ze ademhaalde en heel zachtjes snurkte. Het was zo zachtjes dat het geluid de hele kamer leek te vullen en hoewel ik me tientallen plekken kon bedenken waar ik op dit moment liever zou zijn, was dit de enige plek waar ik oprecht rust vond. Zolang haar borst op en neer deinde, wist ik dat ze nog bij me was. Sommige mensen hadden hele hordes vrienden, zoals de meisjes die in de fabriek werkten. Anderen hadden helemaal geen vrienden, zoals mijn zus Rita. Voor mij was Mary echter de enige die er altijd voor me was geweest en ik wist niet wat ik zonder haar moest.

Ik streelde haar zachtjes over haar voorhoofd tot haar ogen dichtvielen.

Het was warm en vredig in Mary's kamer in het ziekenhuis. Een zoemende bij probeerde bij het raam een weg naar buiten te vinden. Ik stond op om het beestje te helpen en gaf het met een tijdschrift voorzichtig een duwtje in de goede richting. De bij vloog zorgeloos de wijde wereld in. Het voelde zo oneerlijk dat dit kleine insect zomaar kon vertrekken, terwijl Mary tot deze ruimte veroordeeld was en nergens heen kon.

Toen ik weer ging zitten, maakte het kussen van mijn stoel een zacht zuchtend geluid. Ik leunde met mijn elleboog op de armleuning, legde mijn wang tegen mijn hand en liet mijn ogen dichtvallen.

Op een dag kwam mevrouw Pickles naar Woolworths om nieuwe luiers voor Peggy te kopen. Ze zei dat ze aan twaalf stoffen luiers niet genoeg had omdat ze amper tijd had om de was te doen nu ze zo vaak naar het ziekenhuis moest.

'Hoe is het vandaag met Mary?' vroeg ik. 'Bij mijn laatste bezoek zag ze er al stukken beter uit.'

Mevrouw Pickles rommelde wat in haar tas. 'De ene dag voelt ze zich beter dan de andere,' zei ze.

Meer zeiden we niet over Mary. Even later stond mevrouw Pickles bij de kassa van de cosmetica-afdeling met de kinderwagen naast zich en een stapel verse luiers onder haar arm. Ze vertelde hoe moeilijk het voor haar was om het huishouden bij te houden en ik knikte haar begripvol toe.

We gingen allemaal op dezelfde manier met de situatie om. Niemand zei daadwerkelijk waar het op stond – dat we het allemaal vreselijk vonden dat Mary zo ziek was. In plaats daarvan klaagden we over kleine dagelijkse dingen: dat de bus altijd te laat was, dat de hond van de buren te veel blafte, dat het zo'n hete zomer was, dat de luiers altijd in een aparte emmer gewassen moesten worden.

Peggy lag in de kinderwagen klagerig te brabbelen. Ze kon inmiddels rechtop zitten en eigenlijk wilde ik haar wel even vasthouden, maar dat leek me toch niet zo'n goed idee. Het voelde gewoon niet goed. Ik maakte echter wel gebruik van de situatie door haar uitgebreid te bekijken. Ze probeerde haar vuistje in haar mond te stoppen en had de zijkant van haar vingers helemaal nat gekwijld. Ik zag dat ze haar hoofdje zoveel bewoog dat ze de haren van haar achterhoofd had weggewreven, waardoor ze een klein kaal plekje had. Ik zag ook dat haar wimpers langer geworden waren en dat ze groter was dan de laatste keer dat ik haar had gezien. Ik had haar ontzettend gemist.

'Ze is een hele brave meid,' zei mevrouw Pickles. 'Het is zo'n makkelijk kind.'

We lachten naar Peggy en zodra ze merkte dat we naar haar keken, grijnsde ze breed naar ons terug.

Op mijn eerstvolgende vrije dag ging ik naar de winkel op de hoek en kocht ik een zak perensnoepjes en een tijdschrift voor Mary. Het was fijn dat ik me voor de verandering eens niet hoefde te haasten. Ik wist dat ik vandaag meer tijd met Mary zou kunnen doorbrengen en zelfs als ze sliep, zouden we toch samen zijn.

Waarschijnlijk zou ze niet zoveel interesse in het tijdschrift hebben, maar ik wilde ook niet met lege handen aankomen. En als ze sliep, kon ik het blad misschien zelf wel lezen.

Toen ik die dag op de afdeling aankwam, lag Mary niet in haar bed. Ze zat in haar roze pyjama en met zachte sloffen aan haar voeten in de recreatieruimte en keek uit over de tuin. Misschien zou ze toch nog beter worden.

Ik liep vrolijk de kamer in en gaf haar een knuffel. Hoewel ze erg mager was en ik elk botje onder haar nachtjapon kon voelen, had ze eindelijk weer wat kleur op haar wangen en keek ze me stralend aan.

'Wat zie je er goed uit,' zei ik.

'Ik voel me ook goed,' zei Mary. Ze keek naar het tasje in mijn hand. 'Je hebt toch hopelijk geen druiven voor me meegebracht? Mensen blijven maar druiven voor me kopen en ik blijf ze maar weggooien. Ik kan geen druif meer zien.'

'Ik heb perensnoepjes voor je meegenomen,' zei ik.

'Lekker,' zei Mary. Ze lachte naar me en ik lachte terug.

'Heb ik nog iets gemist?' vroeg ik.

'Ze hebben me nieuwe pillen gegeven,' zei Mary.

'Zo te zien werken ze prima.'

Mary knikte. 'De dokter zegt dat de kans groot is dat deze medicijnen me enorm zullen helpen. Ze zouden me zelfs...'

'Zelfs wat?'

Ik ging op de stoel naast haar zitten. Ze keek me met sprankelende ogen aan.

'Ze zouden me zelfs kunnen genezen. Dat weten ze niet zeker, omdat de medicijnen nog erg nieuw zijn, maar in Amerika worden ze al langer gebruikt en de resultaten waren... ach, welk woord gebruikten ze nou ook alweer?'

'Verbijsterend?' vroeg ik hoopvol.

'Nee,' zei Mary terwijl ze met haar hoofd schudde. 'Veelbelovend. Ze zeiden dat de resultaten veelbelovend waren. Maar dat is positief, toch? Het is in ieder geval beter dan niks!'

'Natuurlijk is dat positief! Het is fantastisch!'

Voor het eerst in weken maakte mijn hart een sprongetje van blijdschap. Sinds Mary ziek geworden was, durfde ik niet meer aan de toekomst te denken, omdat ik me simpelweg geen leven zonder haar kon voorstellen. Voor het eerst sinds haar diagnose voelde ik hoop door mijn aderen stromen. Ik durfde voorzichtig te denken dat Mary misschien wel beter zou worden. Haar vreselijke ziekte zou misschien niet haar einde, maar simpelweg een hoofdstuk in haar leven zijn.

'Zo makkelijk komen jullie dus niet van Mary Pickles af!' zei Mary. 'Pas maar op, Brighton, binnenkort kom ik je weer onveilig maken!'

Iets aan de manier waarop ze dat zei verraadde dat ze haar woorden nog niet helemaal durfde te geloven.

'Je moet positief blijven, Mary,' zei ik. 'Voor Peggy. En voor mij.'

'Ja,' zei Mary, maar ze keek snel weg.

Ik volgde haar blik en keek uit het raam. Buiten bevond zich een kleine, maar erg mooie tuin. Een zuster liep met een patiënt in een rolstoel over de paden tussen de bloemen door. Even verderop zat een meisje madeliefjes te plukken. Ze had prachtig roodblond haar, precies dezelfde kleur als Peggy. Ik keek naar Mary en ze lachte even naar me. Diep van binnen voelde ik iets in me breken.

Mary haalde haar neus op en wreef over haar gezicht.

'Je raadt nooit wie ook in het ziekenhuis is opgenomen!' zei ze.

'Wie dan?'

'Louise Morgan! Ken je Louise nog? Ze zat bij ons op school en was als kind al vaak ziek.'

'Wat is er dan met haar aan de hand?'

'O, niks! Ze is hier geen patiënt; ze is zuster!'

'Dat past wel heel goed bij haar,' zei ik, 'ze heeft immers al zo veel ervaring in ziekenhuizen.'

'Het was fijn om haar weer te zien,' zei Mary. 'We hebben een hele tijd over vroeger zitten praten. Ze vertelde nog...'

'Wat?'

'Dat jij altijd ontzettend aardig tegen haar was.'

Ik lachte. 'Ik kan me haar amper herinneren.'

'Jij was altijd aardig tegen iedereen.'

Mary peuterde aan haar nagels. 'Sorry, Dottie. Sorry dat ik je zoveel pijn gedaan heb.'

Ik schudde mijn hoofd en pakte haar hand. 'Dat doet er allemaal niet meer toe,' zei ik en ik meende het. Het enige wat er nu nog toe deed was Mary.

36

We aten die avond patat met varkensvlees.

'Fijn dat je je eetlust weer terug hebt,' zei mijn moeder. 'De afgelopen weken heb je alleen maar muizenhapjes gegeten.'

'Dat waren dan wel flinke muizenhapjes,' zei Clark. 'Het leken eerder berenhappen.'

Ik stak mijn tong naar hem uit. Hij schopte me onder de tafel. Mijn vader zei dat we ons niet zo kinderachtig moesten gedragen. Het was weer net als vroeger.

'Mary heeft nieuwe medicijnen gekregen,' zei ik. 'Uit Amerika. Ze zag er meteen duizend keer beter uit.'

Mijn moeder keek me met grote ogen aan en liet bijna de fles azijn uit haar handen vallen.

'O, Dottie!' zei ze.

'Ze is een van de eerste patiënten in Engeland die deze medicijnen krijgt,' zei ik. 'Ze weten nog niet zeker wat er met haar gaat gebeuren, maar ze...'

Ik wilde zeggen dat ze Mary tenminste nog niet hadden afgeschreven, maar kreeg de woorden simpelweg niet over mijn lippen. Mijn moeder zette de fles neer en mijn vader maakte een vreemd knorrend geluid.

'Betekent dit dat ze misschien toch niet doodgaat?' vroeg Clark.

Ik knikte.

'Zou ze zelfs beter kunnen worden?'

'Ja.'

Mijn vader begon luidruchtig zijn neus te snuiten.

'Kunnen we in vredesnaam een keer *niet* over ziekenhuizen en medicijnen praten?' vroeg hij. Hij schoof zijn stoel achteruit en stond op.

Mijn moeder en ik keken elkaar verbaasd aan.

'We gaan er allemaal op onze eigen manier mee om,' zei ze.

Een week lang leek het erop dat Mary beter zou worden. Mijn bezoeken aan het ziekenhuis werden steeds minder dramatisch en steeds gezelliger. Mary's broers kwamen steeds vaker bij haar langs. Net als vroeger waren ze nog altijd luidruchtig en roken ze naar olie, zweet en bossen. Iedereen vond het altijd erg gezellig als ze er waren en de bleke, vermoeide patiënten hadden altijd een kleine opleving als een van de jongens op de afdeling langskwam. Ze begroetten altijd iedereen en maakten dan even een praatje. Het was leuk om de jongens weer te zien. De situatie werd steeds een klein beetje normaler.

Toen ik op een dag iets vroeger binnenkwam, zag ik de kinderwagen aan Mary's voeteneinde staan en hing er een zwarte jas over de stoel bij haar bed. Ik probeerde me razendsnel om te draaien, maar toen stond ik opeens oog in oog met Ralph. Met zijn ene hand drukte hij Peggy tegen zijn borst en in zijn andere hand had hij eén vaas die hij zojuist met water gevuld had. Toen hij mij zag, liet hij de vaas vallen en stroomde het water over de houten vloer.

'Nee hè!' riep Ralph. 'Sorry!' Hij gaf Peggy aan mij en begon het water met zijn zakdoek op te dweilen. De zuster raapte de vaas op en wuifde ons weg.

'Laat maar liggen!' zei ze. 'Ik ruim het wel op.'

Ralph en ik keken elkaar aan. Peggy lag als een warm bundeltje tegen mijn schouder. Ze was een stuk zwaarder dan ik me herinnerde en het voelde heerlijk om haar weer bij me te hebben. Ik ademde haar zoete babygeur in en voelde een verlangende steek in mijn borst.

'Allemensen,' fluisterde ik. 'Wat heb ik jou gemist.'

Ralph ademde scherp in en zuchtte.

'Ik jou ook,' zei hij.

'Ik bedoelde...' Ik maakte mijn zin niet af. Eigenlijk wist ik helemaal niet wat ik tegen hem moest zeggen en al helemaal niet wat ik moest doen. Ralph leek ook geen flauw idee te hebben. Hij krabde ongemakkelijk achter zijn oor.

'Mary slaapt,' zei hij. 'Ze voelt zich niet zo lekker vandaag.'

'Dan kom ik later wel terug,' zei ik, maar ik maakte geen aanstalten om Peggy aan hem terug te geven. Ze had een zomerjurkje met madeliefjes aan dat ik nog niet eerder had gezien. Haar kin was nat en een beetje rood.

'Haar tandjes beginnen door te komen,' zei Ralph. 'Haar mond doet zeer.'

'Arm kleintje.'

'Ik wilde haar net mee naar buiten nemen. Even wandelen, nu Mary toch slaapt.'

'Goed idee,' zei ik. 'Dan blijf ik wel binnen, voor het geval Mary wakker wordt.'

Ik wilde Peggy nog altijd niet loslaten.

Ralph zuchtte. 'Kunnen we niet even samen naar buiten gaan?'

Ik kon zo gauw geen reden bedenken waarom dat niet zou kunnen.

Ralph haalde de kinderwagen en legde Peggy erin. Ze sputterde even tegen, maar werd al snel rustiger toen we naar de tuinen van het ziekenhuis liepen. Ik duwde de wagen over het pad en kletste lachend tegen Peggy om niet met Ralph te hoeven praten.

Even later begon ze te gapen en viel ze langzaam maar zeker in slaap. Nu had ik echt geen enkele reden meer om niet naast Ralph op het bankje onder de kastanjeboom te gaan zitten. We keken samen naar de mussen en duiven die tsjirpend door het gras hupten.

Na een korte stilte begon Ralph te praten. Hij wist blijkbaar precies wat hij wilde zeggen en gooide het er in recordtempo uit.

'Ik weet dat dit waarschijnlijk niet het juiste moment is om dit te zeggen, maar misschien komt er wel helemaal geen goed moment meer,' zei hij, 'en ik wil dat je dit hoort, want slapen lukt niet en eten lukt niet en ik moet sterk zijn voor Mary en voor Peggy zorgen en...'

Ralph liet zijn hoofd in zijn handen vallen en opeens begon hij bevend te snikken.

Ik aarzelde even, maar sloeg toen voorzichtig mijn armen om hem heen. Ik werd overvallen door allerlei emoties en stond mezelf toe ze allemaal te voelen. Ik hield Ralph vast en drukte mijn wang tegen zijn haar tot hij iets rustiger werd. Ik hield me aan hem vast. Heel even was het alsof hij en ik helemaal alleen op de wereld waren.

Toen hij eenmaal gekalmeerd was, gaf ik hem de zakdoek die ik altijd in mijn mouw bewaarde. Hij maakte zijn gezicht droog.

'Ik weet gewoon niet hoe ik hiermee om moet gaan,' zei hij.

Ik streek zijn haar uit zijn gezicht. Het liefst zou ik zijn pijn weg kussen. Ik wilde dat ik iets voor hem kon doen om het makkelijker voor hem te maken.

'Dat weet niemand,' zei ik. 'Eigenlijk doen we allemaal maar wat.'

'Ik heb je weer pijn gedaan, hè?'

'Volgens mij heb ik dat zelf gedaan, maar dat doet er nu niet toe.'

'Nee?'

'Nee, nu niet.'

We zaten een tijdje naast elkaar op het bankje en alles was goed. Het was niet moeilijk om samen te zijn, niet nu we omringd waren door andere patiënten, zusters en bezoekers met bloemen en fruitmanden in hun armen. Het was helemaal niet moeilijk om naast Ralph te zitten.

37

De zomer was nu echt aangebroken. De schoolkinderen hadden hun zomerkleren aan, het strand zat elke middag bomvol en Brighton had zijn vrolijke zomermasker opgezet.

Op de afdeling klonk gekuch en het geratel van de theekar. Patiënten en bezoekers praatten en lachten zachtjes met elkaar. 's Middags kwam er altijd een lieve vrouw langs om iedereen thee en koekjes te brengen. Ze was altijd in een goede stemming en wist tegen iedereen iets opbeurends te zeggen.

'De thee komt eraan,' zei ik, 'heb je zin in een biscuitje?'

Mary glimlachte. Of nou ja, haar mondhoeken krulden een heel klein stukje omhoog. Haar lippen waren zo droog dat zich in de hoekjes een witte korst gevormd had.

'Zo'n dorst,' fluisterde ze schor.

'Wil je misschien wat water?'

'Hmm.'

Ik hielp Mary voorzichtig overeind tot ze iets rechterop in bed zat. Haar huid was bijna doorschijnend en had een blauwe tint gekregen, alsof ze langzaam maar zeker in water of lucht aan het veranderen was. Mary vervaagde voor mijn ogen; ze vaagde letterlijk weg.

Ik schonk een glas water voor Mary in en hield het voorzichtig tegen haar lippen. Het water stroomde haar mond in, maar het meeste kwam meteen weer naar buiten en droop langs haar nek haar nachtjapon in.

'Och, Mary, sorry!' zei ik.

Ze hield haar mond weer open en leunde naar het glas toe.

'Dorst,' fluisterde ze en dus probeerde ik haar nog een keer te laten drinken.

Deze keerde kwam het water wel in haar mond terecht en nam Mary kleine slokjes water. Toen schudde ze met haar hoofd.

‘Wil je even slapen?’ vroeg ik terwijl ik het glas weer op tafel zette. Ze knikte en liet haar ogen meteen dichtvallen.

Ik liep naar het raam en keek uit over de tuin, die er vredig bij lag. Ik wilde dat ik zelf zo vredig was, al was het maar heel even. Ik draaide me om en keek naar Mary. Opeens deed ze haar ogen open en keek ze me aan.

‘Wat is er?’ vroeg ik.

‘Denk je dat ik Harold straks weer zal zien?’

Het duurde even voordat ik begreep wat ze bedoelde. ‘Harold?’

‘Mijn hamster. Denk je dat Harold ook in de hemel zal zijn?’

‘Ik denk het wel,’ zei ik glimlachend, ‘maar volgens mij duurt het nog wel even voordat je hem weer zult zien.’

‘Fijn!’ zei ze en toen deed ze haar ogen weer dicht.

Mary’s hamster, Harold Pickles. Ik glimlachte. Mary had Harold voor haar negende verjaardag gekregen. We probeerden hem urenlang trucjes te leren. Ik kon me de dag van Harolds ongeluk nog precies herinneren.

Ik stond bij de bushalte op Mary te wachten. Dat gebeurde niet vaak, want meestal was Mary er als eerste. Mary wist precies hoelang ze over de wandeling van haar huis naar de bushalte deed en probeerde elke ochtend haar eigen record te verbeteren. Even was ik bang dat ik alleen met de bus zou moeten en dat Mary er niet zou zijn om me tegen de vuisten van Dominic Roberts te beschermen. Toen kwam ze de hoek om. Ze huilde en zag er doodongelukkig uit. Ik probeerde haar op te vrolijken. Ik vond het altijd vreselijk om Mary te zien huilen.

‘Wat is er?’ vroeg ik terwijl ik mijn arm om haar heen sloeg.

‘Het is Harold Pickles,’ zei ze.

‘Wat is er met hem?’ vroeg ik angstig.

‘Nou,’ zei Mary, ‘de tweeling probeerde Harold gisteravond te leren zwemmen en toen is hij verdronken.’

‘Wie is er verdronken?’ vroeg ik verbaasd, want Mary’s broers konden allemaal uitstekend zwemmen.

'Harold Pickles!' riep Mary verontwaardigd uit. 'Hij is dood!'

'O, Mary,' zei ik. 'Wat vreselijk voor je.'

'Ja,' zei ze terwijl ze met de mouw van haar jas over haar ogen veegde.

Mary was de hele weg naar school erg stil en dus bleef ik simpelweg bij haar en hield haar hand vast. Toen de bus stopte, begon iedereen te dringen om zo snel mogelijk uit te stappen en stootte ik per ongeluk Fiona Ferris aan, die drie keer per week balletles had en de korsten van haar boterhammen altijd liet liggen. Mary vond haar altijd een enorme aansteller.

'Zeg, kijk eens uit,' beet Fiona me toe. 'Ik heb alle kans van de wereld om prima ballerina te worden, maar als jij mijn benen breekt, kan ik dat wel op mijn buik schrijven.'

'Wat een geluk dat je ballerina wilt worden,' zei Mary, 'want met zo'n gezicht zul je niet snel modellenwerk krijgen.' Fiona snoof en maakte toen dat ze weg kwam.

Mary en ik liepen arm in arm naar buiten en ik zei dat ze tijdens de lunchpauze een van mijn boterhammen met banaan mocht hebben.

'Ik vind het echt heel erg voor je wat er met Harold gebeurd is,' zei ik. 'Hij was de slimste hamster die ik ooit gezien heb.'

'Hij had inderdaad ontzettend veel talenten,' zei Mary. 'Geen enkele andere hamster zal ooit aan hem kunnen tippen.'

'Wat heb je eigenlijk met hem gedaan?' vroeg ik.

'Ik heb hem in wat folie gerold en in een schoenendoos gestopt. Als ik thuiskom van school, wil ik hem begraven. Als je wilt, mag je wel naar de begrafenis komen.'

'Graag,' zei ik terwijl ik me bedacht wat een tijdverspilling het was geweest om hem trucjes te leren.

Toen ik die middag thuiskwam, zat mijn moeder in de woonkamer een boek te lezen dat ze uit de bibliotheek geleend had.

'Ik ben thuis, mam,' zei ik.

'O ja, lieverd?' mompelde ze terwijl ze onverstoorbaar doorlas.

'Wat lees je?'

'Het heet *Arabische Passie.*'

'Waar gaat het over?' vroeg ik terwijl ik de kaft bekeek.

'Het gaat over een knappe sjeik die een mooi dienstmeisje ontvoert en haar meeneemt naar zijn harem in de woestijn.'

'Wat is een harem?'

'Dat is een soort... grote tent.'

'Ik ga zo naar Mary,' zei ik.

'Dat is fijn, schat,' zei mijn moeder, die meteen weer met haar neus in haar boek verdween.

Toen ik naar de keuken liep om een glas water te drinken, kwam Clark binnengestormd.

'Is de thee al klaar?' vroeg hij.

'Dat kan nog wel even duren,' zei ik. 'De knappe sjeik neemt zijn schoonmaakster net mee uit kamperen.'

'Jij bent ook niet goed wijs,' zei hij.

'Liever niet goed wijs dan compleet zwakzinnig.'

'Zeg alsjeblieft dat ik geadopteerd ben!'

'Je bent geadopteerd.'

Op dat moment kwam Rita binnen. Ze had net auditie gedaan voor de schoolproductie van *Een Midzomernachtsdroom*. 'Ik heb Hippolyta gekregen,' kondigde ze aan terwijl ze een dramatische pose aannam.

'Klinkt als het eerste symptoom van een dodelijke ziekte,' zei Clark.

Rita keek hem met toegeknepen ogen aan. 'Jij bent lang niet zo grappig als je denkt, Clark Perks,' zei ze.

'En jij bent lang niet zo belangrijk als je denkt,' zei Clark.

Om eerlijk te zijn vond ik mijn broertje vaak ontzettend grappig. Ik nam een paar slokken water en liep toen snel naar Mary's huis.

Meneer Pickles stond in de voortuin en trok met woeste bewegingen het onkruid uit de grond.

William stond met een bal te spelen en Wallace sprong net over het hekje heen. 'Ze behandelt ons alsof we massamoordenaars zijn,' zei hij verontwaardigd.

'Het was natuurlijk ook niet zo'n slimme actie om Harold te laten zwemmen,' zei ik.

'Wij konden toch ook niet weten dat hij zou zinken,' zei William.

'Harold was een hamster, William,' zei ik, 'geen dolfijn.' Ik liep om het huis heen. Mary's moeder stond in de keuken iets te bakken.

'Hallo Dottie,' zei ze. 'Kom je voor de begrafenis?'

'Ja, mevrouw Pickles,' zei ik.

'Dan zul je je eerst even moeten omkleden,' zei ze.

'Sorry?' zei ik.

'Voor de begrafenis,' zei ze.

'O,' zei ik, 'daar heb ik helemaal niet aan gedacht.'

'Kun je meneer Pickles eerst even een kop thee brengen?'

'Natuurlijk,' zei ik.

'Hij heeft net slecht nieuws gekregen en dan zondert hij zich altijd even af in de tuin. Het is misschien niet zo aardig van me, maar soms wilde ik dat hij vaker slecht nieuws kreeg. Dan ziet de tuin er tenminste weer netjes uit.'

'Het is toch niks ernstigs?'

'Tommy Dorsey is overleden.'

Ik wachtte tot Mary's moeder dat toe zou lichten, maar in plaats daarvan drukte ze me zwijgend een kop thee in mijn handen. Ik liep naar meneer Pickles toe. 'Ik heb een kop thee voor u,' zei ik.

Meneer Pickles ging rechtop staan. 'Dank je wel, Dottie,' zei hij terwijl hij de beker aanpakte.

'Het spijt me van uw vriend.'

'Van mijn vriend?' zei meneer Pickles terwijl hij het zweet van zijn voorhoofd veegde.

'Tommy Dorsey,' zei ik.

'O, hij was geen vriend van me, hoor. Ik heb hem zelfs nooit ontmoet, hoewel ik dat wel erg graag gewild had. Hij was pas eenenvijftig, Dottie, en dat is veel te jong om te sterven.'

'Veel te jong,' zei ik zo ernstig mogelijk.

Ik liep verward terug naar binnen. Mevrouw Pickles keek op en veegde haar handen af aan haar schort.

'Tijd om wat kleren voor je te vinden,' zei ze.

Ze liep de kamer uit en kwam terug met een van de jassen van Wayne. 'Nu hebben we alleen nog iets nodig om op je hoofd te zetten.' Ze rommelde in een la en haalde een bruine theemuts tevoorschijn. 'Dit lijkt me prima,' zei ze glimlachend. Ik trok de jas aan en zette de theemuts op mijn hoofd. De muts had de vorm van een huisje en had zelfs een schoorsteen.

Op dat moment kwam Wesley de keuken binnen. Hij stak zijn vinger in het cakebeslag dat zijn moeder had gemaakt en zei: 'Geweldige outfit, Dottie.' Ik voelde dat ik begon te blozen en dus liep ik naar de achtertuin om Mary te zoeken. Ze stond voor een vers gegraven gat en droeg haar chique zwarte heksenjurk.

'Wat heb jij nou op je hoofd?' vroeg ze lachend.

'Een huisje,' zei ik.

'Mam, we zijn klaar,' riep ze in de richting van de keuken.

Ik hoorde dat Mary's moeder de jongens bij zich riep.

'Ik vind het zo erg dat Harold straks onder de grond ligt,' zei ze verdrietig.

Ik sloeg mijn arm om haar heen. 'Hij was een goede vriend,' zei ik.

Toen ging de achterdeur open en liepen Mary's broers langzaam de tuin in. Samen droegen ze een schoenendoos boven hun hoofden. Ze legden de doos aan Mary's voeten en Mary legde de doos vervolgens in het gat. Toen kwamen ze met gebogen hoofden om het graf staan.

'Misschien kunnen we *All Things Bright and Beautiful* voor hem zingen,' zei Mary verdrietig.

'Dat lijkt me heel mooi, Mary,' zei Warren.

Ik vond het een waardige begrafenis voor een hamster die bijna over vijf luciferdoosjes kon springen.

Ik bracht de jas en de muts terug naar binnen. Toen liep Mary met me mee naar het einde van het steegje achter onze huizen.

'Wie is Tommy Dorsey?' vroeg ik.

'Hij is de zanger van een band. Mijn vader vindt het heel erg dat hij dood is; hij heeft al zijn platen.'

Nu begreep ik pas wat er aan de hand was. Ik rende naar huis en zoals altijd begonnen we naar elkaar te roepen.

'Mary.'

'Dottie.'

'Mary.'

'Dottie.'

38

Ik werd steeds bijgeloviger. Ik liep niet meer onder ladders door, gooide zout over mijn schouder, klopte op hout en hield mijn vingers bijna de hele dag gekruist. Ik praatte veel met God en bood regelmatig aan om iets terug te doen als Hij me zou helpen. Dan zei ik iets als: *Als U Mary beter maakt, beloof ik dat ik de rest van mijn leven nergens meer over klaag.* Ik probeerde zo positief mogelijk te blijven en stond mezelf niet toe om aan een leven zonder Mary te denken.

En een hele tijd leek het best goed te gaan.

Mary's nieuwe medicijnen leken aan te slaan, maar hadden wel de nodige bijwerkingen. Soms was ze bijvoorbeeld erg misselijk. Hoewel haar gezicht er opgeblazen uitzag en haar huid steeds droger werd, was ze ontzettend positief. Ze was wat aangekomen en was het ziekenhuis naar eigen zeggen 'spuugzat'.

Mary had me verteld dat ze de dokters had horen praten. Ze dachten dat Mary niet zou begrijpen wat ze zeiden, maar ze was niet doof en al helemaal niet dom. Ze wist dat haar lichaam niet zo goed op de medicijnen reageerde als de artsen hadden gehoopt. Ze wist dat ze zich zorgen maakten.

Op een dag zaten we met zijn tweeën op haar bed. Ik vertelde haar over de meisjes die ik op televisie tegen de Beatles had zien gillen en opeens zei ze: 'Het is gewoon niet eerlijk! Ik ben geen bejaarde, ik ben nog niet eens twintig. Ik wil ook leuke dingen doen!'

'Hmm,' zei ik. Toen leunde ik naar haar toe en fluisterde ik: 'Mag je eigenlijk naar buiten of zal ik je moeten ontvoeren?'

Mary keek me met toegeknepen ogen aan en keek dramatisch om zich heen.

'We worden in de gaten gehouden,' fluisterde ze. 'Volgens mij kunnen we het beste een tunnel graven om hier weg te komen.'

‘Ik kan onder je bed alvast een beginnetje maken.’

‘Dan kun je de aarde in je zakken stoppen en die dan buiten stiekem legen.’

‘En als de tunnel lang genoeg is, kruipen we erdoorheen en komen we aan de andere kant van het hek pas weer boven.’

‘We zullen valse paspoorten nodig hebben. En vermommingen.’

‘En een motor.’

‘Een motor is inderdaad uiterst noodzakelijk.’

‘Heeft Winston zijn motor inmiddels al gerepareerd?’

‘Ik zal het hem eens vragen.’

‘Maar als we betrapt worden, zal de straf niet mals zijn.’

‘Zeker niet.’

Op dat moment kwam een zuster Mary haar medicijnen brengen.

‘Wat zitten jullie te smoezen?’ vroeg ze terwijl ze Mary een slokje water aanbood.

‘We maken een plan om mij het ziekenhuis uit te smokkelen,’ zei Mary.

‘Het is hier toch geen gevangenis,’ zei de zuster glimlachend. ‘Ik zal eens aan de dokter vragen of jullie binnenkort een tijdje samen naar buiten mogen.’

Die week ging ik elke dag bij Mary op bezoek en was het als vanouds tussen ons. We hadden niemand anders nodig; alleen elkaar, Mary en ik. Op de een of andere vreemde manier was het een van de fijnste weken van mijn leven. Het was bijna alsof ik Ralph nooit ontmoet had en Mary nooit verliefd was geweest op Elton. Op de een of andere manier deed dat er allemaal niet meer toe; niets deed er meer toe.

Mijn hele wereld draaide om een meisje in een ziekenhuisbed en ik wilde niets liever dan haar bijstaan.

Ik was bijna vergeten hoeveel plezier ik met Mary kon hebben. Bovendien waren er in het ziekenhuis meer dan genoeg dingen om grappen over te maken, zoals de arrogante artsen die door iedereen als goden behandeld werden en de andere patiënten met hun gekke gewoontes. Een vrouw die op dezelfde afdeling lag als Mary, riep steeds: 'O! Me heup!' En iemand anders zei altijd: 'Een beetje begrip, graag.' We pestten Mary's broers als ze bij haar op bezoek kwamen, stelden haar ouders gerust en vernoemden de zusters naar beroemdheden zoals Audrey Hepburn en Marianne Faithfull. De knappe jonge dokter die altijd naar Mary knipoogde als hij langsliep, doopten we Steve McQueen. Langzaam maar zeker creëerden we ons eigen wereldje en Louise, die ook regelmatig bij Mary langskwam, speelde ons spelletje vrolijk mee. Mary was natuurlijk de ster van de show, ik was haar bediende en Louise was onze assistente. Ik was blij dat Mary zich eindelijk weer een ster voelde. Ze vond het heerlijk om achterover te leunen en bevelen uit te delen. 'Haal mijn ondersteek eens, meisje!' zei ze dan. 'En snel een beetje! Meneer McQueen kan hier elk moment zijn en ik wil er op mijn best uitzien als hij er is!' We lachten zo hard dat de zusters ons regelmatig tot stilte maanden.

Heel soms, vanuit het niets, betrok Mary's gezicht en vielen haar ogen dicht. Dan had ze nergens meer energie voor. Op die momenten wist ik precies wat ik moest doen om haar op haar gemak te stellen. Ik dekte haar goed toe en hield haar hand vast tot ze zich weer beter voelde.

Op een dag gingen mevrouw Pickles en ik samen naar het ziekenhuis. Het was een hele opgave om Peggy en de kinderwagen in de bus te krijgen, maar ik hielp haar altijd graag. Door voor Peggy te zorgen, voelde het alsof ik goedmaakte wat ik Mary had aangedaan. Ik vond het niet erg om naar het geklaag van mevrouw Pickles te luisteren. Ik wist dat ze doodmoe was en dat ze hier onmogelijk met Mary over kon praten.

Mary had geen goede dag. De zuster had de gordijnen rond haar bed dichtgetrokken en vertelde ons dat de dokter bij haar was. We moesten wachten tot hij klaar was voordat we haar konden opzoeken.

Het was de lange, magere dokter die me al weken de stuipen op het lijf jaagde. Hij veegde het gordijn aan de kant alsof hij op het podium van een theater stond en werd op de voet gevolgd door zijn stagiaires. Toen hij mevrouw Pickles zag, kwam hij meteen naar ons toe.

'Nou, ik heb goed en minder goed nieuws!' zei hij vrolijk. Ik voelde dat mijn maag zich samentrok. Ik zag dat mevrouw Pickles haar hand op de kinderwagen legde om zichzelf te ondersteunen. 'Het goede nieuws,' zei de dokter, 'is dat Mary haar eigen kamer krijgt. Dat is fijn, toch? Dan kunnen jullie zo vaak jullie maar willen bij haar langskomen. We zullen haar zo snel mogelijk verplaatsen.'

Hij keek ons stralend aan, wreef zijn handen over elkaar en liep toen naar de gang. De stagiaires liepen met klikkende hakken razendsnel achter hem aan.

Mevrouw Pickles sloeg haar ogen neer.

De dokter had ons het minder goede nieuws niet verteld. Dat hoefde hij ook niet te doen.

We zaten bij Mary tot ze sliep en toen ging mevrouw Pickles een kop thee halen.

Ik bleef bij Mary zitten. Peggy lag op haar rug op mijn schoot en speelde met haar mollige beentjes. Ze had nog altijd last van haar tanden en kauwde onafgebroken op haar rammelaar. Opeens voelde ik een hand op mijn schouder. Ik keek op en zag dat Rita achter me stond. Ze glimlachte naar me. Nigel stond een paar meter achter haar en liet ongemakkelijk zijn hoed door zijn vingers glijden.

Peggy trappelde met haar beentjes.

'Hoe is het met Mary?' vroeg Rita.

'Ze slaapt,' zei ik. 'Ze...'

'Wat?'

'Ze krijgt binnenkort haar eigen kamer.'

Rita zuchtte.

'Ga anders even zitten,' zei ik.

Rita ging op het randje van de stoel naast die van mij zitten. Ze kietelde Peggy zachtjes onder haar kin. Peggy grijnsde naar haar en brabbelde zachtjes.

'Wat een prachtig meisje!'

'Ja,' zei ik. 'Wil je haar misschien vasthouden?'

Rita begon te stralen. 'Mag dat? Denk je dat mevrouw Pickles dat goed vindt?'

'Natuurlijk,' zei ik. 'Ik ben blij dat ik haar even kwijt ben. Ze wordt behoorlijk zwaar en mijn benen tintelen helemaal.'

Ik gaf Peggy aan mijn zus. Rita nam haar voorzichtig van me over en leek ietwat nerveus te zijn, maar Peggy lachte zo vrolijk naar haar dat ze al snel ontspande. Ze zette de baby op haar schoot en Peggy zette zich met haar voetjes tegen haar benen af, waardoor ze zachtjes op en neer bewoog.

Rita keek Peggy stralend aan en Nigel keek glimlachend toe hoe zijn vrouw met Mary's baby speelde. Zo is het leven dus, dacht ik. Niks loopt volgens plan en langgekoesterde dromen komen lang niet altijd uit. Er gaan nu eenmaal dingen mis en het enige wat we als mensen kunnen doen, is er het beste van maken.

Dat is het enige wat we kunnen doen.

Lief dagboek,

Ze hebben me mijn eigen kamer gegeven, dus ik denk dat het vanaf nu alleen nog maar bergafwaarts gaat. Ik weet dat er iets mis is met mijn bloed, maar daar wil ik eigenlijk niet meer aan denken.

Mijn kamer heeft uitzicht op de tuin en vlak voor het raam staat een grote boom. Als het waait, tikt een van de takken zachtjes tegen het glas en dat maakt zo'n fijn geluid. Het is net alsof de boom aanklopt omdat hij naar binnen wil. De boom laat me weten dat hij leeft en dat is het enige wat ik op dit moment wil. Ik wil leven, ik wil een nieuw begin. Peggy is mijn nieuwe begin, mijn bloed stroomt door haar aderen, maar haar bloed is gezond en niet ziek zoals het mijne.

Ik ben moe.

Doei doei.

Liefs, Mary Bennett

Negentien jaar.

39

Ik zat op een bankje bij de vijver in het park. Ik ging de laatste tijd steeds vaker naar plekken waar Mary en ik als kind heen gingen. Op de een of andere manier voelde het daar alsof ik ook buiten de muren van het ziekenhuis bij Mary was. Het was een prachtige dag. De zon scheen en er waaide een warm briesje over het water dat de kleine speelgoedboten langzaam over het water blies. Ik had zoveel goede herinneringen aan onze jeugd. Door Mary waren we in talloze bizarre situaties verzeild geraakt. Ik liet me door haar altijd gewillig overal naartoe slepen en pas als we in de problemen raakten, bedacht ik dat ik dat waarschijnlijk beter niet had kunnen doen.

Ooit had ze me er een keer van overtuigd om tijdens de les te doen alsof ik flauwviel. Dan zouden we naar huis gestuurd worden en konden we een glimp van de Beatles opvangen, die die avond in Brighton zouden spelen. Toen ik naar buiten gedragen werd, stootte ik mijn hoofd echter tegen de deurpost en had ik nog wekenlang een blauw oog. Een andere keer wilde ze een fotograaf inhuren om strandfoto's van ons te nemen 'omdat we er zo fantastisch uitzagen'. De fotograaf liet ons met een ezel poseren, waardoor ik er als een olifant uitzag. En dan was er natuurlijk nog de keer dat Mary wilde dat ik meedeed aan een talentenjacht omdat Elton ook meedeed en ze hem beter wilde leren kennen. Gehuld in een gestreepte strandhanddoek zong ik *The Merry Merry Pipes of Pan*. Het was bepaald geen hoogtepunt in mijn leven. Maar ik had altijd ontzettend veel plezier met Mary en ze maakte mijn leven leuker dan het ooit geweest was.

Dat was de Mary die ik kende, dat was de Mary die ik me wilde herinneren. Het meisje dat de hoogste punten scoorde op haar eindejaarstoets, maar ondanks alle adviezen toch niet naar het gymnasium wilde. Het meisje dat mijn hand pakte en me ervan overtuigde dat ik net zo dapper kon zijn als zij. Het meisje dat ondersteboven aan het klimrek hing en een wereld vol mogelijkheden zag waar de meeste meisjes geen seconde bij stilstonden.

Ze was nu al een tijdje de weg kwijt en hoewel ik haar kon helpen, had ik dat niet gedaan. Ik wist zeker dat ze mij wel geholpen zou hebben.

Mijn vriendin Mary Pickles was ontzettend bijzonder en daar zou ik haar de rest van haar leven elke dag aan herinneren.

Ik stond op en liep naar het ziekenhuis, want vandaag stond er iets heel speciaals op de planning.

Precies op tijd kwam ik bij het ziekenhuis aan. Louise stond bij de ingang van de afdeling op me te wachten.

Ze pakte mijn handen vast en kneep opgewonden in mijn vingers.

'Ze zit al helemaal klaar!' zei ze. 'Wacht maar tot je haar ziet!'

We liepen samen de afdeling op en namen een smalle gang naar Mary's kamer. Haar deur stond op een kier en we hoorden haar halverwege de gang al lachen.

Voor het eerst in weken lag Mary niet in haar bed, maar zat ze keurig aangekleed in een rolstoel. Haar haren waren gekruld en ze had zelfs make-up opgedaan.

'Allemensen,' zei ik. 'Kijk jou nou!'

Mary liet haar hand over haar haren glijden. 'Wat zie ik er fantastisch uit, hè?'

'En wat ben je er bescheiden over,' zei zuster Brigitte Bardot. Ze was in de zestig en stonk vreselijk uit haar mond, maar keek glunderend van trots naar Mary.

'Ik ben in goede handen, zuster,' zei Mary. 'Mijn chauffeur neemt het nu van u over!'

De zuster legde een deken over Mary's benen heen en kneep nog even bemoedigend in haar schouder.

'Let goed op haar,' zei ze tegen me. 'En wat er ook gebeurt, zorg dat ze in haar rolstoel blijft zitten. Als ze te veel doet, kan dat hele nare gevolgen voor haar hebben.'

'Ik zal zorgen dat ze blijft zitten,' zei ik. Ik lachte naar Mary. Ik was zo trots op haar. Tegelijkertijd voelde ik echter iets branden achter mijn ogen. Iets aan Mary riep een bepaalde herinnering bij me op. Haar deken was het probleem niet; het waren haar tenen die onder de stof uitkwamen. Mary had dezelfde schoenen aan als op de dag waarop ze met Ralph getrouwd was, maar nu was het leer versleten. Ik dacht aan alles wat er sinds de bruiloft van Mary en Ralph gebeurd was, maar probeerde het toen snel uit mijn hoofd te zetten.

'Kom, Dottie, als we niet snel gaan, bedenken ze zich straks nog!' zei Mary op dringende toon.

'Oké,' zei ik.

'Waar gaan we naartoe?'

'Naar de pier, madame,' zei ik.

Het duurde even voordat ik aan het duwen van de rolstoel gewend was. Hij was erg zwaar en rechte stukken kreeg ik prima voor elkaar, maar zodra we een bocht moesten maken of trappetjes op of af moesten rijden, raakte ik in de problemen. Mary zei plagend dat ik de slechtste chauffeur was die ze ooit had gehad en giechelde steeds als er iets misging. De mensen keken ons met opgetrokken wenkbrauwen na.

We liepen naar het einde van de pier, waar het op zonnige dagen zoals deze altijd erg druk was. Het zweet liep over mijn rug terwijl ik de rolstoel door de mensenmenigte probeerde te manoeuvreren. Uiteindelijk parkeerde ik Mary achter een stapel strandstoelen.

'Ik wil een stukje lopen,' zei Mary.

'Dat mag niet. De zuster zei dat ik je in je rolstoel...'

'De zuster hoeft toch niet te weten dat ik een stukje gelopen heb?'

'Mary!'

'Ach, toe nou, Dottie, help me gewoon even overeind. Dat is wel het minste wat je kunt doen!'

Ik rolde met mijn ogen, maar begon tegelijkertijd te lachen. Ik hielp Mary overeind en ze leunde op mijn schouder terwijl we naar de speelhal liepen. Er kwam harde muziek uit de jukebox en er stonden tientallen jongeren kauwgom te kauwen, te dansen en te lachen. Mary's ogen begonnen te stralen. Dit was precies waar ze wilde zijn. Ergens maakte ik me zorgen dat een bezoek aan de speelhal haar te veel energie zou kosten. Ik wist dat ze eigenlijk in haar rolstoel moest blijven zitten. Ik wist dat ze zich beter zo rustig mogelijk kon houden, maar toen ik Louise had verteld wat ik van plan was, waren we het erover eens dat Mary's geluk nu het belangrijkste was.

Ik wist zeker dat Mary hier dolgelukkig zou zijn en dat geluk wilde ik haar niet ontnemen.

Ze speelde een paar spelletjes en toen liepen we samen naar de ijssalon. We stonden net in de rij toen er iemand op Mary's schouder tikte en zei: 'Dat is lang geleden!'

Mary draaide zich langzaam om en keek op. 'Hallo Elton,' zei ze.

Elton slikte. Ik zag dat zijn kaak zich meteen aanspande. Hij had een pet in zijn handen waar ik de laatste tijd wel meer jongens mee zag lopen. Opeens viel me op dat Elton hele mooie ogen had. Hij was weliswaar een arrogante bal, maar hij zag er goed uit. En Mary straalde van oor tot oor.

'Je ziet er goed uit,' zei Elton.

'Dank je,' zei Mary.

Op dat moment bood Elton Mary zijn arm aan. Ze pakte hem vast en leunde nu niet meer op mij, maar op hem.

Ik zette een stapje achteruit om ze de ruimte te geven. Ze keek Elton diep in de ogen alsof hij een echte sprookjesprins was en Elton keek naar Mary alsof ze het enige meisje op de wereld was.

Met zijn tong duwde hij zijn kauwgom in zijn wang. 'Luister, Ralph heeft me verteld... ik vind het heel erg voor je...' zei hij.

Mary schudde even met haar hoofd en lachte stralend naar Elton. Het was haar mooiste, meest verleidelijke glimlach waarop ze vroeger urenlang voor de spiegel had geoefend. Als ze vroeger zo lachte, zag ze eruit als een klein meisje dat wanhopig volwassen wilde zijn. Maar nu zag ze er daadwerkelijk uit als een vrouw. Een prachtige vrouw. Elton zag het ook. Hij knikte even naar haar en pakte toen haar vrije hand vast.

'Wil je met me dansen, Mary?' vroeg hij.

'Het lijkt me heerlijk om met je te dansen,' zei ze.

En dus dansten Mary Bennett en Elton Briggs voor het laatst op *The Young Ones* van Cliff Richard. Elton hield Mary in zijn armen en haar hoofd lag tegen zijn borst. Ze schuifelden langzaam door de ruimte en hoewel er tientallen andere paren op de dansvloer stonden, was het alsof ze de enige mensen ter wereld waren.

Ik ging op een kruk zitten en keek een tijdje naar ze. Na een paar minuten voelde het echter alsof ik ze stond te begluren en dus ging ik naar buiten. Ik liep naar de reling toe en keek uit over de zee terwijl de spetters van de golven tegen mijn benen sloegen.

Toen het liedje afgelopen was, ging ik weer naar binnen en zag ik dat Mary opeens doodmoe was. Haar oogleden waren zwaar geworden en ook Elton merkte dat er iets anders aan haar was. Hij maakte er geen drama van, maar tilde haar simpelweg op en liep achter me aan naar de rolstoel. Hij drukte een kus op Mary's hoofd en zette haar toen voorzichtig neer en legde de deken over haar heen. Ze probeerde zich groot te houden, maar het was overduidelijk dat de dans haar ontzettend veel energie gekost had.

Elton bleef nog even bij ons staan, maar zag er ongemakkelijk uit.

'Nou, ik zie je wel weer een keer,' zei hij tegen Mary.

'Ja,' zei ze. 'Ik zie je wel weer een keer.'

Toen glimlachte hij nog even naar mij. Zijn ogen glommen en op dat moment zag ik de jongen van wie Mary altijd gedroomd had.

Dankjewel, mimede ik en hij knikte naar me. Ik was bang geweest dat Elton niet op zou komen dagen, maar hij was er geweest. Hij had precies gedaan wat hij beloofd had en daar zou ik hem eeuwig dankbaar voor zijn.

Mary keek hem na toen hij wegliep. Ze bleef hem nakijken tot hij niet meer dan een stipje in de verte was en zelfs toen dat stipje niet meer zichtbaar was. Ik beet op mijn lip en haakte mijn voet onder een hendeltje van de rolstoel om de rem los te maken.

Ik duwde Mary terug naar de pier. De wielen van de rolstoel bleven om de paar meter tussen de planken hangen. Mary's huid was nu lijkbleek geworden en was net zo doorschijnend als water. Hij had precies dezelfde kleur als de huid van de mensen op haar afdeling die al overleden waren.

'Mary,' fluisterde ik. Haar naam klonk bijna als een soort gebed. 'Mary, hou vol, alles komt goed. Ik breng je terug naar het ziekenhuis en dan voel je je vast snel weer beter.'

Ze gaf geen antwoord. Haar oogleden trilden af en toe, maar de rest van haar lichaam bewoog niet meer. Toen we voor een rood stoplicht moesten wachten, trok ik haar deken even recht en zag ik dat ze in haar slaap heel lichtjes glimlachte.

40

Die vrijdag ging ik niet naar het ziekenhuis. Mary's oom en tante uit Worthing zouden langskomen en mevrouw Pickles maakte zich zorgen dat het te druk zou worden voor Mary. Toen ik zaterdag langskwam, mocht ik Mary niet zien. Er zat een zuster die ik niet kende achter de balie. Ze wilde me niet vertellen wat er aan de hand was.

'Is ze soms stervende?' riep ik uit en de zuster siste me meteen toe dat ik iedereen overstuur maakte. Ze begeleidde me zo snel mogelijk naar buiten.

Ik zag Ralph voordat hij mij zag. Hij stond in de schaduw van de grote kastanjeboom en rolde de kinderwagen zachtjes heen en weer. Hij had zijn zwarte jasje aan en zijn haar was langer dan gewoonlijk, waardoor het over zijn kraag heen krulde. Zijn gezicht was voor een groot deel in schaduwen gehuld, maar de zon scheen wel op zijn hals, zijn oor en zijn schouder. Hij hield het handvat van de kinderwagen met één hand vast, maar keek niet naar Peggy. In plaats daarvan was zijn blik op de grond gericht en was hij in gedachten verzonken.

Ik ging op het bankje zitten. Uiteindelijk merkte hij me op. We glimlachten naar elkaar en toen kwam hij naast me zitten. De bladeren hadden inmiddels bruine randen gekregen en het gras onder de boom lag vol kastanjes die uit hun stekelige hulzen gebarsten waren. Hij legde zijn hand op die van mij. We zaten zwijgend naast elkaar tot het tijd was om naar Mary toe te gaan.

Ik leefde die week op de automatische piloot. Ik functioneerde wel, maar ik bestond niet echt. Ik was doodmoe, maar kon 's nachts niet slapen. In plaats daarvan lag ik klaarwakker in mijn bed en dacht ik aan Mary. Als ik kort in slaap dommelde, werd ik van de kleinste geluidjes weer wakker of droomde ik over Mary.

Ik droomde dat ze over het strand rende en zich een weg tussen de vakantiegangers door baande terwijl ze lachend naar me zwaaide. Ik rende haar achterna, maar kon haar nooit bijhouden en steeds als ik bij de pier aankwam, was ze opeens verdwenen. In andere dromen hoorde ik dat ze me riep, maar kon ik haar nergens vinden. Dan werd ik met een paniekerig gevoel en klam van het zweet wakker.

Ik was bang dat Mary helemaal alleen in haar slaap zou sterven. En hoewel ik ergens bij haar wilde zijn als haar tijd gekomen was, voelde ik me tegelijkertijd doodsbang. Ik had nog nooit iemand zien sterven. Ik wist niet wat ik moest verwachten. Eigenlijk wilde ik er liever niet bij zijn.

Mary's kleine ziekenhuiskamer was nu nog de enige plek waar ik rustig was. Ik voelde me er veilig en beheerst. Mijn wereld draaide puur en alleen om die kamer, dat bed en Mary's ademhaling. Ik voelde me er sterk en stabiel. Ik was gewend geraakt aan de geuren en de dagelijkse routine. Ik wist dat Mary en ik omringd waren door mensen die dagelijks met de dood en het stervensproces te maken hadden. De dokters en de zusters wisten precies wat ze moesten doen. Zij waren niet bang en met hun vriendelijkheid wisten ze me te kalmeren. Ik wist dat ze goed voor zowel mij als Mary zouden zorgen. Net als Mary hoorde ik in dit ziekenhuis.

Op een avond was ik iets vroeger dan gewoonlijk naar het ziekenhuis gekomen. Mary's familie was bij haar en dus liep ik naar het strand en ging ik op de stenen zitten. De zon zakte langzaam in de zee en het laatste licht van de dag weerkaatste in het water, wat een prachtig kleurrijk schouwspel opleverde. Ik keek hoe het glinsterende licht over de pier viel en luisterde naar de stad, die zich voorbereidde op een avond vol vertier.

Even later hoorde ik voetstappen achter me in het grind. Ik keek op en zag dat Mary's broer Wayne naar me toe kwam.

'Hé,' zei hij.

'Hé.'

Wayne kwam naast me zitten. Zijn magere benen zagen er in zijn spijkerbroek extra lang uit. Hij haalde een pakje sigaretten uit zijn leren jasje, stopte een peuk tussen zijn lippen en stak hem aan.

'Hoe is het met je?' vroeg ik.

'Prima,' zei hij.

'En met Mary?'

'Hetzelfde.'

Ik zuchtte.

'Vind jij het ook zo bizar dat het leven buiten het ziekenhuis gewoon doorgaat, terwijl het binnen zo...' zei Wayne. Hij had nog nooit zoveel tegen me gepraat.

'Ik weet precies wat je bedoelt,' zei ik.

Ik begreep niet dat het zonlicht nog in de zee kon weerkaatsen, dat de maan nog altijd elke dag opkwam en dat de mensen nog elke avond naar het café gingen. De dagen verliepen hierbuiten nog precies hetzelfde, terwijl onze levens nooit meer hetzelfde zouden zijn.

'Is je moeder nog bij Mary?' vroeg ik.

Hij knikte. Hij bood me een sigaret aan, maar ik schudde mijn hoofd. Hij nam een lange hijs, leunde achterover en blies de rook toen uit. Zijn haar viel over zijn schouders en de rook vormde een kleine wolk boven onze hoofden.

Na een lange zomervakantie gingen de kinderen weer terug naar school en werd het buiten steeds kouder.

Ik ging na mijn werk naar het ziekenhuis en kwam precies op tijd aan voor de dagelijkse theeronde. Dat was een van de fijnste momenten van de dag om op de afdeling te zijn. Zowel de patiënten als de zusters waren ontspannen en kletsten gezellig met elkaar. Ik liep naar Mary's kamer.

Voor het eerst sinds dagen zat Mary rechtop in bed.

'Kijk eens,' zei Mary's moeder trots terwijl ze in de richting van haar dochter knikte.

'Ik kan het bijna niet geloven!' zei ik. Ik liep naar het bed, leunde over Mary heen en drukte een kus op haar voorhoofd. 'Hé lieverd,' zei ik.

'Hallo Dottie,' fluisterde ze. Haar stem was zo zwak dat ik haar bijna niet kon verstaan.

Mary's moeder stond op. 'Dan ga ik maar,' zei ze. 'Ralph komt Peggy zo brengen. Tot morgen, schat.'

Mary knikte.

Ik ging naast Mary op het randje van haar bed zitten. Als ze uitademde, hoorde ik heel zachtjes iets ratelen in haar borst. Het geluid beviel me maar niks. Hoe zacht het ook was, het had iets onheilspellends. Het deed me denken aan de manier waarop de lucht verandert, vlak voordat het begint te stormen.

Ik aaide Mary zachtjes over haar wang.

'Hoe voel je je?' vroeg ik.

'Alsof ik iets tegen je wil zeggen.'

Ze slikte en was even stil. Ik dacht dat ze misschien in slaap gevallen was, maar toen gingen haar ogen weer open en hoorde ik het ratelende geluid weer. Ergens wilde ik zeggen dat ze niet zo hard moest ademhalen, maar ik hield me in. Ik wilde dat geluid gewoon niet horen.

'Ik wil dat je me iets belooft,' fluisterde ze.

'Wat dan?'

'Eerst moet je me beloven dat je het doet.'

'Maar wat als ik mijn belofte niet waar kan maken?'

'*Beloof het me*,' zei Mary.

'Oké, ik beloof het, maar wat wil je dan dat ik doe?'

'Ik wil dat je weggaat uit Brighton, weg uit onze buurt. Je bent veel te goed voor Woolworths. Ik wil dat je de plekken bezoekt die ik nooit zal zien. Ik wil dat je op gouden stranden onder palmbomen gaat liggen. Ik wil dat je in water zwemt dat heerlijk warm is. Ik wil dat je mijn ogen bent, Dottie.'

'Maak je daar nou maar geen zorgen over,' zei ik terwijl ik mijn hand op de hare legde.

Ze duwde mijn hand zachtjes weg en keek me aan. 'Ik ben nog niet klaar,' zei ze. Ze haalde diep adem. 'En op een dag wil ik dat je met je grote liefde op de Eiffeltoren staat.'

Ik wist niet wat ik moet zeggen.

'Dottie?'

'Ja?'

'Als je grote liefde Ralph is, vind ik dat ook goed.'

'Alsjeblieft, Mary...'

'Ik wil dat je weet dat ik het goed vind... ik bedoel, dat ik het niet erg vind als jullie samen willen zijn... je weet wel... straks.'

'Voorlopig ga jij nog helemaal nergens heen,' zei ik.

'O, Dottie!' zei ze. 'We weten toch allebei dat dat niet waar is. Ik zie het op ieders gezicht. Ik hoor de dokters erover praten als ze denken dat ik slaap.'

De tranen liepen nu over mijn wangen. Ik wist dat ik beter niet kon huilen. Mary's moeder zei altijd dat Mary bang zou worden als ze ons zou zien huilen, maar ik kon de tranen simpelweg niet meer tegenhouden.

'Ik wil Ralph niet terug,' zei ik. 'Het enige wat ik wil is dat alles weer wordt zoals het was. Dat jij weer de oude wordt en dat alles weer normaal wordt.'

Mary knipperde langzaam met haar ogen.

'Misschien wil je er nu nog niet aan denken, maar later wel en dan wil ik dat je weet dat ik het goed vind... ik vind het niet erg. Ralph heeft altijd van jou gehouden, niet van mij.'

'Je moet de moed niet opgeven, Mary. Je klinkt alsof je het opgeeft.'

'Ik geef het niet op, Dottie. Ik accepteer mijn situatie.'

‘Nou, dat komt anders op hetzelfde neer als opgeven en dat sta ik echt niet zomaar toe. Wat moet Peggy zonder jou, en je ouders en alle andere mensen die van je houden? En ik, Mary? Hoe moet ik in vredesnaam verder zonder mijn beste vriendin op de hele wereld?’

Ze keek me aan en glimlachte. Ze ademde uit en het geluid in haar borst leek nu steeds ietsje harder te klinken.

‘Misschien is het wel fantastisch in de hemel,’ zei ze. Haar ogen vielen weer dicht.

‘Als jij er bent, kan het er niet anders dan fantastisch zijn,’ fluisterde ik. Ik hield Mary’s hand vast en huilde alsof ze zojuist mijn hart gebroken had.

Lief dagboek,

Het is tijd om te gaan. Ik ben zo verschrikkelijk moe. Iedereen wil dat ik blijf. Ze houden mijn handen zo stevig vast, alsof ze denken dat ze me zo bij zich kunnen houden. Ik wil dat ze me loslaten.

Dag Peggy, ik hou ontzettend veel van je, lief meisje. Ik wou dat ik een betere moeder voor je had kunnen zijn.

Dag Dottie, voor altijd mijn beste vriendin.

Dag dagboek.

Liefs,

Mary Pickles

Nog maar negentien jaar xxx

41

Even later kwam Ralph binnen. Hij had Peggy bij zich en legde haar naast Mary op bed. Ze keek naar haar dochtertje en glimlachte.

Terwijl het buiten donker werd, hield ik de baby vast en gaf ik haar een flesje melk. Ralph zat aan de andere kant van Mary's bed en vertelde haar over zijn werk, Brighton en de dingen die hij op de radio had gehoord. Hij maakte haar aan het glimlachen. Hij kalmeerde haar. Ik realiseerde me dat hij haar begreep en dat hij precies wist wat hij tegen haar moest zeggen.

Hij was een goede man voor haar.

Een van de zusters stak haar hoofd om de hoek van de deur.

'Gaat alles goed hier?' vroeg ze.

Ik glimlachte naar haar en knikte. 'Alles is prima,' zei ik.

Ik verschoonde Peggy aan het voeteneinde van het bed en spoelde haar luier uit in de wasbak in de hoek van de kamer. Toen legde ik haar in haar kinderwagen en zaten Ralph en ik ieder aan een kant van Mary tot ze in slaap viel.

In de kleine kamer stonden alleen Mary's bed, twee stoelen en een ladekastje. Dit was echter mijn hele wereld. Er ging een uur voorbij, en toen nog een uur. Mary en ik waren bijna geen moment alleen. Haar ooms, tantes, neefjes en nichtjes kwamen allemaal langs om afscheid te nemen. Sally kwam ook langs, en Mary's oude buren. Toen de dokter binnenkwam, hoefde hij zijn stethoscoop niet eens meer te gebruiken om naar Mary's hart te luisteren. Hij glimlachte alleen en zei: 'Goed zo, goed zo.'

Soms viel ik met mijn hoofd tegen het matras in slaap, maar het grootste gedeelte van de tijd stond ik zwijgend bij het raam om meneer en mevrouw Pickles en Peggy niet in de weg te zitten. Ik keek naar de bladeren die bij bosjes van de kastanjeboom vielen. Ik zag hoe de wind de takken aan het ritselen maakte en een handjevol blaadjes wegrukte en tegen een van de ziekenhuisgebouwen aan blies.

Ik keek naar de kinderen die kastanjes raapten.

Het was warm in de kamer en ik luisterde naar Mary's ademhaling.

Om vier uur 's middags kwam de priester bij Mary langs. Ik wachtte op de gang tot hij klaar was. Het duurde niet lang voordat hij gezegd had wat hij wilde zeggen. De deur ging open en de priester kwam weer naar buiten. Hij glimlachte en zei: 'Je mag nu wel weer binnenkomen.' Hij rook naar pepermunt. 'God zegene je, kindje,' zei hij.

Ik liep de kamer weer in.

Mary's familie en Ralph stonden in een kring om Mary's bed. Een paar van haar broers waren op haar kamer en de rest stond op de gang. Winston was naar buiten gegaan om een sigaret te roken. Ralph stond bij Mary's hoofdeinde. Hij keek naar Mary en wendde zijn blik geen seconde van haar af.

Peggy lag naast Mary op het bed. Ze sabbelde op haar vingers, trappelde met haar beentjes en maakte vrolijke gorgelende geluidjes. Iedereen keek naar Peggy. Ze had vuurrode wangen doordat ze nog steeds last had van doorkomende tandjes. Ze leek net een pop. Doordat we allemaal naar Peggy keken, merkte in eerste instantie niemand dat Mary was gestopt met ademen. Toen ik Mary's moeder gepijnigd hoorde snikken, wist ik meteen wat er aan de hand was. Peggy leek het zich ook meteen te realiseren en stak haar armpjes in de lucht in een stil verzoek om door iemand opgetild te worden. Mary's vader hield haar tegen zijn borst en legde zijn hand op haar hoofdje.

De zuster kwam binnen. 'Pardon,' zei ze terwijl ze zich een weg tussen de mensen door baande. Ze pakte Mary's pols vast en wachtte hoopvol af. Toen betrok haar gezicht echter en legde ze

Mary's hand voorzichtig terug op de deken. 'Ik zal de dokter even halen,' zei ze en liep de kamer uit.

'Waarom gaat ze de dokter halen?' vroeg William. 'Kunnen ze Mary nog terugbrengen?'

'Nee, jongen,' zei Mary's vader. 'Niemand kan haar nu nog terugbrengen.' Hij pakte de jongen vast en trok hem naar zich toe. William sloeg zijn armen om zijn vader heen en begon hartverscheurend te snikken. Wallace had zich omgedraaid en staarde zwijgend uit het raam.

Ik keek naar Ralph en heel even kruisten onze blikken elkaar. Hij keek echter snel weg en liep toen naar Mary's moeder toe om haar te troosten.

Ik wist niet wat ik moest doen. Mijn eerste instinct was om de kamer uit te lopen, maar ik wist dat dat verkeerd zou zijn. Iedereen om me heen huilde, maar ik voelde niks. Ik wilde huilen, maar er kwamen simpelweg geen tranen. Ik voelde me lamgeslagen en duizelig. Ik leunde tegen de muur om overeind te blijven. Ik was nog nooit flauwgevallen, maar op dit moment wenste ik bijna dat het zou gebeuren om heel even aan deze vreselijke leegte te ontsnappen. In mijn hoofd wist ik dat mijn beste vriendin dood was, maar mijn hart wilde dat feit nog niet accepteren. Het was alsof mijn lichaam vergeten was hoe het moest ademhalen en ik moest mijn uiterste best doen om voldoende zuurstof binnen te krijgen. Ik *moest* huilen – waarom huilde ik niet? Ik was bijna jaloers op Mary's familie omdat ik wist dat hun tranen met een enorme opluchting gepaard zouden gaan.

Op dat moment kwamen een dokter en een zuster de kamer binnen. De dokter liep naar het bed en ik wendde mijn blik af. Sinds Mary was gestopt met ademen, had ik niet meer naar haar gekeken.

'Ze was een ontzettend dapper meisje,' zei hij kalm. 'Gecondoleerd.' Hij liep de kamer uit.

Ik wilde meer; dit was te definitief. We keken al maanden toe hoe Mary aftakelde en nu was er niks meer van haar over. Er moest meer zijn. Wist de dokter dan niet hoe belangrijk dit was? Wist hij dan niet dat we niet zonder haar konden? Hij was dokter; hij moest ons toch vertellen hoe we nu verder moesten? Ik wilde meer.

De zuster liep naar Warren toe. 'Misschien kunt u samen met uw moeder en de rest van uw familie naar een andere kamer gaan. Dan kom ik jullie straks allemaal een kopje thee brengen.'

Warren knikte. Hij was blij dat hij iets kon doen. 'Kom, mam,' zei hij terwijl hij voorzichtig de arm van zijn moeder pakte en haar de kamer uit leidde. De anderen liepen achter haar aan, maar ik kon me niet meer bewegen. Het was alsof een deel van mij verdwenen was en ik was bang dat ik meteen om zou vallen als ik mijn ene voet voor mijn andere zou zetten. Ralph keek vanuit de deuropening naar me.

'Dottie?' vroeg hij.

'Ik kom eraan.'

Ik was te bang om naar het bed te kijken. Ik liep naar het raam en keek uit over de straat. Het regende. De bladeren van de kastanjeboom glommen en de druppels dropen over de ruit. Moeders met kinderwagens renden over straat om hun kinderen zo snel mogelijk thuis te brengen. Een man hield een krant boven zijn hoofd. Zij wisten niet dat Mary dood was. Ik zag dat Wayne naar Winston toe liep, die nog altijd met zijn sigaret op een bankje zat. Hij liet zijn hoofd in zijn handen zakken. Ik draaide me om, haalde diep adem en keek toen naar Mary. Ik was niet meer bang.

Ik zette langzaam een paar stappen naar het bed. Toen leunde ik over haar heen en drukte een kus op haar wang.

'Ik zal me aan mijn belofte houden,' zei ik. 'Ik zal naar al die plekken toe gaan, precies zoals je wilde, en ik zal je voor altijd bij me dragen.'

Ik keek naar Mary's prachtige gezicht.

'Dank je wel dat je mijn vriendin was,' zei ik. Ik streek voorzichtig een pluk haar uit haar gezicht. 'Je ziet er fantastisch uit,' fluisterde ik.

Er kwam een zuster de kamer binnen. Ze gaf me een boek.

'Mary vroeg of ik je dit wilde geven,' zei ze.

Ik pakte het boek aan en liep toen de kamer uit. Mary Pickles was hier niet meer en ik moest haar vinden.

Ik haastte me over de boulevard naar huis. De regen was overgegaan in een zachte miezerbui en de wind blies koele druppeltjes in mijn gezicht. Hoe dichter ik bij huis kwam, hoe sneller ik begon te lopen en uiteindelijk rende ik het steegje achter onze straat in. Toen voelde ik haar pas weer en herinnerde ik me weer hoe we waren, ik en mijn vriendin Mary Pickles. Ik kon ons bijna naar elkaar horen roepen.

'Mary.'

'Dottie.'

'Mary.'

'Dottie.'

Ik sloeg het boek open en begon op de eerste bladzijde te lezen.

Dit boek is van Mary Pickles

46 See Saw Lane

Brighton

De wereld.

De tranen sprongen me in de ogen. Ik sloeg het boek dicht en legde het op de grond.

Ik zat op het klimrek en hield me stevig vast. Toen liet ik mezelf langzaam achterover glijden. 'Ik mag toch hopen dat je dit ziet!' riep ik terwijl ik de stang losliet en opeens ondersteboven aan het rek hing. Ik deed mijn ogen open en voor het eerst in mijn leven zag ik de wereld compleet ondersteboven.

Epiloog

De trap naar de tweede verdieping van de Eiffeltoren heeft 674 treden. Dat weet ik omdat ik ze telde terwijl ik de trap beklom en elke stap aan mijn vriendin Mary Pickles opdroeg.

Het was een bitterkoude dag in februari. Parijs was ijskoud en alles was grijs. Zelfs de duiven die over de pleinen fladderden zagen eruit alsof ze van beton waren.

Toen ik die ochtend het hotel uit liep, wandelde ik over de grijze tegels de stad in. De mensen waren in dikke jassen met bontkragen gehuld en hadden mutsen over hun hoofd getrokken. Hun sjaals hadden ze zo strak aangetrokken dat ook hun neuzen en monden bedekt waren. Het was een kou die ik in Brighton nog nooit gevoeld had. De ijzige temperatuur had iets opwindends. Het was anders dan ik gewend was. Alles was anders in deze droomstad.

Ik zag een man met een orgel en een aapje. Ik zag een vrouw die over de reling van een brug leunde en rozen in de rivier gooide. Ik zag een man op een fiets met een trombone op zijn rug. *Mary had dit fantastisch gevonden*, dacht ik terwijl ik mijn handen in mijn jaszakken stopte en mijn kin in mijn sjaal stak.

Het licht van de cafeetjes hulde de stad in een goudgele gloed die de grijze straten meteen een heel andere uitstraling gaf. Door de ramen zag ik obers met dienbladen op hun schouder koffie en gebakjes naar de mannen en vrouwen aan de tafeltjes brengen. De grijsblauwe rook van hun sigaretten krulde door de warme kleuren van het café langs de spiegels en de kroonluchters. Schilderijen met rode, gouden en groene tinten sierden de muren in hun chique vergulde lijsten.

Ik nam alles in me op en probeerde zo veel mogelijk te onthouden. Voor Mary sloeg ik elk detail diep in mijn hart op.

Ik liep door de brede straten, langs de enorme gebouwen met hun ijzeren balkonnetjes en liep langs de Seine naar de Eiffeltoren. Toen beklom ik de 674 treden naar de tweede verdieping.

Hierboven was de lucht nog kouder. Hierboven voelde ik me duizenden kilometers van huis verwijderd. Het was alsof ik mijn armen kon uitspreiden en zomaar weg kon vliegen; weg zou vliegen. Regelrecht naar Mary toe.

De stad lag voor me uitgestrekt en zag eruit als een landkaart die iemand met uiterste precisie voor me had uitgetekend. De rivier was een van de weinige lijnen die niet recht liep en de eilandjes, kerktorens, pleinen en parken gaven het uitzicht iets magisch.

Ik liep de tweede verdieping rond en kneep mijn ogen een stukje dicht om ze tegen de felle wind te beschermen. Toen ik Parijs eenmaal vanuit elk mogelijk perspectief gezien had, stapte ik in de kleine lift naar boven. Een man in een uniform trok de krakende deur achter me dicht en bracht me naar de top. De lift maakte een ratelend geluid. Ik dacht aan de kettingen waaraan de lift hing en aan de wind die door de stad waaide. Ik bedacht hoe weinig controle ik eigenlijk over deze situatie had. Het enige wat ik kon doen was accepteren wat me overkwam.

De top van de Eiffeltoren is kleiner dan je zou denken en bestaat uit een balkon rondom het uiterste topje van het bouwwerk. Maar wat een uitzicht had je vanaf dit punt! De tuinen strekten zich tot in de verste vertes uit en de straten liepen parallel aan elkaar in de richting van de horizon. In de verte dreven wat wolken door de lucht. Uiteindelijk, dacht ik, gebeurt alles precies zoals het moet gebeuren. Mijn warme adem werd terug mijn gezicht in geblazen. Ik hield me aan de reling vast en staarde de verte in.

Dit was Mary's droom geweest; niet die van mij. Mary had altijd al naar Parijs willen reizen om samen met haar droomman de Eiffeltoren te beklimmen. Mary wilde zien wat ik nu zag, doen wat ik nu deed en het leven leiden wat ik nu leed.

Dit was nooit mijn droom geweest. Ik wilde alleen maar met Ralph Bennett trouwen, een gezin starten en in een sociale huurflat samen oud worden.

Ik miste Mary zo verschrikkelijk dat het voelde alsof mijn hart in duizend stukjes gebroken was. Ik keek uit over de prachtige stad die zij nooit zou zien en vroeg me af hoe het zou zijn als ze nu naast me stond.

'Dit is allemaal voor jou, Mary,' fluisterde ik.

Ik beeldde me in hoe ze haar hand op mijn arm legde en naar me lachte. Heel even was het alsof ze echt bij me was en we samen het uitzicht bewonderden.

'Wauw,' fluisterde ze in mijn gedachten, 'wat fantastisch! Is dit nou niet precies zo ongelofelijk prachtig en fantastisch als ik zei dat het zou zijn?'

Ik moest mijn uiterste best doen om mijn tranen binnen te houden terwijl ik over Parijs uitkeek.

'Ja, mijn lieve vriendin, dit is inderdaad precies zo ongelofelijk prachtig en fantastisch als jij zei dat het zou zijn.'

Van de auteur

Ontzettend bedankt voor het lezen van mijn boek *Jij, ik en de zee*. Brighton was in de jaren zestig een geweldige plek. Het was een fantastische tijd om een tiener te zijn.

Het was een tijd van koffiebars, koffie met melkschuim, de Beatles, de pier en het kiezelstrand. Ik hoop dat mijn verhaal je een goed beeld van die tijd en die plek heeft gegeven.

Ik wilde een verhaal over vriendschap schrijven, omdat mijn vrienden altijd erg belangrijk voor me zijn geweest en dat nog steeds zijn. Ik hoop dat je in de loop van het verhaal net zo veel van Dottie en Mary bent gaan houden als ik.

Bedankt voor het lezen van mijn boek. Ik hoop dat je net zo van het lezen genoten hebt als ik van het schrijven.

Mocht je van het boek genoten hebben, kun je dan misschien een korte recensie achterlaten? Daar zou je deze kersverse schrijfster enorm mee helpen.

Om op de hoogte te blijven van het laatste nieuws rondom mijn publicaties, kun je je aanmelden voor mijn nieuwsbrief op www.bookouture.com/sandy-taylor.

Dankwoord

Er zijn zoveel mensen om te bedanken: mijn geweldige kinderen en kleinkinderen Kate, Bo, Iain, Kerry, Millie, Archie en Emma voor alle vreugde en liefde die ze me geven. Mijn broers en zussen Margaret, Paddy, John en Marge voor hun steun en het feit dat ze zo trots zijn op mijn publicaties. Al mijn vrienden voor hun aanmoediging en het vertrouwen dat ik op een dag een boek zou uitbrengen.

Louie en Wendy, jullie zullen me altijd ontzettend dierbaar zijn. Mijn getalenteerde vriendin Lesley voor haar eindeloze steun en hulp. Richenda Todd voor haar waardevolle inzichten en hulp bij het schrijven van de eerste versies van dit boek. Het team van Bookouture: mijn publiciteitsmedewerker Kim Nash, bedankt voor je warme onthaal en mijn fantastische uitgever en redacteur Claire Bord voor je hulp om het boek te maken tot wat het geworden is. Ten slotte mijn geweldige literair agent Kate Hordern voor haar geloof in mijn verhaal en het nemen van het risico om met me samen te werken (en mijn slechte grammatica voor lief te nemen). Je bent niet alleen een fantastische literair agent, maar ook een echte vriendin. Dank je wel.